Fire&Ice

Band 2

Tyler Moreno

Allie Kinsley

Cover Foto: bigstockphoto.com

ISBN: 1494807912
ISBN-13: 978-1494807917

1 WER BIST DU?

TY

"Wer ist das?", fragte Shane und deutete auf eine zierliche Frau, die abseits der Gruppe stand und Fotos schoss.

"Schau sie nicht mal an, du Wichser!", schnauzte Gregor ihn sofort an.

Das war für den heutigen Tag schon zu viel für Ty. Er wusste, er war impulsiv und leicht auf die Palme zu bringen, aber an diesem Tag lief von vornherein alles schief. Da kam es ihm gerade gelegen, seinem Freund Shane beizustehen und Gregors großes Maul zu stopfen.

Er stieß Gregor mit beiden Händen vor die Brust.

"Lass ihn in Ruhe oder du bekommst es mit mir zu tun!", zischte er ihm entgegen.

Ihm war entgangen, wie sich der Streit zwischen den beiden entwickelt hatte. Es war ihm egal. Er freute sich einfach darauf, die angestaute Energie loszuwerden.

Gregor jedoch war bereits so in seiner Wut gefangen, dass er sich von seinen 1,95 Meter und den gestählten Muskeln nicht einschüchtern ließ.

Ty hatte keine Angst vor der Auseinandersetzung. Er war Sicherheitschef in der Firma seines Freundes Ryan und hatte in seiner Jugend mehr als einen Kampf in Fight Clubs bestritten.

Gregor baute sich vor ihm auf und hob gerade die Hände, um Ty ebenfalls von sich zu stoßen, als sich eine winzige Hand auf seine Armbeuge legte. Gregor erstarrte mitten in der Bewegung.

Ty folgte mit seinem Blick, der Hand entlang, den Arm hinauf um zu sehen, welches kleine Mädchen sich in ihren Streit einmischte.

Kein Mädchen, einfach nur eine winzige, schmale Frau. Vielleicht gerade einmal 1,55 Meter groß.

Ihre dünnen Beine steckten in schwarzen Leggins und darüber trug sie einen riesigen, unförmigen schwarzen Strickpullover, der ihr bis zur Mitte der Oberschenkel reichte.

Sie sieht aus wie ein Fass auf Stelzen, dachte er.

Aus dem Ungetüm an Pullover ragte ein schmaler Hals. Ihr Gesicht war blass und ungeschminkt.

Schön, ja, aber nicht herausgeputzt wie bei den meisten Frauen in ihrem Alter. Er schätzte sie auf ungefähr 23 Jahre. Sie hatte unscheinbare dunkelbraune Augen mit extrem langen Wimpern. Eine kleine Stupsnase und schöne, volle Lippen in einem dunklen Rot-Ton.

Ihre dunkelbraunen Haare waren zu einem nachlässigen Knoten hochgesteckt und einige Strähnen hatten sich gelöst.

Ihre Hand ruhte immer noch auf Gregors Arm und ihr Blick war fest mit seinem verhakt. Sie schienen mit ihren Blicken zu kommunizieren und verstanden sich anscheinend wortlos.

Gregor stöhnte gequält auf, wandte sich ab und ging. Ohne auch nur ein Wort gesagt zu haben, hatte diese kleine Frau Gregor von einem tollwütigen Hund in einen getretenen Welpen verwandelt. Und auch ohne ein Wort an den Rest zu wenden, wandte sie sich ab und ging wieder auf ihren Sitzplatz am Rand der Gruppe.

Ty, dessen Wut in Verblüffung umgeschlagen war,

schüttelte fassungslos den Kopf.

"Was bitte war das?", wandte er sich an Alexa.

Diese schüttelte traurig lächelnd den Kopf.

"Lass es lieber, Ty. Wenn es um Nina geht, sieht Gregor immer rot. Tu am besten so, als wäre sie gar nicht da"

Alexa sah ihn eindringlich an.

Ty blickte zurück zu Nina, die wieder ihren Beobachtungsposten eingenommen hatte. Sie saß einfach nur da und fotografierte die Menge.

So zu tun, als wäre sie nicht da, fand Ty gar nicht so einfach. Bisher war sie ihm nie aufgefallen. Er war sich gar nicht so sicher, ob sie bei den bisherigen Zusammentreffen der beiden Gruppen jemals anwesend gewesen war.

Gregor ging zu ihr, ließ sich vor ihr auf die Knie fallen und sprach mit ihr.

Nein, dachte Ty, nicht *mit ihr, eher auf sie ein.*

Sie legte den Kopf schief und schien ihm aufmerksam zuzuhören. Mitten in seinem Redefluss legte Nina ihm eine Hand auf die Wange und lächelte zaghaft. Gregor legte daraufhin seinen Kopf in ihren Schoß und Nina streichelte ihm über die Haare.

Ty sah noch einige Minuten zu, ehe er sich wieder an Alexa wandte.

"Was wird das?", fragte er verwirrt.

"Lass sie einfach in Ruhe, Ty. Wirklich, es ist besser für alle, wenn du dieses Thema einfach auf sich beruhen lässt", antwortete Alexa.

"Warum die Geheimniskrämerei?"

"Gott Ty, wenn du keine Ruhe geben willst, dann geh wenigsten zu Sky. Gregor ist eh noch sauer auf mich."

Ty wandte sich ab und holte sich erst mal ein Bier. Seine Gedanken kreisten um den seltsamen Vorfall. Er setzte sich zurück an das Lagerfeuer, wählte seinen Platz aber so, dass er Nina im Blick behielt.

Gregor saß mittlerweile neben ihr und sprach wieder auf sie ein, während Nina sich eine Zigarette drehte.

"Ty, komm, wir gehen vor, wir haben gleich einen Auftritt", rief Chris ihm zu. Er hatte Recht, sie waren nicht nur zum Vergnügen hier.

Die Mittelaltergruppe Fire&Ice war für ein Musikfestival in einem Vorort von Boston gebucht worden. Sie würden dort für fünf Tage zelten und täglich einmal ihre Feuershow aufführen.

Ryan hatte die Setarips, eine befreundete Gruppe von den Mittelalterspielen in Talin, eingeladen, ebenfalls bei diesem Musikfestival teilzunehmen. Anschließend würde die Gruppe noch für zehn Tage in Boston in einem von Ryans Hotels unterkommen.

Sie alle waren gestern Nachmittag angereist und hatten zusammen ihr Lager aufgebaut.

Es war ein komisches Gefühl. Zum einen, da Fire&Ice eigentlich nur aus Männern bestand und die Anwesenheit von Frauen in ihrer Gruppe Ty irritierte.

Sonst waren immer nur seine Freunde und er da gewesen. Sie feierten viel und hatten das Lager immer voller Mädchen für eine Nacht.

Er war unsicher, wie er sich den Setarips gegenüber verhalten sollte. Und Unsicherheit schlug bei Ty oft in Aggression um.

Auch an das veränderte Aussehen ihrer Gastgruppe musste er sich erst gewöhnen. Er kannte alle nur in ihrer Mittelalterkleidung und er musste wieder einmal feststellen, dass ein Kleidungsstil das Aussehen eines Menschen komplett verändern konnte.

Er war froh darüber, dass Chris ihn rief. Er musste sich dringend ein bisschen körperlich auspowern, was bei den akrobatischen Teilen ihrer Show stets möglich war.

Sie gingen zu ihren Zelten, um sich die vereinbarte Kleidung anzuziehen. Da sie dieses Mal nicht wie auf den Mittelalterfestivals in ihren Gauklerhosen auftreten konnten, hatten sie sich für etwas weitere, schwarze, knielange Jeans entschieden.

Wie üblich trugen sie keine Schuhe, auch der

Oberkörper blieb nackt. Für die Kombination aus Feuer und Akrobatik hatte sich das als optimal erwiesen.

Er mochte das Outfit. Schwarz stand ihm gut und passte zu seiner hellbraunen Haut und den Tribal Tattoos, die seinen Oberkörper zierten.

Er cremte sich noch ein, um seine Haut vor Verbrennungen zu schützen, und machte sich dann mit den anderen auf den Weg zur Bühne.

Da ihm die Geschichte mit Nina keine Ruhe ließ, wandte er sich während des Aufwärmens an Ryan.

"Ryan, ich hab eine Frage an dich."

"Schieß los, mein Freund!"

"Was ist das für eine seltsame Geschichte mit Nina?"

"Hab schon davon gehört. Skys einzige Reaktion darauf war: 'Tu einfach so, als wäre sie gar nicht da!' Mehr war nicht aus ihr herauszubekommen. Ich hab keine Ahnung, was das soll, aber wenn du sie alle beobachtest, tun sie genau das!", sagte Ryan.

Ty nahm sich vor, genauer auf das Verhalten der Setarips zu achten. Jetzt musste er sich aber erst mal auf seinen Auftritt konzentrieren.

Er war körperlich sehr fit; trainierte jede freie Minute, die er neben seinem Job als Sicherheitschef noch hatte.

Er hatte einen Körperfettanteil von 5% und schön ausgebildete Muskeln, wie es für einen Boxer üblich war. Er achtete darauf, sein Trainingsprogramm so abzustimmen, dass es sowohl für seinen Job, als auch für die Auftritte mit Fire&Ice geeignet war. Daher machte er sich auch keine Sorgen, dass er irgendetwas nicht hinbekommen sollte, auch wenn er sehr selten mit den anderen zusammen trainierte.

Alles lief glatt, alle Einlagen gelangen und die Stimmung nach dem Auftritt war dementsprechend gut. Lachend stiegen er und seine Freunde von der Bühne. Sie wurden sofort von weiblichen Fans umringt und die Männer genossen die Aufmerksamkeit, die ihnen geschenkt wurde.

Sie gingen zu dem Tisch, der für ihre Gruppe reserviert war. Die Setarips warteten bereits auf ihre Ankunft und jubelten ihnen entgegen. Sie bekamen von allen Glückwünsche für die gelungene Show und stießen gemeinsam auf ihren Erfolg an.

Einige ihrer Fans hatten sie zu ihrem Tisch begleitet. Wobei sie für Ty immer eher einem Schwarm Geier ähnelten, die sich um sie scharten.

Er mochte es nicht. Und er hatte überhaupt keinen Respekt vor den Flittchen, die sich jedem so schamlos an den Hals warfen. Natürlich hieß das nicht, dass er sich so eine leichte Beute entgehen ließ. Ja, er nahm sie mit in sein Zelt. Das war aber auch schon alles, was diese Frauen von ihm bekamen. Einen sehr guten Fick, einen oder mehrere Orgasmen. Und das war es.

Sobald sich ihr Atem beruhigt hatte, wollte er sie eigentlich schon wieder loswerden. Er hatte weder die Geduld für Drama-Queens noch für Heulsusen. Sie flogen allesamt auf direktem Weg aus dem Bett und vor die Tür.

Er schlief selten zwei Mal mit derselben Frau. Nicht, weil sie ihn nicht mehr anmachten, wenn er sie erst einmal gehabt hatte. Er wollte lediglich keine falschen Hoffnungen wecken. Er hatte nicht vor, eine von ihnen zu behalten, auch wenn einige von ihnen eine weitere Runde wert gewesen wären.

Er wollte keine Menschen, die ihm etwas bedeuteten, in seinem Leben. Er mochte Ryan und Shane. Vielleicht sogar ein paar der anderen Jungs. Sky, Cat und das spärliche bisschen Familie, das er hatte. Aber schon diese wenigen Personen waren nicht gut für seine Gefühlslage.

Er brachte sich viel zu oft in Schwierigkeiten, wenn ihm jemand am Herzen lag. Und wenn er das Tier in seinem Inneren erst einmal rausgelassen hatte, war es nicht mehr zu bändigen.

Hätte Ryan ihn vor einigen Monaten nicht unterbrochen, hätte er Robert, Skys gewalttätigen

Exfreund, umgebracht. Er war so in Rage gewesen, dass er nicht mehr er selbst war. Einen um den andern Schlag hatte er dem brutalem Mann verpasst. Grundsätzlich hätte Ty deswegen keine Gewissensbisse bekommen. Das Problem war nur, dass er in solchen Momenten die Kontrolle über sich selbst verlor.

Er wusste einfach nicht mehr, wann es reichte. Wann er besser aufhören sollte, bevor es schwerwiegende Folgen haben würde.

Robert lag an jenem Tag bereits halb bewusstlos am Boden und Tys Faust war wieder und wieder in sein Gesicht gekracht.

Hatte er es verdient? Definitiv. Das, was Ty ängstigte, war die Tatsachte, das sich sein logisches Denken so vollständig verabschiedete. Der Gedanke, er könnte tatsächlich einmal einen Menschen mit seinen bloßen Fäusten töten, verängstigte ihn. Er wollte so nicht sein. Aber die unterschwellige Aggression, die immer tief in ihm schlummerte, wurde wie mit einem Schalter freigesetzt, ließ er die Bestie in sich erst einmal los.

Ty hatte sich kaum auf einen Stuhl gesetzt, da platzierte sich auch schon ein Geier auf seinem Schoß. Es gefiel ihm heute nicht. Er hatte immer noch schlechte Laune und absolut keine Lust darauf, freundlich zu sein.

Und das musste er nun mal. Charmant lächeln, hier und da ein Kompliment. Immerzu wollten die Frauen hören, wie toll sie seien.

KOTZ!

Er war von Haus aus nicht sehr gesprächig und wenn er, so wie jetzt, schlechte Laune hatte, wollte er erst recht keinen aufgesetzten Small-Talk.

Er redete nur dann, wenn er auch wirklich etwas zu sagen hatten. Leider verstanden das die meisten Leute nicht und versuchten, ihn permanent in ein Gespräch zu verwickeln.

Genau das tat auch das Flittchen auf seinem Schoß. Er

hörte sie brabbeln, versuchte aber, dieses nervtötende Geräusch auszublenden. Er versuchte, die Aggressionen in seinem Inneren in den Griff zu bekommen und schraubte mental die Geräuschkulisse herunter.

Ty schloss seine Augen, um sich besser auf sich selbst konzentrieren zu können, und hörte dabei in unregelmäßigen Abständen ein leises Klick. Er wollte zuordnen, woher das Geräusch kam und was es bedeutete, kam aber auf keine Lösung.

Er öffnete langsam die Augen und sah den Kopf des Flittchens nur noch wenige Zentimeter vor sich.

Ty legte ihr die Handfläche auf die Stirn und schob sie von sich. Sie sah ihn verwirrt an, daher blieb ihm nichts anderes übrig, als es deutlicher zu machen.

"Runter von mir", knurrte er sehr leise, wusste aber, dass sie ihn verstanden hatte, da sie erschrocken die Augen aufriss.

"Was ist denn los?", fragte sie mit ihrer piepsenden Stimme.

KOTZ!

"Du quatschst mir seit 10 Minuten die Ohren voll und dir ist noch nicht einmal aufgefallen, dass ich keinen einzigen Ton gesagt habe. Also runter von mir! Wenn du so scharf auf meinen Schwanz bist, kannst du mir noch schnell einen blasen, aber dann Abfahrt!"

Sie riss schockiert die Augen auf und machte sich schnellst möglich davon.

Während der ganzen Zeit hatte er weiter dieses Klick-Geräusch vernommen. Wenn ihn nicht alles täuschte, waren die Abstände, in denen das Geräusch erklang, seit seinem Ausbruch drastisch gestiegen.

Er sah sich um und versuchte wieder, das Klicken zu orten. Ihm schräg gegenüber machte er Nina aus, die ihr Objektiv genau auf ihn gerichtet hatte. Sie betätigte den Auslöser und Ty hörte es wieder. *Klick.*

Verwirrt zog er die Brauen zusammen. *Klick.*

Dann lächelte er. *Klick.*

Sie hat das ganze Drama mit dem Flittchen via Foto festgehalten! Diese Bilder möchte ich sehen!

Erst jetzt fiel ihm auf, dass Nina ihm gerade das erste echte Lächeln des Tages entlockt hatte, ohne auch nur ein Wort zu sagen.

NINA

Nina lächelte innerlich. Die Szene, die Ty ihr gerade unbewusst geliefert hatte, war eine der lustigsten, die sie seit langem aufgenommen hatte. Die Gesichtsausdrücke der Frau waren einfach unbezahlbar.

Sie wollte den Mann nicht mögen, auch wenn er ihr soeben erstklassiges Material geliefert hatte. Er hatte sich mit Gregor angelegt und Gregor war heilig für sie.

Er war alles, was sie hatte! Die einzige Familie, die für sie jemals existiert hatte und gleichzeitig der einzige Freund.

Natürlich würde sie Sky, Zoey und die anderen auch als ihre Freunde bezeichnen. Sie war immer mit ihnen unterwegs. Sie feierten und lachten miteinander, aber Nina konnte die Worte, die sie mit ihren Gruppenmitgliedern gewechselt hatte, an einer Hand abzählen.

Sie sprach nicht gern. Wer sprach, war laut. Und wer laut war, lenkte unweigerlich Aufmerksamkeit auf sich. Ein Umstand, den Nina unter allen Umständen vermeiden wollte.

Sie wollte nicht, dass jemand sie beachtete. Sie wollte im Hintergrund bleiben. Von dort aus sah man alles am besten. Man sah die wirklichen Menschen, nicht die Fassade, die sie anderen vorspielten. Man sah den Zusammenhang. Wie bei einem Wald. Es war besser, weiter entfernt zu sein, als zu nah und den Wald vor lauter Bäumen nicht mehr zu erkennen.

Von ihrem Standpunkt aus konnte sie die Dynamik in Gruppen erkennen und war immer in Sicherheit.

Versteckt und geschützt vor anderen Menschen.

All das verstanden die meisten nicht. Hielten sie für sonderbar oder gar für stumm. Nina konnte reden, sie hatte nur sehr früh gelernt, dass es besser war, im Schatten zu wandeln und für ihre Umwelt unsichtbar zu sein.

Gregor verstand sie. Immer. Sie musste nichts sagen. Blicke und Gesten reichten ihm, was ihn für Nina nur noch wertvoller machte.

Er beschützte sie und las ihr jeden Wunsch von den Lippen ab. Sie würde ihr Leben für ihn geben und es bestürzte sie, dass er ihretwegen immer so viel Kummer hatte.

Nina wünschte sich nichts mehr, als dass Gregor endlich die Frau seines Lebens finden würde. Natürlich gab es Frauen in Gregors Leben, aber immer nur solche fürs Bett. Er brachte nie eine in ihre gemeinsame Wohnung. Er ging aus und kam noch vor Morgengrauen zurück in sein eigenes Bett. Allein.

Nina hatte oft den Verdacht, dass er sich auf keine Beziehung einließ, da er sie nicht vernachlässigen wollte. Sie hatte sogar schon versucht, mit ihm darüber zu reden – jawohl, so richtig mit Worten - welch ein Blödsinn das sei, aber er wollte nichts davon hören und stritt alles ab.

Sie hatte sehr wohl mitbekommen, dass der Streit heute Morgen mal wieder um sie ging. Auch wenn sie nicht im Einzelnen gehört hatte, was genau gesagt wurde, wusste sie, dass Gregor dieses Kampfhahn-Gehabe nur an den Tag legte, wenn es um ihre Wenigkeit ging.

Der Mann, mit dem Gregor sich gestritten hatte, war ihr in Talin schon aufgefallen.

Ein außergewöhnlich schöner Mann.

Lateinamerikanischer Herkunft, schätzte sie.

Groß und breit gebaut. Ein Bild von einem Mann. Er sah aus wie ein Türsteher oder ähnliches. Großer Bizeps, breite voll bemuskelte Brust und einen traumhaften Six-Pack.

Nina stand auf diese Muskelberge, auch wenn sie es noch nie jemandem verraten hatte. Nun ja, wie auch, wenn sie doch mit niemandem sprach. Und Gregor war hierfür nicht der richtige Ansprechpartner.

Der Mann hatte wunderschöne Tätowierungen, die seinen Oberkörper und seine Arme verzierten. Nur am rechten Unterarm war ein großes Loch in dem Tribal-Gebilde, das seine Muskeln bedeckte.

In Talin hatte sie heimlich Fotos von den verschlungen Spitzen gemacht. Dank ihrer tollen Kamera, die sie vor drei Jahren von Gregor zu Weihnachten bekommen hatte, konnte sie auch aus großer Entfernung Bilder von Einzelheiten machen.

Sie hatte im Laufe der Zeit so viele Objektive von ihm bekommen, dass sie für jede Gelegenheit das Passende aufweisen konnte.

Ihre Kamera führte sie immer mit sich. Ihr Faible für die Fotografie hatte sie als Jugendliche entwickelt. Damals aus dem Grund, dass sie viele Dinge vergaß. Sie war am laufenden Band high gewesen und konnte sich am nächsten Tag an vieles nicht mehr erinnern.

So kam es dazu, dass sie mittlerweile mehrere hundert Fotoalben besaß. Es war ein gutes Gefühl, stets zu wissen, wo sie die Erinnerungen wieder finden konnte.

Ihre Fotoalben erzählten die Geschichte ihres Lebens, jedes noch so kleine Detail wurde aufgenommen und abgelegt.

Die Fotos der Tätowierungen hatte sie immer wieder angesehen. Sie hatte sie mit ihren Finger nachgemalt und sich dabei vorgestellt, wie es wäre, dies in echt zu tun.

Ein absurder Gedankengang. Schließlich konnte man niemanden berühren, ohne vorher auch nur mit ihm gesprochen zu haben.

Nicht, dass sie das überhaupt wollte. Sie mochte Berührungen nicht einmal und trotzdem reizte es sie zu erfahren, ob sich die tätowierte Haut anders anfühlte.

Aber sie würde sich ein anderes Opfer für ihre Nachforschungen suchen müssen, denn dieser Mann war definitiv tabu!

Nina hatte vor ihrem inneren Auge gesehen, wie der Streit zwischen den beiden eskaliert wäre, wenn sie nicht dazwischen gegangen wäre.

Sie sah es in den schwarzen Augen des Mannes. Sie funkelten vor Aggression und Gewaltbereitschaft. Es war, als hätte er nur darauf gewartet, sich mit jemandem anzulegen. Die schönen, leicht schräg gestellten Augen mit den dichten Wimpern hatten sich zu Schlitzen verengt und jede Bewegung seines Gegenübers erfasst.

Er hatte seine schönen, vollen Lippen, die sonst stets so weich und einladend aussahen, zu einem festen Strich zusammen gepresst, was seine sowieso schon markanten Wangenknochen noch schärfer hervortreten ließ.

Seine kurzen, schwarzen Haare und der Dreitagebart hatten den Eindruck eines wirklich gefährlichen Mannes nur noch verstärkt.

Sein gesamter Körper, jeder einzelne Muskel war auf Hochspannung gewesen und hatte darauf gewartet, endlich mit voller Kraft losschlagen zu können.

Nina verabscheute Gewalt im Allgemeinen, im Besonderen aber gegen Gregor, und damit hatte sie sich ab sofort jeglichen Gedanken an den Mann verboten.

Mit seinem ungewollten Schauspiel hatte er ihre Aufmerksamkeit aber wieder auf sich gelenkt. Nina konnte nicht anders. Die Gefühlsregungen auf seinem und ihrem Gesicht waren einfach herrlich gewesen. Unweigerlich hatte sie sich ihre Kamera geschnappt und ihre ganz persönliche Fotostory daraus gemacht.

Sein Gesichtsausdruck, als er sie dabei ertappte, war der krönende Abschluss des ganzen gewesen.

Eigentlich hatte Nina mit Wut gerechnet, wie es normalerweise der Fall war, wenn sie Personen in solch intimen Momenten aufnahm. Er hingegen sah erst verdattert aus und dann, als hätte er ihre Beweggründe in ihren Augen erkannt, hatte er gelächelt.

Eines der wenigen echten Lächeln, das sie je auf seinen Lippen gesehen hatte. Es signalisierte ihr stillschweigend

Verständnis und Zustimmung. Es war einer der Momente, die sie eigentlich immer nur mit Gregor teilte.

Dass dieser Mann, den sie eigentlich als eher grobgestrickt eingeschätzt hätte, zu so sensibler Kommunikation fähig war, überraschte sie.

Ihre Blicke waren immer noch ineinander verhakt, als Gregor sich neben ihr erhob. Nina wusste, dass er eine weitere Runde Drinks holen wollte und nickte, ohne ihn anzusehen.

"Alles in Ordnung, Nina?", forderte Gregor ihre Aufmerksamkeit.

Nina blickte lächelnd zu ihm auf und nickte erneut. Er entspannte sich und machte sich auf den Weg zur Bar.

Immer ist er so besorgt um mich, dachte Nina und blickte ihm nachsichtig lächelnd hinterher.

"Darf ich mich kurz zu dir setzen?", fragte der Mann, mit dem sie sich eben noch still über den Tisch hinweg unterhalten hatte.

Nina zuckte zusammen. Sie war noch von Gregor abgelenkt gewesen, sodass sie überhaupt nicht mitbekommen hatte, wie er sich ihr genähert hatte.

Das hast du davon. Wenn du dich immer so ablenken lässt, entgehen dir die wichtigen Einzelheiten!, schalte sie sich selbst.

Sie blickte zu ihm auf und sah, dass sein Blick mit gerunzelter Stirn auf ihr ruhte.

Da sie nicht unhöflich sein wollte und er ja sehr schnell selbst feststellen würde, dass sie keine geeignete Gesprächspartnerin war, nickte sie widerstrebend.

Einer seiner Mundwinkel zuckte und er ließ sich geschmeidig auf den Stuhl sinken.

Ihr war bereits aufgefallen, dass er sich immer so weich bewegte. Seine Bewegungen strahlten eine lässige Arroganz aus. Elegant und geschmeidig wie eine Raubkatze.

Manchmal träge und gesättigt, manchmal gespannt wie auf der Jagd, aber immer weich und elastisch. Seine Art, sich zu bewegen, faszinierte sie und sie hatte sich bereits mehr als einmal eine Videokamera statt eines

Fotoapparates gewünscht, um dieses Phänomen für ihre Gedankenbibliothek festzuhalten.

"Ich heiße Ty. Tyler Paolo Moreno, um genau zu sein", sagte er nach einiger Zeit.

Sehr leise, als wollte er sie mit seiner Stimme nicht erschrecken. Seine Stimme klang angenehm in ihren Ohren. Weich, dunkel, wie flüssige Seide. Schwer zu beschreiben, aber sie wollte mehr davon hören, daher neigte sie den Kopf leicht in seine Richtung und schenkte ihm ein kleines Lächeln.

Seine Augen blitzten auf und seine Mundwinkel zuckten. Er musste nicht wirklich lächeln. Sie sah es in seinen Augen und das genügte ihr, um zu wissen, dass er verstanden hatte, was sie wollte.

"Ich würde die Bildserie der Frau gerne sehen, wenn du nichts dagegen hast", sprach er weiter. Nina wunderte sich, dass er so schnell zum Kern seines Besuchs gekommen war.

Die meisten Menschen hatten die unangenehme Eigenschaft, immer um den heißen Brei zu reden, wo doch so wenige Worte genügen würden.

Nina hob ihre Kamera an und wechselte in den Ansichtsmodus.

Sie hatte die Bilder schnell rausgesucht und drehte das Display dann in seine Richtung. Ty wollte nach der Kamera greifen, doch Nina zog sie ihm schnell weg. Sie würde ihr liebstes Stück niemals aus der Hand geben.

Er zog eine Augenbraue nach oben, nickte aber dann und beugte sich wieder über die Kamera, diesmal aber nur, um zu schauen.

Wieder ohne Worte, dachte Nina, schüttelte den Gedanken aber schnell wieder ab, da sie ja gar nichts finden wollte, das ihn sympathisch machte.

Sie stellte die Dia-Show ein, damit sie sich voll und ganz auf seine Reaktion konzentrieren konnte. Sie war gespannt darauf, wie er auf sich selbst reagierte.

Sie konnte erst Erheiterung in seinen Zügen aufblitzten

sehen, dann Freude und schließlich lachte er lauthals los.

Nina konnte ein breites Lächeln jetzt auch nicht mehr vermeiden. Der Klang seines Gelächters war unglaublich schön, beinahe ansteckend. Und ihr fiel erst jetzt auf, dass sie es nie zuvor gehört hatte.

Die völlige Stille um sie herum, ließ sie ihre Aufmerksamkeit wieder auf die anderen richten.

Alle Gespräche waren verstummt und beide Gruppen starrten Ty und sie an, als wären sie von einem anderen Stern.

Die Aufmerksamkeit war ihr so unangenehm, dass sie sich wünschte, ein großes Loch würde sich unter ihr auftun und sie einfach verschlucken. Sie rutschte unruhig auf ihrem Stuhl hin und her und ihr Puls raste.

"Was starrt ihr denn so? Auch ich werde ja wohl hin und wieder lachen dürfen!", blaffte Ty in die Runde und alle taten so, als wären sie in unglaublich wichtige Gespräche verwickelt.

"Es tut mir leid", sagte er dann wieder ganz leise und ruhig zu ihr.

Nina wusste nicht so recht, wofür er sich entschuldigte, und sah ihn daher fragend an.

"Nun ja, hätte ich nicht so laut gelacht, hätten die anderen nicht so zu starren begonnen, daher, sorry."

Er war wirklich sensibler als sie gedacht hatte. Er hatte nicht nur ihre unausgesprochene Frage beantwortet, sondern auch sofort erkannt, dass ihr die Situation unangenehm war und vor allem auch, weshalb.

Bevor sie ihm aber eine beschwichtigende Geste schenken konnte, knurrte Gregor hinter ihr: "Was zum Teufel hast du hier zu suchen? Das ist mein Platz!"

Tys Körper spannte sich sofort an und alle Weichheit wich aus seinen Bewegungen. Er hob den Blick zu Nina, die nur ganz leicht den Kopf von rechts nach links bewegte.

Daraufhin schnaubte er genervt, erhob sich und ging, ohne einen Blick auf Gregor zu werfen. Nina war mehr als erstaunt, sowohl über Tatsache, dass sie so mühelos mit ihm kommunizieren konnte, als auch darüber, dass er auf sie gehört hatte. Obwohl sie genau gesehen hatte, dass er kurz davor gewesen war, Gregor an die Gurgel zu gehen.

"Was war das denn bitte?", blaffte Gregor sie an, woraufhin Nina nur eine Augenbraue hob.

Er stellte ihr Getränk vor ihr ab und musterte sie eingehend.

"Warum zum Teufel habe ich das Gefühl, dass du wütend auf mich bist, obwohl dieser Sack dir auf die Pelle gerückt ist, kaum dass ich dir den Rücken gekehrt habe?"

Nina zog wütend die Augenbrauen zusammen. Sie war schließlich kein Baby mehr und konnte durchaus selbst entscheiden, mit wem sie sich abgab und mit wem nicht.

Sie wusste, dass sie ungerecht war und vor allem, dass sie Ty nicht mögen sollte, aber seine Gegenwart war ihr erstaunlicherweise sehr angenehm gewesen.

Sie schnappte sich ihren Drink und schoss dann weiter Fotos von der Gruppe, während Gregor neben ihr schmollte.

Den Rest des Abends bewegte er sich keinen Millimeter mehr von ihrer Seite und war wieder einmal so übertrieben fürsorglich, dass es sie langsam aber sicher zu nerven begann.

TY

Nur allzugerne wüsste Ty, wie Nina und Gregor zu einander standen. Diese ganze Geheimniskrämerei ging ihm allmählich auf die Nerven und er nahm sich fest vor, Sky noch einmal in die Zange zu nehmen.

Die Minuten mit Nina, waren ihm mehr als nur angenehm gewesen. Endlich einmal ein Mensch, mit dem man nicht zwanghaft Konversation betreiben musste. Und ihre Bilder waren auch mehr als fantastisch gewesen. Sie hatte immer in genau dem richtigen Moment den Auslöser gedrückt und damit alle Emotionen perfekt eingefangen.

Er hatte quasi sich selbst denken hören können.

Bei den Nahaufnahmen der Grimassen, die das Flittchen auf seinem Schoß zog, hatte er sich nicht mehr beherrschen können und einfach laut gelacht. Er wusste, dass er nicht oft lachte. Dass er damit aber so die Aufmerksamkeit auf sie beide zog, war ihm nicht bewusst gewesen.

Nina hatte ihm mit ihren Fotos und ihrem Verhalten unbewusst den Tag gerettet. Ebenso schnell hatte Gregor ihn wieder verdorben, als er ihn so schwach von hinten ansprach.

Ty wollte in diesem Moment nichts lieber, als dem Kerl so richtig die Fresse polieren, als er aber Ninas Blick begegnete wusste er, dass es das Letzte war, was er tun durfte, wenn er jemals wieder ihre Gesellschaft genießen wollte.

Ihr Kopfschütteln hatte er nicht mehr benötigt, es hatte ihm aber den letzten Schubs gegeben, einfach den Stuhl zu verlassen.

Immer wieder begegneten sich ihre Blicke. Hin und wieder zuckte schon fast ein Lächeln über ihre Lippen. Sie schien sichtlich genervt von dem Gerede, das Gregor in einer nicht enden wollenden Salve auf sie ablieߧ.

Er wurde mitten aus seinen Betrachtungen und Gedankengängen gerissen, als Ryan ihn ansprach.

"Worüber habt ihr euch denn so amüsiert?"

"Nina hat Fotos von der Abfuhr des Flittchens auf meinem Schoß gemacht", antwortete Ty und musste bei der Erinnerung schon wieder schmunzeln.

"Die müssen wirklich gut sein, wenn du aus dem Lachen gar nicht mehr rauskommst", grinste Ryan.

"Sehr gut!", bestätigte Ty.

"Ich sehe dich sehr selten lachen und ich habe bei Gott noch nicht erlebt, dass Nina jemanden zum Lachen gebracht hat."

Ty zuckte die Schultern. Was sollte er darauf auch sagen? Für ihn waren alle wichtigen Dinge gesagt worden und damit sah er die Unterhaltung als beendet an.

Leider waren seine Mitmenschen nicht immer seiner Meinung, wie auch Ryan in diesem Moment.

"Gefällt sie dir etwa?"

Ty runzelte unwillig die Stirn. Er sah den Sinn der Frage nicht. Ob sie ihm gefiel oder nicht, spielte doch überhaupt keine Rolle. Sie war eine angenehme Gesellschaft, das war alles!

"Mann, Ty, lass dir doch nicht wieder alles aus der Nase ziehen!"

"Ihre Gesellschaft ist angenehm", wiederholte er seinen Gedanken für seinen Freund.

"Ich kann mir eure lebhaften Gespräche wirklich vorstellen!", antwortete dieser.

Ty schnaubte verärgert und wendete seinen Blick ab. Er traf sofort auf Ninas, die die Szene belustigt beobachtete, während ihr Sitznachbar ihr ebenfalls sprichwörtlich ein Ohr abkaute.

Er lächelte und ihre Augen blitzen belustigt zurück.

"Was war das denn eben?", fragte Sky und schaute verwundert zwischen ihm und Nina hin und her.

Wann sie wiedergekommen war, hatte Ty nicht mitbekommen, witterte aber seine Chance auf Antworten.

"Quid pro quo", sagte Ty und dachte, damit alles klar gemacht zu haben.

Sky sah ihn verwirrt an und sagte: "Was soll das? Filmzitate raten? Das war *Das Schweigen der Lämmer*."

Ty stöhnte genervt auf.

"Das soll heißen, ich antworte dir auf deine Frage, wenn du mir eine beantwortest."

"Okay, lass hören."

"In welcher Beziehung stehen Nina und Gregor zueinander?"

Sky wand sich ein wenig und antwortete schließlich sehr leise: "Sie sind Geschwister ... Adoptivgeschwister", präzisierte sie dann.

Ty nickte. *Gut, aber dann sehe ich wirklich keinen Grund,*

warum er alles und jeden von ihr fern halten möchte!

"Meine Antwort, Ty", drängelte Sky.

"Wir haben gerade das gleiche Problem."

Sky zog unwillig die Augenbrauen zusammen.

"Und zwar?"

"Ich bin laut Regel wieder dran. Warum will Gregor jeden von ihr fern halten?"

Es folgte erst ein unwilliges Stöhnen und schließlich ein ergebenes Seufzen.

"Er will sie beschützten. Jetzt deine Antwort!"

"Wir werden beide zu einer Kommunikation genötigt, an der wir kein Interesse haben. Wovor beschützen?"

Sky schnaubte entrüstet.

"Kein Interesse? Du fragst mich gerade aus!"

"Dieses Gespräch hat sich mit deiner Anwesenheit um 100% gebessert. Wovor beschützen?"

"Hey!", warf Ryan als beleidigten Kommentar in die Unterhaltung ein. Ty ignorierte ihn und sah Sky auffordernd an.

"Er möchte nicht, dass sie verletzt wird. Physisch oder psychisch. Egal wie. Er bewacht sie wie eine Löwenmutter und lässt niemanden an sie heran. Warum interessierst du dich so für sie? Du solltest sie um unser aller Frieden willen in Ruhe lassen."

Letzteren Kommentar ignorierte er und gab Sky die Antwort, die zuvor schon ihr Mann bekommen hatte.

Leicht verdiente Frage, dachte er sich.

"Ihre Gesellschaft ist angenehm. Warum spricht sie nicht?"

"Ich weiß es nicht. Hat irgendetwas mit ihrer Kindheit zu tun. Aber sie kann sprechen, wenn sie möchte. Ich habe es schon gehört, auch wenn ich mich bei Gott nicht mehr an ihre Stimme erinnern kann."

Ty nickte. Das waren vorerst genügend Informationen. Er lenkte seine Aufmerksamkeit zurück zu Nina, die gerade wieder mit Gregor beschäftigt war, der bereits neben ihr stand.

"Nina und ich gehen schlafen", verkündete dieser gerade und Ty sah genau den Unwillen in ihrem Blick.

Sie sah zu ihm rüber und rollte mit den Augen, ehe sie aufstand und neben Gregor hertrottete.

Er gluckste und fand die Art, wie sie auf den herrischen Ton ihres Bruders reagierte, einfach köstlich.

"Ihr habt es schon wieder getan und du musstest sogar dabei lachen! Was war denn nun schon wieder, von dem wir anderen anscheinend nichts mitbekommen haben?", fragte Sky und klang dabei nahezu wie ein Kind, das bei den anderen nicht mitspielen durfte.

Ty zuckte die Schulter und sagte in die Runde: "Ich leg mich auch aufs Ohr."

Er drehte sich um und ging zu seinem Zelt. Er spürte die fragenden Blicke im Rücken und war froh, den Antworten entfliehen zu können.

2 FREUND ODER FEIND

NINA

Nina war froh, als Gregor endlich zum Duschen ging. Er hatte ihr den ganzen Abend in den Ohren gelegen, bis sie sich einfach schlafend gestellt hatte.

Er hatte zwar geschnaubt und gesagt, dass er ihr das nicht abnehmen würde, konnte aber letztendlich nichts gegen diese Abfuhr tun.

Es hat eindeutig Vorteile, wenn die Leute keine Antworten von einem erwarten, dachte sie und kuschelte sich tiefer in ihre Decke, die sie mit an das Lagerfeuer gebracht hatte.

Es war Anfang Oktober und in den frühen Morgenstunden schon sehr frisch. Sie liebte den Herbst und genoss vor allem auch die Ruhe am Morgen, wenn die meisten anderen noch schliefen.

Eine Bewegung neben ihr machte sie auf Ty aufmerksam.

Er sagte nichts, lächelte nur sanft. Ihr blieb nichts anderes übrig, als dieses Lächeln zu genießen. Sie saßen eine Weile einfach nur still nebeneinander und Nina wurde bewusst, dass sie selten angenehmere Gesellschaft gehabt hatte.

Ty stand auf und kam kurze Zeit später mit einem Topf voll Wasser wieder, den er auf dem Dreibein über dem Lagerfeuer hängte. Er wandte sich wieder ab und kam kurze Zeit später mit zwei Tassen, Kaffee und Tee zurück.

Nina tippte mit ihrem Zeigefinger auf den Tee und Ty bereitete ihre Getränke zu.

Sie schenkte ihm ein dankbares Lächeln und blies auf ihren Tee, um ihn ein wenig abzukühlen.

"Wie lange haben wir?", fragte Ty, aber Nina verstand nicht, was er meinte, und sah ihn fragend an.

Ty erwiderte ihren Blick mit einem kleinen, aber echten Lächeln und sagte: "Bis dein Wachhund wiederkommt."

Nina kicherte, hielt dann geschockt inne, als sie bemerkte, was sie da gerade getan hatte.

TY

"Das hört sich schön an", flüsterte Ty und war selbst überrascht, dass er so dachte. Eigentlich empfand er weibliches Gekicher immer als lästig. Bei Nina klang es wie die Stimme eines Engels.

Wow, wo kam denn dieser Gedanke auf einmal her?

Ninas Wangen verfärbten sich rosa und Ty fand, dass sie wahnsinnig süß aussah, wenn sie verlegen war.

Sie schwiegen wieder eine Weile, jeder in seiner eigenen Traumwelt versunken. Keiner vermisste die Gespräche, die mit anderer Gesellschaft bestimmt aufgekommen wären, da war Ty sich sicher.

Als er bemerkte, wie Nina allmählich vor Kälte zitterte, legte er mehr Holz auf das Lagerfeuer und holte seine eigene Decke aus seinem Zelt, um sie ihr um die Schultern zu legen.

Sie sah mit einem verwunderten Blick zu ihm auf, woraufhin er nur mit den Schultern zuckte.

Als er den Blick hob, sah er Gregor ziemlich schnell auf das Lager zu laufen. Er schaute noch einmal auf Nina hinab und lächelte. Er bekam ein wunderschönes, offenes

Lächeln zurück und ging mit einem guten Gefühl in sein Bett.

NINA

"Was wollte dieser Idiot schon wieder von dir?", frage Gregor, als er sie erreichte.

Nina rollte mit den Augen und schaute dann demonstrativ auf die Decke, die über ihren Schultern hing.

Eine Decke, die verdammt gut roch, wie sie sich selbst eingestehen musste.

"Er hat dir eine Decke gebracht? Warum?"

Das war wieder eine Unterhaltung, die Nina eindeutig zu blöd war. Sie trank ihren Tee aus und machte sich auf den Weg zurück ins Bett.

"Was soll das Nina? Du kannst mich doch nicht mitten in einer Unterhaltung stehen lassen!"

In diesem Moment kam Shane aus seinem Zelt. Er lachte und sagte: "Sehr guter Witz so früh am Morgen, Gregor! Nina und Unterhaltung! Ich hab sie noch nie ein Wort reden hören!"

Gregor wandte sich blitzschnell zu ihm um und wollte gerade auf ihn losgehen als Zoey ihn schon anfuhr: "Halt deine verdammte Klappe, du Idiot! Du weißt auch wirklich nie, wann es besser ist, einfach mal nichts zu sagen."

Fast zeitgleich war Nina in ihrem Zelt verschwunden und Gregor stand alleine vor dem Feuer.

Wenig später hörte sie, wie Sky sich zu ihm gesellte.

"Guten Morgen, Gregor", sagte Sky.

"Morgen", brummelte dieser.

"Ich wollte nicht lauschen, aber meinst du nicht, dass du sie manchmal zu sehr bevormundest?"

"Mann, Sky, du weißt, dass ich euch alle immer nur beschützen möchte!"

"Natürlich, Gregor! Und das, was du für Maya und mich tust, ist mehr als wir verdient haben. Aber ich glaube, du erdrückst sie. Sie kann sich doch gar nicht selbst entfalten und leben! Du nimmst ihr alles ab, räumst ihr alles aus dem Weg und liest ihr jeden Wunsch von den Augen ab. Außer einen, Gregor. Einen, den ich sehr wichtig finde. Gesellschaft, Gregor! Du isolierst sie und ich glaube, es fällt dir noch nicht einmal auf. Sei doch froh, wenn sie einmal die Gesellschaft einer anderen Person nicht ablehnt!"

"Woher soll ich wissen, ob sie es will oder nicht? Sie sagt ja nichts dazu!"

"Du kennst sie. Und tief in deinem Inneren weißt du auch, dass sie gegangen wäre, hätte es sie gestört."

"Ich weiß nicht, was sie von diesem Clown will! Sie unterhält sich ja noch nicht mal mit ihm, wie will sie ihn denn kennenlernen?"

"Ich hatte das Gefühl, sie verstehen sich ganz gut und weißt du, Ty ist auch nicht gerade der gesprächigste Typ."

"Oh Gott, das kann ja nur in einem Chaos enden! Ich schlüpf mal zu ihr ins Bett und hoffe, dass sie mir vergeben wird."

TY

Zu ihr ins Bett schlüpfen, dachte Ty. Einfach unglaublich!

Er wälzte sich noch über eine Stunde in seinem Schlafsack umher und beschloss dann, dass er genauso gut Joggen gehen konnte.

Er zog sich einen schwarzen Sweatsuit an und steckte sich seinen I-Pod in die Tasche seines Hoodys.

Er lief in lockerem Tempo und war bald völlig gefangen von der Musik in seinen Ohren und dem stetigen Rhythmus, in dem seine Füße auf den Boden trafen. Nach über einer Stunde kam er zurück zum Lager. Alle anderen waren bereits aufgestanden. Er schnappte sich das Handtuch, das er sich vor dem Laufen bereitgelegt hatte und wischte sich den Schweiß von Kopf und Nacken.

Klick.

Da war es wieder. Das Geräusch, das er mittlerweile so

sehr mit Nina verband. Er blickte sich um und fand schließlich ihren Blick.

Sie sah etwas unsicher aus, als würde sie erwarten, dass er sie anblökte, weil sie ihn fotografiert hatte. Aber es störte ihn keineswegs.

Er lächelte sie freundlich an und holte dann seine Duschsachen.

Die Dusche tat ihm gut. Er genoss das Wasser auf seiner Haut, wie es all den Schweiß von ihm spülte, ihn reinigte. Leider reinigte es nicht seinen Geist. Seine Gedanken kreisten immer und immer wieder um Nina.

Warum spricht sie nicht?

Was steckt wirklich hinter ihrer Beziehung zu Gregor?

Warum fühle ich mich so wohl in ihrer Gegenwart?

Es war, als würde sie ihn beruhigen. Sie sagte kein Wort und trotzdem fuhr sein Gedankenkarussell in ihrer Gegenwart langsamer. Die ständige unterschwellige Aggression nahm ab und sein gesamter Körper schien an Spannung zu verlieren.

Er genoss einfach, wie er sich in ihrer Gesellschaft fühlte, und er hatte nicht vor, ihr fernzubleiben. Um Ninas und seines Friedens willen würde er sich ihr nur nähern, wenn Gregor nicht in der Nähe war. Aber auf diese Gelegenheiten würde er achten, nur um sich neben sie zu setzen und ihre Wirkung auf seinen Geist zu genießen.

Sie war wie eine Droge, nach der er schon nach zwei kurzen Begegnungen süchtig war.

Ty trocknete sich ab und lief zurück zum Lager.

Die meisten seiner Freunde saßen bereits beim Frühstück, als er sich zu ihnen gesellte.

"Guten Morgen, Ty", sagte Ryan und klopfte ihm auf die Schulter, als er sich neben ihn setzte.

"Morgen", murmelte er in die Runde und suchte Ninas Blick.

Sie saß wieder neben Gregor und rührte lustlos in

etwas, das wie Müsli mit Jogurt aussah.

"Iss jetzt Nina!", schnauzte Gregor sie an.

Ty meinte, seinen Ohren nicht trauen zu können. Wer dachte er bitte schön, dass er war? Der Vater eines 6-jährigen Kindes?

"Meinst du nicht, Nina ist alt genug, selbst zu entscheiden, wann sie was essen möchte?", fragte Ty leise. Er war sich aber sicher, dass Gregor ihn gehört hatte. Sein Körper hatte sich merklich versteift und er wandte seinen Blick in Tys Richtung.

"Ich finde zwar nicht, dass es dich irgendetwas angeht, aber Nina ist zu dünn. Sie isst zu wenig. Ende der Diskussion!", zischte Gregor zurück.

Ty verstand nicht, was Gregor meinte. Ja, natürlich hatte er gesehen, dass sie sehr dünne Beine hatte. Ihr Oberkörper hingegen wirkte alles andere als zierlich.

Fass auf Stelzen, kam es ihm wieder in den Kopf. Er verwarf den Gedanken aber gleich wieder, da es für ihn nichts zur Sache tat, wie sie aussah. Er genoss ja lediglich ihre Wirkung auf ihn.

Die Wirkung ihres Bruders hingegen war eine ganz andere. Dieser brachte ihn ständig an den Rand seiner Selbstbeherrschung.

Nina stand auf und setzte sich ans Feuer, um sich eine Zigarette zu drehen.

Heute sah man nicht einmal ihre dünnen Beine. Sie trug eine weite, schwarze Jeansbaggy und einen Hoody, dessen Kapuze sie sich weit ins Gesicht gezogen hatte.

Sie wirkte blass, wie meistens, doch Ty fiel das kleine Lächeln sofort auf, das sie auf ihrem Gesicht hatte.

"Vielen Dank auch!", zischte Gregor und lief ihr dann mit der Schüssel hinterher. "Bitte Nina, iss noch ein bisschen."

"Was hat er denn? So mager ist sie nun auch nicht.", sagte Ty an Alexa gewandt.

Diese zog nur die Augenbrauen hoch und wurde dann gleich wieder von Jack abgelenkt.

Ty verfolgte die Diskussion um das Frühstück noch ein wenig aus den Augenwinkeln, während er sein eigenes Frühstück zu sich nahm.

"Du starrst sie an", ließ Ryan ihn wissen. Er musste sich eingestehen, dass er recht hatte.

"Sie fasziniert mich", antwortete er schlicht.

"Warum?"

"Sie quatscht mich nicht voll und erwartet das auch nicht von mir."

Ryan verzog das Gesicht.

"Immer wenn du so etwas sagt, habe ich das Gefühl, ein schlechter Freund zu sein."

"Du bist mein Bester!", sagte Ty und sah ihm dabei fest in die Augen. Er wollte, dass Ryan wirklich verstand, wie ernst es ihm damit war.

"Das ehrt mich, Ty. Ich weiß, dass du nicht viele Menschen in dein Leben lässt. Darum frage ich dich so wegen Nina aus. Es ist selten, dass du solch ein Interesse an anderen, vor allem fremden Menschen zeigst. Ich will verstehen, was du siehst, was alle anderen übersehen. Denn sie muss ein besonderer Mensch sein, wenn du Interesse an ihr hast."

Ty zuckte die Schultern.

"Sie fesselt mich. Aber vor allem bringt sie mein Inneres irgendwie zur Ruhe."

Ryan lächelte.

"Ich weiß genau, was du meinst! Sky tut dasselbe für mich. Im Inneren sind wir uns ähnlicher als du denkst."

"Vielleicht."

"Sicher! Warum sie dich sonst allerdings fesselt, verstehe ich nicht. Sie ist nicht der Typ Frau, den du sonst bevorzugst. Eigentlich stehst du doch auf große, blonde, dünne Frauen und nicht auf klein, braun und rundlich."

"Der Unterschied liegt darin, dass ich die blonden Dummchen nur für ne schnelle Nummer will. Ich glaube, Nina könnte eine gute Freundin werden."

"Ohne Sex?", fragte Ryan zweifelnd.

"Ich kann mich durchaus mit Menschen abgeben, ohne mit ihnen Sex zu haben."

"Ja, mit den Jungs von Fire&Ice, zumindest teilweise, und deiner Familie, sofern man das als abgeben bezeichnen kann. Aber das war es dann auch schon."

"Ich spreche mit Sky, Cat und euren Familien."

"Ja, aber wie du schon so schön gesagt hast, du sprichst mit ihnen, weil du musst. Nicht weil du willst."

"Ich will jetzt auch nicht sprechen. Es scheint dich doch einen Scheiß zu interessieren!", brummte Ty.

"Schon okay, ich lass dich ja schon wieder in Ruhe!"

Ryan lächelte und stand auf, um zu seiner Frau zu gehen.

Alle anderen hatten den Frühstückstisch bereits verlassen und gingen ihren eigenen Beschäftigungen nach. Ty war nicht böse darüber, so hatte er wenigstens ein bisschen Ruhe.

Gregor machte sich auf zu den Duschen und Ty überlegte gerade, ob er sich wieder neben Nina setzten sollte, als diese sich ebenfalls erhob.

Sie sah sich um und erwischte ihn dabei, wie er sie betrachtete. Ihre Blicke verhakten sich ineinander und er glaubte, bis auf den Grund ihrer Seele blicken zu können.

Ihr Blick wurde weicher und sie kam auf ihn zu, um sich neben ihn zu setzten.

Beinahe sofort wurde er ruhiger. Er entspannte sich und atmete lange und gleichmäßig aus.

"Danke."

Er dachte schon, er habe sich verhört, doch sie blickte ihn so unentwegt an, dass er den Dank in ihren Augen lesen konnte. Es war fast weniger als ein Flüstern, kaum zu verstehen gewesen.

Ihre Stimme klang rau und leicht kratzig, eben wie lange nicht gebraucht. Und so war es ja auch. Sie war leise, fein und leicht, wie ein Windhauch und so unendlich schön, dass er so ziemlich alles dafür gegeben hätte, sie noch einmal zu hören.

Er wunderte sich selbst darüber. Eigentlich mochte er ja keine Stimmen und Gespräche. Alles war ihm zu laut und zu aufdringlich.

Ninas Stimme aber war wundervoll. In seiner Version vom Himmel hätten Engel ihre Stimme gehabt.

"Wie kann ein Mensch, der so wenig spricht, eine so bezaubernde Stimme haben? Du hättest mich vorwarnen sollen, dann hätte ich es mir aufgenommen!", flüsterte Ty zurück. Er war sich zwar nicht ganz sicher, wofür sie sich bedankt hatte, aber es muss ihr wichtig gewesen sein. Wichtig genug, um zu ihm zu sprechen.

"Ich nehme deinen Dank sehr ernst, Nina. Ich weiß, dass du nicht für eine Kleinigkeit mit mir gesprochen hättest. Ich danke dir!"

Sie lächelte und hob leicht die Hand, als wolle sie ihn berühren, ließ sie schließlich aber wieder sinken.

Auch hierfür war er ihr dankbar. Für ihn hatte es etwas mit Respekt zu tun. Einen Menschen, mit dem man nicht vertraut war, einfach zu berühren, war respektlos.

Er wollte von den wenigsten Menschen berührt werden. Sicher, beim Kämpfen oder beim Sex gehörten Berührungen dazu. Aber er hatte vor seinen Gegenspielern keinen Respekt und sie anscheinend vor ihm auch nicht.

Er gab auch fremden Menschen ungern die Hand, es war für ihn, als würden sie in seine persönliche Zone eindringen.

Ninas Berührung hingegen wünschte er sich. Er wollte nur einmal kurz ihre kleine Hand auf seiner Haut fühlen.

Da er sie aber nicht einfach anfassen wollte, streckte er ihr leicht den Arm entgegen und bot ihn ihr so für eine Berührung an.

Nina sah auf, ihm direkt in die Augen. Die Frage, ob er mit dieser Geste wirklich meinte, was sie dachte, stand klar und deutlich in ihnen zu lesen. Ty nickte und Nina hob abermals zaghaft ihre Hand.

Nur mit dem Zeigefinger strich sie ganz kurz über sein Handgelenk und zog die Hand sofort wieder zurück, als würde sie etwas Verbotenes tun.

Wieder ein Blick, woraufhin er abermals nickte. Allein die Tatsache, dass sie um Erlaubnis bat, zeigte ihm, dass sie es nicht als selbstverständlich nahm, andere zu berühren. Das allein genügte ihm, um ihr dieses Privileg zuzusprechen.

Sie legte ihren Finger mit einer federleichten Berührung zurück auf sein Handgelenk. Ty kam sofort noch mehr zur Ruhe.

Langsam und zaghaft strich sie seinen Unterarm hinauf, hielt aber nach wenigen Zentimeter inne und suchte seinen Blick. Ty lächelte und Nina konzentrierte sich wieder auf ihr Tun. Sie fuhr bis zu dem Anfang seiner Tätowierung und ließ den Finger dann über die dunkle Farbe gleiten.

Völlig selbstvergessen strich sie die Ränder der Tribals nach. Ty merkte, wie sein Panther, der sonst Tag und Nacht mit Aggression erfüllt war, sich niederlegte und zu schnurren begann.

Er musste an sich halten, um nicht selbst zu schnurren. Ein leiser Seufzer entglitt ihm aber leider, denn Nina zog sofort ihre Hand weg und sah ihn an, wie ein Reh im Scheinwerferlicht.

Riesige braune Augen, in denen deutlich Angst zu sehen war. Er wollte alles andere, als sie zu erschrecken. Der Gedanke, dass es das letzte Mal sein könnte, dass sie ihn berührte, beunruhigte ihn sehr.

"Nein, bitte, hör nicht auf. Es fühlt sich schön an", flüsterte Ty.

Nina lächelte wieder und ihre Augen klärten sich wieder zu einem warmen Braun.

Er wusste nicht, wie er diese Augen als unscheinbar bezeichnet haben konnte. Sie waren warm, wunderschön und erzählten Ty von einem ganzen Leben. Er konnte in ihnen lesen wie in einem Buch und ihm wurde klar, warum Nina keine Worte benötigte. Sie konnte einem alles mitteilen, allein mit einem Blick, wenn man nur aufmerksam genug hinsah.

Er verlor sich in der tiefen Ruhe, die er empfand. In ihrem Anblick. Und er fühlte sich wie in Trance.

NINA

Die feinen Linien seiner Tätowierungen nahmen Nina völlig gefangen. Sie fuhr jede einzelne mit ihrem Zeigefinger nach. Nur die auf dem Unterarm, denn mehr traute sie sich nicht.

Wie es zu dieser einzigartigen Gelegenheit gekommen war, konnte sie immer noch kaum verstehen. So lange träumte sie schon davon, die verschlungen Muster zu berühren, und hätte niemals gedacht, dass ein so harter Mann wie Ty eine solche Erforschung seines Körpers zulassen würde. Er schien sie sogar zu genießen. Er hatte geseufzt.

Da sie diese Reaktion nur am Rande mitbekommen hatte, dachte sie zunächst, ihn verärgert zu haben. Dass es ihm sogar gefallen könnte, hatte sie nicht für möglich gehalten.

Sie hatte nahezu das Bedürfnis, ihn danach zu fragen, warum ihm ihre Berührung gefiel. Überhaupt, warum ihm ihre Gesellschaft etwas bedeutete. Aber aus Gewohnheit schwieg sie und schob lieber weiter die Rätsel der Menschheit, insbesondere der zwischenmenschlichen Beziehungen, in ihrem Kopf hin und her.

Den Anfang ihrer heutigen Begegnung hatte Ty selbst gelegt. Indem er sie vor dem kontrollsüchtigen Gregor in Schutz nahm, hatte er sie vollkommen überrumpelt. Sie rechnete nicht mehr damit, dass es jemandem auffiel, wie herrschsüchtig Gregor sich ihr gegenüber manchmal benahm.

Natürlich war sie ihm dankbar für alles was er für sie tat, aber Ty hatte recht. Sie war kein kleines Kind mehr, das bevormundet werden musste.

Es war das erste Mal seit sehr langer Zeit, dass jemand

anders für ihre Interessen einstand. Sie wollte ihren Dank richtig ausdrücken.

Sie hatte all ihren Mut zusammen genommen und Ty dieses kleine Wort zugeflüstert. Dass er sich sogar dafür bedankte und den Wert dieses einen Wortes erkannte, hatte sie verblüfft und erfreut, im gleichen Maße.

Als er sie dann noch dazu einlud, seinen Arm zu berühren, war es um Nina geschehen. Sooft sie sich auch einzureden versuchte, dass Ty nicht der Typ Mensch war, mit dem sie sich umgeben wollte, so sehr musste sie sich eingestehen, wie stark sie sich in ihm getäuscht hatte.

Er war nicht hart, er war sensibel. Er war nicht dumm, sonder blitzgescheit. Er war nicht brutal, er war feinfühlig. Er war einfach so viel mehr, als sie ihm zugestehen wollte. Und sie war sich sicher, dass er ein genauso gebranntes Kind war wie sie.

Plötzlich kribbelte ihr Nacken. Sie drehte ihren Kopf und sah, dass Gregor sie mit finsterer Miene beobachtete. Schnell zog sie ihre Hand zurück und sah aus dem Augenwinkel, wie Ty beinahe zeitgleich die Augen aufriss und Gregor anstarrte.

Von allem, was sie soeben noch geteilt hatten, war nichts mehr übrig. Seine soeben noch warmen braunen Augen verdunkelten sich in Sekunden, sodass sie nun fast schwarz wirkten.

Es war, als hätte er mehrere Persönlichkeiten. Den Ty, der er war, wenn sie mit ihm alleine war, das war ihr eindeutig der liebste. Ty, der mit den Frauen im Lager spielte. Sie wollte es sich nicht eingestehen, aber wenn sie daran dachte, durchzuckte sie ein leichter Stich der Eifersucht. Und zu guter Letzt der aggressive Tyler. Bei dem man die Befürchtung hatte, er würde von jetzt auf gleich alles in einem Umkreis von 500 Metern zu Kleinholz verarbeiten.

Diesen hasste sie und sie sah, wie er sich genau in diesem Moment in ihn verwandelte.

Sie wollte nicht zwischen die Fronten geraten, denn

auch Gregor hatte seine Kämpfermiene aufgesetzt.

Sie sprang auf und wich schnell mehrere Schritte zurück. Ty registrierte ihre Bewegung und wandte ihr den Blick zu. Der Ausdruck in seinen Augen verwandelte sich von kampfbereit in verletzt. Es erstaunte Nina, dass ihre Flucht ihn so schwer getroffen hatte.

Er senkte seinen Kopf und schüttelte ihn leicht. Dann stand er einfach auf und ging. Die Hände fest in den Hosentaschen vergraben und mit hängenden Schulter stapfte er zu seinem Zelt.

Gregors Ausdruck war mittlerweile zu einer verwirrten Grimasse geworden. Nina konnte nicht anders und legte all die Enttäuschung, die sie empfand, in ihren Blick, bevor sie sich ebenfalls abwandte. Sie setzte sich an den Rand des Lagers und schoss ein Foto von dem verlassen Platz, an dem sie sich eben noch so wohl gefühlt hatte.

Wieder eine Erinnerung mehr. Eine wunderschöne Erinnerung. Hoffentlich hat Gregor mir damit nicht alles versaut!

TY

Gregor versaute ihm einfach alles! Er würde ihn am liebsten in Grund und Boden stampfen, wusste aber, dass er sich damit sämtliche Chancen auf eine Freundschaft mit Nina verderben würde.

Er versuchte, sich zu entspannen und schlief darüber ein.

"Ty, Mann, wach auf! Wir müssen in einer Viertelstunde an der Bühne sein!"

Ty hörte Shane und öffnete blinzelnd die Augen. Er kniete direkt neben seinem Bett.

"Welch grauenvoller Anblick, um aufzuwachen", stellte er trocken fest, woraufhin Shane laut auflachte.

"Und ein noch viel grauenvoller Klang. Geh weg. Ich komme gleich!"

Nichts war ihm mehr verhasst, als keine Zeit zu haben,

um langsam, gemütlich und vor allem alleine aufzuwachen.

Er streckte sich kurz und zog sich dann in Windeseile um. Die meisten waren schon nach vorne gegangen, nur Shane wartete noch auf ihn.

"Na endlich, mein Bester! Dachte schon, du kommst gar nicht mehr aus deinem Bett", begrüßte Shane ihn, woraufhin Ty nur mit den Schultern zuckte.

"Welche Laus ist dir denn über die Leber gelaufen?", fragte Shane.

"Gregor."

"Oh ja! Verstehe! Der rennt um seine Weiber wie eine Löwenmutter! Er ist quasi ständig unterwegs, um sie zusammenzutreiben und jeden anzufauchen, der sich auch nur auf fünf Meter nähert. Dieser Typ hat echt ein Problem und bräuchte meiner Meinung nach dringend eine Frau. Die könnte er beschützen, dann müsste er nicht jedes weibliche Wesen in seinem Umkreis verteidigen."

Ty nickte nur grimmig.

"Ich glaube, du hast dir aber auch genau den Mittelpunkt seiner Frauchen-Herde ausgesucht!"

"Gott, ich will sie ihm doch nicht wegnehmen. Ich rede doch noch nicht mal mit ihr. Wir sitzen einfach nur da und er tut so, als würde ich sie vor seinen Augen vernaschen!"

Shane zuckte die Schultern.

Sie waren an der Bühne angekommen und begannen mit ihren Aufwärmübungen.

Die Show klappte, auch wenn Ty einige grobe Patzer seinerseits nur mit Müh und Not retten konnte. Er war einfach zu unkonzentriert und das konnte er sich bei einem Auftritt mit Feuer eigentlich nicht leisten. Zum Glück gab es dadurch keine Verletzungen. Weder bei ihm noch bei seinen Kameraden.

Tys Stimmung war dennoch im Keller. Er hasste es, etwas nicht zu 100% geschafft zu haben.

Gemeinsam ging die Gruppe zu ihrem Tisch. Sie wurden genauso herzlich empfangen wie am Vortag, doch Ty meinte die Blicke der anderen auf sich spüren zu können.

Er war sich nicht sicher, ob es an den Patzern lag, die er sich geleistet hatte, oder an der Geschichte mit Nina. So oder so, es störte ihn. Nicht, weil andere Leute ihn anstarrten. Das war er gewöhnt. Er wollte allerdings nicht, dass jemand erkannte, dass er Schwächen besaß. Schwächen zuzugeben gab anderen die Gelegenheit, diese auszunutzen.

Und noch viel weniger behagte ihm der Gedanke, dass er wegen Nina angestarrt wurde. Wiederum ging es dabei nicht um ihn, aber er wusste, wenn sie ihn deshalb anstarrten, würden sie das Gleiche mit ihr tun. Das wäre für Nina furchtbar und er wollte nicht, dass sie sich schlecht fühlte.

Er sah sich am Tisch um, um zu sehen, wie es Nina ging. Wie sie die ungewollte Aufmerksamkeit aufnahm, sollte es denn so sein. Aber er entdeckte sie nirgends. Noch einmal ließ er seinen Blick über die Menge schweifen.

Nein, definitiv nicht da!

Was sollte das? Wo war sie? Die Fragen fuhren in seinem Kopf Karussell, bis er Skys Stimme neben sich hörte.

"Sie ist nicht da."

Sein Blick flog zu ihr und er zog seine Augenbrauen fragend nach oben.

"Gott, Ty, du bist bald so schlimm wie sie! Wofür hat der liebe Gott dir so eine schöne Stimme gegeben wenn du sie nicht benutzt?"

Verärgert über ihre Kritik an Nina zog er die Augenbrauen zusammen.

"Ja, ja, schon gut. Sie ist im Zelt und erholt sich von ihrem Trip."

"Was für ein Trip?", wollte Ty wissen und sprach es lieber aus, damit Sky direkt antwortete und ihm nicht irgendwelche Vorträge hielt.

"Marihuana, Peace, keine Ahnung, was genau sie da

immerzu raucht. Hat sich wohl einen zu viel gebaut heute und war dann ziemlich stoned, als wir los wollten."

Die kleine Nina kifft?

Ty konnte es gar nicht fassen. Ja, er hatte sie rauchen sehen und natürlich war ihm aufgefallen, dass sie im Gegensatz zu den meisten Frauen selber drehte. Dass es aber nicht nur Tabak war, den sie verarbeitete, hatte er nicht erwartet.

Er war ein absoluter Gegner von Drogen. Auch wenn es nur Gras war, so waren es eben doch Drogen.

"Gregor bevormundet Nina in allen Lebenslagen, aber er sorgt nicht dafür, dass sie mit so einem Mist aufhört?", knurrte Ty sie an.

"Jetzt mach mal halblang, Ty! Es ist verdammt noch mal nicht Skys Schuld, also fahr runter. Sofort!", Ryan zischte die Worte in einer Tonlage, die Ty nicht oft von ihm zu hören bekam. Und normalerweise nie in seine Richtung. Er wusste, dass er die Falsche anschnauzte, war aber zu wütend, um sich wieder zu beruhigen.

Abrupt stand er auf, sodass sein Stuhl scheppernd nach hinten rutschte. Mit einem letzten finsteren Blick zu Gregor entfernte er sich von der Gruppe.

Wenn Nina so stoned ist, dass sie nicht mal mit zum Festplatz kommen kann, hat es jetzt auch keinen Sinn, ein ernstes Wort mit ihr zu reden, dachte Ty.

Er brauchte dringend eine Ablenkung, bevor er mit irgendjemand Streit anfing und sich mitten auf dem Festival zu prügeln begann. Also streifte er durch die Menge, um eine Frau zu finden, die er vögeln konnte, um die aufgestaute Energie abzubauen.

Es dauerte nicht lang, da fand er auch schon ein Exemplar, das genau in sein Beuteschema passte. Eigentlich hatte er bei Gott keine Lust auf Small-Talk, aber es blieb ihm wie immer nichts anderes übrig. Frauen wollten nun mal umgarnt werden.

Sie stand ungefähr fünf Meter von ihm entfernt und lächelte ihn lasziv an. Ty verzog seinen Mund zu einem aufgesetzten Lächeln und hoffte, dass es echt genug wirkte.

Er ging langsam auf sie zu und blieb nur einen halben Meter vor ihr stehen. Viel näher, als es jede Höflichkeit verlangt hätte, aber er wollte von vornherein klar machen, dass es ihm nicht um die große Liebe, sondern um Sex ging.

Puren, animalischen Sex!

Er griff nach ihrer Hand und zog sie auf die Tanzfläche. Der Takt der Musik übertrug sich beinahe automatisch auf seine Glieder. Er wirbelte die Frau herum und presste sie mit dem Rücken an seine Brust.

Fordernd und mit festem Griff an ihren Hüften, ließ er seine Lenden gegen ihren Po kreisen. Sie passte sich augenblicklich an und drückte ihren Hintern fest gegen ihn. Seine Hände glitten von ihren Hüften zu ihrem Bauch und von dort aus nach oben zu ihren Brüsten. Erst streifte er nur die Unterseiten, um ihre Reaktion darauf zu testen, als sie sich aber nur noch fester gegen ihn drückte, wusste er, dass sie seine Berührungen willkommen hieß.

Ty ließ seine Hände über die kleinen Brüste gleiten. Gerne hätte er etwas mehr in den Händen gehabt.

Was soll's, in ein bis zwei Stunden bin ich sie eh wieder los, dachte Ty und zwickte die Blonde sacht in ihre immer härter werdenden Nippel. Sie schmiegte sich noch näher an seinen Körper, während Ty mit einer Hand weiter ihre Brust bearbeitete und mit der anderen zu ihrem Venushügel fuhr. Langsam, um sie nicht zu überrumpeln, schob er seine Hand unter ihren Rock, und war nicht überrascht, statt einem Höschen eine triefend nasse Pussy vorzufinden.

War ja klar, dass dieses notgeile Flittchen nicht einmal Unterwäsche trägt, dachte Ty. Es machte ihn nicht an, eigentlich war er von diesen leicht zu habenden Mädchen eher angewidert. In seinen Augen hatten sie keinen Respekt verdient.

Trotzdem fuhr er behutsam mit seinen Fingern über

ihre Schamlippen und verteilte ihre Nässe, bevor er mit einem Finger in sie eindrang. Da sie nicht allzu eng war, schob er sogleich einen zweiten hinterher.

Eine Hand an ihrer Brust und die andere in ihr, zog er sie noch fester an seinen steinharten Schwanz und raunte ihr mit verführerischer Stimme ins Ohr: "Ich will dich nehmen. Jetzt gleich!"

Ihre Antwort war ein Stöhnen, welches Ty als Zustimmung deutete. Er zog seine Hand aus ihr zurück und schob sie dann, eine Hand auf ihrem unteren Rücken, durch die Menge zu dem Weg, der hinter die Versorgungscontainer führte.

Dort angekommen, drehte er sie mit dem Gesicht zur Wand und drückte ihre Hände dagegen. Mit geübtem Griff zog er ihr Becken zurück, sodass ihr Po ihm weit entgegen ragte. Behutsam fuhr er mit seinen Händen über ihren Rücken und dann nach vorne, um ihre Brüste zu kneten.

Wieder stöhnte sie laut auf und ließ ihren Arsch an seinem Schwanz kreisen.

Na vielen Dank! Du machst es mir wirklich einfach, Blondie!

Nach dieser Einladung fackelte er nicht mehr lange. Er schob mit einer Hand ihren Rock nach oben und spielte noch ein wenig mit ihrer Klit, während er gleichzeitig seine Hose öffnete.

Blondie war bereits außer sich vor Erregung und stöhnte fortwährend. Ty zog sich schnell ein Kondom über, positionierte sich hinter ihr und drang mit einer kräftigen Bewegung in sie ein. Sie schrie laut auf und wimmerte dann unter seiner Größe. Sie war zwar nicht eng gebaut und auch triefnass, konnte Ty aber genauso wenig auf einmal aufnehmen wie alle anderen Frauen.

An Geduld jedoch fehlte es ihm heute eindeutig. Er ließ ihr nur kurz Zeit, um sich an seine Härte zu gewöhnen, und stieß dann sofort wieder zu. Er wusste, dass er sich eigentlich mehr Zeit nehmen sollte, aber er wollte lediglich einen Quickie und nicht den zärtlichen Liebhaber spielen.

Eine Hand ließ er mit festem Griff an ihrer Hüfte, um sie für seine Stöße zu stabilisieren, während er mit der anderen um sie herum griff, um sie zusätzlich an ihrer Perle zu stimulieren.

Die gleichzeitige Reizung beförderte sie in Sekunden in einen heftigen Orgasmus und machte sie noch feuchter für ihn.

Ty legte die zweite Hand an ihre Hüfte und drang jetzt mit schnellen, harten Stößen in sie ein. Er pumpte mit ungezügelter Kraft und nutzte dabei die Nässe und die Benommenheit ihres Orgasmus, um sich zu nehmen, was er brauchte.

Schnellen, harten, unpersönlichen Sex.

Nach wenigen Augenblicken kam sie erneut und beförderte ihn damit selbst über die Klippe.

Schwer atmend stabilisierte er sie immer noch mit den Händen.

Als sich sein Puls wieder beruhigte, fühlte er sich nicht wirklich befriedigt. Der Druck war weg, ja, aber das war auch schon alles.

Eigentlich hatte ihm dieses Mädchen alles gegeben, was er wollte. Kein Gerede, keine schmeichelnden Worte, keine verschwendete Zeit für blöde Anmachen oder endloses Vorspiel. Und er musste sie noch nicht einmal küssen. Das gefiel ihm am besten! Küsse waren für ihn wesentlich intimer als ein Fick an sich.

Ja, sie hätte es ihm nicht einfacher machen können und trotzdem fühlte er sich unbefriedigt.

Ty zog sich aus ihr zurück und entsorgte das Kondom in einem der Mülleimer. Er schloss seine Hose und richtete seinen Blick wieder auf die Frau, die immer noch schwer atmend an der Wand des Containers lehnte.

"Danke, wir sehen uns bestimmt mal wieder", sagte Ty und wollte sich zum Gehen wenden.

"Das war's? Keine Unterhaltung, nicht einmal ein Drink?"

Wut stieg in ihm auf. Als hätte er diesem Flittchen

irgendetwas versprochen!

Während er in seiner Hosentasche nach seinem Geldbeutel kramte, ging er zu ihr zurück. Ihm war klar, dass das, was er vorhatte, ziemlich unverschämt war, doch es war ihm egal.

Bei ihr angekommen, zog er eine Zwanzig Dollar Note aus seiner Börse und steckt sie ihr in den BH.

"Kauf dir einen auf meine Kosten."

Daraufhin verzog sich ihr Gesicht zu einer wütenden Grimasse. Sie holte aus, um ihm ins Gesicht zu schlagen. Ty fing den Schlag in der Luft ab, woraufhin Blondie ihm entgegen spie: "Du bist sowas von widerlich!"

Das wusste er selbst, deshalb nickte er nur und ging. Ihre wüsten Beschimpfungen folgten ihm. Er wusste sehr genau, dass er jede einzelne davon verdient hatte.

Solch ein Verhalten war selbst für ihn ziemlich heftig gewesen, aber aus irgendeinem ihm unerklärlichen Grund hatte diese ganze Aktion ihn nur noch wütender gemacht.

Um sich selbst und seine Mitmenschen vor den Konsequenzen seiner momentanen Stimmung zu schützen, ging er in sein Zelt und versuchte, ein wenig Schlaf zu finden.

3 FREUND

TY

Es war noch früh am Morgen, als Ty erwachte. Die meisten seiner Freunde lagen noch in ihren Schlafsäcken und er entschloss sich dazu, wieder eine Runde Joggen zu gehen.

Er genoss die kühle Morgenluft und die Ruhe, die über dem Festplatz hing.

Für gewöhnlich würde er auf einem solchen Festival auch noch bis zum frühen Mittag schlafen. Da er gestern aber wenig getrunken hatte und sich früh schlafen legte, war er so ungewöhnlich früh aufgestanden.

Nach dem Duschen kehrte er zurück ins Lager und frühstückte mit den anderen. Von Nina jedoch fehlte jede Spur. Dafür saß Gregor mit ungewöhnlich schlechter Laune am Tisch und aß sein Frühstück. Ty wollte ihn nicht nach Nina fragen, denn er wollte ihr zuliebe eine Konfrontation mit Gregor vermeiden.

Die Sonne schien heute kräftiger, sodass Ty sich auf eine Decke legte, um seinen Oberkörper von der Sonne verwöhnen zu lassen. Das Gefühl der warmen Strahlen auf seiner Haut genoss er im Herbst immer besonders.

Gegen Mittag sah er Nina mit einer Decke unter dem Arm und einer Sonnenbrille auf ihrer kleinen Nase aus ihrem Zelt kommen.

Als sie ihn entdeckte, schlich sie langsam auf ihn zu. Es wirkte fast so, als würde sie sich nach den Ereignissen des Vortags nicht trauen, einfach auf ihn zuzugehen. Doch ganz egal wie wütend Ty wegen der Drogen auf sie war, er würde sie immer gerne in seiner Nähe haben. Aus diesem Grund hob er die Hand und klopfte einladend auf den Boden zu seiner Linken.

Nina lächelte ihn zaghaft an und breitete die Wolldecke neben ihm aus. Sie legte sich, das Gesicht ihm zugewandt, auf die Seite und deckte sich mit einer zweiten Decke zu. Den Kopf auf ihre rechte Hand gebettet, schob sie die andere Hand bis zum Rand ihrer Decke in seine Richtung.

Die Geste war so zaghaft und fragend, dass Ty einen Stich in seiner Herzgegend spürte.

Wer hat dieses kleine, zerbrechliche Wesen nur so verunsichert?, fragte er sich und brachte sich in die gleiche Position wie sie.

Langsam schob er seine Hand ihrer entgegen, soweit, dass sich ihre Fingerspitzen berührten.

Wieder überkam ihn diese vollkommene Ruhe und er schloss die Augen, um dieses Gefühl zu genießen.

Zwischen ihnen waren fast eineinhalb Meter, aber er fühlte sich ihr näher als der Blondine beim Sex gestern Nacht.

Sie lagen eine Zeit lang so da. Ty wünschte sich, ihr in die Augen sehen zu können, um zu wissen, was in ihr vorging. Um zu verstehen, was sie bewegte.

"Würdest du die Sonnenbrille für mich abnehmen?"

Zögernd hob sie den Kopf, um die Sonnenbrille mit der Hand, die ihr bislang als Kissen gedient hatte, abzunehmen. Es entging Ty nicht, dass sie ihre Berührung nicht aufgeben wollte, obwohl es definitiv das einfachere Vorhaben gewesen wäre. Er rätselte, ob sie die Berührung nicht verlieren wollte, oder ob sie sich nicht traute, da sie befürchtete, er würde sie danach nicht mehr zulassen. Er sollte ihr baldmöglichst begreiflich machen, wie sehr er ihre Gesellschaft schätzte, und auch, dass er es genoss, ihre Hand auf seiner Haut zu fühlen.

Sie hatte die Sonnenbrille abgezogen, bettete ihren Kopf wieder auf der Hand und sah ihm dann zaghaft in die Augen.

Sie waren blutunterlaufen, tiefe Augenringe waren darunter zu erkennen. Sie sah furchtbar aus.

"Ich finde es grauenvoll. Die Drogen im Allgemeinen, dein Aussehen heute und die Tatsache, dass du mich für einen Trip gestern Abend versetzt hast."

Nina riss ihre Augen weit auf. Eine Palette von Emotionen floss in Sekundenschnelle hindurch.

Erschrecken, Unsicherheit, Argwohn und zu guter Letzt Zorn. Sie entzog ihm ihre Hand und drehte sich auf die andere Seite.

Dass sie sich so plötzlich von ihm zurück zog, gefiel ihm nicht. Er mochte es im Allgemeinen nicht, wenn sich jemand einer Konfrontation entzog. Bei Nina allerdings machte es ihn wahnsinnig! Sie sollte sich mit ihm auseinandersetzten oder ihn zumindest anhören. Eigentlich war es ihm egal, was sie tat, nur zurückziehen sollte sie sich nie von ihm. Weder körperlich noch mental.

"Ich habe dir nicht gesagt, was du tun sollst, oder dich in irgendeiner Art und Weise bevormundet. Ich verurteile dich auch nicht. Ich habe nur ausgesprochen, was ich bei dem Gedanken denke und fühle."

Ty sah, wie sich ihre Schultern wieder entspannten. Er ließ ihr noch ein wenig Zeit, seine Worte zu verarbeiten und ihre Gedanken zu sortieren, ehe er sie erneut ansprach.

"Bitte, dreh dich wieder zu mir, Nina."

Erst zögerte sie, gab sich dann aber doch einen Ruck und wandte sich ihm wieder zu.

Ihre linke Hand lag dieses Mal nah an ihrem Oberkörper. Ty drehte seine Hand mit der Handfläche nach oben, um ihr zu zeigen, dass er gerne ihre Hand halten würde.

Nina streckte ihm die Hand entgegen, erreichte seine aber nur an den Spitzten. Doch dann rückte sie mit ihrem Körper näher und legte sie vollständig in seine.

Es war ein atemberaubendes Gefühl. Es war das erste Mal, dass ihre Berührung nicht nur leicht und angedeutet war.

Vorsichtig begann er, mit dem Daumen ihr Handgelenk zu streicheln. Er sah konzentriert zu, wie sich sein Finger auf ihrem Handgelenk bewegte. Der Kontrast ihrer hellen Haut zu seiner braunen, ihr zierliches Handgelenkt unter seiner großen Hand. Und dazu noch diese allumfassende Ruhe in seinem Inneren.

Er war gefangen in diesem Moment.

Ob es sich wohl für Nina genauso atemberaubend anfühlte?

Ty hob den Kopf und suchte ihren Blick. Nina sah ebenso fasziniert auf ihre ineinander verschlungen Hände, wie Ty es bis gerade eben getan hatte. Dann hob sie ebenfalls den Blick und sie sahen sich tief in die Augen. Sie benötigten keine Worte. Alles, was sie dachten und fühlten, lag in dem Blick, den sie teilten. Ein tiefes Verstehen.

Nach einer gefühlten Ewigkeit, in der sie all ihre Emotionen mit einander teilten, schloss Nina die Augen. Ty tat es ihr gleich und beide genossen einfach nur den Augenblick.

Irgendwann musste er in seiner Ruhe eingeschlafen sein. Er erwachte erst wieder, als Nina ihre Hand behutsam von seiner löste.

NINA

Gregor hatte ihr schon eine Millionen Vorträge über ihren Drogenkonsum gehalten.

Es war alles dabei gewesen. Von ruhiger Vernunft bis

zu unglaublichem Geschrei. Nina hatte es einfach wie bei allem gemacht, das sie nicht hören wollte. Sie ignorierte ihn.

Diesen Schalter hatte sie auch sofort betätigt, als Ty dieses Thema anschnitt.

Die Worte, die er zu ihr gesagt hatte, gingen ihr nicht mehr aus dem Kopf.

Ich habe dir nicht gesagt, was du tun sollt, oder dich in irgendeiner Art und Weise bevormundet. Ich verurteile dich auch nicht. Ich habe nur ausgesprochen, was ich bei dem Gedanken denke und fühle.

Dieses schlichte Geständnis, außerdem eine Entschuldigung für seine vermeintliche Einmischung, hatte sie aus ihrem gewöhnlichen Verhaltensmuster gerissen.

Die zwei Stunden, die dann folgten, waren so ziemlich die schönsten in ihrem Leben. Seine warme Hand in ihrer, das sanfte Streicheln seines Daumens und seine nahezu ungläubigen Blicke hatten sie bis in ihr Innerstes berührt.

Zu beobachten, wie dieser starke, wilde Mann in ihrer Gegenwart losließ, ihr vertraute und zur Ruhe kam, gab ihr ein Gefühl, das sie nicht in Worten auszudrücken vermochte.

Sie kannte ihn immer nur angespannt, auf der Hut und jederzeit bereit, um sich zu treten. Ihn so zu erleben und zu sehen, wie er neben ihr einschlief, war das größte Geschenk, das Nina je erhalten hatte.

Nach einer Stunde waren Gregor und ein paar der anderen ins Lager zurückgekehrt. Nina spürte ihre Blicke auf sich ruhen und wusste, dass sie beobachtet und analysiert wurde. Doch war sie noch nicht gewillt, ihre kleine eigene Welt aufzugeben.

Viel zu sehr genoss sie die Situation.

Leider kamen immer mehr der Gruppenmitglieder zurück oder aus ihren Zelten gekrochen und die Aufmerksamkeit der vielen Personen wurde von Minute zu Minute unerträglicher. Zudem wusste sie überhaupt nicht, ob es Ty überhaupt recht war, dass sie in diesem, zumindest für sie, sehr intimen Moment beobachtet wurden.

So entschloss Nina sich dazu, sich leise zurückzuziehen, um Ty nicht zu wecken. Ganz vorsichtig zog sie ihre Hand aus seiner. Sein Griff wurde nicht fester, aber sie merkte wie sich sein ganzer Körper anspannte. Er öffnete seine Augen und Nina meinte, einen Vorwurf darin zu lesen. Fast, als würde er ihr sagen, wie sie es wagen konnte, ihn jetzt zu verlassen.

Ja, ja, bestimmt! Als hätte ein Mann wie Ty es nötig, meine Gesellschaft zu haben. Träum weiter, Nina!

Als Erklärung ließ Nina ihren Blick zu den Gaffern wandern. Er verstand sofort. Nina setzte sich ihre Sonnenbrille auf und zog sich dann in ihr Zelt zurück. Sie wollte ihre Ruhe haben. Vor allem vor den Menschen, die ihr diesen wunderbaren Moment geraubt hatten.

Aus dem Augenwinkel sah sie noch, wie Ty sich streckte, auf den Rücken rollte und schließlich auf die Ellenbogen aufstützte.

Sie konnte nicht umhin, seinen Körper zu bewundern. Er war perfekt. Genau so hätte sie sich einen Mann in ihrer Fantasie erschaffen. Sie schlüpfte in ihr Zelt, wütend darüber, seinen Körper nicht weiter ansehen zu können, und begnügte sich schlussendlich damit, all die Szenen vom Nachmittag wieder und wieder in ihrem Kopf durchzuspielen.

TY

Vielen Dank auch, ihr Idioten!

Kaum hatte Nina ihn verlassen, verließ ihn auch diese wunderbare Ruhe. Er hasste es, wie alle sie anstarrten, als wären sie Tiere im Zoo oder als hätten sie hier vor ihnen Sex gehabt.

Er wusste nicht, was das alles sollte. Schließlich war sie nicht die einzige Frau im Lager und sie waren sich auch bei weitem nicht so nahe gekommen, wie manch andere es hier schon getan hatten.

Sie gönnten ihnen einfach keine Ruhe! Es erstaunte ihn jedoch, dass Gregor sich auf finstere Blicke beschränkte.

Noch immer wurde er von allen Seiten angestarrt. Ty platzte endgültig der Kragen. Mit einem Satz war er auf den Füßen und starrte böse in die Runde.

"Was soll das? Wächst mir ein Einhorn oder scheint mir die Sonne aus dem Arsch? Habt ihr Wichser nichts Besseres zu tun, als mich anzustarren, als wäre ich ein verdammtes Insekt unter eurem scheiß Mikroskop?"

"Jetzt mach aber mal halblang, Ty! Wir fragen uns doch nur, was da zwischen euch läuft!", mischte Ryan sich ein.

"Ach ja? Was ist denn zwischen dir und Shane gelaufen, als ihr euch jahrelang ein Zelt geteilt habt? Sei nicht so verdammt selbstgerecht, Ryan. Ich habe dir mehr als genug gesagt, um mir diesen Scheiß nicht reinziehen zu müssen!"

Ty wandte sich um und stieß geradewegs mit Logan zusammen. Er rempelte ihn grob mit der Schulter an.

"Hey!", protestierte dieser.

"Geh mir verdammt noch mal aus dem Weg oder ich brech dir deinen scheiß Kiefer!"

Mit diesen Worten schubste er Logan grob von sich und lief wütend davon.

"Lasst ihn jetzt lieber", hörte er Ryan noch sagen, als sich der ein oder andere einmischen wollte.

Ty wusste, dass ihn jetzt eigentlich nur noch zwei Dinge wieder runterbringen konnten. Harter Sex oder ein ordentlicher Kampf. Da beides leider nicht zur Verfügung stand, joggte er los.

Er lief und lief, wusste überhaupt nicht, wie viel Zeit vergangen war. Irgendwann wurde die Aggression in seinem Inneren so übermächtig, dass er sich nicht mehr beherrschen konnte und mit der geballten Faust gegen seinen Baumstamm schlug.

Den Schmerz spürte er kaum, so gefangen war er in

dem Wirbelsturm seiner Gefühle.

Das Blut tropfte aus seinen aufgeplatzten Knöcheln und seine Hand wurde langsam blau.

Als er aufsah, bemerkte er, dass die Sonne schon tief stand. Er musste zurück. Den Auftritt durfte er nicht verpassen. Egal, wie wütend er auf alle war, er konnte sie diesbezüglich einfach nicht hängen lassen.

NINA

Nina hatte den Streit zwischen Ty und seinen Freunden mitbekommen. Sie machte sich Vorwürfe, da es natürlich allein ihre Schuld war. Sie hätte sich gleich von ihm lösen sollen, dann wäre die Situation nicht so eskaliert.

Sie war traurig und wütend zugleich. Ty hatte Recht, es stand niemandem zu, über sie zu urteilen, so seltsam sie zusammen auch wirkten.

Als Gregor ihr Zelt betrat, drehte sie sich von ihm weg. Er war auch nicht besser als alle anderen, auch wenn er sich erstaunlicherweise ziemlich zurück gehalten hatte.

"Hey Kleines, alles okay?"

Nina ignorierte ihn einfach. Sie hatte keine Lust, sich mit ihm auseinanderzusetzen.

"Jetzt sei doch nicht so! Du musst doch damit rechnen, dass die anderen dich ansehen, wenn du dich so an Ty ranwirfst. Alle warten doch nur darauf, dass du das nächste Flittchen wirst, dass in seinem Bett landet!"

Zu viel ist zu viel!

Ruckartig setzte sie sich auf und verpasste Gregor eine schallende Ohrfeige. Es tat ihr in der Seele weh und Gregors Blick war so schockiert, dass sie Gewissensbisse bekam! Was war nur in sie gefahren? Sie verabscheute Gewalt!

Doch da veränderte sich Gregors Blick abermals und er sagte mit wütender Stimme: "Schön, dann lass dich doch von ihm ficken. Komm dann aber nicht zu mir gerannt, wenn er dich danach abserviert!"

Dass ausgerechnet Gregor so herablassend mit ihr sprach, verletzte sie.

Tränen stiegen ihr in die Augen und sie verließ fluchtartig das Zelt.

"Nein, scheiße! Nina warte! Es tut mir leid! Ich wollte das nicht sagen! Nina, bitte!"

Gregor krabbelte nach ihr aus dem Zelt und versuchte, sie aufzuhalten.

Blind von den Tränen, die ihr über die Wange strömten, stolperte sie über den Lagerplatz. Sie wollte nur noch weg. Allein sein. Ihre Ruhe haben. Also rannte sie so schnell sie konnte durch die verschlungen Pfade des Lagers und hoffte, Gregor abschütteln zu können.

Es gelang ihr und sie lief weiter, bis sie an den Rand des Lagers stieß, wo sie sich hinter einem der Versorgungscontainer an den Boden setzte.

Sie zitterte am ganzen Körper und versuchte krampfhaft, sich selbst zu beruhigen.

Als ihre Hände wieder einigermaßen zu gebrauchen waren, griff sie in ihre Tasche, um sich einen Joint zu drehen. Sie erinnerte sich an Tys Worte, aber er war nicht da und sie brauchte etwas für ihre Nerven. Sie wusste nicht, wie sie den Tag sonst überstehen sollte.

Nina tat sich nur eine kleine Portion auf, denn sie wollte nicht wieder so fertig sein wie am Vortag. Nur ein klein wenig high. Nur ein bisschen, um zu entspannen und einen klareren, objektiveren Blick auf alles zu bekommen.

Sie blieb an Ort und Stelle sitzen, auch als die Sonne bereits unterging. Sie war sich sicher, dass Gregor sich Sorgen machen würde.

Würde Ty sie vermissen?

Ihre Gedanken rasten und als das Hoch der Drogen abflaute, erfasste sie bleierne Müdigkeit und sie ergab sich in einen tiefen, traumlosen Schlaf.

TY

Die Stimmung im Lager war sehr bedrückt. Alle gaben vor, beschäftigt zu sein und wichen ihm und seinen Blicken aus.

Gregor saß umringt von den Frauen der Setarips am Lagerfeuer. Sie redeten leise auf ihn ein. Ty ging davon aus, dass er mit Nina gestritten hatte, da diese nicht dabei war.

Manch einer würde sich bestimmt fragen, wie man mit jemandem streiten kann, der nicht spricht, aber Ty war sich sicher, dass Nina Gregor auch ohne Worte die Leviten lesen konnte.

Ty ging zum Gemeinschaftszelt, um sich Verbandsmaterial für seine Hand zu holen. Mittlerweile war der Schmerz eingetreten und er wusste, dass er die Hand bandagieren musste, wenn er später für die Show fit sein wollte.

Das große Zelt beherbergte all ihre Vorräte. Das Essen, die Getränke, Materialien, die sie für das Feuerspucken benötigen und auch einen Erste-Hilfe-Kasten, der beim Umgang mit Feuer nicht fehlen durfte.

Im Inneren des Zeltes traf er auf Ryan, der sich gerade eine neue Flasche Wasser holen wollte.

"Ah, der verlorene Sohn!", scherzte Ryan, stutzte aber dann, als er Tys Hand bemerkte.

"Was ist denn mit dir passiert?", fragte er sogleich und deute auf den blutigen Knöchel.

"Mir stand ein Baum im Weg", antwortete Ty und beugte sich über die Kiste, in der er das Verbandmaterial vermutete.

"Der Verbandskasten ist draußen, falls du den suchst", sagte Ryan und lächelte ihn an.

Ty zog fragend die Augenbrauen nach oben.

"Gregor und Nina haben sich gestritten. Nina ist weggelaufen und Gregor hat versucht, sie einzuholen, um sich bei ihr zu entschuldigen. Dabei ist er über eine der Zeltschnüre gestolpert und hat sich den Unterarm an einem Hering aufgeritzt."

Ty verspannte sich.

"Wo ist sie?"

"Weg. Gregor meinte, dass es das Beste wäre, sie vorläufig in Ruhe zu lassen."

"So ein Arsch! Erst vertreibt er sie und jetzt will er die Suppe nicht mal auslöffeln, die er sich eingebrockt hat!"

Ty war außer sich vor Wut.

"Mach mal langsam, Ty! Gregor ist echt fertig deswegen. Ein paar von den Jungs sind auch schon unterwegs, um sie zu suchen."

Ty schnaubte.

"Als würde Nina mit ihnen gehen, wenn sie sie erst mal gefunden haben."

"Wenn nicht, wissen wir wenigstens, wo sie ist. Und du hast jetzt keine Zeit. Wir müssen in einer halben Stunde an der Bühne sein und deine Hand sieht aus, als müsste sie dringend verarztet werden, bevor wir irgendetwas mit dir anfangen können."

Ty nickte abwesend, in Gedanken war er schon auf der Suche nach Nina.

"Vielleicht solltest du die Hand von den Sanitätern ansehen lassen, wenn wir mit unserem Auftritt fertig sind", sprach Ryan dann weiter, doch Ty schüttelte nur den Kopf.

Falls Nina bis dahin noch nicht aufgetaucht war, musste er selbst sie suchen gehen.

Ryan und er gingen gemeinsam zum Lagerfeuer. Er warf Gregor einen finsteren Blick zu, ehe er sich den Verbandskasten schnappte und sich auf der anderen Seite des Feuers niederließ.

"Was ist denn mit deiner Hand passiert, Ty?", fragte Sky, hielt sich aber sofort zurück, als Ryan nachdrücklich den Kopf schüttelte.

Er reinigte die Wunde und desinfizierte sie anschließend. Eine schmale Schicht Kompresse legte er sich auf die offenen Knöchel, ehe er alles straff mit Tape umwickelte. Probehalber öffnete und schloss er seine Faust, um die Beweglichkeit seiner Hand zu testen. Es tat weh, aber er war sich sicher, dass er die Show überstehen würde.

Auf Ryans fragenden Blick nickte Ty.

"Dann lass uns mal Umziehen gehen", sagte Ryan und erhob sich von der Bank.

Ty folgte ihm, schoss aber im Vorübergehen wütende Blicke auf Gregor ab.

Die Show lief überraschend gut. Ty hatte Schlimmeres befürchtet, da nicht nur seine Konzentration im Keller war.

Auch die Stimmung war eher gedrückt, als sie zu ihrem Tisch gingen.

"Nina?", fragte er Sky, doch diese schüttelte nur den Kopf.

Er fluchte unterdrückt und lief los, um sie zu suchen.

"Sollen wir uns aufteilen oder zusammen gehen?", hörte er die anderen noch diskutieren, während er schon unterwegs war.

Er wusste, dass er sie irgendwo abseits der Menge finden würde, daher ging er auf direktem Weg zum Lagerrand und nahm sich vor, das gesamte Lager einmal zu umrunden, bevor er sich eine neue Strategie überlegte. Er ging im Uhrzeigersinn vor und machte sich gar nicht erst die Mühe, sie zu rufen. Wenn sie sich versteckte, würde sie ihm bestimmt nicht antworten.

Seit 15 Minuten war er mittlerweile unterwegs, als er einen Hauch von Marihuana in der Luft roch.

Gott sei Dank!, dachte er und dann, *auch wenn ich es nicht gut finde, immerhin kann ich sie so aufstöbern.*

Die Versorgungscontainer wurden vom schwachen Mondlicht beschienen. Hier, am Rand des Festivals, wirkte die Geräuschkulisse gedämpft wie durch Watte. Alles in allem ein Ort, den er sich wahrscheinlich auch selbst ausgesucht hätte.

Ty umrundete jeden einzelnen Container und fand Nina schließlich hinter einem der letzten.

Erschrocken stellte er fest, dass es genau der war, in dem er die Nacht zuvor Sex mit der Blondine gehabt hatte. Wenn er es nicht besser wüsste, wäre er jetzt davon ausgegangen, dass Nina davon wusste.

Mit dem Rücken an den Container gelehnt saß sie da. Als Ty sich ihr näherte, bemerkte er, dass sie tief und fest schlief.

Er zog sein Handy aus der Tasche und schrieb Ryan eine SMS.

> Hab sie. Sie ist stoned und schläft. Ich bringe sie zurück zum Lager.

> Super! Ich sage den anderen Bescheid. Danke Mann!

Einen Arm unter ihren Kniekehlen, die andere hinter ihrem Rücken, hob Ty Nina hoch und trug sie zurück zum Lager. Sie fühlte sich so winzig an in seinen Armen und erstaunlicherweise federleicht.

Ihr Handy vibrierte an seinem Bauch. Ty ließ ihre Füße zu Boden gleiten und wollte Nina mit dem Rücken an seiner Brust positionieren, um an ihr Telefon zu gelangen. Damit sie nicht umfiel, legte er einen Arm um ihre Taille und erstarrte.

Fass auf Stelzen, von wegen!

Ihre Taille war so schmal, dass er sie mit seinen Händen umfassen konnte. Er konnte sich nicht beherrschen und musste seine Hände ein wenig auf Entdeckungstour gehen lassen, um sich ein Bild davon zu machen, wie ihre Figur tatsächlich aussah.

Ihr Bauch war flach und ihre Hüftknochen stachen stark hervor. Er spürte jede einzelne ihrer Rippen und zog dabei erschrocken die Luft ein. Er verstand, warum Gregor wollte, dass sie mehr aß. Sie war wirklich zu dünn.

Ohne sein Zutun schoben sich seine Hände noch ein

Stück nach oben. Sie stießen an die Unterseite ihrer Brüste. Er drehte leicht die Hände, sodass ihre Brüste in ihnen zum Liegen kamen.

Mann Gottes, sind die groß! Das ist bestimmt ein D-Körbchen.

Ihr Handy meldete sich erneut und ihm wurde bewusst, dass er gerade eine schlafende Frau begrapschte. Erschrocken zuckte er zusammen. Was zum Teufel dachte er sich dabei? Schnell positionierte er seinen Arm wieder um ihre Taille und zog das Telefon aus ihrer Tasche.

"Ty hier", meldete er sich, ohne vorher auf das Display gesehen zu haben.

"Wo zum Teufel bleibst du?", schnauzte Gregor ins Telefon.

"Ich bin unterwegs, es ist nun mal ein Stück von den Versorgungscontainern bis zu uns."

"Was hat sie denn da draußen zu suchen?"

"Woher soll ich das wissen? Bis gleich!" Damit legte er auf und steckte das Handy in seine eigene Tasche.

Er hob Nina wieder in seine Arme und setzte seinen Weg fort.

Himmel, ich hab sie tatsächlich angetatscht, während sie tief und fest ihren Trip ausschläft!

Er konnte nicht fassen, dass er das tatsächlich getan hatte.

Nina schmiegte ihren Kopf an seine Schulter und verdrängte damit jeden anderen Gedanken. Es fühlte sich herrlich an, sie in seinen Armen zu halten. Besser, als er es sich jemals vorgestellt hatte. Und er hatte es sich in den vergangen zwei Tagen sehr häufig vorgestellt! Wenn es nach ihm gehen würde, würde er sie nie wieder los lassen.

Wo kam das denn jetzt her?

Nina wurde zunehmend unruhiger in seinen Armen und Ty war froh, dass er bald am Lager ankommen würde. Ihre Lieder flatterten, dann sah sie sich durch kaum geöffnete Augen benommen um.

"Hey Querida, wieder da?", murmelte er ihr zu. Ihre Mundwinkel zuckten leicht. Dann schüttelte sie entschieden den Kopf und kuschelte sich an seine Schulter.

Ty musste lächeln. Er freute sich darüber, dass es ihr wohl genauso gut gefiel, wie ihm.

Er hoffte nur, dass sie sich daran erinnern konnte, wenn sie erst einmal wieder ganz wach war.

Sie wurden bereits von den anderen erwartet, als Ty das Lager betrat.

"Geht's ihr gut?"

"Wo hast du sie gefunden?"

"Schläft sie oder ist sie bewusstlos?"

"Alles in Ordnung?"

Ty konnte die Stimmen gar nicht mehr zuordnen, die alle gleichzeitig auf ihn einsprachen. Er schüttelte nur abwehrend den Kopf, und hoffte, dass alle ihn in Ruhe ließen.

"Alles Bestens!", rief er in die Runde und machte sich auf dem Weg zu ihrem Zelt.

Gregor kam ihm entgegen und streckte fordernd die Hände aus, um sie ihm abzunehmen. Ty konnte den Impuls, sie fester an sich zu pressen, nicht unterdrücken, sah dann aber ein, dass er sie nicht behalten konnte und lockerte seinen Griff.

"Gib sie mir!", forderte Gregor und sah wirklich besorgt aus.

Nina schlug die Augen auf, schlang ihr Arme um seinen Hals und schüttelte heftig den Kopf. Sein Herz machte einen kleinen Satz. Dann wurde er allerdings wütend. Wenn Nina so heftig auf Gregor reagierte, musste er sie wirklich verletzt haben.

Er drückte sie beruhigend an sich und sah Gregor mit zornigem Blick entgegen. Dieser war völlig erstarrt. Ninas Reaktion musste ihn wirklich schwer getroffen haben.

Gregor drehte sich um und ging vor ihm her zu ihrem Zelt.

"Bitte nicht!"

Worte, kaum mehr als ein Hauchen, ließen beide

Männer sofort erstarren. Mitten in ihren Bewegungen hielten sie inne und schauten Nina an.

Diese Stimme!

Ty war sich sicher, dass er alles tun würde, was diese Stimme ihn bat. Jederzeit, immer, überall! Er würde seinen rechten Arm dafür geben, sie einmal seinen Namen sagen zu hören!

Er schüttelte den Kopf über seine Gedanken.

"Nina …", stammelte Gregor eindringlich. "Das kannst du mir doch nicht antun! Du weißt, dass ich es nicht so gemeint habe. Es tut mir so leid, Süße! Bitte komm mit mir! Ich werde alles wieder gutmachen! Ich verspreche es dir!"

Gregor trat einen Schritt nach vorne, Ty wich zeitgleich zurück.

Wenn Nina nicht will, muss sie auch nicht!

"Lass sie! Sie will nicht zu dir, siehst du das nicht?"

Gregor funkelte ihn zornig an.

"Woher willst du denn wissen was sie will?"

Es kostete ihn all seine Kraft, Gregor nicht an die nächste Wand zu nageln, doch die Befriedigung, Nina in seinen Armen zu haben, ließ ihn über sich selbst hinauswachsen.

Darum zuckte er betont lässig die Schultern und sagte: "Ich frage sie. Wo willst du schlafen Querida?"

Nina lächelte sanft und zuckte dann mit den Schultern.

Der Kosename gefällt ihr also. Hmm … mir auch!

"Bei dir?"

Heftiges Kopfschütteln.

"Bei einem der Mädchen?"

Wiederum ein Kopfschütteln.

"Willst du mein Zelt haben?"

Nina lächelte ihn zaghaft an. Sie sollte haben, was sie wollte. Ty nickte und setzte sich in Bewegung. Kurz vor seinem Zelt lief ihm Logan über den Weg.

"Jo Logan, erst mal sorry wegen heute früh, war nicht persönlich …"

"Weiß ich doch, Mann, kein Thema."

"Danke! Hey … ähm … kann ich heut vielleicht bei dir pennen?"

Ty hasste es, jemanden um etwas zu bitten. Und wenn, hätte er sich tausendmal lieber an Ryan gewandt, aber der hatte seine Freundin in ihrem Zelt und bestimmt keine Lust auf Gesellschaft. Wäre das Wetter im Herbst nicht so kalt und unberechenbar gewesen, hätte Ty draußen geschlafen. Und eine Frau zu suchen, lag heute Abend definitiv nicht in seinem Interesse.

Logan musterte ihn und Nina, die immer noch in seinen Armen lag, und zuckte dann die Schultern, während Nina sich kopfschüttelnd noch enger an ihn drückte.

"Soll ich bei dir bleiben?"

Sie nickte. Hinter ihm knurrte Gregor: "Das ist ja wohl nicht dein Ernst!"

Ty wusste nicht genau, wen Gregor meinte, aber mit dieser Aussage hatte er es besiegelt. Ty würde Nina heute Nacht definitiv nicht alleine lassen.

"Nina hat sich entschieden, Gregor. Kannst du bitte ihren Schlafsack bringen? Oder soll ich ihn selbst holen?"

Angespannte Stille im gesamten Lager, aber Ty sah sich nicht einmal um. Er trug Nina in sein Zelt und wollte sie absetzten, doch sie klammerte sich weiter an ihn fest.

"Ich komme gleich wieder, Querida, ich hole nur deine Sachen."

Wieder dieses Lächeln.

Er beeilte sich. Gregor stand vor dem Zelt und empfing ihn mit grimmiger Miene.

"Wenn du sie auch nur anfasst …", begann er, aber Ty unterbrach ihn sofort.

"Mein Gott, Gregor, sie ist stoned, verletzt und verwirrt. Wegen dir, nebenbei gesagt. Das würde ich niemals ausnutzen!"

Gregor zuckte unter seinen Anschuldigungen zusammen, wollte aber sofort wieder auf ihn losgehen.

Ty unterbrach ihn abermals.

"Wir reden morgen darüber. Heute ist keiner in der richtigen Verfassung dazu, das vernünftig zu klären."

Widerwillig übergab Gregor ihm den Schlafsack, ein Kissen und warme Kleidung für die Nacht. Dann machte er auf dem Absatz kehrt und ging in Richtung Festplatz.

Ty atmete schwer aus. Es war wahnsinnig kräftezehrend gewesen, diesen Wichser nicht einfach windelweich zu prügeln.

"Meinst du wirklich, dass das eine gute Idee ist?", fragte Ryan, als er neben ihm auftauchte.

"Ja!", antwortete Ty im Brustton seiner Überzeugung.

Es war die beste Entscheidung, die er seit langem getroffen hatte. Nina schenkte ihm Seelenfrieden und er würde ihr im Gegenzug die Welt zu Füßen legen. Was sie brauchte, sollte sie haben!

Er klopfte Ryan freundschaftlich auf die Schulter. Ryan wirkte genauso überrascht von dieser Geste wie Ty selbst es war. Er schüttelte den Kopf über sich selbst und ging eiligen Schrittes zurück.

Im Zelt angekommen, sah er, wie Nina sich auf seinem Schlafsack zusammen gerollt hatte. Sie sah so verletzlich aus, dass es Ty im Herz schmerzte.

Sie wandte den Kopf und sah ihn aus großen, runden Rehaugen an. So, als würde er jeden Moment verkünden, dass er es sich anders überlegt hatte. Doch da täuschte sie sich ganz gewaltig. Sie konnte froh sein, wenn er sie jemals wieder gehen ließ!

Sie tat ihm so unglaublich gut, und wusste es noch nicht einmal. Leider hatte Ty auch keine Worte, mit denen er es ihr verständlich machen könnte.

Das Bild von ihr auf seinem Bett brannte sich für immer in sein Gedächtnis. Er wollte sich daran erinnern, um in der Zeit, in der sie nicht mehr in seiner Nähe sein würde, davon zehren zu können.

Er lächelte sie an und breitete dann ihren Schlafsack dicht neben seinem aus. Sie würden enger beieinander liegen als heute Nachmittag. Er hatte ein Eineinhalb-

Mann-Zelt, da er für gewöhnlich immer alleine schlief. Für Nina würde er aber jederzeit eine Ausnahme machen. Auch wenn er sonst versuchte, jede Frau so schnell wie möglich heraus zu bekommen oder sie gar nicht erst hinein zu lassen - bei Nina war alles anders.

Sie krabbelte flink hinüber und Ty reichte ihr ihre Klamotten.

"Ich hole uns noch schnell Wasser für die Nacht. Dann kannst du dich auch in Ruhe umziehen", sagte er leise, denn er wollte sie wissen lassen, dass er sie nicht bedrängen würde.

Er ging hinaus und ließ sich viel Zeit bei seiner Besorgung. Er wollte nicht, dass er sie am Schluss noch halbnackt überraschte.

Nicht, dass ich sie nicht gerne nackt sehen würde … Scheiße! Wo kommt das denn jetzt wieder her! Reicht es denn nicht, dass du sie heute schon befummelt hast, obwohl sie geschlafen hat?

Ty ärgerte sich über sich selbst. Er wollte Nina nicht so sehen! Sie war etwas viel Besseres und sie hatte es verdient, dass er sie auch in seinen Gedanken mit größtmöglichem Respekt behandelte.

Er ging extra lauten Schrittes zurück zum Zelt, um sie nicht zu überraschen. Angekommen räusperte er sich noch einmal und schob dann langsam die Plane des Eingangs beiseite.

Nina lag genauso wie am Nachmittag auf der Seite. Ihr Gesicht zeigte wieder in Richtung seines Schlafplatzes.

Ty stellte das Wasser zu ihren Köpfen ab und zog sich dann aus. Er überlegte erst, ob er ihr zuliebe mehr tragen sollte als seine obligatorischen Boxershorts, konnte sich dann aber doch nicht dazu durchringen. Sie kannte ihn schließlich mit bloßem Oberkörper und er entschied, dass es sie wohl auch nicht mehr stören würde.

Er legte sich nieder und zögerte nicht, die ihm dargebotene Hand zu ergreifen.

Ihre Blicke waren genauso wie ihre Hände in einander verschlungen und Ty schnurrte innerlich vor

Wohlbehagen. Sie war besser als jede Droge und dabei tat sie nichts anderes, als seine Hand zu halten.

Eine ganze Weile später begann Nina, kaum merklich zu zittern.

"Ist dir kalt?"

Sie nickte. Ty öffnete seinen Schlafsack, um ihn über ihr auszubreiten. Es würde auch einmal eine Nacht ohne gehen müssen. Und morgen würde er gleich als erstes losziehen und ihr irgendwo noch ein paar Decken kaufen.

Sie sah ihn mit großen Augen an, als er sich wieder auf die Seite legte und sich eine Jacke über den Schultern drapierte.

Zögernd hob sie seinen geöffneten Schlafsack an, als würde sie wollen, dass er sich zu ihr legte.

"Das geht schon, Querida, keine Sorge."

"Bitte."

Nur ein einziges gehauchtes Wort - und sein Wille war gebrochen.

Er lächelte sie sanft an und schlüpfte dann mit ihr zusammen unter seinen Schlafsack.

Sie lagen jetzt Kopf an Kopf und sahen sich, wie gerade eben schon aus größerer Entfernung, in die Augen.

Vorsichtig hob sie ihre Hand und Ty wusste, dass das die Frage war, ob sie ihn berühren durfte.

"Du brauchst mich nie darum zu bitten, Nina! Jederzeit, überall! Merk dir das!"

Sie nickte zaghaft und lächelte dann.

Ihre Hand hob sich seinem Gesicht entgegen. Federleicht strich sie die einzelnen Konturen nach. Seine Augenbrauen, seine Nase, seine Wangenknochen.

Ty schloss die Augen, um diese wundervollen Empfindungen tief in sich aufzunehmen.

Ihr Finger glitt von seinem Kiefer zu seinem Kinn, bevor sie, so leicht, dass er es kaum spürte, die Umrisse seiner Lippen nachfuhr.

Ty entfuhr ein Seufzen, was Nina sofort dazu veranlasste, ihre Hand zurück zu ziehen.

"Es tut mir leid, aber deine Berührungen sind so schön, dass es mir schwerfällt, keinen Ton von mir zu geben."

Die Worte waren geflüstert. Nicht nur, um sie nicht zu verschrecken. Er war sich zudem sicher, dass die gesamte Gruppe darauf lauschte, was in dem Zelt vor sich ging. Er wollte auf jeden Fall jegliche weitere Spekulation um ihn und Nina verhindern. Er wollte nicht, dass sie sich wieder von ihm zurückzog. Er wollte sie immer so nah bei sich haben wie in diesem Moment.

Nina lächelte. Dann rutschte sie vorsichtig ein Stückchen näher und vergrub ihren Kopf an seinem Hals.

Ich bin gestorben und im Himmel! Anders kann es nicht sein!

Ihr gleichmäßiger Atem auf seiner Haut machte ihn unglaublich glücklich. Und stolz! Denn er war derjenige, dem sie ihre Nähe schenkte. Er war der, den sie auserwählt hatte, sie zu beschützen. Und er würde es tun. Wenn es sein musste, sogar mit seinem Leben.

Er hauchte ihr einen Kuss auf die Haare und flüsterte: "Schlaf gut, Querida!"

Dann glitt er selbst in den tiefsten Schlaf, den er seit Jahren gefunden hatte.

NINA

Nina hatte nicht geglaubt, dass sich das Gefühl, in seinen Armen zu liegen und von ihm getragen zu werden, noch toppen ließe. Aber es war so.

Hier mit ihm zusammen in seinem Zelt zu liegen, in seine Arme geschmiegt, war einfach unglaublich.

Mit jedem Atemzug, den sie tat, atmete sie seinen verführerischen Duft ein. Sie roch ihn selbst, frisch wie der Winter zuhause. Sie roch den schwachen Geruch des Pyrofluids, dem Brandmittel, das sie zum Feuerspucken benutzten.

Es rüttelte hart an ihrer Selbstbeherrschung, ihre Lippen nicht an seine Haut zu legen, um seinen

Geschmack zu kosten.

Ich werde so lange wie möglich wach bleiben, um so viel wie möglich von seiner Umarmung mitzubekommen.

Zwar hatte er gesagt, dass sie ihn jederzeit berühren durfte, aber Nina hatte Angst, dass alles nur ein Traum war. Wieder einmal wünschte sie sich eine Videokamera, denn dann könnte sie jedes seiner Worte aufnehmen und sich am nächsten Tag sicher sein, dass er es wahrhaftig gesagt hatte.

Irgendwann merkte sie, wie sich seine Atmung wieder veränderte. Wie schon am Nachmittag, ließ er sich fallen und schlief in ihrer Gegenwart ein. Sie versuchte, sich so wenig wie möglich zu bewegen, um ihn nicht in seinem Schlaf zu stören. Zu guter Letzt würde sie ihn dadurch noch dazu animieren, sich auf die andere Seite zu drehen und sie würde seine Umarmung verlieren.

Nina wusste nicht, ob es Stunden, Minuten oder Sekunden waren, in denen sie es schaffte, wach zu bleiben und einfach nur den Moment zu genießen. Irgendwann driftete sie schließlich in den Schlaf ab.

4 ODER DOCH MEHR?

NINA

Als sie am nächsten Morgen erwachte, war sie zunächst orientierungslos. Sie erkannte ihre Umgebung nicht auf den ersten Blick und verstand nicht, wo sie sich befand.

Das Zelt war deutlich kleiner als ihr eigenes. Es hatte weiße Wände und lief nach oben spitz zu. Vor dem Eingang standen eine große, schwarze Reisetasche sowie ihre Schuhe und schwarze Nikes. Sie versuchte, sich umzudrehen, um die andere Seite des Zeltes zu erkunden, kam aber gegen einen Widerstand.

Nina holte tief Luft und roch Winter und Brandmittel.

TY!

Ja richtig! Sie hatte bei Ty übernachtet. Sie spürte ihn in ihrem Rücken. Sie musste sich wohl irgendwann in der Nacht gedreht haben und Ty hatte sie an seine Brust gezogen. Seine Beine waren ebenfalls angewinkelt und seine Knie lagen in ihren Kniekehlen. Sein Arm ruhte schwer auf ihrer Hüfte und sein Gesicht war in ihren Haaren begraben. Jetzt, wo sie wacher wurde, spürte sie auch seinen Atem in ihrem Nacken.

Ein herrliches Gefühl! Ty so dicht an mich geschmiegt.

Sie könnte sich daran gewöhnen. Es war warm, kuschelig und weich. Sie fühlte sich beschützt, so als könnte ihr nichts passieren, solang sie den Kokon seiner Umarmung nicht verließ.

Nina wollte nach dem Wasser greifen, das sie aus den Augenwinkeln erspähte, und streckte sich hierzu ein wenig.

Ty spannte seinen Arm an und zog sie mit einer festen Bewegung zurück an seine Brust. Dabei war Nina sich sicher, sich keine zwei Zentimeter bewegt zu haben.

Sie lauschte auf seine Atmung.

Nein, definitiv noch im Tiefschlaf!

Also wagte sie einen neuen Versuch, der aber genauso scheiterte, wie der vorangegangene.

Wieder zog Ty sie kräftig zurück und biss ihr dabei leicht in den Hals. Nina erstarrte. Es war, als würde er sie mit den Zähnen festhalten. Wie eine Raubkatze, hielt er sie am Genick unter Kontrolle. Sein Arm hatte sie nun vollständig umfasst und ruhte jetzt mit sanftem Druck auf dem unteren Hüftknochen.

So hielt er sie für einige, auch wenn es für sie schwer war einzugestehen, wunderschöne und viel zu kurze Momente.

Sie war sich nicht sicher, warum ihr sein Verhalten so gut gefiel. Aber ja, es machte sie tatsächlich an, dass er sich so animalisch gebärdete.

Seine Zähne lösten sich langsam aus ihrer Haut und er leckte einige Male über die Stelle. Sicher konnte man dort nun seine Zahnabdrücke sehen. Sie musste unbedingt daran denken, später einen Rollkragenpullover anzuziehen. Sie bekam immer sehr schnell blaue Flecken und so, wie Ty sie gepackt hatte, würde die Stelle dunkelblau werden.

Ein letztes Mal strich er mit seiner Zunge über ihren Hals und bewegte sich dann nicht mehr.

Nina überlegte krampfhaft, wie sie zu diesem Wasser kommen konnte. Sie hatte wirklich Durst. Sehr stark, so wie immer, wenn sie am Vorabend einen Joint geraucht hatte.

Einen letzten Versuch würde sie wagen. Und falls er sie wieder beißen sollte … nun ja, schlecht gefallen hatte es ihr ja nicht …

Sie hatte sich noch nicht einmal richtig angefangen zu bewegen, als er sie bereits mit seinem rechten Arm an seine Lenden drückte. Sein Linker, auf dem ihr Kopf ruhte winkelte sich im Ellbogen ab, sodass er sie mit seiner linken Hand auf ihrer rechten Brust fixierte.

Ninas ganzer Körper begann zu prickeln. Seine gespreizten Finger konnten ihre Brust nicht umfassen und seine Handfläche rieb in dieser Position direkt über ihre Brustwarzen. Die Reibung, die seine Hand und ihr Pullover auslösten, ließen Ninas Nippel steil aufragen. Das Gefühl seiner Hand und des rauen Stoffs schoss blitzartig in ihren Unterleib. Sie konnte nur mit Mühe ein Aufstöhnen unterdrücken. Sie wand sich ein wenig, um der Berührung zu entgehen, erreichte aber lediglich, dass Ty seine Lenden fester an ihren Po schmiegte.

Sie spürte seine Erektion an ihrer Pospalte und erstarrte mitten in der Bewegung.

Oh. Mein. Gott!!

Ninas Klit pochte. Heftig! Und das, obwohl sie sich noch nie von einem Mann angezogen gefühlt hatte. Und schon gleich gar nicht in sexueller Hinsicht! Dass Ty sie erregte, schockierte sie fast so sehr wie das Ausmaß ihrer Erregung. Ein oder zwei schnelle Bewegungen an ihrer Klit würden definitiv ausreichen, um sie zum Orgasmus zu bringen.

Nina versuchte, sich zu entspannen, um sich selbst und Ty nicht noch mehr zu reizen. Sie kam sich vor, als würde sie ihn vergewaltigen, da sie sich ja, zwar unbewusst, an ihm rieb, während er schlief und bestimmt von einer der riesigen Blondinen träumte, mit denen er sich sonst immer umgab.

Denk nach, Nina, denk nach. Wie zum Teufel kommst du aus dieser Situation wieder raus? Wenn er jetzt aufwacht und dich erwischt, lässt er dich nie wieder in sein Zelt.

Ja, am besten, tue ich einfach so, als würde ich schlafen, dann kann ich ja schließlich überhaupt nichts dafür, dass ich mich bewegt habe.

Es war vielleicht nicht der beste Plan aller Zeiten, aber der einzige, der ihr auf die Schnelle einfiel.

TY

Das erste, was Ty beim Aufwachen bemerkte, war, dass er einen steinharten Schwanz hatte, der mit festem Druck an Ninas Po lag.

Scheiße!!

Schnell zog er seine Hüften zurück.

Okay, okay, nichts passiert. Das war nur ein Traum!

Er war immer noch damit beschäftigt, die Szenen aus seinem Kopf zu bekommen, sodass es ihm wirklich schwer viel, seine Erregung in den Griff zu bekommen.

Er hatte geträumt. Von Sex mit Nina. Gott, er würde sich schon schäbig genug vorkommen, hätte er von Blümchensex mit Nina geträumt. Aber nein, seine Fantasie musst natürlich gleich das volle Programm auffahren.

In seinem Traum hatte er sie hart genommen. Sie hatte auf allen Vieren vor ihm gekniet und sich gewunden. Er hatte sie fest an den Hüften gepackt und mit aller Kraft in sie gestoßen. Und zu guter Letzt hatte er sich nach vorne gebeugt, eine ihrer Brüste umfasst und sie in den Nacken gebissen. Wie ein wildes Tier hatte er sie mit seinem Biss fixiert und sich immer wieder in ihre nasse, heiße Enge geschoben.

Schluss jetzt! Scheiß Kopfkino! So bekomme ich den Ständer nie wieder los! Es ist so real, dass ich ihre Brust noch immer in meiner Hand spüren kann.

Jetzt erst realisierte er, dass er ihre Brust tatsächlich noch in seiner Hand hielt und ihr steifer Nippel sich fest gegen seine Handfläche drückte.

… SCHEIßE!

Hastig ließ er seine Hand fallen, konnte seinen Arm

aber leider nicht wegziehen, da Ninas Kopf darauf gebettet war.

Er versuchte, gleichmäßig gegen seine Erregung anzuatmen, bekam dabei aber nur Ninas unvergleichlichen Geruch in die Nase.

Langsam öffnete er die Augen. Er hatte Angst davor, in Ninas schreckverzerrte Augen sehen zu müssen. Sein Gesicht lag in ihren Haaren. Ihre braunen Locken hatten sich über Nacht aus ihrem Gefängnis befreit und lagen nun ausgebreitet auf dem Kissen da. Wie flüssige Seide ergossen sie sich über seinen Arm und dufteten einfach atemberaubend.

Sein Blick wanderte tiefer, angezogen von ihrem schutzlos dargebotenen Nacken.

Als Ty die Male seines Traums in ihrem Nacken sah, gefror ihm das Blut in den Adern. Er hatte sie tatsächlich gebissen. Gott, er schämt sich wahnsinnig. Er hatte nicht mal nur leicht geknabbert, nein, er musste natürlich gleich so fest zubeißen, dass die Abdrücke seiner Zähne sich bereits jetzt bläulich verfärbten.

Er kniff die Augen zusammen und hoffte inständig, dass sich das Ganze als ein ganz übler Alptraum entpuppen würde.

Selbst wenn Nina sein Gegrapsche verschlafen haben sollte. Spätestens bei dem Biss war sie aufgewacht und hatte das ganze Ausmaß seines widerlichen Treibens bemerkt.

Sie lag ganz ruhig da, aber Ty war sich sicher, dass sie nicht schlafen konnte.

"Oh Gott, Nina, es tut mir so wahnsinnig leid! Ich habe geschlafen, ehrlich! Es tut mir leid!", flüsterte Ty eindringlich. Er war eigentlich noch nicht mit seinem Mantra fertig, als Nina sich mit einem Ruck umdrehte und ihn mit schreckgeweiteten Augen ansah.

Er hatte es befürchtet. Mit dieser dämlichen Aktion hatte er sie für immer vertrieben!

Was für ihn aber nicht ganz ins Bild passte, war, warum

sie nicht vor ihm zurückwich. Im Gegenteil, sie hatte sich in seinen Armen gedreht und ihren Kopf sogar wieder auf seinen Arm gelegt.

Sie schüttelte heftig den Kopf.

"Wirklich Nina, ich weiß nicht, wie ich das je wieder gut machen kann! Ich …"

Nina legte einen Finger auf seine Lippen und Ty verstummte augenblicklich.

"Ich bin schuld."

Ty riss die Augen auf. Nicht nur, dass sie gesprochen hatte und ihre Worte Balsam für seine Seele waren, sie wollte sich auch noch die Schuld für sein unmögliches Verhalten geben.

"Nein, Nina …"

Sie verstärkte den Druck ihres Fingers. Ty wollte nichts lieber tun, als diesen zu küssen.

Küssen? Ich? Nein, nein, nein, bleib beim Thema, Ty! Das hier ist so viel wichtiger als deine bescheuerte Geilheit! Du könntest sie für immer verlieren!

Dieser Gedanke ließ seine Erregung schlagartig vergehen. Sie zu verlieren, wo er sie doch gerade erst gefunden hatte, war einfach undenkbar!

Zu schmerzhaft war der Gedanke daran, ohne sie sein zu müssen. Er musste sich darauf konzentrieren, Schadensbegrenzung zu betreiben!

"Nina, bitte, lass mich erklären, mich entschuldigen!", murmelte Ty um ihren Finger herum.

Nina schüttelte den Kopf und sah so aus, als suche sie nach Worten.

"Ich wollte Wasser …", begann sie. Ty hob sofort den Arm, um es ihr zu reichen.

Nina verdrehte die Augen. Sie drehte sich von ihm weg und Ty dachte, er hätte sie endgültig verloren, bis sie sich mit dem Rücken an ihn schmiegte. Sein Puls beruhigte sich sofort.

Dann wand sie sich ein bisschen und streckte sich nach der zweiten Flasche Wasser.

"Und du …", flüsterte sie und nahm seinen Arm, legte ihn sich um die Taille und schob sich wieder an ihn.

Sein Schwanz wollte sich schon wieder zu Wort melden, er untersagte sich aber bereits im Ansatz, solche Gedanken zuzulassen.

Nina sah ihn über ihre Schulter hinweg an.

"Dann wollte ich nochmal", flüsterte sie wieder und deutete auf die Flasche. "Und du hast…", Nina errötete heftig und deutete auf ihren Nacken.

Ty konnte es eigentlich nicht glauben. Wenn er es nicht besser wüsste, würde er behaupten, dass ihr der Nackenbiss gefallen hatte.

"Und noch einmal", hauchte sie so leise, dass er sie kaum mehr verstand.

Sie hatte den Kopf wieder abgewand. Ty wurde das Gefühl nicht los, dass sie sich für irgendetwas schämte.

Tys Blick fiel wieder auf die Stelle, an der er sie gebissen hatte. Liebevoll strich er mit seiner Nase darüber, als würde er sich bei ihrer Haut für diese Misshandlung entschuldigen.

Er glaubte seinen Ohren nicht trauen zu können, als er ein unterdrücktes Stöhnen vernahm. Er hob den Kopf, um sich zu vergewissern und sah, dass ihr Gesicht unter seinem Blick flammend rot anlief vor lauter Scham.

"Mein Gott, Nina. Es gibt absolut nichts, wofür du dich schämen müsstest! Ich habe dich im Schlaf überfallen, ich muss mich schämen, du ganz bestimmt nicht!"

Nina wand sich unter seinem Blick, sie fühlte sich sichtlich unwohl, wenn er sie so eingehend betrachtete. Um ihr ein wenig Ruhe zu geben, und auch seinem Schwanz, legte er den Kopf wieder ab.

Seine Nase kam wieder an ihrem Nacken zum Liegen und er hatte sein Mal direkt vor sich.

Wenn er sich nicht so gefürchtet hätte, sie zu verlieren, hätte er das Bild, das sich ihm bot, genossen. Sie trug sein Zeichen und jeder Mann würde wissen, dass sie bereits vergeben war.

Was soll das denn jetzt wieder? Sie ist nicht vergeben! Und ich will doch auch gar keine Frau an meiner Seite. Nur Nina, als meine beste Freundin. Aufgabengebiet: Seelenfrieden! Nichts weiter. Mit allem anderen würde ich sie nur vertreiben!

Einen anderen Mann jedoch sollte sie auch nicht haben. Ty konnte sich nicht vorstellen, dass es irgendein männliches Wesen geben sollte, das gut genug für sie sein könnte.

Sie lagen eine Weile still, ehe Ty die Ungewissheit nicht mehr aushielt.

"Wie sauer bist du auf mich, Nina? Wirst du mich verlassen?"

Nina schüttelte heftig den Kopf und blickte ihn über die Schulter hinweg an.

"Du mich?", flüsterte sie.

"Warum sollte ich?"

Nina lief abermals knallrot an und Ty nahm sich vor, den Ursprung dieses Errötens zu erforschen.

Er senkte seine Stimme noch ein wenig, und hauchte ihr in den Nacken: "Hat es dir gefallen, Nina?"

Mit diesen Worten strich er wieder mit seiner Nase über die Stelle. Nina nickte vage und drückte sich fast unmerklich fester an ihn.

Beinahe augenblicklich schoss ihm Blut in die Lenden. Er verfluchte sich selbst dafür, sich in eine solche Lage gebracht zu haben.

Seine Gedanken rannten und ehe er einen vernünftigen Gedanken fassen konnte, hatte er bereits seine Lippen auf die geschundene Stelle gedrückt. Nina stöhnte wieder unterdrückt, woraufhin Tys Griff um ihre Hüften fester wurde. Sie wand sich ein wenig und erzeugte dabei eine leichte, köstlich Reibung an seinem Schwanz, der sich bereits wieder zu voller Größe aufgerichtet hatte.

Er konnte nicht anders, er musste es wissen und mit eigenen Augen sehen. Er biss sie in den Hals. Nina stöhnte auf, bog ihren Rücken zu einem Hohlkreuz und bockte dabei ihren Arsch gegen seinen Schwanz.

Ty war außer sich. So unbeherrscht geil war er seit Ewigkeiten nicht mehr gewesen. Es machte ihn wahnsinnig an, dass Nina so leicht auf seine Berührungen ansprang. Er ließ ihren Nacken nicht los, legte eine Hand über ihrer Jogginghose auf ihren Venushügel. Seine Linke klappte er genauso wie vorhin auf ihre Brust.

Er zog sie fest an sich und übte dabei gleichmäßigen Druck auf die beiden Punkte aus.

Nina war völlig in ihrer Erregung gefangen und begann, mit heftigen Bewegungen seine Hand zu reiten. Ihr Po rieb dabei so aufreizend gegen seinen steinharten Schwanz, dass er sich einfach noch enger an sie drücken musste.

Er spürte, wie ihr Puls raste und ihr Körper zu zucken begann und konnte dann selbst auch nicht mehr an sich halten.

Ty knurrte an ihrer Haut und sein Biss verfestigte sich noch ein letztes Mal, als er sich in seiner Boxershorts ergoss.

Er ließ von ihrem Nacken ab und leckte die geschundene Haut liebevoll. Da bemerkte er, dass Nina seinen Arm leckte. Er hob den Kopf und sah die Bissstelle, die sie wohl als Knebel benutzt haben musste, um während ihres Orgasmus nicht laut aufzuschreien.

Sie sah, dass er sie beobachtete und errötete wieder so entzückend.

"Es gefällt mir", murmelte Ty und strich mit seiner Nase ihren Hals auf und ab.

Sie atmeten beide immer noch heftig und Ty versuchte, so liebevoll wie möglich zu sein, um sie nur nicht zu vertreiben. Er wollte sie unbedingt behalten! Sie haute ihn einfach um. Sie war unbeschreiblich sexy, sodass er, sogar ohne dass sie ihn wirklich berührt hatte, in seiner Hose gekommen war.

Aber selbst, wenn dies das letzte Mal gewesen sein sollte, wäre er vollkommen zufrieden damit, sie einfach nur um sich zu haben.

Sie lagen noch eine Weile nebeneinander. Ty streichelte ihre Seite. Vorsichtig und sehr sanft. Er wollte unbedingt, dass sie sich wohl fühlte.

Sie beruhigte sich immer mehr und schlief schließlich in seinen Armen ein. Sie wirkte so klein, so wahnsinnig zerbrechlich und verletzlich. Wie sie so da lag mit ihren langen, braunen Locken, erinnerte sie ihn an eine Heilige und gleichzeitig, könnte sie ohne Weiteres eines der vielen Hollywoodsternchen sein.

Unschuldig war sie und gleichzeitig höllisch sexy. In ihr war so viel Leidenschaft, die sie aber bei weitem nicht mit jedem teilte. Für den größten Teil der Menschen war sie wohl unscheinbar, ein kleines Mädchen, das nicht sprach und sich nirgends beteiligte.

Aber Ty wusste es besser. sie war überall, nur nie mitten drin. Beobachtete und analysierte Menschen und Situationen und in ihrem Inneren war sie so lebendig, wie kaum ein Mensch, den er kennengelernt hatte.

Ihr Körper war so wundervoll empfindsam. Die kleinsten Berührungen hatten sie erregt und trotzdem fand sie Gefallen daran, wenn er sie etwas fester anpackte.

Wie ihr Geist, war auch ihr Körper gegensätzlich. Sie war so dünn, dass er jeden Knochen sehen konnte, aber ihre Brüste würden eher zu einer molligen Frau passen.

Sie war ein Widerspruch in sich und gleichzeitig war einfach alles an ihr stimmig. Sie war einfach rundum perfekt. Innerlich und äußerlich atemberaubend schön!

Er beobachtete sie lange beim Schlafen und bemerkte nicht, wie die Zeit verrann. Er hörte eine Bewegung vor seinem Zelt, dann ein Räuspern.

"Ähm ... Ty ... bist du wach?"

Ty überlegte, ob er sich schlafend stellen sollte, aber Ryan würde nicht ohne Grund zu ihm kommen. Dafür kannte er seinen Freund zu gut.

"Was ist?", gab er so leise wie möglich zurück.

"Kannst du raus oder ich rein kommen? Ich muss mit dir reden und will das nicht vor den anderen."

Ty überlegte, ob er wollte, das Ryan ihn und Nina so liegen sah, beschloss aber, dass nichts auf der Welt ihn eine Sekunde seiner Zeit mit Nina verpassen ließ.

"Komm rein, aber sei leise! Nina schläft!", brummte er und hoffte, Ryan würde seine Klappe kontrollieren.

Er sah nicht auf, als Ryan eintrat und sich auf Tys Seite des improvisieren Bettes fallen ließ.

"Hör mal, dir ist klar, dass das gar nicht gut ist, was du hier tust?"

"Ich glaube nicht, dass dich das etwas angeht, Ryan", gab Ty leise zurück.

"Gregor dreht seit Stunden am Rad, und würde er sehen was ich sehe, würde das hier sich ziemlich schnell in eine ganz hässliche Szene verwandeln."

"Was siehst du denn, Ryan? Ihr war scheiß kalt, sie hat am ganzen Körper gezittert. Mein Gott, denkst denn selbst du, dass ich nichts weiter als ein wildes Tier bin?"

"Mann Ty, du weißt genau, dass ich das nicht denke. Aber ich weiß, was jeder denken würde, der dich nicht kennt. Wir haben jetzt schon ein Uhr und wir haben noch keinen Ton von euch gehört."

"Eins? Wow, hab gar nicht mitbekommen, dass es schon so spät ist."

"Ja, genau. Und wie gesagt, Gregor ist echt am Durchdrehen. Er ist gerade auf die Toilette gegangen, da wollte ich die Gelegenheit am Schopfe greifen, bevor er einfach hier rein stürmt und Nina rauszerrt. Ihr zwei würdet in eurem blinden Testosteronwahn, oder was auch immer in euch gefahren ist, der Kleinen noch die Arme ausreißen."

"Nein, sie kann hingehen, wohin sie möchte. Nina ist kein Kind, Ryan!"

Solange sie bei mir bleibt, fügte er in Gedanken hinzu.

"Glaub mir, das sehe ich ...", fing Ryan an, doch Ty unterbrach ihn scharf: "Was soll das heißen, das siehst du? Reicht dir Sky etwa nicht mehr?"

Ty hatte den Kopf herum geworfen und funkelte Ryan

aus schmalen Augen an.

"Ruhig, ruhig Brauner! Sky reicht mir vollkommen. Ich wollte damit nur sagen, dass ich weiß, dass Nina kein Kind ist. Echt Ty, du musst dieses Gehabe wieder ein wenig runterfahren. So kann man dich ja kaum noch unter Menschen lassen! Weck sie einfach auf und geht frühstücken."

Ryan schüttelte den Kopf und verließ das Zelt, während Ty immer noch versuchte, seinen Puls wieder in den Griff zu bekommen.

Nach und nach beruhigte er sich und beschloss, Nina zu wecken. Er schmiegte sich eng an sie und küsste sie mehrfach sanft auf den Nacken.

"Aufwachen Süße", murmelte er an ihrer Haut und küsste sie dann wieder auf die Stelle, die sein Mal trug.

"Wach auf, Querida. Wir haben schon ein Uhr. Wir müssen dringend frühstücken. Komm schon, Honey, wach auf."

Sie machte keine Anstalten, aus ihrem tiefen Schlummer zu erwachen. Sein Blick fiel wieder auf die Bissstelle von heute Morgen und er musste lächeln.

"Letzte Chance, Kleines. Wach auf. Ich versichere dir, ich bekomme dich auf jeden Fall wach!"

Keine Reaktion. Ihre Schuld. Er küsste sie noch einmal auf den Nacken und setzte dann seine Zähne an.

Er biss zu und Nina stöhnte auf. Das Geräusch schoss ohne Umwege in seine Lenden, aber er würde jetzt nicht wieder nachgeben. Wenn Gregor sie in dieser Situation erwischen würde, müsste einer von beiden sein Leben lassen und er würde Nina verlieren.

Endlich regte sie sich. Er ließ ihren Hals los und beruhigte die gereizte Haut, indem er mit der Zunge darüber strich. Ninas Lider flatterten und sie sah ihn durch die noch halb geschlossenen Augen an.

"Morgen Babe", murmelte Ty liebevoll.

Ihre Antwort hätte nicht besser ausfallen können. Zärtlich küsste sie die Stelle, in die sie sich noch vor wenigen Stunden verbissen hatte.

Ty lächelte glücklich. Mit dieser schlichten Geste bestätigte sie, was sie miteinander erlebt hatten, effektiver, als 1000 Worte es vermocht hätten. Nina drehte sich in seinen Armen und vergrub ihr Gesicht an seinem Hals. Er ließ sie sich noch fünf Minuten an sich kuscheln, wobei er sich strikt einredete, dass er es nur ihr zuliebe tat. Dann sprach er sie ganz leise an.

"Aufstehen, Querida. So ungern ich es auch sage, aber wir haben bereits ein Uhr und wenn du nicht möchtest, dass demnächst die halbe Gruppe in unser Zelt kommt, sollten wir uns langsam sehen lassen und etwas frühstücken."

Du solltest etwas essen, bevor ich dich bald nicht mehr anfassen kann, ohne Angst zu haben, dass du zerbrichst, fügte Ty in Gedanken hinzu.

Aussprechen würde er es nicht, er wusste *wie* gern sie es hatte, wenn ihr jemand etwas vorschrieb.

Sie nickte an seinem Hals, machte aber keine Anstalten aufzustehen. Sie war süß, wenn sie so verschlafen und anschmiegsam war. Er war immer noch erstaunt darüber, dass es ihn sonst so unglaublich nervte, wenn eine Frau in seinen Armen liegen wollte und er bei Nina nur das Gefühl hatte, sie nie wieder loslassen zu wollen.

Er drückte sie noch einmal fest an sich und gab ihr dann einen Klaps auf den Po.

"Auf jetzt!" Nina kicherte.

Ty war so erstaunt darüber, dass er erstarrte. Dieses Geräusch war phänomenal! Hinreißend.

Nina sah ihn wieder mit großen Augen an, als würde sie rätseln, ob sie etwas falsch gemacht hatte.

"Mach das öfter. Es gefällt mir!", sagte Ty, um ihr die Sorge zu nehmen.

Dann küsste er sie ganz leicht auf die Stirn.

"Komm jetzt, sonst zieh ich dich am Fuß aus meiner Höhle!" Nina lächelte und stand dann zusammen mit ihm auf. Er zog sich Shorts und ein Hoody über, ging dann aus dem Zelt und versperre ihr vorsichtshalber den Ausgang, da er erst sehen wollte, was geboten war. Er wollte sie schließlich nicht blind in die Höhle des Löwen stoßen. Alles schien ruhig zu sein und über die Hälfte der Gruppe war gar nicht anwesend.

Sehr gut, dachte er, immerhin nicht allzu viel Aufmerksamkeit.

Er griff wie selbstverständlich nach Ninas Hand, obwohl ihm in diesem Moment nichts mehr Angst machte, als der Gedanke, sie könnte sie ihm wegziehen. Aber Nina verschränkte nur ihre Finger mit seinen.

Sie gingen einige Schritte über den Lagerplatz. Als Ty sich umsah, bemerkte er, dass Nina ihren Blick auf den Boden gesenkt hatte und ihr die ganze Situation sichtlich unangenehm war.

Er zog sie enger an seine Seite und legte ihr einen Arm um die Schulter, während er sie zum Gemeinschaftszelt zog. Das schwarze Zelt war leer und da es in der Nacht noch sehr kalt sein konnte, waren die meisten Wände eingehängt, sodass sie vor neugierigen Blicken geschützt waren.

Er führte Nina zu einer Bank und bedeutete ihr, sich zu setzen. Dann ging er nach draußen zum Feuer, um Wasser für ihren Tee zu kochen. Die Blicke der anderen waren neugierig, forschend. Ty wurde sofort wieder wütend.

"Gafft mich ruhig blöd an, aber ich warne euch, wenn einer von euch Nina so saublöd anstarrt, bekommt ihr verdammt großen Ärger mit mir!"

Damit knallte er den Topf unnötig fest auf das Dreibein und kehrte zum Gemeinschaftszelt zurück. Nina saß noch genauso da, wie er sie abgestellt hatte, und sah ihn mit großen Augen entgegen.

Ty schmunzelte, ging zu ihr und drückte ihr einen leichten Kuss auf den Scheitel. Er holte ihrer beider Geschirr und stellte es auf den Tisch. Dann ging er zu ihr und hob ihr Kinn mit einem Finger, sodass er ihr in die Augen sehen konnte.

"Was möchtest du Frühstücken, Liebes?"

Nina blieb stumm, woraufhin Ty leise seufzte.

"Dein Müsli mit Jogurt, indem du immer so lustlos stocherst?"

Kopfschütteln.

"Obst?"

Kopfschütteln.

"Brot?"

Kopfschütteln.

"Ich habe Hunger, Nina und wenn du so weiter machst, dann steh ich morgen noch und frage, was du willst. Holst du dir selbst was, sagst oder zeigst du mir, was du möchtest, oder soll ich irgendetwas bringen?"

Wie zur Bestätigung seines Anliegens knurrte sein Magen. Ninas Blick flog zu seinem Bauch und dann legte sie prompt ihre Hand darauf. Sie lag erst ruhig darauf, dann begann sie, mit ihren Fingern die Rillen seiner Bauchmuskulatur nachzufahren. Mit jedem Muskel, den sie mit ihren schmalen Fingern abfuhr, kam sie tiefer in Richtung seiner Shorts. Sein Schwanz begann, sich langsam wieder aufzurichten und er war sich sicher, dass Nina das Feuer in seinen Augen würde sehen können.

Er schnappte sich ihre Hand und hielt sie fest in seiner. Augenblicklich schnellte ihr Kopf nach oben.

"Wenn du nicht aufhörst, müssen wir das Frühstück leider ausfallen lassen", sagte er leise und war erstaunt, als Nina tatsächlich verschmitzt lächelte.

"Oh nein, du kleine Hexe! Ich bin total ausgehungert und dir kann es auch nicht anders gehen", sagte er bestimmt.

Er trat einen Schritt zurück und suchte sich Eier und Speck für sein eigenes Frühstück zusammen. Er nahm eine Pfanne und begab sich dann, ohne Nina noch einmal anzusehen, zum Lagerfeuer.

Er war sich nicht sicher, ob er der Versuchung, die die verschmitzt lächelnde Nina für ihn darstellte, widerstehen konnte, daher war Flucht wohl die bessere Wahl.

Er schob die Pfanne auf das Dreibein über dem Feuer und schnitt den Speck direkt in die Pfanne. Als er schön kross war, schlug er sich sechs Eier dazu und rührte die Masse mit seinem Löffel um.

Während sein Frühstück vor sich hin briet, bereitete er Ninas Tee und seinen Kaffee zu. Als er sich umwandte, um die Tassen nach drinnen zu bringen, sah er, dass Nina hinter ihm saß und ihn beobachtete.

Er reichte ihr die Tasse und sah sie fragend an.

"Willst du draußen essen?"

Ein Nicken.

Mann, er hätte nicht gedacht, dass er mal der gesprächige Teil einer Beziehung sein würde.

Beziehung ... was dachte er denn da schon wieder?

Er strich ihr einmal leicht über die Wange und machte sich dann wieder daran, seine Speck-Eier zu rühren. Als sie fertig waren, schüttete er alles in seine Schüssel und setzte sich neben Nina.

"Du hast mir auf meine Frage noch nicht geantwortet", sagte er zu ihr und war sich der ungläubigen Blicke der anderen, die die Szene wie eine Seifen-Oper verfolgten, nur allzu bewusst.

Nina nickte und griff nach seiner Schüssel.

Er war so verblüfft, dass er nur zusehen konnte, wie sie sich den ersten Löffel SEINES Frühstücks in den Mund schob.

"Hmm...", machte sie und Ty fühlte sich sehr gelobt!

Normalerweise stocherte sie immer nur in ihrem Essen. Ob es nun sein Frühstück war oder nicht, es schmeckte ihr und sie aß!

Er lachte leise.

"Du ... hättest du den Mund auf gemacht, hätte ich gleich zwei Eier mehr gemacht!", sagte er gespielt ernst und Nina kicherte wieder.

Es wurde schlagartig so ruhig im Lager, dass man eine Stecknadel hätte fallen hören können. Erstaunlicherweise schien es Nina nicht wirklich zu stören. Sie aß einfach vergnügt weiter sein Frühstück, also entspannte auch Ty sich wieder. Er wandte sich wieder dem Feuer zu, briet den Speck und schlug vorsichtshalber drei weitere Eier in die Pfanne.

Ninas Löffel pikste ihn in den Rücken. Er drehte sich um und zog eine Augenbraue hoch. Nina sah ihn durchdringend an, als sollte er ihre Gedanken lesen. Ty legte den Kopf schief und machte sich nicht mal die Mühe zu erraten, was sie wollte. Sie konnte ja durchaus mit ihm sprechen, also sollte sie das tun, zumindest, wenn er hungrig war.

Nina seufzte und hauchte schließlich: "Brot?"

Einige der Anwesenden sogen scharf die Luft ein. Ty lächelte anerkennend, ging zu ihr und gab ihr einen leichten Kuss auf die Stirn, ehe er ins Versorgungszelt lief und ihr ein paar Scheiben brachte.

Die Blicke der anderen folgten jeder ihrer Bewegungen. Und Ty brodelte mittlerweile vor Wut. Er war kurz davor, aufzuspringen und sich jeden einzelnen vorzuknöpfen. Nina musste seine Unruhe gespürt haben.

Sie legte eine Hand auf seinen nackten Unterarm und ihm war, als hätte ihm jemand ein starkes Beruhigungsmittel gespritzt. Sein gesamter Körper entspannte sich und er atmete tief aus. Als er seinen Kopf hob und ihre Blicke sich begegneten, sah er sie lächeln. Als wäre sie zufrieden mit seiner Reaktion. Und absurderweise machte es ihn stolz.

Er schüttelte den Kopf über seine eigenen Gedanken.

NINA

"Nina, kann ich mit dir sprechen?", fragte Gregor und trat neben sie.

Sie wollte nicht. Er hatte sie wirklich schwer verletzt, aber sie wusste auch, dass es ihm wirklich zu schaffen machte. Ty verspannte sich schon wieder neben ihr und sie wusste, dass es diesmal an Gregor lag.

Sie fand seine Reaktion süß. Dass er sie vor den anderen in Schutz nehmen wollte, passte eigentlich so gar nicht zu dem Bild, dass alle anderen von Ty hatten. Nina wusste es besser. Sie kannte ihn tiefer als viele seiner Freunde und er war so anders, als sie jemals erwartet hatte.

Sie legte ihm abermals eine Hand auf den Unterarm, nur um ihre Theorie zu testen.

Und tatsächlich. Ty wandte ihr sofort seine gesamte Aufmerksamkeit zu und entspannte sich unter ihrer Berührung. Dass eine so kleine Frau wie sie eine solch große Wirkung auf diesen Mann haben konnte, faszinierte sie ungemein. Vor allem aber freute sie sich, dass er ihre Berührung genauso zu genießen schien, wie sie seine. Sie hatte auch nicht vor, dies in nächster Zeit aufzugeben. Sie würde jeden Moment auskosten, der ihr mit ihm blieb.

Eine Konfrontation zwischen Ty und Gregor würde sie aber auf keinen Fall dulden und daher musste sie jetzt klare Fronten schaffen.

Nina sah Gregor wieder an und nickte. Sie stand auf und drückte Ty die halbleere Schüssel in die Hand.

"Willst du nicht wenigstens erst noch fertig essen?", brummte Ty. Nina musste lächeln.

Sie hatte weit mehr gegessen als in den letzten Tagen zusammen. Sie strich ihm einmal leicht über die Haare und schüttelte den Kopf.

Im Weggehen fragte Gregor: "Seit wann isst du bitte Ei mit Speck?"

Nina deutete auf Ty und sah im Augenwinkel sein anerkennendes Lächeln.

"Danke, dass du zuhören willst, Kleines", begann Gregor das Gespräch.

"Ich weiß, dass ich einen riesigen Fehler gemacht habe. Wer weiß schon besser als ich, dass du keines dieser Flittchen bist, die mit jedem ins Bett geht", setzte er fort.

Nina wartete einfach weiter ab, was er zu sagen hatte.

Sie war ihm nicht böse. Nein, sie war einfach sehr verletzt und enttäuscht von seinen Worten. Sie gingen weiter in Richtung Waldrand. Gregor sprach leise und eindringlich.

"Ich möchte nur nicht, dass du verletzt wirst, Kleines. Du bist mein Baby, ich habe doch immer auf dich aufgepasst. Wie könnte ich jetzt damit aufhören?"

Nina nickte, nicht als Zeichen, dass sie ihm zustimmte, sondern um ihm zu verdeutlichen, dass sie ihn verstand.

"Er ist nicht gerade der Typ Mann, den sich ein großer Bruder für seine kleine Schwester wünscht. Versteht du mich?"

Nina schüttelte den Kopf. Ty war nicht so, wie Gregor dachte. Sie hatte aber nicht das Bedürfnis, ihn darüber aufzuklären. Würde Ty wollen, dass jeder wusste, wie er wirklich war, würde er es ihnen zeigen.

"Kannst du mir trotzdem verzeihen? Ich weiß, dass ich mich wie der größte Idiot verhalten habe. Und ich möchte versuchen, deine Entscheidungen zu respektieren. Nur bitte lass mich nicht so hängen! Ich brauche dich so sehr, Nina. Dich in meiner Nähe zu wissen, lässt mich zur Ruhe kommen. Und zu wissen, dass du böse auf mich bist, raubt mir den Schlaf!"

Nina blieb stehen und streckte die Arme nach ihm aus. Sofort warf er sich hinein und drückte sie fest an sich.

"Gott, Nina, es tut mir alles so unglaublich leid! Ich liebe dich! Du bist das Wichtigste in meinem Leben!"

Das sollte ich aber nicht, dachte Nina. *Du solltest deine eigene Liebe finden, großer Bruder. Wer, wenn nicht du, hätte es verdient?*

Sie strich ihm beruhigend über den Rücken und ließ sich von ihm hin und her wiegen.

Einige Zeit später richtete er sich ein wenig auf.

"Was zum Teufel ist DAS?", keifte er und zog ihren Pullover ein Stück nach unten, um das Mal freizulegen, das Ty auf ihrem Nacken hinterlassen hatte.

Nina wollte sich von ihm entfernen. Sie fühlte sich, als hätte Gregor sie bloßgestellt. Es war ihr Geheimnis und sie war nicht bereit, es mit ihm zu teilen.

Nina versuchte, sich loszumachen. Sie griff nach ihrem Pullover, um ihre Erinnerungen wieder zu verhüllen, sie für sich allein zu haben, doch Gregor schlug grob ihre Hand beiseite.

"Du sollest sie jetzt besser los lassen, Gregor", knurrte eine ihr nur allzu bekannte Stimme hinter ihr.

Ty!

Erleichtert sollte sie nicht sein, das wusste sie und doch war sie es. Er kam wie schon am Vortag und holte sie aus ihrem Alptraum.

"Du hast geschworen, sie nicht anzufassen, du Scheißkerl!", schrie Gregor und funkelte Ty wütend an.

"Das habe ich nicht und du sollest dich zusammenreißen, wo sie dir doch gerade erst verziehen hat."

Nina merkte, dass Ty am Ende seiner Geduld war. Mit seinem Blick fixierte er die Hand, mit der Gregor sie am Oberarm festhielt. Sie wollte gerne zu ihm, nicht nur für sich selbst, sondern auch, um Ty zu beruhigen. Gregor, der sie schon wieder so fälschlich verraten hatte, war ihr im Moment mehr als egal!

"Du hast sie gebissen! Meinst du wirklich, ich bin so dumm und weiß nicht, woher sie das hat? Du hast sie …"

Weiter kam er nicht, denn Ty fuhr ihm laut über den Mund.

"Halt deine verdammte Fresse, bevor du etwas sagst, das du bereuen wirst. Nicht nur, weil ich dir deinen scheiß Kiefer brechen werde, sondern auch, weil du Nina damit verletzen würdest und dieses Mal würde sie dir vielleicht nicht mehr verzeihen."

Seine letzten Worte zeigten Wirkung. Gregor senkte den Blick und sah in Ninas eisige Miene. Er sog erschrocken die Luft ein, löste seinen Griff aber nicht.

"Es tut mir leid, Nina. Ich will dich doch nur beschützen!"

"Du musst sie in letzter Zeit wohl eher vor dir als vor mir beschützen! Ich sage es noch einmal, Gregor. Lass. Sie.

Los!"

Nina zog an ihrem Arm, um zu verdeutlichen, dass Tys Forderung eindeutig in ihrem Interesse lag.

Gregor senkte wieder seinen Blick. Er sah jetzt ein bisschen panisch aus.

"Nina...", sagte er eindringlich.

Sie verdoppelte lediglich ihre Anstrengungen, bis Gregor sie mit einem gequälten Seufzen losließ. Langsam wich sie zurück, ohne den Blick von ihm zu lösen, als könnte er sie jederzeit wieder anspringen und festhalten.

Gregor zuckte zusammen, als hätte man ihm in die Magengrube geschlagen. Als Nina ihn wieder ansah, bemerkte sie die Tränen, die in seinen Augen standen. Gerne hätte sie ihn getröstet und doch konnte sie sich nicht überwinden, zu ihm zurückzukehren.

Mit ihrem Rücken stieß sie an Tys Brust und hielt erst dann in der Bewegung inne. Er legte ihr die Arme um die Taille und verschränkte seine Finger vor ihrem Bauch ineinander. Nina schmiegte sich in die Umarmung und legte ihre Hände über seine.

Bei diesem Anblick verzog Gregor gequält das Gesicht.

"Okay, Nina, du weißt schon, was du tust. Schon verstanden. Aber dir, Arschlosch, sag ich eins: Wenn du ihr wehtust, bist du ein toter Mann!"

Nina löste sich sanft von Ty. Er knurrte und sie ließ ihn nur widerstrebend los. Aber sie musste Gregor einfach in den Arm nehmen. Ihm zeigen, dass er ihr wichtig war. Dass sie ihn liebte. Dass sie ihm verzieh, weil sie ihn verstand.

Sie nahm ihn in den Arm und drückte ihm einen Kuss auf die Wange.

"Ich werde mich zurückhalten. Aber es gibt kein Entkommen für ihn, wenn er dir weh tun sollte. Ich will doch nichts mehr, als dich glücklich zu sehen, mein Schatz."

Nina nickte und hauchte: "Danke!"

Gregor erstarrte in ihren Armen, löste sich dann ein

Stück von ihr und sah ihr fest in die Augen.

"Ich versuche es, Baby, wirklich. Du weißt, ich würde dir die Sterne vom Himmel holen, wenn du es willst", sagte er sanft und fuhr ihr mit dem Daumen über die Wange.

Nina lächelte ihn an und war so gerührt, dass ihr die Tränen in den Augen standen.

Sie blickte zu ihm auf und gab ihm noch einen sanften Kuss auf die Wange, ehe sie zu Ty zurückging.

TY

Die Szene zwischen den beiden ging auch an Ty nicht spurlos vorüber. Er setzte zwar eine unbewegte Miene auf, aber die tiefe Liebe, die die beiden verband, ging an seine Substanz.

Wie man so bedingungslos lieben konnte, würde ihm für immer ein Rätsel bleiben. Da war er sich sicher. Gregor erwartete nichts und gab alles. Er empfand tiefsten Respekt vor dem Mann, der sein Leben einer Frau widmete, die nicht einmal mit ihm sprach. Andererseits, sollte Nina für Gregor das Gleiche machen, ihm also Frieden schenken, wie sie es für Ty tat, so konnte er ihn sehr wohl verstehen. Auch Ty würde alles tun, um sie in seiner Nähe zu haben.

Nina kam zu ihm zurück, schmiegte sich in seine Arme und bettete ihre Wange an seine Brust. Er drückte sie fest an sich und spürte beinahe sofort die Erleichterung, die ihn durchflutete.

Gregor ging an ihnen vorüber. Ty schenkte ihm ein anerkennendes Nicken, das dieser grimmig erwiderte.

Es war eine Form von stillschweigendem Einverständnis. Sie würden einander akzeptieren, Nina zuliebe, aber niemals mehr.

Als sie alleine waren, legte Ty seine Finger um Ninas Kinn, um sie dazu zu zwingen, seinem Blick zu begegnen.

"Alles okay bei dir?"

Sie nickte.

"Gut. Sollen wir zu den Verkaufsständen gehen, ehe die Show anfängt?"

Wieder ein Nicken.

"Ich muss noch kurz zurück zum Lager, dann können wir los."

Arm in Arm liefen sie über den Markt. Ty hatte bereits seine Klamotten für die Show an und seinen Gruppenmitgliedern gesagt, dass sie sich vor der Bühne treffen würden. Die verschiedensten Waren wurden angeboten und beide kauften diverse Kleinigkeiten. Günstigen Schmuck, eine Tasche, Fanartikel. Allerlei Sachen, die man zwar nicht wirklich benötigte, in diesem Moment aber Freude brachten.

Bei einem Stand mit Kleidungsstücken blieb Ty stehen. Die Schaufensterpuppe trug einen schwarzen Strickpullover mit extrem weitem Ausschnitt, der bis über eine Schulter ging. Darunter war ein gelbes Tank-Top zu sehen, das die Brust vor unerlaubten Blicken schützte

Die Kombination aus Schwarz und Gelb würde Nina hervorragend stehen. Und der Ausschnitt des Pullovers würde ihr jegliche Möglichkeit nehmen, sein Mal zu verstecken. Zumal sie ihre Haare immer in diesem Knoten hochband.

Eigentlich mochte er solche Knoten an Frauen nicht. Er war immer der Meinung gewesen, dass Frauen eine solche Frisur maximal zum Putzen tragen sollten. So chauvinistisch es auch klang.

Bei Nina allerdings gefiel ihm seltsamerweise der Gedanke, dass nur er alleine wusste, wie atemberaubend schön sie mit offenen Haaren aussah. Vor allem, wenn sie sich über sein Kissen ergossen.

Er zog an Ninas Hand, um sie mit in den Laden zu nehmen. Sie folgte ihm ohne Widerworte, was seine Laune noch steigerte. Ty mochte es, wenn sie einfach gehorchte, ohne dass er erst lang etwas erklären musste, wie es bei den meisten Frauen der Fall gewesen wäre.

Er ging zu dem Ständer mit dem ausgestellten Pullover und zog ihn in der kleinsten Größe hervor.

Nina sah ihn äußerst skeptisch an.

"Bitte, probier ihn einmal für mich", bat er und hielt ihn ihr hin.

Die dürre Verkäuferin kam zu ihnen, sah erst Ty mit begehrlichem Blick an und ließ ihn dann über Nina wandern, wobei er abschätziger wurde.

Es ärgerte ihn. Keiner dieser Geier sollte über Nina richten.

Der Geier wandte sich mit einem ekelerregenden Augenaufschlag an ihn.

"Ich glaube nicht, dass du da die richtige Größe hast", sagte sie, klimperte mit ihren Wimpern und streckte ihre nicht vorhandene Brust raus.

Er ignorierte sie und sah Nina fragend an.

Ninas Augen blitzen, dann nahm sie ihm den Pullover ab und ging in die Umkleide.

Während Nina sich umzog, rückte die Schrulle ihm immer näher auf den Leib.

"Hast du heute Abend schon was vor?", fragte sie lieblich. Ty konnte sich ein Würgen kaum noch verkneifen.

"Ja", gab er scharf zurück und starrte geradewegs auf die Umkleide. Er wollte diese verrückte Tante loswerden und bat still darum, dass Nina die Umkleide endlich verlassen würde.

Aber sie tat es einfach nicht, während der Geier seine Kreise immer enger um ihn zog.

"Nina, Querida, alles in Ordnung?", fragte er und erwartete nicht wirkliche eine Antwort.

Sie kam auch nicht, daher ging er näher an den Vorhang und sagte bestimmt: "Wenn du mir keine Antwort gibst und nicht raus kommst, komme ich rein!"

Endlich ging der Vorhang auf. Nina stand mit dem Blick auf den Boden gewandt vor ihm.

Er taumelte einen Schritt zurück.

"WOW", war alles, was er hervorbrachte.

Auch der Geier schluckte. Nina sah atemberaubend aus. Der Pullover war sehr eng gewählt. Er hing zwar locker um ihren flachen Bauch, spannte aber deutlich über ihren Brüsten.

Er hob ihre fabelhafte Figur perfekt hervor und ließ ihren schönen schlanken Hals geradezu hervorstechen.

Es war für jeden zu sehen, was für wundervolle Brüste sie hatte und vor allem, dass sie sein Mal auf dem Hals trug.

Ersteres hätte er lieber vermieden, da er ihren einmaligen Anblick lieber nicht teilen wollte. Aber der Halsausschnitt gefiel ihm dafür umso besser.

Nina schien sich nicht sonderlich wohl in ihrer Haut zu fühlen und zuckte merklich zusammen, als der Geier sagte: "Naja, ich denke mal ok für jemanden, der auf so Riesen-Euter steht."

Ty war mehr als wütend und konnte sich nicht verkneifen zu sagen: "Welcher Mann tut das nicht? Ich möchte doch sehen, ob ich mit einer Frau oder einem kleine Mädchen zusammen bin."

Nun war es an der Verkäuferin, zusammen zu zucken und diese trollte sich dann auch sogleich ihres Weges.

Er trat ganz dicht an Nina heran und strich ihr liebevoll über die Wange.

"You are amazing, you know?" Völlig selbstverständlich verfiel er ins Englisch, da es einfach seine Hauptsprache war.

Nina sah ihn mit großen Augen an. Er wiederholte die Frage in Spanisch, da sie in seiner Muttersprache noch viel besser klang: "¿Sabes que eres despampanante?"

Ein hinreißendes Strahlen stahl sich auf ihr Gesicht. Sie ging zurück in die Kabine, zog sich aber nicht, wie er gedacht hatte um, sonder raffte nur ihr Kleidung und ging zur Kasse.

Die Verkäuferin funkelte sie böse an und tippte den Preis ein.

"Wenn ich jetzt keine Show hätte, würde ich dich sofort zurück zum Zelt ziehen, um dir zu beweisen, wie atemberaubend du für mich bist!", murmelte Ty an ihrem Hals und küsste die Stelle, die blau war von seinen Bissen.

Ty geleitete sie zu ihrem Tisch. Er hatte den Arm um ihre Schultern gelegt und sie fest an sich gezogen. Die Blicke beider Gruppen waren ihm durchaus bewusst. Er konnte sie verstehen. Nina sah fantastisch aus. Es war wahrscheinlich das erste Mal, dass sie sie in solch figurbetonter Kleidung sahen.

Er setzte sich und gab ihr mit leichtem Druck an der Hüfte zu verstehen, dass er gerne wollte, dass sie auf seinem Schoß Platz nahm. Nina sah etwas unschlüssig aus, überwand sich aber dann und ließ sich seitwärts auf seinem Schoß nieder.

Es wurde sehr still am Tisch und die Blicke lagen allesamt auf ihnen. Das Unbehagen, das Nina ausstrahlte, tat Ty in seinem Herzen weh. Als sie dann auch noch ihr Gesicht an seinem Hals vergrub, um sich zu verstecken, konnte Ty sich nicht mehr beherrschen.

Er knurrte und blaffte dann: "Habt ihr nichts besseres zu tun?"

Manche waren sichtlich verärgert, andere peinlich berührt von ihrer eigenen Indiskretion. Stockend wurden die Gespräche wieder aufgenommen, die Blicke wurden verstohlener.

Federleicht und beruhigend streichelte er Ninas Hüfte. Er wandte den Kopf so, dass sein Mund an ihrem Ohr war.

"Alles gut, Kleines. Sie werden sich wieder einkriegen."

Sie rührte sich nicht. Ty seufzte. Er drückte sie enger an sich und versuchte, ihr Wärme und Geborgenheit zu schenken. Ganz langsam nur entspannte sie sich, nahm ihren Kopf aber nicht von seinem Hals.

"Wir müssen uns warm machen, Ty", sprach Ryan ihn an. Er nickte. Nina verspannte sich sofort in seinen Armen und krallte sich in seinen Hoody.

Mit ihr in seinen Armen stand er auf und platzierte sie dann auf dem Stuhl. Sein Hoody zog er sich mit einer fließenden Bewegung über den Kopf und reichte es ihr. Für diese Geste erntete er ein dankbares Lächeln und sie schlüpfte sofort hinein. Sie sah etwas verloren aus, in dem viel zu großen Hoody und der weiten Baggy, dabei aber so süß, dass es Ty sehr schwer fiel, sie hier allein unter den Hyänen zu lassen.

Er warf Gregor einen vielsagenden Blick zu, den dieser sogleich verstand und mit einem knappen Nicken bestätigte.

Er sah zurück zu Nina, die ihre Beine angezogen und den Kopf auf ihren Knien gebettet hatte.

Das viel zu große Hoody ließ ihren schmalen Hals komplett unbedeckt und sein Mal auf ihrem Hals frei. Ty musste grinsen. Es gefiel ihm wirklich, sie so markiert zu sehen.

Er beugte sich über sie und drückte ihr einen Kuss auf die Stirn.

"Ich bin so schnell wie möglich wieder zurück, warte auf mich, okay?"

Den zweiten Teil des Satzes hatte er noch schnell hinterher geschoben aus Angst, sie könnte vor den anderen flüchten, während er auf der Bühne gefangen war.

Nina nickte.

"Los geht's", sagte er zu Ryan und wandte sich der Bühne zu.

NINA

Ohne Tys Nähe fühlte Nina sich klein und allein. Sie schaute auf den Boden und versuchte einfach, so unsichtbar wie möglich zu sein.

"Dein neuer Pullover ist sehr schön, Nina", versuchte Sky die Stimmung zu lockern. Nina schenkte ihr ein Lächeln.

Es erreichte zwar ihre Augen nicht, da es Nina lieber gewesen wäre, wenn alle sie ignorierten, wie sonst auch, aber sie wusste Skys Versuch zu schätzen.

Die Gespräche kamen langsam wieder in Gang und Nina entspannte sich allmählich..

Nach einiger Zeit wandten alle ihre Aufmerksamkeit der Bühne zu, denn Fire&Ice hatten ihren Auftritt begonnen. Sie waren gut wie immer und Nina bemerkte, wie Ty immer wieder ihren Blick suchte.

Er ist so ein außergewöhnlich schöner Mann!, dachte sie.

Zoey setzte sich auf den Stuhl neben Nina.

"Ich musste es aus der Nähe sehen. Er hat dich also tatsächlich gebissen. Wow, Sex mit ihm muss echt der Hammer sein", fing sie ihr Gespräch an, verstummte aber, als sie Ninas unwilliges Knurren hörte.

"Hey, jetzt sei doch nicht gleich beleidigt. Ich habe nicht vor, ihn dir auszuspannen. Ich warte, bis ihr miteinander fertig seid und mache dann einfach meinen Proberitt."

Nina war mehr als nur angeekelt. Sie wusste, dass nicht jeder eine so zurückhaltende Meinung in Sachen Sex hatte wie sie, aber dass Zoey sie so ordinär ansprach, brachte sie an den Rand ihrer Geduld.

Zudem schmerzten sie ihre Worte. Sie wusste, dass Ty ihr nicht gehörte, und doch wäre ihr nichts lieber, als ihn für immer in ihrer Nähe zu wissen.

"Lass sie in Ruhe, Zoey", sagte Gregor von der anderen Tischseite und sprang ihr mal wieder im richtigen Moment bei.

"Ich mach doch gar nichts! Ich wollte mir nur einmal Tys Biss aus der Nähe ansehen."

Ninas Wangen färbten sich Knallrot, während wieder alle Gespräche verstummten. Sie zog sich die Kapuze des Hoodys über den Kopf und verbarg damit nicht nur den Biss, sondern auch ihr Gesicht. Am liebsten wäre sie jetzt Kilometer weit weggerannt, aber sie hatte Ty versprochen zu bleiben.

Sie kramte in ihrer Tasche nach ihrem Tabak, den Papers und dem Gras und baute sich einen kleinen Joint. Gregor kam auf sie zu und verscheuchte Zoey von ihrem Platz.

"Bitte Nina, lass das! Es ist nicht gut für dich! Bitte!"

Nina baute einfach unbeirrt weiter. Applaus brandete auf, während Nina den Joint zwischen ihren Daumen und Zeigefingern drehte, um den Tabak gleichmäßig zu verteilen.

Viel leiser fügte Gregor dann hinzu: "Findet Ty es eigentlich in Ordnung, wenn du dich so zu dröhnst? Ich würde keine Freundin wollen, die nur die Hälfte unserer gemeinsamen Zeit mitbekommt und sonst nur völlig high in irgendeiner Ecke liegt!"

Freundin?, dachte Nina. *Als würde Ty oder irgendjemand sonst mich überhaupt als Freundin wollen.*

"Nein, er mag es überhaupt nicht!", klang ein tiefes Grollen hinter ihr, das sie zusammenzucken ließ.

Ty nahm ihr den Joint aus der Hand, schüttete Tabak samt Marihuana in den Grasbeutel und steckte ihn sich dann in die Hosentasche. Nina funkelte ihn wütend an und hätte ihm gern einiges an den Kopf geschmissen. Aus Gewohnheit schwieg sie und schenkte dafür auch Gregor noch einen bösen Blick.

Das dieser lächelte, irritierte sie ein wenig.

Plötzlich wurde sie angehoben, was ihr ein überraschtes Quieken entlockte. Ohne weiter darauf einzugehen, setzte Ty sich und platzierte sie auf ihrem Schoß.

Es war ihm nicht bewusst, aber sie fühlte sich auf seinem Schoß wie auf einem Thron, der extra für sie erbaut worden war. Es gab ihr Sicherheit, Geborgenheit und das Gefühl, ein kostbarer Schatz zu sein, der behütet werden musste.

"Ich wollte dich nicht so lang alleine in der Höhle des Löwen lassen", murmelte er und küsste wieder einmal die blaue Stelle an ihrem Hals. Wieder durchfuhr es sie wie ein

Blitz und es lief ihr kalt den Rücken hinunter.

Gut, dass er nicht wusste, was er in ihr auslöste und dass sie ihm mit Haut und Haaren verfallen war. Es wäre definitiv nicht gut für sie, wenn er wüsste, dass sie alles für ihn tun würde. Da war sie sich sicher!

Selbst wenn diese körperliche Seite sie nicht völlig für ihn eingenommen hätte, die Art, wie er sie ständig vor allen anderen beschützte, ließ ihr Herz höher schlagen. Nicht nur vor der Gruppe tat er das für sie, er hatte sogar die wunderschöne Verkäuferin, die sonst definitiv in sein Beuteschema fiel, zurechtgewiesen.

Glücklich schmiegte sie sich in seine Arme und vergaß darüber sofort, dass sie eigentlich wegen des Joints wütend auf ihn war,.

Auch wenn sie wusste, dass er ihr irgendwann das Herz brechen würde, sie würde so viel wie möglich von ihrer gemeinsamen Zeit mitnehmen und in den einsamen Nächten davon zehren. Einen Teil ihres Herzens hatte sie bereits verloren, wollte aber versuchen, zumindest einen kleinen Teil davon über ihre Zeit mit Ty zu retten.

TY

Eigentlich wollte er wütend darüber sein, dass sie schon wieder kiffen wollte. Wenn sie sich aber so in seine Arme schmiegte, war ihm das wirklich nicht möglich.

Nina gähnte und Ty ergriff die Gelegenheit beim Schopfe.

"Du bist müde, lass uns schlafen gehen."

Ein Nicken.

Ty drückte seinen Mund an ihr Ohr und flüsterte: "Bleibst du wieder bei mir?"

Sie zögerte und Ty hatte Angst, sie könnte Nein sagen.

"Ich werde brav sein. Wirklich!"

Sie schüttelte den Kopf und nickte dann, was Ty ziemlich verwirrte.

Er schüttelte den Kopf.

"Lass uns das unterwegs genauer erörtern. So oder so, wir sollten beide ins Bett."

Dieses Mal war das Nicken eindeutig.

Einen Arm um ihre Schultern gelegt, schlenderten sie zurück zum Lager.

"Bleibst du bei mir?"

Sie nickte.

Gott sei Dank!, dachte Ty bei sich und freute sich schon auf den tiefen Schlaf, den sie ihm ermöglichte.

Sie erreichten sein Zelt und Ty begann, sich für die Nacht auszuziehen. Er schämte sich nicht, seinen Körper zu zeigen. Er wusste, dass er ohne Weiteres in einer dieser Männerzeitschriften abgebildet werden könnte. Er arbeitete hart dafür. Nicht um des Aussehens willen. Seine Kraft, seine Ausdauer und sein Kampfgeschick waren sein Kapital. Dass dabei ein optisch so ansprechendes Paket mit einherging, war nur das Tüpfelchen auf dem I.

Sie zögerte noch einen Moment und begann dann, sich selbst zu entkleiden. Langsam, schüchtern und doch war es der beste Strip, den er je in seinem Leben gesehen hatte.

Der Hoody fiel auf den Boden und der Pullover, den er ihr erst vor wenigen Stunden gekauft hatte, folgte sogleich.

Sie trug einen schwarzen BH aus Spitze, der ihre üppigen Brüste hervorragend zur Geltung brachte. Ty musste schlucken.

Das wird eine sehr anstrengende Nacht! Wie in drei Teufels Namen soll ich mit diesem Anblick im Kopf jemals schlafen können? Von wegen tiefer Schlaf!

Die Bewegung ihrer Hände an dem Knopf ihrer Baggy lenkte seinen Blick tiefer.

Ein flacher Bauch und eine schmale Taille. Wieder musste er hart schlucken.

Nina ließ die Baggy los, sie fiel an ihren schlanken Beinen hinab zu Boden.

Ty stöhne unterdrückt auf. Wäre es nicht Nina gewesen, die da vor ihm stand, wäre er jetzt schon in ihr.

Sein Blick wanderte wieder ihre Beine hinauf und blieb

an dem schwarzen Spitzenhöschen hängen. Er fuhr mit seinem Blick die Ränder des Höschens ab, wie er es nur allzu gerne mit seiner Zunge gemacht hätte.

An ihrem Hüftknochen angekommen, sog er scharf die Luft ein. Auf beiden Seiten konnte er die dunkelblauen Abdrücke seiner Hände sehen. Ihm war nicht bewusst gewesen, dass er sie so fest gepackt hatte.

"Oh Gott, Nina, es tut mir so leid! Ich wollte dir nicht weh tun!"

Auf seinen Knien robbte er zu ihr und küsste dann die Male, die er auf ihrer Haut hinterlassen hatte.

Sie stöhnte auf. Ein Geräusch, das ihm direkt in die Lenden fuhr.

Er wiederholte die Liebkosung, vorsichtig, um sicher zu sein, dass er sich nicht getäuscht hatte.

Wieder ein Stöhnen.

Allein dieses Geräusch könnte ihn zum Abspritzen bringen!

Trotzdem wiederholte er, direkt an ihrer Haut: "Es tut mir leid, Querida!"

Er sah, dass sie ihn warm anlächelte und dabei ihren süßen Kopf schüttelte. Er hatte sie nicht verdient. Beschämt vergrub er sein Gesicht an ihrem Bauch und hielt sie fest umklammert.

Mit ihren Händen strich sie ihm durch die kurzen Haare, während er ihren Duft inhalierte. Er liebte ihren Geruch, konnte einfach nicht genug davon bekommen.

Vorsichtig löste sie sich von ihm, was Ty nur sehr widerstrebend zu ließ.

Sie legte sich auf ihren Schlafplatz, ohne sich vorher wieder anzuziehen, und zeigte mit einem Finger auf den blauen Fleck an ihrer Hüfte. Ohne lange nachzudenken, legte Ty sich neben sie und küsste abermals ihre Hüfte. Mehrere kleine, unschuldige Küsse verteilte er auf ihrem Hüftknochen, ehe er seine Küsse feuchter werden ließ. Er versuchte, sich so gut es ging zu beherrschen. Er wollte sie nicht verschrecken.

Er leckte über die Stelle und Nina stöhnte wieder auf. Er wollte so viel mehr. Diese Situation kratzte hart an seiner Selbstbeherrschung.

Wie er es sich vorher ausgemalt hatte, fuhr er mit seiner Zunge die Umrisse ihres schmalen Höschens nach. Zwischen ihren Schenkeln angekommen, zog er tief die Luft ein und genoss den Duft ihrer Erregung. Mit seiner Nase berührte er vorsichtig ihren Slip und spürte dabei, wie feucht dieser bereits war.

Das Stöhnen, das ihm entfuhr, konnte er beim besten Willen nicht zurück halten. Er wurde damit belohnt, dass Nina anfing, sich unter ihm zu winden.

Seine Hände waren fest in den Schlafsack verkrallt, um sich selbst davon abzuhalten, ihren Körper zu packen und weitere blaue Flecken auf ihr zu hinterlassen. Stattdessen drückte er seinen Mund auf die Stelle, an der er ihren Kitzler vermutete.

Volltreffer!, dachte Ty, als sie sich mit einem lauten Stöhnen unter ihm aufbäumte. Er intensivierte den intimen Kuss und drückte seine Zunge flach durch die dünne Spitze auf ihre Klit.

Ihr Geschmack, von dem er nur viel zu wenig abbekam, war so wahnsinnig gut, dass er die Kontrolle über seine rechte Hand verlor. Wie von selbst bewegte sich diese auf ihr Höschen zu und schob sich seitlich hinein.

In dem Moment, als seine Finger die samtigen Falten ihrer Pussy berührten, stöhnten sie beide auf.

Nass! Verdammte Scheiße! Klatsch nass! Fuck! Verdammt heiß und klatsch nass!

Ty atmete heftig und konnte sich selbst nicht erklären, warum er in diesem Moment erregter war als bei manchem Fick mit einem der Geier.

Wieder küsste er ihre Klit durch ihren Slip. Ninas Becken schoss so abrupt vor, dass sein Daumen in ihrer engen heißen Höhle landete. Zuckend kam sie um seinen Finger und stöhnte dabei laut auf.

Ich würde einen Mord dafür begehen, diesen Orgasmus mit

meinem Schwanz in ihr erleben zu dürfen!

Seine Erektion war mittlerweite schon schmerzhaft steif, aber er wollte Nina auf keinen Fall überfordern.

Nein, er musste sie süchtig nach ihm machen, sodass sie ihn nie wieder verlassen wollte. Dass sie genauso abhängig von ihr war, wie sie von ihm!

Langsam zog er sich aus ihr zurück und erntete dafür ein protestierendes Stöhnen.

Er lächelte in sich hinein, konnte sich aber wegen seinem schmerzenden Schwanz nicht völlig auf seine Freude konzentrieren.

Ty streichelte ihren Bauch, während sich ihr Puls und ihre Atmung langsam wieder beruhigten.

Sie schlug langsam die Augen auf. Ihr Blick war verhangen und so unglaublich sexy!

Einmal werde ich in ihre Augen sehen, während sie kommt!, schwor er sich in Gedanken und konnte seine Augen nicht von dem befriedigten Ausdruck abwenden. Sie war so unglaublich schön.

Sie sah ihn lange an und legte dann zögernd ihre Hand auf seine Brust, was ihn beinahe zum Schnurren gebracht hätte. Sie streichelte ihn vorsichtig und fuhr dabei die Konturen seiner Muskulatur nach. Erst seine Brust, dann tiefer, seinen Six-Pack, so wie sie es schon heute Nachmittag auf seinem Pullover gemacht hatte. Ohne den Stoff dazwischen, ihre Finger auf seiner nackten Haut, war die Berührung für ihn kaum auszuhalten. Sie verbrannte ihn und hinterließ Spuren für die Ewigkeit in seinem Kopf. Von seinem Bauchnabel aus, folgte sie der Spur schwarzer Härchen bis zum Bund seiner Shorts. Mit ihrem Zeigefinger fuhr sie an diesem entlang und Ty hielt die Luft an.

Sie legte die flache Hand auf seinen stahlharten Penis und fuhr mit federleichten Bewegungen auf und ab.

Das Stöhnen, das sich dieses Mal seine Kehle entriss, konnte er nicht mehr aufhalten. Er war so erregt wie in seinem gesamten Leben noch nicht. Der Ton ermutigte sie wohl, denn sie krümmte ihre Hand ein wenig um seine Erektion und verstärkte den Druck.

Wenige pumpende Bewegungen genügten und er ergoss sich in seine Boxershorts.

Als sich seine Atmung wieder etwas beruhigt hatte, bemerkte er, dass ihre Hand noch immer auf ihm lag. Er öffnete die Augen und sah, dass sie ihn fasziniert musterte.

Sie war ein Geschenk der Götter! Er würde alles tun, um sie für immer zu behalten, schwor er sich in diesem Moment.

Langsam musste er sich selbst eingestehen, dass er sich in sie verliebt hatte. Er konnte ihr nicht fernbleiben, allein der Gedanke daran ließ sein Herz rasen. Er hatte sich geschworen, sich nie in eine Frau zu verlieben. Bislang war ihm das wunderbar geglückt, doch Nina hatte sämtliche Mauern im Schnelldurchlauf durchbrochen.

Sie hatte sich in sein Herz gestohlen und das alles, ohne sichtbare Anstrengungen. Sie war einfach sie. Sie verstellte sich nicht. Versuchte nicht, sich interessanter zu machen. Sie köderte ihn nicht wissentlich mit Sex. Nein, Nina war einfach sie selbst und dabei so unglaublich perfekt, dass Ty ihr innerhalb weniger Tage restlos verfallen war.

Er liebte alles an ihr. Ihren Charakter, ihre Art, ihr Gesicht, ihren Körper. Schlichtweg alles!

Er streckte seine Hand aus und packte sie im Nacken. Mit sanftem Druck zog er sie näher an sein Gesicht und strich dann vorsichtig mit seinen Lippen über ihre.

Woher der Wunsch kam, sie zu küssen, konnte er sich selbst nicht erklären und doch schien ihm in diesem Moment nichts wichtiger als das.

Er hauchte winzige Küsse auf ihre weichen Lippen und verlor sich in dem Gefühl, diesen warmen Samt auf seinen zu spüren.

"Danke", hauchte er an ihrem Mund und war sich des Geschenks, das sie ihm gemacht hatte, durchaus bewusst.

Ihre Berührungen hatten ihm gezeigt, wie wenig Erfahrung sie tatsächlich mit Sex hatte.

Sie waren vorsichtig, forschend gewesen, wie er es zuletzt als Teenager erlebt hatte. Sie waren völlig frei von der Aggressivität gewesen, die sonst meist den Sex mit den Geiern begleitete.

Es gefiel ihm. Sehr!

Ein sanftes Lächeln breitete sich auf ihrem Gesicht aus und Nina schmiegte sich an seine Schulter. So lagen sie lange Zeit beieinander. Kuschelten und genossen die Gegenwart des anderen.

"Ich liebe den Anblick, den du mir gerade bietest, Querida, aber du solltest dich anziehen, bevor wir einschlafen", flüsterte Ty .

Nina brummte widerwillig. Ty musste auflachen, so erheiterte ihn ihre Unwilligkeit, sich von ihm zu lösen.

Er gab ihr einen Klaps auf den Po, was ihr ein unterdrücktes Stöhnen entlockte.

Interessant … werde ich mir für ein andermal merken, grinste er in sich hinein.

Schließlich setzte sie sich doch auf, schnappte sich sein Hoody und ihre Jogginghose und zog beides über.

Sie öffnete ihren Schlafsack, machte aber keine Anstalten, ihn wieder zu schließen, nachdem sie sich hingelegt hatte.

Ty zog fragend eine Augenbraue nach oben, woraufhin Nina ihm bedeutete, zu ihr zu kuscheln.

Das ließ er sich nicht zweimal sagen. Er legte sich dicht hinter sie, breitete erst ihren und dann seinen Schlafsack über sie beide aus und vergrub seine Nase in ihrem wunderbar duftenden Haar.

"¡Buenas noches!, Querida", murmelte er noch kurz vor dem Einschlafen in ihr Haar, danach versank er in einen tiefen, traumlosen Schlaf.

5 ZU VIEL IST ZU VIEL

NINA

Ein Finger, der kleine Kreise auf ihrem Bauch zeichnete, und weiche Lippen, die kleine Küsse auf ihrem Nacken verteilten, weckten Nina aus ihrem tiefen Schlaf.

Blinzelnd öffnete sie die Augen, schloss sie aber sofort wieder, als die helle Sonne in ihren Augen brannte.

Viel zu hell!

Sie versuchte, ihre Augen zu bedecken, kam gegen die Helligkeit aber nicht an. Unwillig grummelte sie vor sich hin und drehte sich schließlich von der Sonne weg. Ihr Kopf prallte gegen eine harte, nackte Männerbrust.

Ach ja, Ty!, erinnerte sie sich und musste ein wenig grinsen.

"Du bist wach, Querida, ich weiß es!"

Nina schüttelte den Kopf und drückte ihr Gesicht an seinen Hals. Tief sog sie seinen Geruch ein.

Mhmmm … herrlich!

Ihr gesamter Körper summte bereits wieder, als Tys Brust zu beben begann. Er lachte leise auf und fuhr dann mit seiner Hand unter ihren Pullover. Er streichelte ihren Rücken, in langen, gleichmäßigen Zügen. Es war ein unglaublich schönes Gefühl, das Nina leise zum Schnurren brachte.

Er lachte wieder und küsste sie dann auf den Scheitel.

"Es ist wunderschön, so aufzuwachen", sagte Ty ganz leise.

Nina konnte nur zustimmend nicken.

Er rutschte ein wenig tiefer, sodass sie auf Augenhöhe lagen. Nina wollte nicht vollends aufwachen. Sie wollte diesen Moment auf ewig festhalten, aber als seine Finger über ihre Lippen glitten, flatterten ihre Augenlieder von ganz alleine. Er sah so unglaublich gut aus. Verschlafen, verstrubbelt, entspannt und unglaublich sexy!

Ein träges Lächeln breitete sich auf seinem Gesicht aus und erinnerte sie an eine Raubkatze, die gesättigt und faul in der Sonne liegt.

"Guten Morgen, Schönheit", flüsterte Ty. Nina errötete und wollte sich seinem Griff um ihr Kinn entziehen.

Sein Griff verstärkte sich und er sah ihr fest in die Augen.

"Wende dich nicht von mir ab, Querida", hauchte er und legte seinen Lippen dann ganz sanft auf ihre.

Sie würde nie genug davon bekommen, da war sie sich ganz sicher!

Die federleichte Berührung seiner Lippen kribbelte auf ihren und Nina konnte nicht anders, als sich ihm entgegen zu strecken. Sie wollte mehr davon. So viel mehr!

TY

Ty mochte Küssen nicht. Es war zu nah, zu intim, zu alles! Aber Ninas Lippen an seinen fühlten sich so wahnsinnig gut an.

Mehr!, knurrte er in seinem Inneren. *Immer mehr!*

Als sie sich ihm auch noch entgegenstreckte, war er ganz verloren. Die Berührungen ihrer Lippen wurden fester, dringlicher. Ty ließ seine Hand in ihren Nacken wandern, um sie für seine Liebkosungen zu fixieren.

Ganz leicht strich ihre Zunge über seine Unterlippe und dieses Gefühl schoss direkt in seinen Schwanz. Er war mittlerweile fast schmerzhaft hart, wollte und konnte den Kuss aber nicht beenden.

Als Nina abermals mit ihrer Zunge über seine Lippe strich, öffnete er die seinen, um mit seiner Zunge die ihre zu suchen.

Sie schmeckte atemberaubend. Süß und frisch, wie einer dieser Waldbeere-Kaugummis. Ihre Zunge war samtig weich und ihre Bewegungen fließend, wie bei einem Tanz.

Ihr Kuss wurde noch tiefer, intensiver und drängender als zuvor.

Ty zog sie noch fester an sich und rollte sie dann auf ihren Rücken. Er drängte sein Knie zwischen ihre Beine. Auf die Ellenbogen gestützt, legte er eine Hand auf ihre Wange und begann mit der anderen ihren Arm auf und ab zu streicheln. Er drängte seine Hüften zwischen ihre Schenkel und rieb seine Erektion an ihrem Venushügel.

Gott, er war so verdammt scharf auf sie! Sie machte ihn einfach unglaublich an und er wünschte sich nichts sehnlicher, als sich jetzt sofort in ihr zu vergraben. Tief in sie zu stoßen und nicht eher von ihr abzulassen, bis er sich in ihr ergossen hatte. Er rieb sich fester an ihr und hielt mit seiner Zunge denselben Rhythmus.

Irgendwo in seinem inneren erklang eine Warnung.

Halt, Stopp! Mach langsam, verdammt, du verschreckst sie nur!

Aber Ty war so in seiner Leidenschaft gefangen, dass er die Stimme unwillig zurückdrängte. Er zog eine Spur aus felderleichten Küssen ihren Kiefer entlang und bemerkte die kleinen Hände kaum, die sich gegen seine Brust stützen.

"Ty."

Ihre Stimme riss ihn sofort aus seinem Nebel. Sie klang ein wenig verängstigt und Ty ließ sich sofort neben ihr auf den Rücken fallen.

Die Hände vor seine Gesicht geschlagen, sagte er: "Es

tut mir leid, Süße. Ich hab die Kontrolle verloren. Ich wollte dich nicht so überfallen."

Er könnte sich selbst dafür ohrfeigen, dass er sich in ihrer Gegenwart so wenig unter Kontrolle hatte. Hatte er nicht gestern Nacht noch festgestellt, wie unbedarft sie tatsächlich war? Und jetzt fiel er schon wieder über sie her wie ein wildes Tier.

Wenn du nicht alles kaputt gemacht hast und sie dir überhaupt noch eine Chance für eine Zukunft gibt, du Idiot!

Als er spürte, dass sie näher kam, ließ er seine Hände fallen und sah zu ihr auf.

Sie kniete vor ihm und sah ihn verwirrt und ein wenig unsicher an.

"Lo siento muchísimo, Querida. Kannst du mir noch einmal verzeihen? Ich …"

Weiter kam er nicht, denn Nina legte ihm einen Finger auf den Mund. Sie fuhr die Konturen seiner Lippen mit ihrem rechten Zeigefinger nach. Sie beugte sich über ihn und strich mit ihren Lippen über seine.

Oh Gott, sie verzeiht mir wirklich!

Viel zu schnell richtete sie sich wieder auf und Ty schlug die Augen auf, um zu sehen, was sie vorhatte.

Nina musterte seinen Oberkörper. Langsam hob sie die Hand und begann wieder, über ihn zu streichen.

Sie ließ keinen Zentimeter aus und folgte ihrer Hand mit ihren Blicken. Immer wieder warf sie einen prüfenden Blick auf sein Gesicht, als wolle sie sich versichern, ob es ihm gefiel.

Aber egal was sie tat, ihm würde alles gefallen. Sie könnte ihm die Haut bei lebendigem Leibe abziehen, solange sie nur bei ihm war, würde ihm alles gefallen.

Sie fuhr mit ihren Fingerspitzen über seine Brustwarzen. Sie zogen sich sofort zusammen und Tys Schwanz begann, in seiner Boxershort zu zucken.

Er stöhnte unterdrückt und kniff die Augen zusammen. Er wollte sie nicht wieder vertreiben, wollte nicht, dass sie jemals wieder damit aufhörte, ihn zu streicheln.

Als ihre kleine Hand sich auf seinen zuckenden Schaft legte, konnte er ein Stöhnen nicht mehr unterdrücken. Gott sei Dank sah Nina es wohl als Ermunterung an, denn der Druck ihrer Finger verstärkte sich.

Gegen seinen Willen bäumten sich seine Hüften auf und er versuchte, sich an ihrer Hand zu reiben.

Ihre Hand verschwand und Ty riss erschrocken die Augen auf. Sie musterte ihn genau, als wolle sie abschätzen, was er tun würde, wenn sie weiter so mit ihm spielte.

"Ich werde nichts tun, was du nicht möchtest, Querida. Ich verspreche es!"

Ihr Gesichtsausdruck wurde weich, dann lächelte sie ihn sanft an. Eine Hand auf seine Brust gestützt, beugte sie sich über ihn und küsste ihn auf die Lippen.

Der Kuss begann sanft, unschuldig, wurde aber von beiden Seiten gleich schnell drängender. Er spürte ihre Zunge und gewährte ihr Einlass. Nina stöhnte leise in seinen Mund, als er eine Hand hob und leicht ihre Hüfte zu streicheln begann. Er schob sie unter ihren Pullover, nicht fähig, sich den Hautkontakt länger zu verwehren. Sie war warm und weich. Es war unglaublich schön, sie zu berühren.

Plötzlich stieg sie rittlings auf ihn und ließ sich mit ihrer heißen Mitte auf ihm nieder. Ty zuckte unter der intimen Berührung zusammen und Nina löste sofort ihre Lippen von ihm.

"Hör nicht auf, Kleines. Du fühlst dich so wahnsinnig gut auf mir an."

Er sah ein schelmisches Lächeln in ihren Augen aufblitzen, ehe sie sich aufrichtete und sich mit ihrem gesamten Gewicht auf seiner Mitte niederließ.

Ty stöhnte auf und griff mit beiden Händen nach ihren Hüften.

"¡mierda! Willst du mich umbringen, Süße?"

Sie kicherte leise. Ihr Kichern ging in ein leises Stöhnen über, als Ty sich an ihr rieb. Ihr Oberkörper fiel leicht nach vorne, sodass sie sich mit den Händen auf seinem Oberkörper abstützte. Nina vergrub sich in seiner Brust und hinterließ mit ihren Fingernägeln Abdrücke, so fest krallte sie sich an ihn.

Er spürte ihre Pussy noch intensiver an seinem Schwanz auf und ab gleiten. Obwohl seine Boxershort und ihre Jogginghose zwischen ihnen waren, fühlte er, wie bereit sie für ihn war, zumindest körperlich.

Heiß, feucht, nein, nass! Oh Gott, ich will sie! Fuck!

Ty intensivierte seine Bewegungen und konnte sich kaum noch beherrschen. Er würde mehrere Körperteile dafür geben, jetzt in ihr sein zu können. Ninas Becken begann, unkontrolliert auf ihm zu zucken. Ihre Arme sackten weg und sie landete mit ihr Mund auf seiner Brust. In dem Moment, als sie kam, biss sie ihn fest in seine Brust und schickte ihn mit dieser Mischung aus Schmerz und Lust ebenfalls über die Klippe. Er musste sich fest auf die Wange beißen, um nicht das ganze Lager über ihr Tun zu informieren. Das Blut in seinem Mund ließ ihn schließlich langsam wieder zu sich kommen. Er lockerte den Griff um ihre Hüften.

Shit, bestimmt noch mehr blaue Flecken auf ihrem wundervollen Körper!

Nina lag schwer atmend auf seiner Brust und rührte sich eine ganze Weile nicht.

Als sie sich schließlich etwas aufrichtete, sah er die Verwunderung in ihren noch von ihrem Orgasmus verhangenen Augen.

Ty streckte seinen Kopf und strich mit seinen Lippen über ihre. Er konnte einfach nicht genug davon bekommen.

"Wir sollten dringend duschen gehen", flüsterte er. Nina nickte leicht, bevor sie ihn noch einmal küsste.

Ty stand unter dem warmen Strahl der Dusche und ließ sich das Wasser über den Rücken laufen. Seine Hände waren an der Duschwand abgestützt und sein Blick zum

Boden gewandt.

Diese kleine, unschuldige Frau machte ihn einfach fertig. Wenige Berührungen - und sein gesamter Körper stand in Flammen. Es war eigentlich unglaublich. Er war abgebrüht. Abgestumpft von all den Frauen, mit denen er in den letzten Jahren bedeutungslosen Sex hatte. Er hatte so ziemlich jede Spielart durch. Die verschiedensten Orte und die verschiedensten Kombinationen und doch haute diese kleine Frau ihn regelrecht um.

Er richtete sich auf und seifte seinen Körper ein. Als er über seine Brust strich, brannte die Seife in der Bisswunde, die Nina dort hinterlassen hatte.

Er lächelte. Es gefiel ihm, dass sie von ihrer Leidenschaft so überwältigt wurde. Der Gedanke daran, wie sie errötete, als sie die Abdrücke ihrer Zähne und Nägel auf seiner Brust sah, ließ ihn über sein ganzes Gesicht strahlen.

Es war einfach entzückend, wie unschuldig sie war!

Er freute sich darüber, dass heute ein besonders warmer Herbsttag war. So konnte er mit bloßem Oberkörper durch die Gegend laufen und jedem zeigen, wie heiß Nina auf ihn war.

Fertig abgetrocknet, zog er sich weiße Shorts an, die einen sexy Kontrast zu seiner Milchkaffee farbenen Haut bildeten. Oft hatte man ihm gesagt, dass er in Weiß hervorragend aussah. Und bei Nina musste er einfach alle Register ziehen.

Sie wartete bereits auf ihn.

Die einzige Frau auf Gottes Erdboden, die ich nicht warten lassen möchte, ist schneller im Bad fertig als ich!

Ty lächelte in sich hinein. Er freute sich darüber, dass sie nicht ewig im Bad brauchte. Wozu auch? Sie war von Natur aus so hinreißend, dass alle Schminke der Welt es nicht besser machen konnte.

Sie trug blaue Baggys und einen dunkelgrauen Hoody, dessen Kapuze sie sich weit ins Gesicht gezogen hatte.

Als er sich näherte, hob sie den Kopf und erstarrte. Ihr

Blick war auf seine Brust gerichtet. Sie errötete und schüttelte schließlich panisch den Kopf.

"Was ist los, Kleines?"

Sie sah ihn mit aufgerissenen Augen an. Ty hatte so eine Ahnung, um was es ihr ging. Da er aber nicht vorhatte, die wunderbaren Male zu verstecken, stellte er sich dumm.

"Was hast du, Nina?"

Sie deutete mit ihrem Zeigefinger auf seine Brust. Immer noch kopfschüttelnd.

Er konnte es sich nicht verkneifen und musste sie einfach ein wenig necken.

"Oh, ja, schön, nicht?", fragte er mit einem breiten Grinsen.

Er sah, wie sie mit sich kämpfte und überlegte, was sie tun sollte. Schließlich griff sie nach dem Saum ihres Hoodys und streifte es sich über den Kopf.

Zu Tage kam ein enges weißes Tank-Top, das ihre hammermäßige Figur zum Vorschein brachte.

Ty schluckte hart und bemerkte zeitgleich, wie sein bestes Stück sich wieder zum Einsatz meldete.

Fuck!

Ty trat näher an sie heran und brummte: "Mann, Nina, du siehst so heiß aus, dass ich meine Finger kaum noch bei mir behalten kann!"

Sie runzelte verärgert die Stirn, trat einen Schritt zurück und drückte ihm ihr Hoody an die Brust. Ty lächelte, nahm es entgegen und band es sich um die Hüften.

"Klar kann ich es für dich nehmen, Süße!", stellte er sich weiter dumm.

Er legte einen Arm um ihre Schulter und zog sie mit sich in Richtung Lager. Einige Schritte ließ sie sich überrumpeln, machte sich aber dann von ihm los und starrte ihn finster an.

Weiterhin den Unwissenden spielend, runzelte er die Stirn. Nina seufzte laut auf und deutete auf seine Brust.

"Kannst nicht …", setzte sie flüsternd an. Ty war

wieder einmal hingerissen von ihrer Stimme.

Er trat ganz dicht vor sie, küsste ihren Hals und flüsterte: "Du solltest einen Waffenschein haben für diese Stimme, Querida!"

Er packte sie an den Hüften und drückte sie fest gegen seinen Unterleib, um ihr zu zeigen, was sie bei ihm auslöste.

Er hörte, wie sie scharf die Luft einsog und begann, seine Küsse zu der Stelle hinzuführen, an der immer noch sein Mal prangte. Ty freute sich darüber, dass dank des Tank-Tops und ihrem typischen Haarknoten für jeden sichtbar war, dass er sich dort verewigt hatte. Gut, nicht verewigt, aber eine Zeit lang zumindest, würde es für jeden sichtbar bleiben. Definitiv hatte er vor, es rechtzeitig zu erneuern!

Kleine Hände drückten wieder einmal gegen seine Brust. Als er zu ihr hinab sah, bemerkte er, dass sie wirklich kurz vor dem Verzweifeln war. Aber er wollte sie nicht erlösen. Er wollte, dass jeder sah, wie sie ihn im Moment ihrer Leidenschaft markiert hatte. Also ließ er sie weiter schmoren und zog sie wieder zum Lager zurück.

"Bitte! Sie werden reden!", hauchte Nina und ihre Stimme bebte dabei, sodass Ty nicht anders konnte, als stehenzubleiben und sie mit dem Gesicht zu sich zu drehen.

Er schaute in ihre Augen. Es fiel ihm schwer, seinen Blick nicht tiefer wandern zu lassen.

"Sie werden so oder so reden, Süße! Ich mag das …"

Er tippte sich auf die Bisswunde und sprach dann leise weiter: "Und wegen mir kann die ganze Welt wissen, dass wir zusammen gehören!"

Als er ihren geschockten Gesichtsausdruck sah, dachte er: *Ups, wohl ein wenig übers Ziel hinaus geschossen. Nun ja, sie wird sich schon damit abfinden, dass ich sie so schnell nicht mehr gehen lasse!*

Ninas Mund klappte auf und zu wie der eines Fisches und Ty musste wieder grinsen.

"Mach das nicht, Schätzchen, das sieht wirklich seltsam aus!", lachte er und zog sie in seine Arme.

"Zusammen?", flüsterte sie schließlich an seine Brust. Ty rann es erneut kalt den Rücken hinunter. Ihre Stimme … er schwankte im Sekundentakt zwischen unschuldig wie ein Engel und Sex pur.

"Süße, du bist so viel mehr für mich, als ein billiger Zeitvertreib, verstehst du das denn nicht?"

Nina schüttelte den Kopf und sah ihn dabei ungläubig an.

"Zweifle nicht daran! Ich will mehr von dir als nur Sex! Lass uns einfach sehen, wohin uns das führen wird, okay?"

Sie sah immer noch nicht aus, als würde sie es ihm abkaufen, aber Ty ignorierte diese Tatsache. Er würde es ihr einfach beweisen. Und so lange konnte er einfach nur um einen Vertrauensvorschuss bitten. Er war sich durchaus bewusst, dass das ziemlich viel verlangt war, dennoch versuchte er sein Glück.

Er setzte eine bittende Miene auf und sagte: "Kannst du nicht einfach versuchen, mir zu glauben, Querida? Bitte, vertrau mir!"

Nina zog zwar ihre Augenbrauen zusammen, nickte aber dennoch zögernd. Ty stieß seinen angehaltenen Atem aus und hauchte dicht vor ihren Lippen: "Danke!"

Dann nahm er ihr Gesicht zwischen seine Hände und küsste sie. Er legte all seine Gefühle in diesen Kuss. Er wurde bittersüß, flehend und voll der Zärtlichkeit, die er für sie empfand.

Als sie sich schließlich voneinander lösten, flitzte Ninas Blick panisch umher.

"Selbst wenn es jemanden interessieren sollte, dass zwei Menschen sich hier auf dem Weg küssen, Nina, es ist egal! Du bist meine Freundin. Wir können uns küssen, wann und wo wir wollen!"

Sie sah ihn ungläubig staunend an.

"Freundin?"

Das Lachen, dass in seiner Brust aufstieg, konnte er

beim besten Willen nicht unterdrücken.

"Was hast du denn gedacht, was es heißt zusammen zu sein, Süße?"

Als er sich ein wenig beruhigt hatte, bemerkte er, dass sie ihn böse anfunkelte.

"Bitte, Kleines, sei nicht böse! Natürlich bist du meine Freundin …" Etwas kleinlauter fügte er dann hinzu: "die Erste."

Ninas Augen wurden riesig. Dann grinste sie breit und wandte sich zum Gehen, woraufhin Ty nur vor sich hin murmelte: "War ja klar, dass sie sich darüber amüsiert!"

Schnell holte er zu ihr auf, um ihr wieder den Arm um die Schultern zu legen. Jeder sollte sehen, dass sie ihm gehörte! Dass Nina sich an ihn schmiegte, polsterte sein Ego ein gutes Stück auf! Diese wunderschöne, intelligente, witzige und warmherzige Frau in seinen Armen halten zu dürfen, kam ihm vor wie eine Auszeichnung.

Kurz vor dem Lager verlangsamte Nina ihre Schritte. Ty fürchtete sich vor dem Moment, an dem sie sich von ihm lösen wollte.

Er sollte Recht behalten. Nur wenige Schritte später wand sie sich unter seinem Arm hervor, sodass sie ihm gegenüber stand. Doch anders als erwartet, ging es Nina gar nicht um ihn. Sie zupfte an ihrem Pullover, der immer noch um seine Hüften hing.

"Du bist wunderschön, Nina, warum willst du dich verstecken?"

Sie schüttelte unwillig den Kopf und wollte wieder nach ihrem Hoody greifen.

"Nein!"

Ty sah sie dabei ernst an und fügte hinzu: "Wenn du mir keine Erklärung dafür liefern kannst, gibt es auch keinen Grund, dass du mir diesen Anblick entziehst."

Er wusste, dass sie sich schwer tat, ihm etwas abzuschlagen.

Sie wand sich sichtlich. Suchte nach Worten und wollte doch nicht damit herausrücken.

Selbst schuld!, dachte er.

Da sie aber allzu unsicher wirkte, versuchte er, zumindest ein wenig von ihren Gedanken zu erraten.

"Niemand wird dir zu nahe kommen, Nina. Ich lasse dich keine Sekunde alleine und wenn sie starren, dann nur, weil du wunderschön bist und sie entweder dich oder mich beneiden."

Sie sah ihn wieder fragend an.

"Na, dich, weil sie gern aussehen würden wie du, Beauty, oder mich, weil sie gern an meiner Stelle wären, mit dir an meiner Seite."

Ein klitzekleines Lächeln erschien auf ihrem Gesicht. Ty hätte sich gern selbst auf die Schulter geklopft.

Wäre wohl zu auffällig, grinste er in sich hinein und zog Nina wieder an sich.

Am Lager angekommen, waren ihnen natürlich alle Blicke sicher. Der Anblick nur eines von ihnen hätte der Gruppe wahrscheinlich bereits zum Starren genügt.

Nicht wahrscheinlich, sicher!

Aber die Kombination von Ninas heißem Körper und Tys Malen der Leidenschaft brachte die gesamte Gruppe aus dem Konzept.

Gregor näherte sich ihnen. Er versuchte zwar, seinen finsteren Blick zu bändigen, schaffte es aber nicht wirklich.

"Nina", sagte Gregor . Sie löste sich von Ty, um ihn zu umarmen.

"Soll ich dir einen Pullover bringen?", fragte er leise. Ehe Nina antworten konnte, sagte Ty: "Nein! Sie muss sich vor niemandem verstecken!"

"Sie will …"

Weiter kam Gregor nicht, denn Nina löste sich von ihm und schüttelte den Kopf, woraufhin Gregor sofort verstummte.

Ty wusste, dass allein Gregors dummer Fehler ihm diesen Sieg verschafft hatte. Und trotzdem fühlte er Genugtuung dabei. *'Sie will' zu sagen, ts, so ein Trottel!*, dachte Ty.

Er stupste sie sanft an der Schulter an und fragte: "Mein Frühstück?"

Noch einmal würde er nicht den gleichen Fehler begehen und ewig auf seine Mahlzeit warten, nur weil Nina sein Essen haben wollte.

Sie nickte. Ty ließ sie bei Gregor zurück, um die Zutaten zu holen.

Dass ihm sämtliche Blicke folgten, war ihm durchaus bewusst, aber anstatt sich unwohl zu fühlen, würde er sich am liebsten auf die Brust trommeln, denn er hatte Nina zu der Seinen gemacht. Auch wenn es den anderen bislang nicht aufgefallen war, Nina war etwas Besonderes und er hatte nicht vor, sie wieder gehen zu lassen.

Auch wenn Gregor die Bestie in ihm zu Weißglut brachte, wusste er doch, dass er ihm Nina anvertrauen konnte. Gregor würde darauf achten, dass niemand sie physisch oder psychisch anging.

Trotzdem beeilte er sich, die Zutaten für ihr Frühstück aus dem Versorgungszelt zu holen. Er wollte einfach sichergehen, dass Gregor ihr nichts einredete, das schlecht für ihn war.

Als er zum Lagerfeuer zurück kam, saß Nina in sich zusammengesunken auf einer Decke. Ihre Knie waren an ihre Brust gezogen und ihre Wange war auf die Knie gebettet.

Gregor sprach locker mit den anderen, sodass Ty davon ausging, dass nichts vorgefallen war. Es war lediglich wieder ein Versuch, sich zu verstecken.

Er ging neben ihr in die Hocke und legte eine Hand in ihren bloßen Nacken. Blinzelnd gingen ihre Augen auf. Wunderschöne, warme, braune Augen, die ihm schier endlosen Frieden versprachen. Unwillkürlich musste er lächeln.

"Alles okay?"

Nina nickte und Ty gab ihr einen Kuss auf die Stirn, ehe er sich aufrichtete, um ihr Frühstück zu machen.

Er ließ sich mit den zwei Portionen neben ihr nieder

und reichte ihr eine Schüssel und zwei Scheiben Brot.

Nina schüttelte den Kopf.

"Iss einfach so viel du willst, ich möchte nicht zweimal gehen", sagte Ty und drückte ihr die Portion in die Hand.

Er spürte schon wieder die Blicke der anderen und konnte ein Knurren gerade noch so unterdrücken. Er wollte Nina nicht verunsichern oder auf etwas aufmerksam machen, das sie bislang noch gar nicht mitbekommen hatte.

Nach der Hälfte der Schüssel und einer Scheibe Brot kapitulierte Nina mit einem leisen Seufzen. Sie hatte mehr gegessen, als Ty vermutet hätte, und er war froh darüber.

Sie muss viel essen, damit sie bei Kräften bleibt für die Aktivitäten, die ich die nächste Zeit mit ihr vorhabe, grinste Ty in sich hinein.

Nina hielt ihm ganz selbst verständlich ihre Schüssel hin. Ohne ein Wort zu wechseln, nahm Ty sie entgegen und begann, ihre Reste zu essen.

"Was zum ..."

Ty hob den Blick und sah direkt in Chris Gesicht. Auf dessen Mund klebte Skys Hand, die die Worte, die als Reaktion auf Tys Verhalten aus Chris' Mund kamen, stoppen wollte.

Tys gesamter Körper spannte sich an. Er wollte gerade aufspringen, als Nina ihren Kopf auf seinen Schoß legte. Er sah, dass sie sich auf die Seite gelegt hatte und sich wie eine Katze zusammen gerollt an ihn kuschelte. Ein klitzekleines Lächeln umspielte ihre Lippen.

"Oh du ...", mehr fiel ihm einfach nicht ein.

Gerissenes kleines Mädchen, dachte er.

Zur Strafe gab er ihr einen Klaps auf den Po, der sie unterdrückt quieken ließ. Wieder starrten ihn alle an, aber mit Nina auf seinem Schoß fühlte er sich einfach zu gut, um sich darüber zu ärgern, was die anderen taten oder dachten.

"Du solltest dich später bei Nina bedanken, Chris. Sie hat dir soeben den Arsch gerettet", brummte Ty an Chris gewandt, ehe er sich wieder Ninas Frühstück widmete.

Ihm war sehr wohl klar, dass die gesamte Situation für den Rest der Gruppe schwer zu verdauen war. Die meisten von ihnen hatten bislang überhaupt nicht mitbekommen, dass Nina überhaupt existierte. Wenn, dann nur als stumme Randerscheinung, die niemals wirklich mit ihnen war.

Und Ty ... nun ja, auch er verhielt sich nicht gerade typisch. Zwar war er immer dabei und hatte auch meist irgendein Mädchen bei sich, aber immer nur, um sie flachzulegen. Das hieß: Sie war immer nur Abends da und morgens, wenn alle anderen aufstanden, bereits wieder verschwunden. Sie wechselte täglich. Bekam nichts von ihm und schon gar nicht tat er irgendetwas für sie, außer sie zu vögeln.

Bei Nina war alles anderes. Er würde ihr die Welt zu Füßen legen, wenn sie es wollte. Er versuchte, ihr jeden Wunsch von den Augen abzulesen und ihr alles aus dem Weg zu räumen, was nur annähernd unangenehm sein würde.

Als er fertig gegessen hatte, lehnte er sich auf die Ellenbogen zurück und streichelte über Ninas Haare. Er hörte Chris leise zu Sky flüstern: "Wenn er sich so seltsam aufführt, muss er doch damit rechnen, dass andere es bemerken und kommentieren. Ich meine, wer zum Teufel ist dieser Mann und wo ist unser ewig brummige Eigenbrötler hin?"

"Lass ihn doch einfach in Ruhe, Chris. Hattest du nicht schon genug Ärger mit Ryan und Shane mit deiner Stichelei? Irgendwann wirst auch du eine Frau finden, die mehr für dich ist als nur ein One-Night-Stand. Dann wirst du dir wünschen, wenn alle anderen ihre Klappe hielten, anstatt immer weiter auf dir rumzuhacken." Damit wandte Sky sich sichtlich genervt ab.

Sie lagen noch lange so da. Nina schlief irgendwann auf seinem Schoß ein. Um sich ein Wasser zu holen, stand er vorsichtig auf und bettete Ninas Kopf auf ihrem Hoody.

Jason, ebenfalls ein Mitglied ihrer Gruppe, schloss sich ihm auf dem Weg an. Er stieß ihn leicht mit der Schulter an und zeigte auf Tys Brust.

"Wow, kleine Raubkatze, was? Sie sieht gar nicht so aus, als wäre sie wild im Bett. Aber gut, ich mag wild und wenn du die Schnauze voll haben solltest......"

Weiter kam er nicht mehr, denn Tys Faust krachte mit voller Wucht an das Kinn des Idioten, der es wagte, so abschätzig über Nina zu reden.

Jason taumelte, ging aber nicht zu Boden. Jedem anderen hätte dieser Schlag die Schuhe ausgezogen, aber Jason war selbst Semiprofi im Kickboxen und konnte daher einiges ab.

"Was soll das, du Idiot? Hast du sie noch alle?", schrie Jason ihn an, während ihm das Blut von den Lippen lief.

Blind vor Wut stürzte er sich erneut auf ihn. Er würde ihm beibringen, nie wieder auch nur so über Nina zu denken. Mit zu Fäusten geballten Händen ging er auf Jason zu.

Er hörte die Stimmen der anderen, sie waren aber mehr ein Hintergrundrauschen. Wie in einem seiner Kämpfe in seiner Jugend, sah er nur noch seinen Gegner. Registrierte jede seiner Bewegungen. Er war im Blutrausch und wollte diesen Wichser blutend am Boden sehen.

Eine kleine kühle Hand legte sich auf seine Faust. Ganz weit weg hörte er jemanden rufen: "Geh verdammt nochmal von ihm weg, Nina! Er ist nicht er selbst wenn er so ist!"

Doch die Hand streichelte leicht über seine Faust, nahm sie herunter und öffnete sie, Finger für Finger. Er konnte nicht anders, als dieses Schauspiel zu verfolgen. Es war, als hätte jemand die Pausetaste für seine Wut gedrückt. Nur Nina konnte sich weiter frei bewegen, während alle anderen erstarrt waren.

Sie legte ihre Hand in seine und zog ihn mit sich. Erst zum Lagerfeuer, wo sie sich mit ihrer freien Hand zwei Decken schnappte, und dann den kleinen Hügel hinauf.

Sie breitete eine Decke auf der Wiese aus, drückte ihn darauf und legte sich schließlich neben ihn. Die zweite Decke breitete sie über sie beide aus und drehte ihm den Rücken zu.

Er starrte sie immer noch an, als er sie flüstern hörte: "Komm."

Augenblicklich schmiegte er sich an ihren Rücken. Seine Gedanken kreisten im Versuch zu verstehen, was gerade eben passiert war.

Die ganze Szene kam ihm vor wie ein Traum. Dass er vor ihr so weggetreten war, dass er sie noch nicht einmal hatte kommen sehen, war ihm unglaublich peinlich. Der Gedanke daran, dass er sie hätte verletzen können, wenn sie nur einen Moment später nach seiner Hand gegriffen hätte, machte ihn rasend. Rasend vor Wut auf sich selbst. Er drückte sie so fest er konnte an sich und vergrub sein Gesicht in ihren Haaren.

"Oh Gott, Querida, ich hätte dich verletzen können. Ich hätte mir nie verziehen, wenn du auch nur einen Kratzer abbekommen hättest! Er hatte es verdient, Kleines, glaub mir. Du musst von mir wegbleiben, wenn ich kämpfe. Es ist zu gefährlich, ich könnte dich aus Versehen erwischen und ...", Ty unterbrach sich, als Nina sich von ihm losmachte.

Mit aller Kraft drückte er sie an sich, hielt sie dabei aber so, dass er ihr nicht weh tat. Er dachte gar nicht daran, sie jetzt gehen zu lassen. Sie würde ihn für immer verlassen und ihn nie erklären lassen. Er durfte sie nicht gehen lassen, bevor sie ihn zumindest angehört hatte.

Nina stellte ihre Bemühungen ein und seufzte ungeduldig.

"Umdrehen", schnaufte sie dann und wartete, bis das Wort zu ihm durchgedrungen war und er seinen Griff ein klein wenig löste.

Sie sah ihm fest in die Augen.

"Ich will nicht, dass du kämpfst!"

Ty starrte sie mit großen Augen an. Es war der erste

richtige Satz, den er je von ihr gehört hatte. Er wusste, dass es ihr wirklich wichtig war, wenn es sie dazu veranlasste, mit ihm zu sprechen. Und dennoch. Er konnte jemanden wie Jason doch nicht mit so etwas davon kommen lassen!

"Aber ..."

Nina legte ihm einen Finger auf die Lippen und schüttelte ganz leicht ihren Kopf. Dann rutschte sie ein Stückchen näher und kuschelte sich unter sein Kinn. Ihre Finger bewegen sich ganz leicht auf seiner Brust.

Stück für Stück entspannte er sich. Seine Finger strichen ihre Wirbelsäule hinauf und hinab. Die Bewegung ließ seine Gedankenachterbahn zum Stillstand kommen.

Dieses Thema war für ihn bei weitem noch nicht ausdiskutiert, aber er wollte diesen Moment der Ruhe, den Nina ihm schenkte, in vollen Zügen genießen.

Abseits von den anderen, bei denen die Gerüchte- und Spekulationsküche gerade heißlaufen musste, konnte er mit Nina in seinen Armen Frieden finden. Irgendwann schlief er wieder ein, wie so oft, wenn er Nina im Arm halten durfte.

Ihre kleine kühle Hand streichelte seine Wange und ließ ihn langsam erwachen. Er öffnete seine Augen nur zur Hälfte, nicht gewillt, endgültig aufzuwachen.

Er zog sie fester an sich und legte ein Bein über ihre, um sie vollkommen an ihm zu fixieren. Seine freie Hand drückte ihren Kopf zurück an seinen Hals. Er wollte weiter ihren Atem spüren, wenn sie an seinem Hals ein und ausatmete. Sie drückte ein wenig gegen ihn und Ty brummte unwillig.

"Gib ruhe, Querida, ich schlafe noch."

Ein leises Lachen ganz in der Nähe ließ ihn dann doch seine Augen öffnen. Ryan saß neben ihnen im Gras und kicherte vor sich hin. Als er Tys finsteren Blick sah, hob er kapitulierend die Hände.

"Erstens, darfst du überhaupt nichts dazu sagen, dass

ich deine Aufwachgewohnheiten komisch finde. Vielleicht erinnerst du dich noch daran, wie köstlich du dich über mich amüsiert hast, als ich mich mit Sky in den Armen auf die andere Seite gedreht habe, um in Ruhe weiterschlafen zu können? Ihr habt sogar ein Video davon gemacht und es jedem gezeigt, ob er es sehen wollte oder nicht! Und zweitens habe ich Nina darum gebeten, dich zu wecken, da ich Angst hatte, mir eine zu fangen. Mittlerweile erscheint mir das allerdings das kleinere Übel. Ich bin mir zwar nicht sicher, aber ich glaube, Nina wird gerade blau, weil du sie erdrückst."

Erschrocken lockerte Ty seinen Griff und Nina holte tatsächlich ein paar Mal tief Luft.

Als sie seine erschrockene Miene sah, grinste sie aber und gab ihm einen leichten Kuss auf den Hals.

"Nun ja, ich störe euch wirklich nur ungern, aber wir sollten langsam zu unserem Auftritt, Ty."

Gequält verzog er sein Gesicht. Die Aussicht, Nina während der ganzen Show alleine zu lassen, gefiel ihm überhaupt nicht.

NINA

"Oh Mann, Nina, ich habe mir nie mehr gewünscht, dich sprechen zu hören. Wir sind alle so wahnsinnig neugierig, was es mit dir und Ty auf sich hat", quiekte Zoey, kaum dass Gregor sie verlassen hatte, um sich etwas zu trinken zu besorgen.

"Warum könnt ihr alle es nicht einfach gut sein lassen? Sie sind zusammen und gut. Was gibt's da noch zu wissen?", stöhnte Sky, die von allen wahrscheinlich am besten wusste, wie Nina sich fühlte.

"Ihr seid zusammen?", fragte Zoey. Es war Nina eigentlich klar gewesen, dass dieses Detail alles war, was von Skys Ansprache hängengeblieben war.

Nina nickte zaghaft. Sie konnte es selbst immer noch nicht fassen. Aber Ty hatte es mehr als deutlich gesagt.

Ich bin seine Freundin! Wow!

Sie war 23 Jahre alt und hatte endlich ihren ersten Freund. Ihren ersten gewollten Kuss. Ihre ersten gewollten Berührungen.

Das alles überforderte sie ziemlich und doch fühlte sie sich einfach fabelhaft. Ty war ihr absoluter Traummann und sie konnte ihr Glück gar nicht fassen, dass er sich tatsächlich für sie entschieden hatte.

Zoeys Quieken riss sie aus ihren Gedanken. Sie strahlte über beide Ohren und klatschte aufgeregt in die Hände.

Wie ein kleines Kind zu Weihnachten, dachte Nina und verstand nicht so recht, warum Zoey sich so freute.

"Hätte ich früher gewusst, was hinter dieser Fassade steckt, hätte ich sie mir vor Ty geschnappt", sagte Taylor und musterte Nina dabei lüstern.

Nina wurde augenblicklich schlecht. Sie kannte solche Blicke und hasste sie. Ihr Puls begann zu rasen und ihre Atmung beschleunigte sich. Sie sah sich um und entdeckte zu ihrer Erleichterung Gregor auf sie zu schlendern.

Ein Blick in ihre panisch aufgerissenen Augen genügte. Gregor beschleunigte seine Schritte. Am Tisch angekommen, zog er sie sofort von ihrem Stuhl in seine Arme. Er drehte sie von der Gruppe weg und schirmte sie so vor den Blicken der anderen ab. Allein Gregors Gegenwart half ihr über ihre Panikattacke hinweg. Er würde sie beschützen. Solang Gregor bei ihr war, konnte ihr nichts geschehen.

Langsam beruhigte sie sich wieder und Gregor schob sie etwas von sich weg.

"Besser?"

Sie nickte und zupfte dann ungeduldig an seinem Kapuzenpullover. Gregor zog ihn sich sofort über den Kopf und reichte ihn ihr. Während sie ihn sich überzog, wandte Gregor sich bereits zur Gruppe.

"Also gut, wer von euch Wichsern war das?", fragte er dann mit gefährlich ruhiger Stimme.

Betretenes Schweigen, bis Taylor anscheinend die

Schnauze voll hatte und sagte: "Ich hab überhaupt nichts gemacht, verdammt! Es war lediglich ein Kompliment!"

"Ein anzügliches", präzisierte Sky und schaute mitleidig zu Nina.

Diese Blicke konnte sie überhaupt nicht leiden. Sie wollte kein Mitleid, sie wollte einfach nur in Ruhe gelassen werden. Sie schnappte sich den Wodka Bull, den Gregor sich gekauft hatte, und schüttete ihn auf Ex in sich. Dann setzte sie sich auf ihren Stuhl und zog die Knie an ihre Brust. Gregors großen Pullover zog sie darüber. Die Kapuze weit ins Gesicht gezogen und die Hände in den langen Ärmeln vergraben, hielt sie ihren Blick gesenkt.

Sie hoffte einfach nur noch, dass Ty sie so schnell wie möglich holen würde und mit ihr davonlief. Das Gespräch oder besser den Streit zwischen Taylor und Gregor blendete sie komplett aus. Sie war wieder in ihrer eigenen kleinen Welt. Nur zu gern hätte sie jetzt einen Joint gehabt, um ihre Nerven wieder zu beruhigen, aber bei ihrem überstürzten Aufbruch hatte sie alles im Zelt liegen lassen.

Nina zog sich so weit in sich selbst zurück, dass sie das Ende des Auftritts von Fire&Ice und deren Ankunft überhaupt nicht mitbekam.

Erst als Tys Hände die vorsichtig anhoben und auf seinem Schoß platzierten, kam sie zurück in die Realität. Sie hob ihre Arme und schlang sie um seinen Hals. Das Gesicht fest an diesen gedrückt, versuchte sie, das Zittern ihres Körper zu kontrollieren.

Er fragte nicht und Nina war ihm nie dankbarer für etwas gewesen. Er hielt sie nur und gab ihr Sicherheit. Ihr verkrampfter Körper entspannte sich langsam und Nina dämmerte an seinem warmen Oberkörper weg.

TY

"Was zum Teufel ist hier passiert?", zischte Ty leise in Gregors Richtung, um Nina nicht zu wecken.

"Was zum Teufel hast du erwartet? Sie hat sich nicht

ohne Grund in diesen Klamotten versteckt. Es war nur eine Frage der Zeit, bis irgendjemand sie blöd anmacht!", war Gregors ebenso leise Antwort.

"Hey! Ich hab sie nicht blöd angemacht! Ich hab ihr nur gesagt, dass sie heiß aussieht!", sagte Taylor von der anderen Tischseite.

Ty knurrte ihn als Antwort wütend an. Hätte er nicht eine schlafende, erschöpfte Nina auf dem Schoß gehabt, hätte er diesen Wichser an die nächste Wand genagelt.

"Oh Gott, Taylor! Du bist noch dümmer als Jason!", stöhnte Ryan, was sowohl Taylor als auch Jason ein empörtes 'Hey' entlockte.

"Was? Wann kapiert ihr endlich, dass man einen wütenden Hund nicht mit dem Stock piekt. Selber schuld, wenn man euch dann die Fresse poliert. Idioten!"

Ty war wirklich nah dran, die beiden umzubringen. Alles, was er gewollt hatte, war einen netten Abend mit seiner Freundin zu verbringen.

Er hatte zwar noch einige Fragen an Gregor, beschloss aber, dass das Warten konnte. Er erhob sich, samt Nina, und wandte sich zum Gehen.

"Wo zur Hölle denkst du, dass du mit ihr hingehst?", fauchte Gregor und erhob sich ebenfalls.

Ty zog lediglich eine Augenbraue nach oben.

"Sie wird heute bestimmt nicht mit dir allein sein wollen!", sprach dieser weiter.

"Ach ja?", fragte Ty gespielt ruhig und fuhr dann mit leiser Stimme fort: "Und in wessen Arme hat sie sich bitte geschmiegt?"

Das saß! Ty konnte Gregor ansehen, dass dieser Satz effektiver war als ein Magenschwinger. Abrupt wandte Gregor sich ab und ging zur Bar.

Mit einem letzten bösen Blick auf Taylor wandte sich Ty ab.

Er legte die schlafende Nina auf ihre Schlafstätte und zog ihr die Schuhe aus. Zumindest die Jeans sollte sie über

Nacht nicht tragen. Als er ihre Hose öffnen wollte, wurde sie unruhig. Sie begann zu zappeln und um sich zu schlagen.

"Nein!", flehte sie, ihre Stimme war verängstigt und brach bei diesem einzigen dringlichen Wort.

"Nein!", wiederholte sie verzweifelt und schlug immer fester um sich.

Ty nahm ihr Gesicht sanft zwischen seine Hände und strich mit seinen Lippen über ihre.

"Nina, Querida, wach auf, bitte! Ich bin es, Ty! Komm schon, Süße, ich will dir nur die Jeans ausziehen, damit sie dich nicht die ganze Nacht drückt!"

Flatternd gingen ihre Augenlieder auf und in ihren wunderschönen Augen stand immer noch eine solche Panik, dass es Ty das Herz brach.

"Gut so, Querida! Atme ruhig. Ich bin es nur! Lass mich dir nur schnell eine andere Hose anziehen, dann kannst du wieder schlafen, okay?"

Langsam klärte sich ihr Blick und sie nickte wage. Ty ließ sich viel Zeit. Öffnete ihre Hose beinahe in Zeitlupe und schob sie dann Zentimeter für Zentimeter hinunter. Er beobachtete permanent ihre Reaktion, wollte sie nicht noch mehr erschrecken. Er zog ihr schnell die Jogginghose an und breitete ihren Schlafsack über sie.

Um ihr ein wenig Zeit zu geben, wollte er sich ans Feuer setzen, doch als er sich Richtung Ausgang drehte, hörte er ihre schwache Stimme: "Bitte, bleib!"

Er sah ihr ernst in die Augen und antwortete: "Alles, was du willst, Querida! Ich wollte dir nur ein wenig Raum geben."

Sie schüttelte den Kopf und Ty legte sich noch in seinen Short zu ihr.

Er spürte ihre kleine Hand am Knopf seiner Hose und erstarrte.

"Was tust du da?", fragte er erregt. Er verfluchte sich dafür, dass er sich so wenig unter Kontrolle hatte.

"Zieh sie aus!", war ihre Antwort und Ty gehorchte

lächelnd.

Dann sagte er: "Pass nur auf, Querida, du wirst noch richtig gesprächig, wenn das so weitergeht!"

Und tatsächlich kicherte sie leise.

"Schlaf gut, Süße", murmelte Ty und zog ihren Kopf an seine Brust.

Nina streckte sich noch einmal kurz zu seinem Hals und gab ihm einen leichten Kuss darauf.

Sie hatte sich schnell wieder entspannt. Ty freute sich darüber, denn er hatte sich Sorgen gemacht, dass dieser Vorfall ihm Probleme bereiten könnte.

Dass sie jetzt hier so entspannt in seinen Armen lag, kam ihm schon fast wie ein Wunder vor. Eines, für das er sehr dankbar war.

Ty entspannte sich ebenfalls, nach und nach, und driftete irgendwann in einen tiefen Schlaf ab.

6 UND WOHIN GEHT DIE REISE JETZT?

TY

Als Ty erwachte und seine Augen widerstrebend öffnete, blickte er direkt in Ninas rehbraune Augen. Ein schüchternes Lächeln umspielte ihre Lippen.

Sie lagen nur wenige Zentimeter voneinander entfernt und doch war es zu viel Distanz. Er wollte sie spüren. An jedem verdammten Zentimeter seines Körpers wollte er sie fühlen können. Die Berührung gab ihm die Gewissheit, dass sie immer noch da war. Bei ihm war.

Sein rechter Arm, der um ihre Taille lag, spannte sich kurz an und zog Nina mit einem Ruck an seinen Körper. Sie keuchte erschrocken auf, lächelte aber dann und schlang ihren linken Arm um seinen Hals.

"Guten Morgen, Babe", murmelte Ty mit seinen Lippen an ihren und küsste sie dann ganz sanft.

Ihr Lächeln wurde verträumt. Sie vergrub ihren Kopf an seinem Hals. Heute war der Tag des Abbaus. Natürlich würden die Setarips noch ein wenig in Boston bleiben, damit sich die lange Anreise aus Deutschland auch gelohnt hatte.

Ryan hatte dafür gesorgt, dass sie alle kostenfrei im Hotel seiner Schwester unterkamen. Eigentlich war es mehr dafür gedacht, dass Sky ihre Freunde wieder traf. Der gemeinsame Aufenthalt der Gruppen wäre nach dem Festival vorbei gewesen. Aber Ty dachte gar nicht daran, Nina jetzt schon wieder gehen zu lassen.

Er hatte bereits vorgestern bei Cat, Ryans Halbschwester, angerufen und sich selbst ebenfalls ein Zimmer gebucht.

"Wir werden heute abreisen", begann Ty das Gespräch. Ninas Miene verfinsterte sich augenblicklich.

Ty hatte nicht mal zu träumen gewagt, dass es ihr genauso an die Nieren gehen sollte wie ihm. Er konnte das Grinsen nicht verbergen, das da mit aller Gewalt auf sein Gesicht schlich.

"Ich habe mir ein Zimmer im gleichen Hotel genommen. Ist das okay für dich?", fragte er mit gespielt unschuldigem Ton. Nina durchschaute sein Spiel sogleich, denn sie schnaubte entrüstet und schlug ihn leicht auf die Schulter. Ty lachte, wurde dann aber wieder ernst.

"Wirst du bei mir schlafen?"

Sie nickte. Ty fiel erst auf, dass er die Luft angehalten hatte, als er sie mit einem erleichterten Seufzen ausstieß.

Jetzt war es an Nina, wissend zu grinsen.

"Kleine Hexe", brummte Ty und zog sie wieder ein wenig näher an sich.

"Du wirst schon noch sehen, was du davon hast, wenn du mich quälst!", brummte Ty in ihre Haare.

Haare, die absolut unglaublich dufteten. Ty freute sich auf den Tag, an dem er gemeinsam mit Nina duschen gehen würde.

Wow ... schnelle Gedankensprünge, Junge! Ziemlich notgeil, was?, Ty schüttelte den Kopf.

Es war eindeutig ein Zeichen dafür, den Verstand zu verlieren, wenn man begann mit sich selbst zu sprechen. Die Bilder von Nina in seiner Dusche begannen schon wieder, sich zu verselbstständigen. Er sah ihren zierlichen, nackten Körper vor sich. Nass und mit den Händen an der Wand abgestützt. Ihr Hintern würde weit hervorgestreckt sein ...

Nein, nein, NEIN! Verdammte Scheiße!

Er musste das unbedingt in den Griff bekommen, bevor er sie einfach in den Duschwagen schleppte. Ty war sich durchaus bewusst, dass es noch lange dauern würde, bis er Nina soweit hatte, dass sie offen mit ihrem Körper und ihrer Sexualität umging. Und bis dahin waren solche Kopfkinos strengstens verboten!

Unauffällig rückte Ty seine Hüften ein Stück zurück. Oder auch weniger unauffällig. So wie Nina gerade kicherte, war Ty fest der Meinung, sie könne seine Gedanken lesen.

"Gott, Nina, lach mich nicht aus. Du bist selbst schuld!" Ihr Kichern wurde leiser und sie zog fragend eine Augenbraue nach oben.

"Du bist viel zu heiß. Du riechst zu gut. Du fühlst dich zu gut an. Was soll ich tun? Ich bin auch nur ein Mann!", antwortete er ein wenig beleidigt, ein bisschen böse, aber hauptsächlich peinlich berührt, weil er sich selbst so wenig unter Kontrolle hatte.

Ihr Gesichtsausdruck wandelte sich von belustigt zu verwirrt und endete in einem verschlagenen Grinsen, das Ty so gar nicht zu deuten wusste. Sie beugte sich über ihn und küsste ihn sanft auf den Mund. Sie drehte ihn langsam auf den Rücken und folgte seinen Bewegungen mit ihrem Körper. Ein Bein über ihn geschwungen, platzierte sie ihre heiße Pussy auf seinem mittlerweile schon wieder steinharten Schwanz.

Sie rieb sich auf ihm, war anscheinend genauso spitz wie er. Er wollte sie. Brauchte sie beinahe so dringend wie die Luft zum Atmen. Es war aber nur noch eine Frage der Zeit, bis die Gruppe mit dem Abbau beginnen würde. Wenn er das erste Mal mit Nina schlief, würde er sich viel Zeit nehmen.

"Wir sollten aufhören, Querida", gab Ty gequält von sich, da er sich doch viel lieber tief in ihr vergraben würde.

Ihren Kopf an seinem Hals vergraben, küsste sie seine Haut und schüttelte ganz leicht den Kopf.

"Wir müssen bald abbauen, wir können jetzt nicht ..." Er musste sich unterbrechen, da sie mit ihrem kleinen, süßen Mund an seiner Brust angekommen war. Sie küsste sich die Muskelstränge entlang, leckte und knabberte an ihm. Tys Atem ging bereits sehr schwer und er musste sich im Schlafsack festkrallen, um Nina nicht einfach auf ihren Rücken zu werfen und sich zu nehmen, wonach sein Schwanz sich so sehnte.

"Willst du mich umbringen, Süße?"

Sie lächelte und machte mit ihrer Folter weiter. Ihre Hände strichen über seine Arme nach oben und dann über seine Brust nach unten. Sie ließ ihre Hände auf seinem Hosenbund liegen und küsste jetzt von seiner Brust zu seinem Six-Pack.

Sie ging genauso gründlich und sinnlich mit diesem Teil seines Körpers um. Strich mit ihrer Zunge durch die Vertiefungen zwischen seinen Muskeln und platzierte hier und da kleine Küsse. Er war kurz vor dem Durchdrehen. Ihre kleinen Finger, die unaufhörlich am Rand seiner Boxershorts entlang strichen, trieben ihn schier in den Wahnsinn.

Als Nina mit ihrem Mund an seinem Bauchnabel ankam, kam Tys Atem bereits stoßweise.

Sie wird doch nicht ... Sie hat doch nicht wirklich vor ... Doch, wenn doch ... ich bin im Himmel!

Ninas Zunge wanderte langsam am Bund seiner Shorts entlang, was Tys Schwanz zucken ließ. Es hatte sich bereits ein dunkler, nasser Fleck darauf gebildet und Ty glaubte nicht, sich auch nur eine Sekunde zurückhalten zu können, sollte sie ihn wirklich mit ihrem hinreißenden Mund berühren. Ihre Finger schoben sich in Zeitlupe unter den Bund und Ty hielt vor Erwartung die Luft an.

"Nina? Süße, kannst du bitte kommen? Ich möchte

unser Zelt abbauen, du musst aber vorher noch deine Sachen packen. Hörst du mich, Nina? Bist du wach? Ich möchte ungern reinkommen und dich wecken ...", Gregors Stimme kam immer näher, aber Ty fühlte sich nicht in der Lage ihm zu antworten.

Außer einem Stöhnen würde seinen Mund bestimmt nichts verlassen. Als Ty aufsah, sah er gerade noch wie Nina genervt ihre Augen verdrehte. Sie schenkte ihm ein entschuldigendes Lächeln und drückte dann ihren heißen Mund auf seinen zum Bersten geschwollen Schwanz.

Er zuckte so heftig, dass Ty fest davon überzeugt war, eine weitere Berührung ihrerseits würde genügen, um ihn kommen zu lassen.

Nina richtete sich auf, krabbelte auf allen Vieren von ihm weg und streckte ihren Kopf nach draußen. Der Anblick ihres süßen Hinterns, der da so provokant vor ihm wackelte, kostete ihn das letzte bisschen Selbstbeherrschung. Schneller als er es für möglich gehalten hatte, war er auf den Knien hinter ihr und hielt sie an den Hüften fest. Ty drückte seine Erektion an ihre Pospalte und rieb sich an ihr. Nina drückte ihren Rücken zu einem Hohlkreuz durch. Ty sah, dass sie eine Gänsehaut bekam.

Durch das Rauschen seines Blutes in seinen Ohren nahm er war, dass Gregor immer noch mit ihr sprach. Fest krallten sich seine Hände in ihre Hüften, als Nina begann, mit ihrem göttlichen Hintern gegen ihn zu drücken. Er konnte bereits keinen klaren Gedanken mehr fassen. Mit einer Hand an ihrer Hüfte, fixierte er sie, seine zweite Hand schob ihren Pullover am Rücken nach oben und streichelte ihre weiche Haut. Ein Knurren stieg seine Kehle empor.

Gregor sprach immer noch auf Nina ein, doch Ty war sich sicher, dass Nina gedanklich bei ihm war. Ty ließ seine Hand auf Ninas Rücken auf und ab wandern. Bewunderte ihre atemberaubende Rückansicht, wobei ihm innerhalb von Sekunden Unmengen von Stellungen einfielen, die er mit diesem wunderbaren Körper noch durchprobieren wollte.

Plötzlich ließ Nina ihren knackigen Hintern an seinem Schwanz kreisen. Ty verkrampfte sofort und sein Schwanz schmerzte mittlerweile, so erregt war er. Ihre Bewegungen wurden immer kräftiger und Ty musste sich nach vorne beugen, um sein Stöhnen an ihrer Schulter zu ersticken.

Wieder ließ sie ihre Hüften kreisen und Ty war kurz davor abzuspritzen. Als Warnung und ebenso als Ausdruck seines Begehrens, biss er sie in die Schulter.

Ein unterdrücktes Quieken und Nina kam abrupt zurück ins Zelt. Dabei stieß sie Ty mit seinem Po zurück auf seine Fersen und kam selbst auf seinem Schoß zum Sitzen.

Kurz hielten beide inne, doch Nina erholte sich rasch und ließ ihren sexy Arsch wieder auf seinem Schwanz tanzen.

Gott, dieses Weib macht mich wahnsinnig!

"Was ist mit Gregor?"

Nina lächelte verschlagen.

Oh, diese Hexe ...

"Er ist schon lange weg, nicht wahr?"

Immer noch lächelnd nickte Nina und Tys Griff um ihre Hüfte wurde fester.

"Das wirst du mir büßen! Irgendwann zahl ich dir das heim!", knurrte er ihr leise ins Ohr, konnte aber ein Stöhnen kurz darauf nicht verkneifen, da Nina sich nach vorn auf ihre Hände fallen ließ und ihm ihren Prachtarsch präsentierte.

"Das hat dir also gefallen, Kleines?", fragte er, während er sich wieder an ihr rieb. Ihr Nicken war so minimal, dass er wusste, dass sie gerade rot anlief und sich schämte.

Aber es gab nichts, wofür sie sich schämen musste. Er liebte es genauso, eine Frau von hinten zu nehmen. Es gab nicht mal einen Eingang, den er dann bevorzugte, denn diese rohe, pure Kontrolle, die er so über sie und den Fick hatte, machten es jedes Mal zu einem absolut geilen

Erlebnis.

Sie nahm ihre Bewegungen wieder auf und beide stöhnten unisono auf. Eine Hand schob er auf ihren Kitzler und imitierte dort die Bewegungen ihrer Hüften, bis Nina ihren Kopf in den Nacken warf und unterdrückt stöhnte.

"Gott ... Nina ... ich ... will auf deinen Rücken ... kommen", brachte Ty unter Stöhnen hervor und konnte seine Augen nicht von dem erotischen Anblick vor ihm lösen.

"Ja!", stöhnte Nina. Ty wollte seinen Ohren kaum trauen.

Nina verstärkte ihre Bewegungen noch und Ty konnte nicht mehr anders, als seine Shorts ein Stück runter zu ziehen und seinen langen Schaft zu pumpen. Im gleichen Rhythmus rieb er weiter Ninas Kitzler und als diese sich selbst in die Hand biss, um ihren Orgasmus nicht quer übers Lager zu schreien, kam auch Ty. Er stöhnte und biss sich heftig auf die Unterlippe, während sein Samen in langen Schüben auf ihrem Rücken landete.

Wie gebannt starrte er auf das Bild, das sich ihm bot und hätte nur zu gern ein Foto gemacht, obwohl es sich so oder so bereits in sein Gehirn gebrannt hatte.

"Fuck, Baby, das ist der geilste Anblick, den ich jemals vor Augen hatte! Das ist der Hammer, Honey!", stöhnte Ty und ließ sich zurück auf seine Fersen fallen.

Er zog Nina mit sich und sie lehnte sich an seine Brust. Zu seinem Bedauern war ihr Pullover wieder herunter gerutscht, sodass er ihren nackten Rücken nicht an seiner bloßen Brust genießen konnte. Schwer atmend lehnten sie aneinander und versuchten, ihren Puls zu regulieren.

"Danke, Querida! Du bescherst mir wirklich die schönsten Morgen, die ich je hatte."

Er küsste ihren Nacken und streichelte in großen Kreisen ihren Bauch.

"Nina, bist du jetzt endlich soweit?", rief Gregor vor dem Zelt.

Nun ja, immerhin fast perfektes Timing ... ein paar Minuten hätte er uns ruhig noch geben können!, grinste Ty in sich hinein.

"Hast du meinen grauen Pulli noch, Nina? Kannst du ihn mir dann mitbringen?", fragte Gregor dann noch hinterher.

Nina und Ty ließen gleichzeitig ihre Blicke nach unten wandern und tatsächlich ... es war der Pullover, den Nina momentan trug. Der Pullover, der dank Tys Samen fest an Ninas Rücken klebte.

Die beiden sahen sich in die Augen und lachten beide lauthals los.

"Was soll das denn jetzt, Nina? Was war daran denn bitte so lustig? Kommst du?" Gregor klang leicht genervt.

"Sie kommt gleich, Gregor, schieb keinen Terror!", antwortete Ty immer noch kichernd.

Draußen erklang nur ein Schnauben. Nina löste sich langsam von Ty.

Mit einem einmalig schönen Lächeln drehte sie sich zu ihm. Seine Hände legten sich wie von selbst auf ihre Wangen und zogen sie zu einem sanften Kuss an sich. Kichernd wandte sie sich ab, um zu Gregor zu gelangen.

"Hexe!", brummte Ty ihr spielerisch hinterher und gab ihr noch einen Klaps mit auf den Weg.

NINA

Der Abbau des Lagers war wie immer langwierig und anstrengend. Über drei Stunden waren sie beschäftigt gewesen, bis alle Teile wieder in den Autos verstaut gewesen waren.

Auf Gregors Frage nach seinem Pullover hatte Nina nur mit den Schultern gezuckt und angedeutet, dass ihr kalt wäre. Daraufhin hatte Gregor sie mitfühlend in den Arm genommen und ihren Rücken gestreichelt.

Ty, der die ganze Szene beobachtet hatte, hatte sich vor Lachen auf den Boden geschmissen. Zur Strafe brachte es ihm die Aufmerksamkeit der gesamten Gruppe ein.

Nina war sich sehr wohl bewusst, dass es nicht in Tys Naturell lag, so viel und so ausgiebig zu lachen, wie er es die letzten Tage tat.

Obwohl, vielleicht ist es sehr wohl sein Naturell und er zeigt diese Seite seines Wesens einfach nicht jedem …

Wie dem auch sei, Nina liebte es einfach, wenn er lachte, wenn er glücklich war und vor allem, wenn er wegen ihr lachte und glücklich war.

Sie verteilten sich auf die verschiedenen Autos und Nina war nicht verwundert, dass sie sowohl mit Ty als auch mit Gregor in einem Wagen saß.

Jason saß neben Ty und auf die Rückbank gedrängt saßen Gregor, Zoey und sie.

Die Fahrt dauerte in Normalfall maximal 30 Minuten, aber Nina kamen sie vor wie Stunden. Der weiße Audi Q5 war groß genug für die fünf Personen. Wenn drei davon ihre Testosterondrüsen auf maximale Produktion gestellt hatten, war das schon schwieriger. Und Zoeys Augen, die die ganze Zeit schelmisch blitzend umher zuckten, beruhigten Nina auch nicht gerade. Und es ging dann auch prompt los.

"Und Nina, bei wem wirst du heute Nacht schlafen?", fragte Zoey extrem scheinheilig in die Runde.

Ty und Gregor spannten sich sofort an. Jason schien die Situation wirklich zu genießen.

Nach mehreren Sekunden absoluter Stille sprachen beide Männer gleichzeitig: "Bei mir!"

Über den Rückspiegel tauschten sie wieder zornige Blicke. Zusammengekniffene Augen musterten sich, bis Ty schließlich das Schweigen brach.

"Nina und ich haben bereits heute früh darüber gesprochen. Querida?"

Der Kosename kam wie immer und ganz selbstverständlich über seine Lippen. Die Spannung im Auto wurde dadurch aber auf einen Schlag noch geladener.

Unsicher nickte Nina.

Gregor lehnte sich näher zu ihr und zischte: "Was soll

der Scheiß, Kleines? Bist du etwa immer noch böse auf mich?"

Sie schüttelte ihren Kopf und sank noch ein paar Zentimeter in sich zusammen.

Gregor kam noch ein Stückchen näher, drückte sie immer weiter in die Ecke des Geländewagens. Plötzlich machte das Auto ein Schlenker und kurz darauf eine scharfe Bremsung.

"Was ist los? Ist was passiert?", rief Gregor, während Ty schon aus dem Auto sprang.

Die Tür auf Ninas Seite wurde aufgerissen und Ty lehnte sich über sie, um ihren Gurt zu lösen. Dann hob er sie ohne ein Wort hoch und trug sie um das Auto herum zur Beifahrerseite.

Alle anderen waren mittlerweile ebenfalls ausgestiegen und starrten mit großen Augen zu dem ungleichen Paar.

"Was soll das, Ty?", fragte Gregor.

Der wiederum ignorierte ihn einfach und konzentrierte sich voll auf Nina. Seine Hände legten sich um ihr Gesicht und seine Augen fixierten ihre.

"Du bist niemandem Rechenschaft schuldig, Querida."

Dann küsste er sie unwahrscheinlich zärtlich auf die Lippen. Seine Daumen strichen sanft über ihre Wangenknochen. Die Gefühle, die er mit diesem Kuss ausdrückte, ließen ihre Knie weich werden. Sie klammerte sich an seinen Hüften fest und genoss seine weichen Lippen, die immer wieder liebevoll über ihre strichen.

Ganz langsam lösten sich seine Lippen von ihren. Nina konnte ihn nur mit großen Augen anstarren.

"Nina ist MEINE Freundin, Gregor. Sie muss dir ganz bestimmt nicht erklären, warum sie bei mir schläft und nicht bei dir! Verstanden?"

"Was soll das heißen, deine Freundin? Nina ist niemandes Freundin. Meine kleine Schwester und sonst gar nichts!", knurrte Gregor ungehalten.

Nun war es endgültig um Ninas Selbstbeherrschung geschehen.

Sie wandte sich an ihren Bruder und zischte: "NEIN!"

Gregor fuhr zusammen, als hätte sie ihn geschlagen.

"Was soll das, Kleines? Du weißt, dass ich nur auf dich aufpasse!"

Ninas vor Zorn funkelnde Augen genügten, um ihn zum Verstummen zu bringen. Alle starrten sie an. Ihr wurde es langsam wirklich unangenehm, ihre dreckige Wäsche vor Zoey und Jason zu waschen. Nina schmiegte sich an Tys Brust, der sofort seine Arme um sie legte.

"Jason, du sitzt ab sofort hinten", sagte Ty. Er drückte ihr einen sanften Kuss auf die Stirn und schob sie dann ins Auto.

Als sie sich gesetzt hatte, schnallte Ty sie an, strich ihr die losen Strähnen hinter die Ohren und gab ihr noch einen kleinen Kuss auf die Lippen.

"Zoey, du sitzt in der Mitte", sagte Jason.

"Warum?", fragte sie.

"Er ist dein Freund. Ich hege nicht das Bedürfnis, von diesem tollwütigen Hund umgebracht zu werden, nur weil Ty seine kleine Schwester vögelt!"

Vier Personen zogen gleichzeitig scharf die Luft ein. Ty schlug ihn im Vorbeigehen auf den Hinterkopf. Gregor fixierte Ty mit extrem wütenden Blicken und Nina wurde wieder ein Stückchen kleiner auf ihrem Sitz.

Zoey rammte Jason den Ellenbogen in den Bauch und zischte: "Du bist mir ja ein toller Mann. Ärgerst den tollwütigen Hund mit dem Stock und schiebst mich dann als Schutzschild vor. Du bist so ein Trottel, Jason!"

Mit diesen Worten setzte Zoey sich auf den Sitz zwischen den beiden Männern.

TY

Nina hatte während der gesamten restlichen Fahrt zum Hotel auf den Boden gestarrt. Gregor war nicht gut für sie, nicht mehr. In ihrer Kindheit, da war Ty sich sicher, war Gregor unverzichtbar für sie gewesen. Jetzt jedoch musste er sie endlich loslassen, sie ihren eigenen Weg gehen lassen. Wenn er sie weiter so bedrängte, konnte Nina sich nicht weiterentwickeln und die beiden Geschwister würden daran zugrunde gehen.

Ihre Freunde waren bereits beim Einchecken. Kein Wunder, da sie bestimmt auch ohne Zwischenstopp durchgefahren waren.

"Ty!"

Er hatte sich noch nicht einmal ganz zu der Stimme, die ihn rief umgedreht, da fiel ihm auch schon eine große, dünne Frau in die Arme. Er musste seine Arme um sie schlingen, damit sie beide nicht das Gleichgewicht verloren. Als sie sich ein wenig von ihm löste, dämmerte ihm langsam, wen er da in den Armen hielt.

"Oh.Mein.Gott! Cat sagte zwar, dass du kommen würdest, aber ich sagte ihr, dass ich das erst glauben würde, wenn du tatsächlich hier wärst!"

Jetzt war auch Nina ausgestiegen und sah über das Wagendach zu ihm hinüber. Den Ausdruck auf ihrem Gesicht konnte er deuten.

"Ich habe dich vermisst, Süßer! Cat sagte, du hast ein Doppelzimmer gebucht. Ich freue mich schon!"

Leider war ihm immer noch nicht ihr Name eingefallen. Er wusste zwar mittlerweile, dass er schon des Öfteren Sex mit ihr gehabt hatte, aber ums Verrecken nicht mehr, wo er sie hinstecken sollte. Sie hatten sich meistens auf einer von Ryans dämlichen Wohltätigkeitsveranstaltungen getroffen. Dabei war sie immer eine willkommene Ablenkung gewesen, wenn er sich davonstehlen wollte.

Wie war verdammt nochmal ihr Name???

"Lass uns hoch gehen, Großer! Ich kann's kaum noch erwarten …", brummte sie ihm in dem Moment zu, als Nina neben sie trat.

Der Versuch, sich von ihr los zu machen, schlug fehl, da sie sich ihm schon wieder an den Hals warf. Mit etwas mehr Kraft als nötig, schob er sie von sich. Er wusste sich nicht mehr anders zu wehren, da sie ihn ja nicht zu Wort kommen lassen wollte.

Blondie taumelte ein paar Schritte zurück und starrte ihn schockiert an.

"Was ist denn los, Babe? Du bist doch sonst nicht so grob zu mir!"

Ty konnte nur noch die Augen verdrehen. Sie nervte ihn wirklich!

"Ähm … hör mal…", begann er, doch sie fiel ihm schon wieder ins Wort.

"Komm, lass uns in unser Zimmer gehen und das in Ruhe besprechen, nicht vor all den fremden Leuten und …"

Fremde Leute? Ich kenne wenigstens deren Namen … nun ja, zumindest Großteils!

"Chica", begann er schließlich in ziemlich scharfen Ton. Er benutzte das ‚Mädl', da er sich leider immer noch nicht an ihren Namen erinnern konnte.

"Es ist nicht unser Zimmer und ich hatte auch nicht vor, irgendetwas mit dir zu besprechen. Bye!"

Mit diesen Worten drehte er sich zum Kofferraum um, nahm Ninas und seine Reisetasche und lief zur Tür.

Blondies Gesicht war zu einer Maske des Entsetzens verzogen und wenn ihn nicht alles täuschte, sah er sogar Tränen in ihren Augen glitzern.

Scheiße! Ich hasse heulende Mädchen … außer Nina. Nein! Ich hasse es auch, wenn Nina weint, nur aus anderen Gründen! Wenn andere heulen, bin ich genervt. Wenn Nina weint, zerreißt es mir das Herz!

Dass ihm alle Blicke folgten, war ihm klar, doch er hatte keine Lust, irgendwem irgendwas zu erklären. An der Eingangstür blieb er stehen und sah, dass Nina immer noch argwöhnisch dreinschaute.

Sie sah so furchtbar verwirrt aus, dass es Ty einen Stich ins Herz verpasste.

"Nina?", fragte er oder besser gesagt, war es eine Aufforderung, mit ihm zu gehen.

Sie hob ihren Blick und die Emotionen, die er in ihren Augen sah, trafen ihn wie einen Faustschlag.

Entsetzten. Angst. Abscheu. Verletztheit. Wut. Frust. Und zu guter Letzt Eifersucht?

Scheiße!

Er war so weit mit ihr gekommen. Wenn Blondie ihm jetzt alles kaputtmachte, würde er sie umbringen!

"Querida, kommst du?"

Ty sprach nun in sehr sanftem Ton. Wie mit einem verwundetem Tier. Er war sich sicher, dass sie dem momentan sehr glich.

Er wollte sie nicht wegen dieser blöden Szene verlieren! Er brauchte sie. Dringend! Sie war sein Anker. So unendlich wichtig für seinen Seelenfrieden.

Sämtliche Augenpaare waren nun auf sie gerichtet. Alle verfolgten gespannt Ninas Reaktion. Ganz langsam und vorsichtig setzte sie sich in Bewegung.

Erleichtert aufatmend verfolgte er Ninas Bewegungen. Alles andere war ihm so unglaublich unwichtig. Allein Ninas Gefühlswelt und ihre Handlungen waren für ihn von Bedeutung.

"Das ist nicht dein ernst, Tyler!", quiekte Blondie in verletztem Tonfall.

Nina erstarrte mitten in der Bewegung.

Ty murmelte ein: "Sorry!" und dann lauter: "Bitte, Honey!"

Sein flehender Tonfall ließ den ein oder anderen zischend die Luft einziehen, doch das was Ty egal. Ihm war nur wichtig, wie Nina reagierte.

Ihre Miene wurde ein wenig weicher und Ty entspannte sich sofort.

Wahrscheinlich hatte er wieder mal ein Stück von seinem Image als härtester Typ Bostons eingebüßt.

Scheiß drauf! Für Nina würde ich sogar das Häkeln anfangen! Naja, fast jedenfalls…

Nina kam bei ihm an, wich seinem greifendem Arm aber aus. Die Bewegung war so unauffällig, dass außer Ty es wahrscheinlich niemand mitbekommen hatte. Natürlich respektierte er es. Zumindest solange, bis sie unter sich sein würden! Er konnte es nicht ausstehen, wenn sie sich von ihm nicht berühren ließ!

Sogar gestern Abend, als sie mit ihren Nerven wirklich am Ende war, hatte sie sich nach seiner Nähe gesehnt. Dass sie sich jetzt so von ihm zurückzog, konnte nur ein schlechtes Zeichen sein. Was genau in ihr vorging, konnte er nicht sagen, aber es war definitiv nichts, das gut für ihn ausging!

Langsam bekam er Panik. Der blanke Angstschweiß bildete sich auf seinem Rücken, während sie die Vorhalle betraten.

Die versammelten Menschen und das Personal des Hotels hatten sich gaffend vor den Fenstern versammelt. Ein Wutausbruch wäre Ty momentan am liebsten gewesen. Einer von seinen legendären, bei dem er jedem, der auch nur ansatzweise in seine Richtung sah K.O. schlug.

Dass das das Schlimmste wäre, was er in seiner jetzigen Situation tun konnte, war ihm nur allzu klar. Daher beließ er es bei wütenden Blicken und einem gelegentlichen Anknurren.

"¡hola en aleman seria!", begrüßte ihn Cat mit einer kleinen Umarmung.

"Hättest du mir eine Vorwarnung gegeben, hätte ich sie aufhalten können!", flüsterte sie ihm währenddessen ins Ohr.

Ty wusste, dass Cat nur freundschaftliche Gefühle für ihn hegte. Trotzdem passte es ihm nicht, dass sie ihn mit ‚Mein Lieber' ansprach. Schließlich wusste er nicht, wie viel Spanisch Nina wirklich verstand.

"Hey Cat. Das ist Nina. Nina, das ist Cat, Ryans Schwester", stellte er Cat bewusst sachlich vor.

"Schön dich kennen zu lernen, Nina!", sagte Cat.

Nina ergriff zögernd die angebotene Hand, erwiderte aber nichts. Ty hatte nichts anderes erwartet. Er hatte auch nicht das Bedürfnis, Cat jetzt aufzuklären. Ryan sollte das übernehmen.

"Schlüssel?", fragte Ty in seiner üblichen Mundfaulheit, während Cat immer noch auf Ninas nie kommende Antwort wartete.

"Ähm, ach ja, hier. Das übliche Zimmer", sagte Cat und reichte ihm den Zimmerschlüssel.

Nina zuckte wieder kurz zusammen und Ty wusste genau, dass das die Antwort war, auf die sie getrost hätte verzichten können.

"Hast du eine Suite frei?", fragte er deshalb schnell.

Cat runzelte verwirrt die Stirn und sagte unwillig: "Nur noch die ganz oben."

"Okay, ich zahl sie dir natürlich!"

Eine kleine Hand schob sich auf seinen Arm. Ty sah, wie Nina den Kopf schüttelte. Da er aber nicht vorhatte, mit Nina in einem Bett zu liegen, in dem er schon mit anderen Weibern gelegen hatte, ließ er sich von seinem Vorhaben nicht abbringen.

Auf dem gesamten Weg bis in die Suite hielt Nina ihren Blick zu Boden gesenkt und wich seinen Bemühungen, sie zu berühren, geschickt aus.

Oben angekommen, brachte Ty das Gepäck umgehend in das große Schlafzimmer, um dann sofort zurück zu seiner Geliebten zu gehen.

"Nina, Süße … ", begann er, verstummte aber sofort wieder, als er ihren eisigen Blick sah.

"Chica?", fragte sie. Ty wand sich, da sie ihre kostbaren Worte für so eine Gelegenheit verbrauchte.

"Hör mir zu, ja? Ich wusste nicht, wie ich sie ansprechen sollte, wenn ich doch ihren Namen nicht mehr weiß!"

Nina zog eine Augenbraue nach oben. Ty wusste, dass das nicht unbedingt das Beste war, mit dem er seine Erklärung beginnen sollte.

"Ach Nina, ich kenne sie doch überhaupt nicht! Ich hab sie ein paarmal gevögelt, wenn ich hier war. Das ist alles! Ich weiß nicht, was sie will, oder was sie sich vorgestellt hat. Fuck, Nina, ich kann mich doch kaum an sie erinnern!"

Ups, wohl immer noch nicht die richtigen Worte, dachte er auf ihren Blick hin.

"Nina, bitte. Was willst du von mir hören? Das ist Vergangenheit. Du bist meine Freundin. Ich will dich!"

Ninas Blick wurde traurig und sie ließ ihre Schultern ein wenig fallen.

"Was denn, Honey? Was ist los?"

"Du hast es ihr nicht gesagt", murmelte sie ganz leise.

Verwirrt sah Ty sie an.

Was nicht gesagt? Oh! Oh, Scheiße!

"Es tut mir leid, Nina. Ich war so furchtbar genervt von ihnen allen, ich hab gar nicht daran gedacht, es ihnen zu sagen. Es ist doch nur wichtig, dass wir beide wissen, woran wir sind."

Ihr Gesicht verzog sich leicht gequält.

Der Abstand, der immer noch zwischen ihnen lag, machte Ty wirklich zu schaffen. Es sollte so nicht sein. Sie sollte in seinen Armen liegen und seine Sinne beruhigen.

Und genau das wollte er jetzt. Mit zwei großen Schritten war er bei ihr und zog sie fest an sich. Steif wie ein Brett lag sie in seiner Umarmung und Ty konnte es kaum ertragen, sie so distanziert zu erleben.

"Du bist mein Ein und Alles, Querida! Ich kann es ihnen sagen gehen, wenn es das ist, was du willst."

Ein leichtes Kopfschütteln an seiner Brust.

"Was kann ich tun, dass du mir verzeihst? Sie ist mir egal. Sie alle sind mir egal. Nur du darfst mir nicht böse sein!"

Ein klein wenig entspannte sich ihr Körper und Ty atmete langsam die angehaltene Luft aus.

"Willst du dir mit mir einen Film ansehen? Du darfst wählen."

Gemeinsam gingen sie zum Sofa. Er startete das Apple-TV.

Nina wählte Bel Ami. Ein Film über Intrigen, der zu seiner Verwunderung wirklich gut war.

Er hatte Nina auf seinem Schoß platziert, um sie so nah wie möglich bei sich zu haben. Immer noch ein wenig verspannt, lehnte sie an seiner Brust. Er hoffte einfach, dass es sich von alleine wieder einrenken würde. Es war nicht so leicht, herauszufinden, was genau das Problem war, wenn sie nicht mit ihm sprach.

Dass ich so etwas mal denken würde! Ich bin doch der, der sonst jegliche Art von Gesprächen vermeidet.

Nun, bei Nina war alles anders. Es war ihm schlichtweg nicht egal, ob sie blieb oder ging. Er wollte sie bei sich haben.

NINA

Ihr Kopf drehte sich. Ihre Gedanken fuhren Achterbahn und wiederholten immerzu die letzten Stunden.

Es tut mir leid, Nina. Ich war so furchtbar genervt von ihnen allen, ich hab gar nicht daran gedacht, es ihnen zu sagen. Es ist doch nur wichtig, dass wir beide wissen, woran wir sind.

Ja, ja! Es ist ihm verdammt nochmal wichtig, dass jedes männliche Wesen weiß, dass ich seine Freundin bin. Bei den Frauen ist es nicht wichtig! Was wird das? Ein Back-up, wenn ich wieder Zuhause bin?

Eigentlich wunderte sich Nina nicht wirklich. Ihr war von Anfang an bewusst gewesen, dass das alles zu schön war, um wahr zu sein. Ein Mann wie Ty interessierte sich einfach nicht für eine Frau wie sie.

Natürlich war er die meiste Zeit einfach nur perfekt. Ein absoluter Traummann. Aber was hatte sie erwartet? So einen Mann für sich alleine zu haben, war wohl mehr als nur Wunschdenken.

Ein Seufzen riss sie aus ihren Gedanken. Als sie aufsah, bemerkte sie, dass Ty sie beobachtet.

"Was auch immer in deinem hübschen Köpfchen vor

sich geht, Querida. Hör auf damit! Ich habe eindeutig das Gefühl, dass das niemals gut für mich ausgehen kann. Ich sag es dir noch einmal: Ich will DICH! Nur DICH! Und jetzt lass uns duschen und dann was essen gehen, bevor du mir noch vom Fleisch fällst."

Ein kleines Lächeln stahl sich auf ihr Gesicht.

Er kann so unglaublich süß sein!

Er trug sie in das geräumige Bad, das an das Schlafzimmer grenzte. Es war wunderschön. Edel. Der Boden war aus schwarzem Marmor und unzählige kleine Lichter waren darin eingelassen.

Rechts von der Tür hing ein großer, weißer Doppelwaschtisch mit aufgesetzten Waschbecken. Diesem gegenüber war ein großer, runder Whirlpool in den Boden eingelassen. Die Toilette versteckte sich hinter einer halbhohen Wand und die gesamte hintere Ecke war ein einziger riesiger Duschbereich, der von keiner Duschwand vom Rest des Raumes getrennt war.

Der kleine Kuss auf ihrer Stirn riss Nina aus ihren Betrachtungen.

"Ich lass dich jetzt in Ruhe duschen, Honey. Denn wenn ich deinen heißen Körper nackt und nass unter dieser Dusche sehe, bin ich mir sicher, dass ich mich nicht mehr beherrschen kann."

Sie erzitterte. Als sie seinem Blick begegnete, sah sie das Feuer in seinen Augen lodern.

Das kleine Knurren, das seiner Kehle entrann, bevor er sich abrupt abwandte und den Raum verließ, brachte Nina zum Lächeln.

Er wollte sie. Das war ihr zwar unverständlich, aber sie beschloss, es zu genießen, solange es eben andauern würde. Nie wieder in ihrem Leben würde sie solch einen perfekten Mann finden und sie wollte jede Minute davon genießen.

Die Dusche war herrlich. Das Wasser kam nicht nur von oben, sondern auch von den Seiten. Hätte ihr Magen nicht zu knurren begonnen, wäre sie wahrscheinlich noch

Stunden darin gestanden.

In einen riesigen, dicken Frotteebademantel gewickelt, betrat sie das Schlafzimmer. Ty war bereits fertig angezogen und sah so aus, als hätte er ebenfalls geduscht. Das schwarze Shirt klebte eng an seinem perfekten Oberkörper und die ebenfalls schwarze Jeans schmiegte sich herrlich an seinen knackigen Hintern.

Er strich sich das nasse Haar aus der Stirn.

"Schau mich nicht so an, Süße, sonst wird das mit dem Essen nichts!"

Prompt errötete sie. Schnell ging sie zum Koffer und fischte nach ihrer Kleidung.

TY

"Ich warte besser draußen auf dich", murmelte Ty und ging in das große Wohnzimmer.

Fünf Minuten später war sie startbereit.

Ich liebe Frauen, die nicht eine Ewigkeit benötigen um Ausgehfertig zu sein!

Und dabei sah sie in ihren schlichten Klamotten auch noch umwerfend aus!

Sie trug ein schwarzes Hoody, das kleiner war als die, die sie üblicherweise trug. Es spannte sogar ein wenig über ihren Brüsten. Ihre Jeans saß locker und tief wie immer und ihre Füße sahen in ihren roten Chucks einfach winzig aus. Ihr Haar war noch nass und zu diesem unordentlichen Knoten hochgesteckt.

Unter seinen Blicken begann Nina sich zu winden.

"Du siehst schön aus, Querida", beruhigte er sie sofort und schloss mit wenigen Schritten die Lücke zwischen ihnen.

Lässig legte er einen Arm um ihre Schultern und zog sie zur Tür.

Das hoteleigene Restaurant war fein, doch es hatte Ty noch nie interessier, ob er irgendwo hin passte oder nicht. Dass es Nina unangenehm war, sah er allerdings sofort.

"Das Hotel gehört Ryans Schwester. Es ist egal, was wir anhaben, Kleines!"

Der Kellner zog zwar ein wenig die Augenbrauen nach oben, trollte sich aber sofort auf Tys warnenden Blick hin.

Nachdem sie die Karte bekommen hatten, bestellte Ty.

"Ich möchte das Rumpsteak, rare. Wasser und den Rotwein, den sie mir dazu empfehlen können. Und meine Freundin …?"

Ty bemerkte das kleine Lächeln. Er wusste, dass sie genau verstand, dass er es extra für sie betonte.

Auf Ninas Schulterzucken hin sagte Ty: "Das Gleiche, medium."

Der Kellner trollte sich. Die kurze Zeit, die ihnen blieb, bis das Essen kam, schwiegen beide. Für Ty war es mehr als angenehm, nicht zwanghaft irgendeinen Small-Talk zu treiben. Dieses einvernehmliche Schweigen war herrlich. Sie sahen sich einfach nur in die Augen und dann und wann zuckte ein kleines Lächeln um ihre Mundwinkel.

Wenig später wurde das gewünschte Essen gebracht und beide begannen zu essen. Nach wenigen Bissen schielte Nina auf sein Steak.

"Das ist nicht dein Ernst, oder?"

Sie lächelte.

"Warum sagst du nicht, dass du es auch rare willst? Ich dachte nicht, dass du es so blutig isst."

Nina sah ihn so verständnislos an, dass er laut lachen musste.

Natürlich sagt sie nichts. Sie geht einfach davon aus, dass ich ihre Gedanken schon lesen werde.

Er hob seinen Teller und tauschte mit ihrem, was ihm ein dankbares Lächeln einbrachte.

"Das ist das letzte Mal, Honey!"

"Ist bei euch alles in Ordnung? Ist das Steak nicht gut?", fragte Cat, die an ihren Tisch getreten war.

"Alles okay, Cat. *Meine Freundin* hat nur nicht gesagt, dass sie es auch lieber rare möchte und jetzt musste ich meines abdrücken."

Cat sah so herrlich schockiert aus, dass Ty leise vor sich hin kichern musste, was ihren Blick nur noch schockierter werden ließ.

"Lass es raus, Cat. Was bringt dich Eisklotz gerade so aus der Fassung?"

Für das Eisklotz bekam er einen Klaps auf die Schulter. Besser als die meisten, wusste Ty, dass Cat nur den Eisklotz spielte. Diejenigen, die ihr etwas bedeuteten, beschützte sie wie eine Löwenmama.

"Du hast eine Freundin. Du isst freiwillig Steak medium. Du lachst. Du kicherst. Und dann fragst du mich, was mich so aus der Fassung bringt?"

Tys Blick wurde weich, als er Nina ansah, die deutlich rot geworden auf ihren Teller starrte.

"Ja", war alles, was er darauf zu sagen wusste.

"Da hast du mir ja noch einiges zu erzählen, Ty! Ich gehe also recht in der Annahme, dass du zu dem Josef-Black-Wohltätigkeitsball in sechs Tagen in Begleitung kommst?"

Gequält verzog er sein Gesicht und quetschte dann das "Ja" heraus, um dass er sowieso nicht gekommen wäre.

Nina sah verunsichert auf und schüttelte heftig den Kopf.

"Wenn ich da hin muss, Querida, dann musst du mit. Ich werde sterben vor Langeweile, wenn du nicht bei mir bist!"

Immer noch kopfschüttelnd deutete Nina auf ihren Hoody.

"Oh, okay, wenn du willst", grinste Ty schelmisch und sagte dann: "Cat, würdest du mit Nina ein Kleid kaufen gehen?"

Welche der beiden Frauen schockierter war, wusste Ty nicht, aber Cat erholte sich schneller.

"Oh, äh, ja klar. Lass uns später telefonieren, Nina, dann kannst du mir sagen, wann es dir passt und was du dir vorgestellt hast."

Riesige kugelrunde Augen flitzten zwischen Cat und

ihm hin und her.

"Nein, nein, Cat. Keine Umstände. Das wird ziemlich leicht für dich. Sag, wann du Zeit hast und such einfach etwas für sie aus. Sie wird sowieso nicht mit dir sprechen. Werte es aber nicht als persönlich, sie spricht mit niemandem. Manchmal ganz gut, so kann sie sich auch nicht wehren. So wie jetzt", lachte Ty.

Ninas kleine Faust traf ihn auf der Schulter und machte deutlich, dass er wirklich nah dran war, Ärger zu bekommen.

"Uf … ähm … okay. Morgen früh um 10?", fragte Cat an Nina gewandt.

Diese nickte düster und erdolchte Ty mit ihren Blicken.

"Okay, ich hol dich dann ab. Bis dann."

So schnell, wie Cat gekommen war, hatte sie sich auch wieder verzogen, während Ty immer noch leise lachte.

Wenn Blicke töten könnten, würde er definitiv just in diesem Moment tot umfallen. Dann wurde Ninas Blick jedoch abschätzend und endete in einem durchtriebenen Lächeln.

Oh, oh … wer mit dem Feuer spielt …

Sie schnitt sich sein Stück von SEINEM Steak und schob es sich langsam in den Mund.

"Mhmm", sie kaute genüsslich und schloss dabei genießerisch die Augen.

Das Schauspiel ging noch einige Bissen so weiter, ehe sie seufzend die Gabel zur Seite legte. Ihre Finger griffen nach ihrem Hoody und sie zog es sehr langsam über ihren Kopf. Dann saß sie vor ihm und aß weiter, in diesem verdammt engen, weißen Tank-Top und seufzte wieder schwer, was ihre großen Brüste kräftig hob und senkte. Unter dem Top zeichnete sich ein schwarzer BH ab, der Ty das Wasser im Mund zusammen laufen ließ.

Allein ihr Anblick hatte ihn hart werden lassen und das Geseufze und Gestöhne, das sie beim Essen SEINES Steaks ausstieß, machten ihn von Minute zu Minute härter.

Er war nicht dazu in der Lage, noch einen weiteren

Bissen zu nehmen. Er klammerte sich krampfhaft an seinem Besteck fest, um nicht auf der Stelle über sie her zu fallen. Vergebens.

"Wir gehen", sagte Ty bestimmt und zog Nina an ihrem Handgelenk nach oben.

Sie sah ihn ein wenig schockiert an und deutete dann auf das Essen. Sie war beinahe fertig, aber Ty hatte keinen einzigen Bissen zu sich genommen.

Er zog sie fest an sich, presste seinen harten Schwanz an ihren Bauch und raunte ihr ins Ohr: "Du hältst mich seit einer Viertelstunde steif. Stöhnst und räkelst dich. Meine Geduld ist zu Ende. Wir gehen."

Leicht biss er sie in den Nacken, der noch blau von seinen Bissen war. Erzitternd fiel sie in seine Arme und dämpfte ihr Stöhnen an seinem T-Shirt.

Blitzschnell zog er sie in die Suite und manövrierte sie umgehend ins Schlafzimmer. Sie wirkte etwas verunsichert, sodass er sich daran erinnerte, dass er es langsam angehen musste.

Er stellte sich vor sie und legte seine Hände auf ihre Wangen. Seine Daumen streichelten die weiche Haut und sein Blick hielt sie gefangen.

"Du brauchst keine Angst zu haben, Querida, ich werde sofort aufhören, wenn du nur einmal Stopp oder Nein sagst, okay?"

Nina nickte unsicher, schien ihm aber dennoch zu vertrauen. Sie reckte ihm ihr Kinn entgegen und Ty tat ihr den Gefallen und küsste sie sanft. Dann verteilte er kleine Küsse auf ihrem Gesicht und ihrem Hals und war wieder einmal erstaunt, wie gern er sie küsste und schmeckte.

Langsam strichen seine Arme seitlich an ihrem Oberkörper hinab, bis sie auf ihren Hüften zum Liegen kamen. Sie war zu dünn, das wurde ihm mit jedem Mal bewusster, wenn er sie berührte. Aber er hatte vor, das zu ändern. Er würde sich um sie kümmern, sie umsorgen.

Seine rauen Hände glitten unter ihr Top und berührten die makellose, weiche Haut an ihrem Rücken.

Er musste sich wahnsinnig beherrschen. Sie nicht einfach zu packen und in Besitz zu nehmen, schien ihm die größte Herausforderung seines Lebens zu sein.

Seine Hände schoben ihr Top nach oben und legten ihre vollen Brüste in dem schwarzen BH aus Spitze frei. Langsam zog er es ihr über den Kopf. Und obwohl Nina ihre Arme hob, um es ihm leichter zu machen, bemerkte Ty, wie angespannt sie war.

Eingehend betrachtete er sie. Sie war wunderschön.

Er wandte sich von ihr ab und schaltete die Stereoanlage ein. Sanfte Musik erfüllte den Raum und er musste lächeln.

Sanft, weich, schüchtern. Musik wie Nina.

Auf dem Weg zurück zu ihr, dämpfte er das Licht ein wenig, um es ihr leichter zu machen, sich zu entspannen. Wieder bei ihr angekommen, gab er ihr einen kleinen, unschuldigen Kuss auf ihre angespannten Lippen und drehte sie dann an den Schultern von sich weg. Sein Shirt zog er sich über den Kopf und zog sie dann mit dem Rücken an seine Brust.

"Deine Haut an meiner, Querida, das fühlt sich so verboten gut an!", murmelte er in ihr Ohr und begann, ganz langsam seine Hüften zum langsamen Takt der Musik zu bewegen. Seine Lippen wanderten unaufhörlich von ihrem Ohr bis zum Träger ihres BHs. Minute um Minute, in der sie so innig miteinander tanzten, entspannte sich Nina mehr und wurde weich in seinen Armen. Er streichelte ihren Bauch, ihre Seiten, ihre Arme und ihre Hüften. Immer wieder ließ er dabei eine Hand an der Unterseite ihrer Brüste entlang streichen. Als er sich sicher war, dass sie die Berührung genoss, legte er eine Hand auf ihre Brust und streichelte sie durch die Spitze.

Als seine Lippen das nächste Mal am Träger ihres BHs ankamen, streifte er ihn über ihre Schulter. Da Nina immer noch völlig entspannt zu sein schien, verfuhr er auf der anderen Seite genauso. Schließlich öffnete er den Verschluss auf der Vorderseite ihres BHs und sah zum ersten Mal ihre Brust ohne störende Stoffschichten dazwischen.

"Du hast die schönsten Brüste, die ich jemals gesehen habe, Kleines!"

Mit diesen Worten umfasste er sie jeweils mit einer Hand. Sie waren zu groß, um vollständig in seine Hände zu passen, aber niemals hätte er auch nur ein Gramm davon missen wollen. Als er mit seinen Daumen über ihre Spitzen fuhr, stöhnte sie leise auf und drückte sich seiner Berührung entgegen. Ihr herrlicher Hintern drückte damit noch fester gegen seine steinharte Erektion und auch Ty konnte ein Aufstöhnen nicht mehr unterdrücken. Er nahm ihre Arme und legte sie sich um den Hals, was ihre wunderschönen Brüste noch mehr betonte.

Er spielte noch ein wenig mit ihren Brustwarzen, bis sie sich unter seinen Berührungen wand. Dann ließ er seine Hände zum Saum ihrer Hose wandern und öffnete diese langsam. Immer wieder küsste und knabberte er währenddessen an ihrem Hals. Er wollte sie immer weiter erregen, damit sie gar nicht erst wieder unsicher wurde.

Er wollte sie. Brauchte sie so dringend wie die Luft zum Atmen.

Ihre Hose glitt von selbst über ihre schmalen Hüften. Ty hob sie einfach heraus.

Mit seinen Lippen und seiner Zunge arbeitete er sich entlang ihrer Wirbelsäule nach unten, bis er am Saum ihres Höschens angekommen war. Seine Finger fuhren darunter, er zog es langsam an ihren Beinen hinab. Sein Mund folgte der Bewegung seiner Hände und er sah die Gänsehaut, die sich auf Ninas Körper ausbreitete.

Ty richtete sich wieder auf und begann von Neuem, mit ihr zu tanzen, sie zu streicheln und zu küssen. Schritt für Schritt manövrierte er sie so zum Bett.

Als er schließlich die Kante an seinen Beinen spürte, ging er langsam um Nina herum und küsste sie, vor ihr angekommen, langsam und zärtlich. Sie legte ihre Arme um seinen Hals und rieb sich ein wenig an ihm, was Ty fast um den Verstand brachte.

Vorsichtig drückte er sie zurück auf die Matratze, worauf Nina sich wieder ein wenig anspannte.

"Alles in Ordnung, Querida", raunte er ihr ins Ohr und küsste dann eine Spur von ihrem Hals zu ihren Brüsten. Er verweilte kurz an ihren steil aufgestellten Nippeln, bis sie sich seinen Berührungen wieder völlig hingab. Dann setzte er seinen Weg fort. Über ihren Bauch, zu ihren Hüften und schließlich küsste er ihren Venushügel.

Seine Hände fuhren von ihren Knien aufwärts, um ihre Schenkel zu spreizen und er atmete tief den Duft ihrer Erregung ein. Er strich mit seiner Zunge über ihre nasse Spalte. Ninas Hüften bäumten sich unter ihm auf.

"Gott, verdammt! Du schmeckst noch besser als du riechst, Honey!"

Ihr Wimmern zeigte ihm, wie sehr sie es genoss und er widmete sich wieder seiner Aufgabe. Langsam und genüsslich strich er mit seiner Zunge durch ihre Spalte. Immer wieder, bis er bei ihrem Kitzler ankam. Ihr Stöhnen wurde immer lauter und als er begann, an ihrer Klit zu saugen, bockten ihre Hüften so auf, sodass er sie mit einer Hand fixieren musste.

Er schob einen Finger in sie und Nina kam. Heftig, mit einem leisen Schrei, ließ sie sich über die Kante fallen. Sie war atemberaubend, wenn sie kam. Er konnte sich an diesem Anblick niemals satt sehen.

Ty wusste, dass sie nur wenig Erfahrung hatte, dass sie aber tatsächlich noch Jungfrau war, erschütterte ihn. Gleichzeitig aber freute er sich, dass Nina ihm dieses Geschenk machen wollte. Dass sie ihm so vertraute.

Während Ninas Atmung sich langsam wieder erholte, hatte Ty sich von seiner restlichen Kleidung befreit und ein Kondom übergezogen. Langsam schob er sich über sie und begann, sie behutsam zu küssen, doch als er sie sein Gewicht zwischen ihren Schenkeln spüren ließ, verspannte sie sich sofort.

"Was ist los, Querida? Du weißt, dass ich dir nichts tun

werde."

Nina nickte zwar, entspannte sich dennoch nicht. Als sie ihre kleinen Hände gegen seine Brust stemmte, ließ er sich widerwillig neben sie fallen.

Du hast es ihr versprochen! Geh duschen und hol dir einfach einen runter, Mann!

Er musste die Augen schließen, zum einen, um es sich selbst leichter zu machen, den Kampf gegen seinen Schwanz zu gewinnen, zum anderen, um Nina diesen Kampf nicht in seinen Augen zu zeigen.

Plötzlich setzte sie sich auf ihn. Ty konnte ihre klatschnasse Pussy auf seinem Schwanz spüren. Er stöhnte laut auf, als Nina begann, sich an ihm zu reiben.

"Fuck, Nina, ich kann das jetzt nicht! Ich werde schneller in dir sein, als du Nein sagen kannst. Bitte, ich …"

Weiter kam er nicht, denn Nina erstickte seine Worte mit einem Kuss. Leidenschaftlich, fordernd und Tys Hände griffen augenblicklich nach ihren Hüften.

Sie löste sich von ihm und sagte: "Ich will dich!"

Wieder entrang sich ihm ein Stöhnen.

Fuck! Diese Frau bringt mich um! Ich kann sie sich jetzt nicht an mir reiben lassen. So viel Selbstbeherrschung habe ich heute einfach nicht mehr!

Nina sah ihm fest in die Augen und kippte ihr Becken so, dass sein Schwanz direkt vor ihrem Eingang war.

Ganz langsam schob sie sich zurück. Beide stöhnten laut, als seine Eichel ihr enges Loch passierte.

"Nina …", keuchte er und verkrampfte seine Hände an ihren Seiten.

Langsam drängte sie sich zurück und schob ihn so Zentimeter für Zentimeter in sich.

"Fuck! Nass … Heiß … verdammt eng! Du bringst mich um, Querida!"

Als sie an ihrem Jungfernhäutchen angekommen war, zuckte sie leicht zusammen und hielt inne.

"Lass mich das machen, Süße. Schnell, nur ein Stoß,

dann ist es vorbei", presste Ty mit rauer Stimme hervor.

Sie nickte und Ty presste ihren Oberkörper fest an sich.

Langsam zog er sich ein Stück aus ihr zurück und ließ es dann mit einer einzigen schnellen Bewegung wieder nach vorne schnellen.

Ihr Schrei war leise und kurz, doch Ty merkte, wie sie am ganzen Leib zitterte. So schwer es ihm auch fiel, blieb er ruhig in ihr und streichelte ihren Rücken. Er küsste ihre Haare und wartete, bis sie sich wieder ein wenig entspannt hatte.

"Geht es, Kleines?"

Sie richtete sich ein wenig auf und sah ihm fest in die Augen, ehe sie nickte. Ty streichelte ihre Brüste und ihren Kitzler mit geschickten Fingern und bald schon war von dem Schmerz in Ninas Zügen nichts mehr zu erkennen. Die Lust stand ihr wieder in die Augen geschrieben.

Vorsichtig begann ihr Becken zu rotieren und Ty stöhnte auf, beinahe wahnsinnig vor Lust. Seine Hände fanden zurück zu ihren Hüften und er half ihr in einen Rhythmus, der ihnen beiden baldige Erlösung versprach.

Wenige Minuten später kam Nina zitternd um seinen Schwanz herum. Auch Ty konnte sich nicht länger zügeln. Ihre Nässe und ihre Enge brachten ihn an den Rand seiner Selbstbeherrschung, sodass die letzten drei Stöße, die ihn über die Klippe schickten, ziemlich hart ausfielen.

Zitternd brach Nina auf ihm zusammen. Ty schlang seine Arme fest um sie.

Als sich sein Puls wieder etwas beruhigt hatte, schob er sie ein wenig von sich weg, um ihr in die Augen sehen zu können.

"Hab ich dir weh getan, Querida? Ich wollte nicht … aber ich konnte nicht mehr … konnte mich nicht mehr zurück halten", endete er schließlich abgehackt.

"Nein."

Und Ty glaubte ihr. So, wie sie es sagte, und so, wie sie ihn danach küsste, konnte sie nur die Wahrheit gesagt haben.

Nina schmiegte sich wieder an seinen Hals und schlief nach einiger Zeit ein.

Mein Leben ist perfekt! Nina macht mein Leben perfekt! Ich werde sie nicht mehr gehen lassen!

Mit diesen Gedanken schlief auch Ty ein und hatte sich noch nie so gut gefühlt.

7 ZU VIEL GESELLSCHAFT

NINA

Im sanften Morgenlicht fotografierte Nina ihn. Noch schlafend, nackt und unvergleichlich schön. Ruhiger sah er aus, wenn er schlief. Als hätte er endlich Frieden gefunden.

Es war nicht das erste Mal, dass sie Ty schlafend fotografierte, aber definitiv das erste Mal, dass er dabei nackt war. Aber genau so wollte sie ihn festhalten. Als Erinnerung an den herrlichen Mann, der ihr die Jungfräulichkeit genommen hatte. An den Mann, der sie besser verstand als jeder sonst auf dieser Welt. Und das, ohne dass sie ihm jemals etwas über ihre Vergangenheit verraten hatte.

Nina wollte ihm alles erklären, wollte, dass er es wusste. Sie würde ihm ihre Geschichte schenken. Zum Abschied. Wenn sie zurück musste und dieser Traum endgültig vorbei wäre. Sie würde ihm schreiben und all die Fotos, die sie in den vergangen Tagen gemacht hatte, all die Erinnerungen, die sie damit verband, an ihn übergeben.

Das erste Mal mit ihm war unglaublich gewesen. Nina hatte nicht damit gerechnet, sich so fallen lassen zu können. Doch sie vertraute ihm und bis auf wenige

Momente, in denen sie ihre Vergangenheit einholte, wollte sie ihm alles geben. Dass es so schön für sie werden würde, hatte sie nicht zu träumen gewagt.

Natürlich war da ein kurzer Schmerz gewesen, doch die Lust hatte eindeutig überwogen und es zu einem unvergesslichen Moment gemacht.

Sie hatte bereits über 30 Fotos von jedem Detail seines Körpers gemacht, als Ty sich zum ersten Mal rührte.

"Wenn es keinen verdammt guten Grund gibt, dass du nicht in meinen Armen liegst, solltest du diesen Umstand umgehend korrigieren!", grummelte Ty verschlafen, ohne dabei die Augen zu öffnen. Kichernd setzte Nina sich rittlings auf ihn. Seinem Mund entrang sich ein Stöhnen, ehe er flatternd die Augen öffnete.

"Willst du mich umbringen, Querida?"

Fragend zog Nina eine Augenbraue nach oben.

"Du setzt dich mit deiner heißen Pussy auf meine Morgenlatte. Das in Verbindung mit deinen vom Sex zerwühlten Haaren bringt mich wirklich an den Rand des Wahnsinns."

Zur Untermalung seiner Erklärung ließ er seinen harten Schwanz an ihr kreisen. Ninas Kichern erstarb. Der Anblick seiner vor Lust verschleierten Augen und der Druck seines harten Schwanzes an ihrer Klit brachten auch ihr in Sekunden größte Lust.

Dafür, dass ihr dieses Gefühl bis vor wenigen Tagen gänzlich unbekannt war, hatte sie sich erstaunlich schnell daran gewöhnt.

Ihre Kamera hatte sie immer noch in ihrer rechten Hand, was sie daran erinnerte, auch diesen herrlichen Anblick festzuhalten.

Sein Gesicht, seinen Oberkörper, ihre Schenkel, wie sie neben seinem Bauch ruhten.

"Leg die Kamera weg, Kleines. Wir leben im Hier und Jetzt." Er kannte sie einfach viel zu gut! Sie gehorchte und legte die Kamera auf den Nachttisch.

Ty begann gerade damit, ihr T-Shirt nach oben zu

schieben, als es an der Tür klopfte. Nina erstarrte, dann glitt ihr Blick zur Uhr. 09:55.

"Cat!", quietschte Nina und sprang auch schon von Ty hinunter in Richtung Badezimmer. Sie hörte ihn noch hinter sich gequält stöhnen, ehe sie im Bad verschwand. Als sie mit der Zahnbürste im Mund zurückkam, sah sie ihn lediglich mit einem Laken um die Hüften in der Tür stehen.

"Nein, sie ist im Bad." Tys Stimme klang sehr gereizt und Sekunden später wusste Nina auch weshalb.

"Ich muss kurz mit ihr sprechen, dann warte ich eben. Du könntest dir in der Zeit etwas anziehen." Gregors Stimme hatte einen äußerst ätzenden Klang. Um einer Auseinandersetzung vorzubeugen, trat sie neben Ty an die Tür.

Lediglich in Tys T-Shirt gehüllt und mit Zahnbürste im Mund sah sie Gregor an. Dieser schien ihre Aufmachung nicht sonderlich gut zu verdauen. In seinem Gesicht spiegelten sich die verschiedensten Gefühle wieder.

Da waren Fassungslosigkeit, Sorge, Wut, Angst. Irgendwann presste er schließlich zwischen zusammen gebissenen Zähnen hervor: "Könntet ihr euch beide bitte etwas anziehen?"

Nina wandte sich ab und bedeutete Ty, ihr zu folgen, während Gregor es sich im Wohnzimmer bequem machte. Nachdem sie ihren Mund ausgespült hatte, bedachte sie Ty mit einem wütenden Blick.

"Was denn? Er taucht hier in aller Herrgottsfrüh auf und beschwert sich dann darüber, dass ich nicht ordnungsgemäß gekleidet bin."

Irgendwie sah er wirklich süß aus, wie er so da stand, die Hände in das weiße Laken verkrallt, dass so einen schönen Kontrast zu seiner Milchkaffee-Haut und den schwarzen Tattoos bildete.

Nina ging zu ihm, stellte sich auf die Zehenspitzen und küsste sein Kinn, auf dem sich ein sehr sexy Bartschatten gebildet hatte.

Sein Schmollen hielt nur für wenige Sekunden, dann senkte er seinen Kopf und küsste sie innig. Seine Hände ließen das Laken Laken sein und krallten sich stattdessen fest in ihren Po. Langsam schob er seine großen, schwieligen Hände unter das viel zu lange T-Shirt und knetete dann die nackte Haut ihres Hinterns.

"Nina, komm raus! Ich habe nicht das Bedürfnis, allein mit einer von Tys Freundinnen hier rumzusitzen!" Gregors Stimme klang gereizt. Schnell hatte sich Nina von Ty losgemacht und war durch die Tür zum Wohnzimmer geschlüpft. Sie hörte ihn noch fluchen, wollte aber keine Sekunde mehr warten.

Erst, als sie im Wohnzimmer ankam, wurde ihr klar, dass sie immer noch in Tys T-Shirt gehüllt war. Er stolperte Sekunden später, lediglich in engen Boxershorts gekleidet, in den Raum. Seine wirklich große Erektion schien ihn nicht zu stören, als er anfing, auf sie einzureden: "Hör ihm nicht zu, Nina! Ich habe keine Freundinnen, hatte ich nie! Ehrlich! Ich weiß nicht, von was er redet!"

Ein Lachen, dass aus Richtung der Haustür kam, riss alle Aufmerksamkeit an sich.

"Guten Morgen, zusammen. Ich bin wirklich entzückt! Nun ja, teilweise. Dass du mich nicht als deine Freundin betrachtest, finde ich ehrlich gesagt sehr traurig, Ty!"

Das Lachen, das sich sofort wieder aus ihrer Kehle stahl, strafte ihrer Worte Lügen. Nina räusperte sich, um Tys Aufmerksamkeit wieder auf sich zu lenken, und bedeutete ihm dann, an sich hinab zu blicken.

Cats Lachen wurde wieder lauter. "Jap, auch der Anblick von Tys nicht gerade kleiner Latte in verkehrt herum angezogenen pinken Boxershorts ist definitiv ein Foto wert. Oh, ich freue mich schon sehr darauf, dieses Bild mit Ryan und Shane teilen zu können!", lachte Cat und winkte mit dem Handy in ihrer Hand.

Ty knurrte. Dann packte er Nina am Handgelenk und zog sie zum Schlafzimmer.

"Komm, wir ziehen uns an, während dein dämlicher

Bruder sich mit Ryans grausamer Schwester bekannt macht."

Als sie im Schlafzimmer angekommen waren, zerrte Ty sofort an den Shorts, um sie richtig herum wieder anzuziehen.

Nina fand die ganze Situation mittlerweile wirklich amüsant und stichelte noch ein wenig weiter. "Pink?"

"Ohhh, diese Frau!", grummelte er, während er zur Tür stapfte und sie aufriss.

"Ich werde nie wieder ein Geschenk von dir annehmen, Cathrin Black!", schrie er ins Wohnzimmer, wo ein noch viel lauteres Lachen ertönte. Mit Schwung schmiss er die Tür wieder zu.

"Und nun zu dir, junge Dame!", sagte er gefährlich leise und lief auf sie zu. Nein, eigentlich lief er nicht. Er pirschte sich an wie ein Panther auf der Jagd.

Langsam wich sie zurück, bis sie mit dem Rücken an die Wand stieß. Er packte ihre Hand und drückte sie auf seinen immer noch steinharten Schwanz.

"Dass ich mit einer solchen Latte herumlaufen muss, ist einzig und allein deine Schuld! Du kannst nicht, nur mit meinem T-Shirt bekleidet, auf mir, an mir und um mich herum wackeln und dann erwarten, dass das anders ausgehen würde. Was gedenkst du also dagegen zu tun?" Ninas grinsen wurde schelmisch, während sie sich ganz langsam vor ihm auf die Knie ließ.

"Oh Gott!", stöhnte er und stützte sich mit beiden Händen an der Wand ab. Sie hatte ihre Hände noch nicht einmal vollständig unter den Bund seiner Short geschoben, als Gregors Stimme schon wieder draußen ertönte: "Beeil dich, Nina. Ich kann auch kurz reinkommen und wir unterhalten uns, während du dich fertig machst."

Nina schlüpfte blitzschnell hinter Ty hervor und drückte die sich gerade öffnende Tür schwungvoll zu. Dann schnappte sie sich eilig ein paar Klamotten und verschwand im Bad.

Als sie das Wohnzimmer betrat, kam auch Ty gerade

aus dem Schlafzimmer. Er hatte lediglich eine Jeans über die Shorts gestreift, diese aber nicht geschlossen. Es sah auch so aus, als könnte sich das als schwierig erweisen.

In einer Hand trug er ein schwarzes T-Shirt. In der anderen ebenfalls schwarze Socken.

"Wenn du nicht irgendwann etwas sehen willst, was kein großer Bruder von seiner kleinen Schwester wissen möchte, komm nie wieder ungebeten in einen geschlossenen Raum", knurrte er Gregor an, dessen Farbe aus seinem Gesicht wich, während Ninas dafür umso roter wurde. Cat war immer noch am Lachen.

"Tja, der große Bruder erklärt dann wohl den Dauerständer. Ha, das wird ein herrliches Monatsessen! Möchtest du diesen Monat auch teilnehmen, Ty? Was ist mit dir, Nina? Sky ist auch da!" Ty sah aus, als wäre ihm nicht allzu wohl bei dem Gedanken. Er ließ sich aufs Sofa fallen und zog Nina neben sich.

Während er sich die Socken anzog, fragte er die immer noch kichernde Cat: "Wohin wollt ihr?"

"Romanas Abendmoden", antwortete Cat sichtlich vergnügt. Ty stand auf und versuchte noch einmal, seine Hose zu schließen. Ohne Erfolg.

Stöhnend wandte Gregor den Blick ab, was alle Personen wieder an seine Anwesenheit erinnerte.

"Was wolltest du eigentlich hier?", fragte Ty, dessen Ton verriet, wie wenig er von Gregors Anwesenheit hielt.

"Mit meiner Schwester sprechen, was sonst?"

"Dann sag es gleich, Nina geht jetzt mit Cat einkaufen."

Gregors Blick sprach Bände. Nina, die im Schneidersitz in Hoody und Chucks saß, zusammen mit Cat, die in einem beigen Businesskostüm aufrecht auf einem Stuhl thronte.

Ja, ihr fiel keine andere Bezeichnung als thronen ein. Sie strahlte so viel Eleganz und Weltgewandtheit aus. Nina wurde gleich noch einmal ein wenig kleiner. Als Ty sein T-Shirt übergestreift hatte, ließ er sich wieder neben sie fallen und zog sie prompt auf seinen Schoß.

"Hey, hey, lass dir nur nichts einreden, Querida. Du wirst hinreißend aussehen, wie immer! Und ich bin mir auch sicher, dass du mit Cat zurechtkommen wirst. Sie ist eigentlich ganz nett, weißt du, wenn sie sich nicht gerade über mich lustig macht oder die Eisprinzessin raushängen lässt." Cats eingeworfenes "Hey!", ignorierte er vollkommen.

"Ich habe überhaupt nichts in der Richtung gesagt!", empörte sich Gregor. Ohne den Blick von Nina zu wenden, antwortete Ty: "Worte werden überbewertet, Gregor. Wir brauchen sie nicht."

Nina nahm sein Gesicht in ihre Hände und küsste ihn zärtlich. Ja, sie und Ty sie verstanden sich blind oder in ihrem Fall taub. Sie benötigten keine Worte, um den anderen zu verstehen.

Und vor allem, werden die Worte, die man miteinander teilt, wirklich geschätzt, nicht nur einfach dahin gesprochen, dachte Nina und küsste ihn noch ein letztes Mal, ehe sie von seinem Schoß stieg.

Vorsichtig sah sie Cat an, deren Gesichtsausdruck weich geworden war.

"Soll ich dich doch lieber begleiten, Querida?", fragte Ty leise und sah sie dabei ein wenig besorgt an. Aber sie war immerhin erwachsen. Himmel, Cat konnte nicht viel älter als sie sein und führte erfolgreich ein Hotel! Da würde sie doch wohl in der Lage sein, ein Kleid kaufen zu gehen! Kurz entschlossen schüttelte sie den Kopf und ging in Richtung Tür.

"Kannst du das nicht ein andermal machen, Nina? Ich wollte mit dir reden, verdammt!" Das war der Tropfen, der das Fass zum überlaufen brachte.

"Nein!" Das Wort hallte wie ein Peitschenknall durch das Zimmer und Nina sah mit Genugtuung, wie alle drei Anwesenden zusammenzuckten.

Ja, Worte haben Macht. Sparsam eingesetzt nur umso mehr. Damit ging sie durch die Tür.

Am Aufzug angekommen, trat Cat wieder neben sie. Schweigend betraten sie den Aufzug, fuhren in die Garage und gingen zu einem schwarzen Geländewagen.

"Hi Thomas, das ist Nina. Nina, Thomas, Ryans Bodyguard. Eigentlich hätte ich mich nicht auf den Deal eingelassen. Da es aber beinahe unmöglich ist, bei Romana einen Parkplatz zu bekommen, habe ich mit leidender Miene zugestimmt", sagte Cat mit einem schelmischen Grinsen. Auch besagter Thomas lächelte, während er Cat beim Einsteigen die Tür offenhielt.

Nina machte einen großen Bogen um das Fahrzeug herum und wollte auf der anderen Seite einsteigen. Dieser Mann war riesig und fast genauso breit wie Ty. Nur wirkte er irgendwie bedrohlicher. Es war ihr lieber, ihm nicht zu nahe zu kommen.

Erst verfolgte er ihren Weg hinter das Auto mit zusammengezogenen Augenbrauen, dann ging er eiligen Schrittes vor dem Wagen auf die andere Seite. Nina erstarrte in ihrer Bewegung. Sollte er jetzt einsteigen, konnte sie ja doch auf der Beifahrerseite hinten sitzen. Das wäre ihr lieber gewesen. Also drehte sie wieder ab und lief zurück. Auch Thomas erstarrte und lief zurück. Wieder hielten beide in ihren Bewegungen inne und fixierten einander über das Wagendach hinweg.

Einige Sekunden rührte sich niemand, bis die Tür zum Fond des Wagens wieder aufsprang und Cat ausstieg. "Ach um Himmels Willen! Ihr seid ja noch schlimmer als Sky und Brain! Setz dich schon hin, Thomas, du schüchterst sie ja total ein. Nina, rein mit dir. Hopp, hopp! Sonst brauchen wir den ganzen Tag für dein Kleid."

Nach weiteren abschätzenden Blicken begaben sich beide auf ihre Plätze. Als der Wagen sich schließlich in Bewegung setzte, führte Cat ihre Erklärungen weiter aus.

"Also, wo war ich stehen geblieben. Ach ja, also, wenn es nach Ryan oder Ty ginge, würde ich nirgendwo hingehen, ohne einen Bodyguard dabei zu haben. Es hat mich ziemlich viel Mühe gekostet, diesen Service abzuwimmeln. Glaub mir, es kann wirklich furchtbar nervig sein! Naja, als Ty dann sagte, wir sollen mit Thomas fahren, tat ich ganz furchtbar genervt. Nicht, dass er denkt, er kann das jetzt einfach wieder einführen! Aber ehrlich, Shoppen in der Innenstadt ohne Fahrer ist beinahe unmöglich."

Cat erzählte noch von den Streitigkeiten zwischen Brain, Skys Bodyguard, und Sky selbst. Was für Probleme Sky hatte, sich auf ein Leben mit Buddy, die Abkürzung für Personenschützer in der Firma, in der die Hälfte der Mitglieder von Fire&Ice arbeitete, einzulassen. Sie erzählte ein bisschen von den Jungs und ihrem Hotel.

Nina mochte Cat. Sie verstand nicht, warum Ty sie die Eisprinzessin nannte. Cat war klug, witzig, schlagfertig und sehr warmherzig. So empfand sie es jedenfalls.

Gute 30 Minuten später, Cat erzählte ihr gerade einige Details über Boston, hielt ihr Wagen vor einer Boutique mit dem Namen Romanas Abendmoden.

Thomas war bereits ausgestiegen und wie von selbst öffnete sich die Tür an Ninas Seite. Thomas stand ziemlich nahe, sodass Nina sich an ihm vorbeischlängeln müsste.

Plötzlich lehnte sich Cat über sie und sagte: "Ärger sie nicht, Thomas! Sie ist die Freundin deines Chefs!"

"Nein, Sky ist die Freundin meines Chefs", antwortete Thomas und betonte das Wort Freundin dabei extrem. Das Lächeln, das jetzt auf Cats Gesicht erschien, war Nina unheimlich.

"Ich meinte ja auch Tys Freundin!" Thomas stutzte, blickte dann ein paar Mal unschlüssig zwischen Cat und Nina hin und her, entschied dann aber wohl, Cat vorsichtshalber zu glauben. Er zog die ihr dargebotene Hand zurück und verzog sich hinter die Tür.

"Los jetzt, raus mit dir!", drängelte Cat, während Nina noch ergründete, ob sie dem Frieden trauen konnte.

Schließlich schlüpfte sie schnell aus dem Wagen und wartete auf Cat. Sie war sich der Blicke, mit denen Thomas sie maß, durchaus bewusst. Es waren die Sorte Blicke, die nur allzu klar machten, dass Nina nicht der Typ Frau war, der neben einen Traummann wie Ty passte. In diesem Moment wünschte Nina sich nichts sehnlicher als ein schwarzes Loch, das sich unmittelbar unter ihr auftat. Bevor sie den Boden allein mit ihren Blicken zu einem solchen Verhalten überreden konnte, trat Cat bereits neben sie. "Los, Los! Wir haben nicht ewig Zeit!"

Der Laden war klein. Hätte Nina schätzen müssen, hätte sie auf gerade mal 30 m² reine Ladenfläche getippt. Das Licht war leicht gedimmt, weich und indirekt. Licht, bei dem jeder auf einem Bild gut aussehen würde. Unwillkürlich griff Nina nach ihrer Kamera ... die natürlich nicht da war.

Im Eifer des Gefechts hatte sie sie auf dem Nachttisch liegen lassen. Ebenso ihre Geldbörse.

Unbehaglich sah Nina sich in dem kleinen Laden um. Am liebsten würde sie schnellstmöglich wieder von hier verschwinden. Da sie aber weder wusste, wo sie war, noch, wo sie hin musste, hatte sie nur die Wahl zu bleiben oder Thomas zu suchen, sodass er sie zurück fahren konnte. Sie öffnete gerade die Tür, um zurück auf den Bürgersteig zu treten, als Cat ihr eine Hand auf die Schulter legte.

"Wo willst du denn hin, Nina, wir haben doch noch gar nichts anprobiert." Schnell duckte sie sich unter der Berührung weg.

"Handy?", bat sie Cat leise. Diese sah sie sichtlich verwirrt an, reichte ihr aber dennoch ihr Telefon. Nina verzog sich in eine ruhige Ecke des Ladens, während Cat und die Verkäuferin bereits über die Art Kleid diskutierten, die Nina tragen sollte. Schnell scrollte sie durch das Telefonbuch und fand Tys Eintrag zum Glück sofort. Nach dem dritten Klingeln nahm er bereits ab und fragte schroff: "Cat? Was ist?"

Unendlich erleichtert, seine Stimme zu hören, ließ Nina sich mit dem Rücken an der Wand entlang zu Boden rutschen. "Gibt's Probleme, Cat?"

"Ja", flüsterte Nina in den Hörer, obwohl es ihr jetzt, da sie Tys Stimme hörte, gar nicht mehr allzu schlimm vorkam.

"Nina? Was ist los? Was ist passiert? Geht es dir gut? Nina? Bist du noch dran?" Für jemanden, der sonst so wenig sprach, entwickelte Ty gerade einen bemerkenswerten Redefluss.

"Ty?", unterbrach Nina seinen Monolog.

"Ja, Honey. Was brauchst du? Soll ich kommen?"

"Ich hab mein Portemonaie vergessen", flüsterte Nina und fügte zögernd hinzu: "Und meine Kamera", als wäre das ein großes Geständnis, was es in Ninas Augen auch eindeutig war. Die Kamera war ihre Verbindung zur Wirklichkeit.

"Ich habe Cat meine Kreditkarte mitgegeben, Süße. Soll ich dir die Kamera bringen?" Seine Stimme klang ernst. Kein bisschen Spott oder auch nur der Hauch einer Andeutung, dass er sie deshalb für verrückt hielt.

Er würde es machen. Er würde jetzt sofort losfahren und ihr die Kamera bringen. Diese Option beruhigte Nina soweit, dass sie sein Angebot ablehnen konnte. Das Kleid konnte sie mit Tys Karte bezahlen und ihm das Geld nachher zurückgeben. Okay. Gut. Sie würde das schaffen!

"Nein", flüsterte sie und nach einer kleinen Pause fügte sie lauter hinzu: "Danke!" Sie konnte ihn beinahe durchs Telefon lächeln sehen. Ja, er verstand sie einfach. Ohne große Worte.

"Okay, Baby. Melde dich, wenn du noch was brauchst. Bye." Nina drückte das Gespräch weg. Atmete noch zweimal tief durch und ging zurück zu Cat und der Verkäuferin.

"Alles klar?", fragte Cat, als Nina zu ihnen stieß. Sie nickte.

"Hör mal, Nina. Wir haben bereits ein paar Kleider für dich ausgesucht. Wir dachten an Schwarz, da der Anlass ziemlich formell ist und Ty sicher Schwarz/Weiß trägt, wie immer. Geh einfach mal da rein und probier die hier an. Ich such dir währenddessen Schuhe. Größe ... 37?"

Auf ihr Nicken verschwand Cat und die Verkäuferin drängte sie in eine der Umkleiden. Nina war sehr froh, dass sie heute Morgen schwarze, zusammenpassende Unterwäsche erwischt hatte. Schlüpfte in das erste Kleid, ohne auf Schnitt oder Größe zu achten.

Als sie sich selbst darin im Spiegel sah, musste sie ein Lachen unterdrücken. Es hing an ihr wie ein Sack! Und es war eines der wenigen Kleidungsstücke, die genau wie ihre extra großen Hoody sogar an ihrem Busen noch schlabberten. Als sie die Größen der anderen Kleider sah, wurde ihr klar, dass auch diese nicht passen würden.

Um einer Diskussion zu entgehen, trat sie mit dem fürchterlichen schwarzen Sack aus der Umkleide.

"Ach du meine Scheiße!", rief Cat aus, als sie Nina erspähte. Auch die Verkäuferin stutzte sichtlich.

"Oh ... ähm ... okay, darf ich mal? Ich müsste mir mal ein genaueres Bild ihrer Figur machen, um ihnen etwas Geeignetes bringen zu können."

Die Verkäuferin zupfte überall an ihr herum und Nina wand sich unter ihren Händen.

"Nein, nein. So wird das nichts. Sie müssen das Kleid einmal ausziehen." Und schon hatte die Verkäuferin den Reisverschluss geöffnet und ihr das Kleid von den Schultern gestrichen. Cat pfiff laut durch die Zähne.

"Mann o Mann! Puh, kein Wunder, dass Ty so vernarrt in dich ist!"

Du hast doch keine Ahnung!, dachte Nina aufgebracht und schlüpfte schnell zurück in die Umkleide, um ihren Blicken zu entgehen. Das hier war eindeutig zu viel des Guten. Sie würde sich schnell anziehen und dann nichts wie weg hier, entschied sie, während sie schon Top und Hoody überstreifte. Plötzlich ging die Tür zur Umkleide auf.

"Jetzt komm schon, Nina! Das war doch nicht böse gemeint. Im Gegenteil! Du bist wunderschön! Komm, du brauchst doch ein Kleid, wenn du Ty begleiten möchtest.

Du hast doch gehört, wie gern er dich dabei haben möchte."

Ja, sie hatte Recht. Und enttäuschen wollte sie ihn wirklich nicht. Schließlich nickte sie widerwillig. Die Miene der Verkäuferin war auch ein wenig sanfter geworden.

"Ich glaube, ich habe das ideale Kleid für Sie", sagte sie und hielt ihr ein schlichtes, bodenlanges, schwarzes Kleid hin. Es wirkte zu schmal und zu lang, aber Nina probierte es lieber, als mit der Verkäuferin zu sprechen.

"Der Ausschnitt gehört nach vorn", sagte diese noch, ehe sie Nina mit dem Kleid in der Kabine alleine ließ. Nina zwängte sich in das Kleid und verstand dann auch, warum die Verkäuferin so explizit erwähnte, wie herum das Kleid gehörte.

Der Ausschnitt war wirklich tief ... sehr tief. Bauchnabeltief. Es blieb ihr also nichts anderes übrig, als ihren BH wegzulassen. Der Stoff war sehr stretchhaltig und schmiegte sich wie eine zweite Haut an ihren Körper. Die Ärmel waren lang und gingen ihr bis über die Handgelenke.

Den Teil, den Nina als zu lang betrachtet hatte, stellte sich als eine kleine Schleppe heraus, die locker um ihre Füße fiel.

Sie fand sich schön und sie würde dieses Kleid wirklich gerne haben, aber nur, um es für sich allein zu Hause zu tragen. Vielleicht, ganz vielleicht würde sie es einmal für Ty anziehen.

"Nina? Bist du fertig?" An eine Antwort glaubte Cat wohl nicht, denn sie zog einfach den Vorhang beiseite und starrte in die Kabine.

"Wow! Perfekt. Das nehmen wir!" Cat und die Verkäuferin schienen sich einig zu sein, denn keiner von beiden achtete darauf, dass Nina unentwegt mit den Kopf schüttelte. Während Nina sich wieder umzog, hatten die beiden bereits Schuhe, Tasche, Schmuck und Unterwäsche ausgesucht.

Ehe Nina sich versah, wurde sie mit vier Tüten in der

Hand zurück auf den Bordstein geschoben. Thomas öffnete zwar die Tür des SUVs, machte aber einen großen Schritt zur Seite, damit Nina unbehelligt einsteigen konnte.

Cat begleitete sie zur Suite und klopfte laut. Tys Lächeln, als er die Tür öffnete, entschädigte Nina für vieles! Er zog sie umgehend in seine Arme und küsste sie innig.

Bevor sie sich versah, hob er sie hoch und trug sie zur Couch. Manchmal kam sie sich vor wie eine Puppe. Er trug sie einfach immer genau da hin, wo er sie gerade haben wollte.

"Alles gut gelaufen?", fragte er Nina, wobei Cat ihm antwortete.

"Wir haben das perfekte Kleid! Du wirst staunen, sag ich dir. Du darfst es aber vorher nicht sehen. Ich nehme Nina am Tag des Balls mit zur Kosmetik und zum Frisör, dann kannst du dir das Gesamtbild ansehen."

Ty sah Nina zweifelnd an und die schüttelte nur stumm den Kopf, immer noch entrüstet über die Geschehnisse der letzten Stunden.

"Okay, Cat, wir sehen uns ja dann heute alle zum Abendessen", lenkte Ty ein. Die wenig getarnte Aufforderung zum Gehen, schien Cat dann doch ein wenig vor den Kopf zu stoßen. Plötzlich verunsichert, wandte sie sich an Nina.

"Dir hat das Kleid doch auch gefallen, oder Nina?" Zögerlich nickte diese. Cat konnte sich wohl keinen Reim darauf machen, was hier gerade geschah, und sah immer unsicherer zwischen Ty und Nina hin und her.

"Jetzt mach dir keinen Kopf, Cat. Alles Bestens, wir sprechen heute Abend weiter", versuchte Ty sie zu beruhigen. Mit Nina auf den Armen stand er auf und ging in Richtung Tür.

"Danke fürs Shoppen, Cat!", sagte Ty, doch Cat schien mit dem Ende der Shoppingtour alles andere als zufrieden zu sein. Um sie ein wenig zu beruhigen, schenkte Nina ihr ein kleines Lächeln, was sofort von Cat erwidert wurde.

Dann drehte sie sich um und ging zu den Aufzügen.

"Jetzt erzähl mal, wie war es wirklich?", fragte er mit einem leisen Grinsen, als er sie zurück zum Sofa trug.

Gequält verzog Nina ihr Gesicht.

"So schlimm? Sollen wir nochmal los, um dir ein Kleid zu besorgen?"

Nina platzierte sich so um, dass sie rittlings auf seinem Schoß saß, und schüttelte den Kopf.

"Kann ich nicht normal gehen?", fragte sie ganz leise und ließ ihren Blick dabei auf seiner Brust.

Das Kichern, das ihn bis eben noch erschüttert hatte, erstarb abrupt. Er nahm ihr Kinn zwischen Daumen und Zeigefinger und zwang so ihren Blick nach oben. Seine Augen waren schmal, als er sie musterte.

"Warum?" Die Frage klang ziemlich scharf, weshalb Nina unwillkürlich versuchte, sich zu entziehen.

"Nina, das ist ernst! Bitte antworte mir. Gefällt dir das Kleid nicht?"

Sie schüttelte erst den Kopf, nickte dann und sah ein, dass sie so keine eindeutige Antwort würde formulieren können.

"Doch."

"Es liegt also nicht an dem Kleid. Du magst es also gern anziehen?"

Nina nickte.

"Du willst also nur nicht im Kleid auf den Ball?"

Ihr Nicken war dieses Mal zögerlicher. Eigentlich wollte sie gar nicht auf den Ball, aber Ty hatte sie gebeten und sie wollte ihm so gern geben, was er sich wünschte.

"Warum, Querida? Du bist so wunderschön. Und so entzückt wie Cat war, kannst du nicht weniger als fabelhaft darin aussehen. Wo ist das Problem, Honey?"

Nina gab das Gezupfe an seinem T-Shirt auf und schmiegte sich ganz nah an ihn. Die Lippen an seinem Hals flüsterte sie: "Sie werden uns alle ansehen."

TY

"Natürlich werden sie uns ansehen. Ich werde mit der schönsten Frau des Abends da sein. Da ist es doch ganz normal."

Der Ausdruck, der daraufhin in ihre Augen trat, kam Panik ziemlich nahe.

"Ich werde bei dir sein. Den ganzen Abend, Querida. Ich lasse dich keine zwei Minuten aus den Augen. Versprochen!"

Es schien sie ein wenig zu beruhigen, aber sie war immer noch nicht völlig überzeugt.

"Sobald du sagst, dass du gehen möchtest, hauen wir ab, Süße. Deal?"

Ein kleines Lächeln stahl sich auf ihre Lippen, ehe sie nickte.

"Gut. Und jetzt lass uns zu dem kommen, bei dem wir heute Morgen so rüde unterbrochen worden sind", sagte er in verführerischem Tonfall und drückte seinen Schwanz ein wenig gegen ihre Mitte. Sie beugte sich zu ihm und küsste ihn erst weich und dann immer heftiger auf die Lippen.

Es klopfte an der Tür.

"Das ist jetzt verdammt noch mal nicht euer Ernst!", rief er dem Störenfried an der Eingangstüre zu.

"Mr. Moreno? Sir, wir benötigen zwei dringende Unterschriften von Ihnen, Sir. Die Freigaben für die neuen Kontraktverträge waren leider nicht vollständig und werden so nicht ..." Der Rest des Satzes ging in Tys frustriertem Stöhnen unter.

Wieder einmal stand er einfach mit Nina auf dem Arm auf. Diese quiekte und schlang Arme und Beine um ihn, um nicht herunterzufallen. Sein linker Arm unter ihrem Po hielt sie ebenfalls oben. Ohne Weiteres riss er die Tür auf und der arme Mann, oder eher Junge, sprang einen Meter zurück.

Aha, der neue Praktikant. Niemand anderen hätten

diese Feiglinge dazu gebracht, ihn an seinem freien Tag wegen einer solchen Nichtigkeit zu stören. Da der arme sowieso schon völlig verängstigt wirkte und zusätzlich recht verstört ob des Anblicks einer Frau auf seinen Armen zu sein schien, kritzelte Ty seine Unterschrift auf das Blatt und scheuchte den Jungen davon.

Er griff noch einmal nach drinnen, schnappte sich seine Schlüssel und sein Handy und lief zu den Aufzügen.

Nina rückte ein Stückchen von ihm ab und sah ihm ins Gesicht. Doch so leicht wollte er es ihr nicht machen. Wenn das hier funktionieren sollte, und das war für Ty so sicher wie das Amen in der Kirche, dann musste Nina ein ganz kleines bisschen mehr mit ihm reden.

Sie wand sich ein wenig in seinen Armen, doch er schenkte ihr nicht seine Aufmerksamkeit. Hätte er erst einmal in ihre Rehaugen gesehen, wäre er verloren gewesen.

Schließlich stöhnte sie frustriert auf und fragte: "Wohin?"

"Ich zeige dir meine Wohnung, hier in Boston, dann sind wir auch endlich einmal ungestört", antwortete er und konnte ein lüsternes Grinsen nicht unterdrücken. Doch statt an seinen Gedanken Anstoß zu nehmen, wie die meisten Frauen zumindest so getan hätten, kicherte Nina und begann, an seinem Hals zu knabbern.

Tys Atem ging bereits deutlich schwerer, als sie in der Tiefgarage angekommen waren. Im Vorbeigehen schlug er mit der Faust an die Tür des Bereitschaftszimmers für Fahrer und Buddys und hielt weiter auf den schwarzen Audi Q5 zu.

Thomas joggte an ihnen vorbei und öffnete die Tür.

"Mr. Moreno, Sir", grüßte er.

Als Thomas sprach, verspannte sich Nina in seinen Armen. Sofort hielt er an und drehte sich von ihm weg.

"Was haben Sie getan, Thomas?", fragte Ty in scharfem Ton über seine Schulter hinweg.

Dieser richtete sich sofort auf und sah ihn unwissend

an.

"Was meinen Sie, Sir?"

"Warum zum Teufel hat meine Freundin Angst vor Ihnen?", rief er in bereits sehr aggressivem Ton.

Dass Nina ihren Kopf schüttelte, bemerkte er erst, als sie sich aus seinem Griff wand.

"Was? Was hat er getan?"

Nina schüttelte den Kopf.

"Nichts?"

Ein Nicken.

"Was ist dann los?"

"Er ist mir unheimlich", flüsterte Nina an seinem Hals.

"Ich habe ihr nichts getan, Mr. Moreno, wirklich! Ich wollte ihr doch nur beim Ein- und Aussteigen helfen", verteidigte sich Thomas währenddessen.

"Schon okay, Thomas. Bleiben Sie einfach auf Abstand. Nina kann selber ein- und aussteigen, wenn sie das so will. Sie sind ihr unheimlich, Thomas. Also los, steigen Sie ein, wir kommen gleich!"

Thomas sah ein bisschen aus wie ein geschlagener Hund, wie er so um das Auto herumschlich. Er tat Ty leid, daher nahm er sich vor, in einer ruhigen Minute noch einmal mit ihm zu reden.

Ty stieg mit Nina auf seinem Schoß in den Fond des Wagens.

"Zu mir nach Hause, Thomas."

"Ja, Sir", antwortete dieser mit einem Nicken.

Innerhalb weniger Minuten war Nina in seinen Armen eingeschlafen. Er nutzte die Gelegenheit, um noch einmal mit Thomas zu sprechen.

"Machen Sie sich keinen Kopf, Thomas. Nina ist Fremden gegenüber ein wenig misstrauisch. Dieser ganze Shoppingtripp lief nicht ganz wie geplant ... naja, nehmen Sie es auf jeden Fall nicht persönlich."

"Danke, Sir."

Nina schlief noch, als sie das alte Fabrikgebäude erreichten. Es lag nur 15 Minuten von JB-Industrials entfernt und war damit die ideale Investition gewesen.

Die schlafende Nina in seinen Armen, lief Ty die Stufen zu seiner Wohnung hinauf.

Die alte Fabrik hatte er eigenhändig umgebaut. Das Erdgeschoss bestand aus einer großen Garage mit Platz für bis zu acht Fahrzeuge, einer großen Werkstatt und einem Trainingsraum für sein Kraft- und Ausdauertraining. Die Treppe zum ersten Stock war noch einmal separat mit einem elektronischen Zahlenschloss gesichert.

Er trug Nina direkt in sein Schlafzimmer und legte sie vorsichtig auf seinem Bett ab. Sie drehte sich sofort auf die Seite und rollte sich zusammen. Das Gefühl in Tys Brust, als er sie dort liegen sah, konnte er nicht definieren.

Um sie nur nicht zu stören, holte er sich einen Stuhl aus der Küche und setzte sich neben sein Bett.

Wunderschön, weich, zerbrechlich. Ty war sehr froh, dass Nina die erste Frau, der erste Mensch war, der je in seinen eigenen vier Wänden war. Wenn einige der Jungs einmal zu ihm kamen, hatten sie sich stets im Erdgeschoss aufgehalten.

Sein Zuhause war ihm heilig, aber er wollte, dass auch Nina sich hier wohl fühlte. Ob das funktionierte, stand auf einem anderen Blatt. Er hatte seine Wohnung sehr schlicht gehalten. In seinem Schlafzimmer standen lediglich ein Bett mit schlichtem Kopfteil und ein Schrank für seine Kleidung. Sein Bad war komplett weiß und bis zur Decke gefliest. Eine offene Dusche, ein WC und ein Waschbecken, über dem ein Spiegelschrank hing. Seine Küche bestand aus einer kleinen Küchenzeile. Herd, Spülbecken, Kühlschrank und ca. 60 cm Arbeitsfläche. Ein kleiner Tisch mit einem Stuhl stellte seine Essgelegenheit dar.

War es ihr zu wenig? Bestimmt sogar. Keine Frau konnte damit zufrieden sein. Er würde ihr den Rest des Gebäudes ausbauen. Im ersten Stock standen noch weitere

300 m^2 zur Verfügung, die er bislang noch nicht ausgebaut hatte.

Lediglich die Sicherheitsstandards hatte er im ganzen Haus eingebaut. Neue Fenster, Alarmanlage, eine Schließanlage für das komplette Gebäude. Zudem hatte er alle Fenster komplett vergittert, ehe er das Gebäude mit einem Vollwärmeschutz überzog. Die Fenster im Erdgeschoß hatte er alle samt zugemauert. Garage, Werkstatt und Trainingsraum wurden über ein Belüftungssystem versorgt. Sein Zuhause sollte sicher sein und das war es.

Einige Zeit später, Ty vermochte nicht zu sagen, ob es Sekunden, Minuten oder Stunden gewesen waren, klingelte sein Handy und riss ihn damit aus seiner Trance.

"Hey Ty, wo steckst du?", fragte Shane.

"Daheim."

"Okay, weißt du zufällig wo Nina ist?"

"Bei mir."

"Ich dachte, du bist daheim."

"Ja." Ty hörte sein genervtes Aufstöhnen durch das Telefon.

"Jetzt lass dir doch nicht alles aus der Nase ziehen. Gott, du machst mich manchmal echt verrückt! Wir sind zum Essen verabredetet, erinnerst du dich? Kommt ihr?"

"Ach ja, das Essen. Ich weiß nicht, Nina schläft."

"Du hast sie mit nach oben genommen?"

"Ja."

"Heieiei. Ich ruf dich zurück."

Es dauerte einige Minuten, ehe sein Telefon wieder klingelte. Ryan.

"Ja."

"Hi Ty. Shane kam gerade etwas aus der Fassung zu mir." Ty antwortete nicht. Was gäbe es darauf auch zu sagen?

"Ty? Bist du noch dran?"

"Ja."

"Okay, also er kam zu mir und sagte, du hättest Nina

mit zu dir nach Hause genommen. Also mit in deine Wohnung hinauf."

"Ja."

"Puh, okay. Dann ist es also etwas Ernstes?"

"Ich werde sie heiraten", antwortete Ty und wusste, dass es auf jeden Fall so kommen würde. Ob nun in 5 Tagen, 5 Wochen oder 5 Monaten. Aber länger durfte es auf keinen Fall mehr dauern.

"Wow, mach mal langsam, Ty! Du kennst sie doch gerade mal 6 Tage."

"Willst du Sky heiraten?"

"Natürlich!"

"Da siehst du's."

"Aber wir sind doch schon seit über zwei Monaten zusammen!"

"Und seit wann weißt du, dass du sie heiraten wirst?"

"Hmm ... nach zwei Wochen ..." Ryan verstummte, weil er wohl verstand, worauf Ty hinaus wollte.

"Okay, könntet ihr vielleicht trotzdem zu unserem Essen kommen? Gregor ist ein wenig nervös, weil Nina weg ist."

"Sie schläft."

"Weck sie. Wann habt ihr zuletzt etwas gegessen?"

Ty überlegte. Sie hatten nicht gefrühstückt, da sie beide verschlafen hatten. Ty hatte im Laufe des Vormittags etwas gegessen. Er war sich aber nicht sicher, ob Cat mit Nina Essen gegangen war. Danach hatte er sie hierher gebracht und seitdem schlief sie. Im schlimmsten Fall hatte sie also heute noch nichts gegessen. Scheiße! Er musste besser auf sie achtgeben!

"Ich werde sie wecken und wenn sie will, kommen wir zu diesem Essen."

"Versuch, es ihr ein wenig schmackhaft zu machen. Das wäre ein wenig einfacher, bezogen auf Gregor ... du weißt schon."

Ty gab nur ein: "Hmpf" von sich, da er eigentlich nicht einsah, seinen oder Ninas Tag nach Gregors Bedürfnissen zu planen.

"Du würdest es uns allen damit leichter machen, Ty. Bitte!"

"Ja", sagte er schließlich genervt.

"Danke, Ty. Bis später."

Ty genoss noch weitere fünf Minuten den Anblick des kleinen Engels, der in seinem Bett schlief. Dann kniete er sich neben sein Bett und streichelte vorsichtig ihre Wange.

"Hey Querida, wach auf", sagte er sanft.

"Ty?", murmelte sie noch im Schlaf. Es wurde ihm ganz warm ums Herz. Dass sie seinen Namen im Schlaf flüsterte, war das beste Geschenk, seit Ewigkeiten.

"Ja, Kleines. Ich bin es. Wach auf." Flatternd öffneten sich ihre Lider. Ihr Blick huschte einmal quer durch den Raum und kehrte dann fragend zu ihm zurück.

"Meine Wohnung", antwortete Ty auf ihre unausgesprochene Frage. Ein kleines Lächeln erhellte ihre Züge, ehe sie sich aufrichtete und neugierig umsah.

Ty wurde ein wenig mulmig und als Nina aufstand, bedeutete er ihr, dass sie sich gerne umsehen konnte. Langsam ging sie auf die Tür zu dem kleinen Flur zu. Dann weiter in sein Bad, kam nach kurzer Zeit zurück - viel zu sehen gab es ja nicht - und begutachtete seine Küche. Sie blieb vor dem kleinen Tisch stehen. Ihr Blick war fragend, aber Ty verstand nicht, was sie wollte. Nach einigen Minuten fragte sie schließlich: "Stühle?"

"Oh äh ja. Warte." Schnell schlüpfte er zurück in sein Schlafzimmer und griff nach dem Stuhl. Als er sich zurück zur Tür wandte, stand Nina im Rahmen und sah ihn verständnislos an.

Zurück in der Küche, stellte Ty den Stuhl an seine gewohnte Stelle.

"Warum hast du nur einen?", fragte Nina ihn nach einer Weile leise.

"Ich habe keinen Besuch, also brauche ich nur einen Stuhl."

"Nie?"

"Nein."

"Ich ..."

"Du bist der erste Mensch, der je hier war, Nina. Du bist etwas Besonderes für mich." Die Tränen in ihren Augen beunruhigten ihn.

"Nina? Warum weinst du, Nina?" Statt zu antworten, kam sie auf ihn zu und nahm ihn fest in den Arm.

Das hieß wohl, dass sie sich darüber freut ... hoffte er zumindest.

Um die Stimmung wieder ein wenig aufzulockern, sagte er nach einigen Minuten: "Wir brauchen auch jetzt keinen zweiten Stuhl, weißt du?"

Auf ihren fragenden Blick hin, hob er sie hoch und setzte sich mit ihr auf dem Schoß auf dem Stuhl.

"So brauche ich wenigstens keine Ausrede, um dich sogar beim Essen ganz nah bei mir zu haben", grinste er sie an.

Auch Ninas Lächeln war ein wenig weicher geworden. Einer spontanen Idee folgend fragte er: "Was ist deine Lieblingsfarbe, Süße?"

Sie senkte ihren Blick und ihre Wangen überzogen sich mit einer zarten Röte. Einen Finger unter ihrem Kinn, zwang er ihren Blick zurück zu ihm.

"Nina?", fragte er gespielt streng.

"Pink", antwortete sie flüsternd.

"Pink?", fragte Ty verwundert, da er sie immer nur schwarz oder grau tragen sah. Sie nickte. Nun gut, sollte es so sein.

"Shane und Ryan haben vorhin angerufen. Sie sagten, wir sollten doch bitte zum Essen kommen. Hast du Lust?" Sie lächelte und nickte.

Auf dem Weg zu seiner Garage inspizierte Nina alles ganz genau. Sie deutete auf die Tür zum Trainingsraum und zur Werkstatt. Ty zeigte sie ihr jeweils. In der Garage angekommen, entschied er sich für den SUV.

Für gewöhnlich fuhr er am liebsten Motorrad. Für seine Nina war das aber eindeutig zu gefährlich.

"Was ist mit dem Rest?", fragte sie, als sie die Einfahrt verließen. Sie sprach sehr viel mit ihm. Er freute sich wirklich sehr darüber.

"Welchem Rest?"

"Vom Haus", antwortete sie, zwar leise, aber dennoch so selbstverständlich, als würde sie jeden Tag eine Unterhaltung führen.

"Ich habe es noch nicht ausgebaut."

Sie nickte.

"Gott sei Dank, Nina! Ich hab mir solche Sorgen gemacht!", rief Gregor ihr entgegen, als sie den separaten Raum betraten, in dem das Essen für die beiden Gruppen stattfinden sollte.

Nina schnaubte abfällig.

Gregor kam auf sie zu, um sie in den Arm zu nehmen, aber Nina schmiegte sich enger in Tys Arme. Er drehte sich einfach mit ihr im Arm ab und steuerte auf einen Platz am anderen Ende der Tafel zu.

Es war nur noch ein Platz neben Gregor und einer zwischen Shane und Cat frei.

Er würde einfach einen weiteren Stuhl organisieren und Nina zwischen sich und Cat platzieren.

"Setz dich, Süße, ich hol uns noch einen Stuhl."

Nina schüttelte den Kopf und lächelte. Auf seine fragend erhobene Augenbraue flüsterte sie: "Keine Ausrede" und lächelte weiter.

Sämtliche Gespräche waren verstummt und alle starrten wie gebannt Nina an. Diese schien es nun auch zu bemerken, zuckte zusammen und vergrub ihr Gesicht in Tys Arm.

"Genug geglotzt. Kümmert euch wieder um euren eigenen Kram", murrte er in die Runde. Alle kamen seinen Anweisungen prompt nach. Außer Gregor, der immer noch fassungslos inmitten des Raumes stand.

Ty setzte sich und Nina ließ sich wie selbst verständlich auf seinem Schoß nieder.

"Wir haben schon bestellt. Hier ist die Karte, dann könnt ihr noch schnell nachbestellen", sagte Cat und reichte jedem eine Karte.

"Wirst du dir selber etwas bestellen?" Nina schüttelte ihr hübsches Köpfchen.

"Wirst du essen, was ich dir bestelle?" Sie zuckte ihre schmalen Schultern.

"Aha."

"Entschuldige, dass ich eure Unterhaltung belauscht habe, Ty. Aber was meinst du mit 'Aha'?", fragte Shane mit interessiertem Gesichtsausdruck.

"Dass ich verstanden habe."

"Und zwar?", fragte Shane, dessen Ton aufgrund der Wortkargheit schon wieder ein wenig genervt wirkte.

"Dass es laufen wird wie befürchtet."

"Gott, Ty. Einen vernünftigen Satz bitte!"

"Dass sie essen wird, was ich ihr bestelle, sofern ihr nicht besser gefällt, was ich mir bestelle."

"Nicht dein Ernst!"

"Doch! Ich habe es gesehen, Shane! Ty aß Steak, medium!", warf Cat ein. Ryan und Shane sogen scharf die Luft ein.

Auf Cats selbstzufriedenes Lächeln richtete Shane sich ein wenig auf und sagte: "Ich hab noch was Besseres!"

Cat zog zweifelnd eine Augenbraue nach oben. "Sie war bei ihm zu Hause." Effektheischende Pause. "Oben!"

"Nein!" Cat und halb Fire&Ice starrten ihn mit aufgerissenen Augen an.

"Das reicht!", polterte Ty. Er war schließlich nicht hier, um sich das Getratsche anzuhören.

Er bestellte zwei seiner Lieblingsgerichte. Steak und Ente. Und war gespannt, für welches der beiden sie sich entscheiden würde.

Wieder einmal erstaunte sie ihn, denn sie aß einfach

von beidem. Zeitweise kam er sich ein bisschen wie ein Tier im Zoo vor. Als das Essen abgeräumt wurde, wandte er sich an Ryan.

"Reicht das jetzt?"

"Ich weiß nicht, ich denke, Gregor möchte vielleicht gerne noch mit Nina sprechen."

"Möchtest du mit Gregor sprechen?"

Sie schüttelte den Kopf und neigte sich dann ganz nah zu ihm. Ty dachte, sie würde ihm etwas ins Ohr flüstern wollen, aber stattdessen biss sie ihn nur kurz in sein Ohrläppchen und leckte dann genüsslich darüber.

Ty bekam eine Gänsehaut und sein Schwanz, der den ganzen Tag schon auf Halbmast stand, richtete sich weiter auf.

"Also, sie will nicht. Wir gehen."

"Bleibt ihr hier? Wir haben morgen um 9 Uhr das Lieferantentreffen, Ty. Und die Setarips machen eine Städtetour durch Boston."

Ty brummte unwillig.

"Wer fährt mit?"

"Wir haben einen eigenen Bus gemietet. Thomas und Brain werden die Gruppe begleiten."

"Willst du mitfahren, wenn Thomas mitfährt?" Noch bevor Nina antworteten konnte, fragte Ryan: "Was hat sie denn gegen ihn?", bekam aber keine Antwort.

Vorsichtig nickte Nina auf Tys Frage hin.

"Okay. Der Bus geht heute Abend noch zum Check up. Wir brauchen noch zwei Mann zusätzlich. Mason und jemand ... ruhigeres ... Benson. Ja, Benson ist perfekt. Ich rufe ihn gleich an ..."

"Ty!" Verwirrt blinzelte er und erkannte, dass Sky ihn gerufen hatte. Auch die anderen Unterhaltungen waren wieder größtenteils eingefroren.

"Was?"

"Ich hab mich schon über Brain und Thomas aufgeregt. Ich meine, keiner von uns ist allein unterwegs. Das ist völlig übertrieben!"

"Nein", sagte er schlicht und fischte bereits nach seinem Handy.

"Nein? Jetzt warte mal, Ty. Das ist doch völlig verrückt!" Sky schien nicht aufgeben zu wollen.

"Benson, Moreno hier. Kommen sie bitte kurz in das Hotel CB Resorts. Ich muss sie wegen eines Sonderauftrags für morgen sprechen."

"Ty! Du kannst mich doch nicht mit einem einfachen 'Nein' abfertigen. Wir müssen darüber diskutieren." Sky war mittlerweile äußerst aufgeregt.

"Ryan, diskutier du das mit deiner Frau", sagte er deshalb schlicht und wandte sich wieder seinem Gespräch zu. Am Rande bekam er noch mit, dass die beiden miteinander sprachen.

"Das kann er doch nicht machen!"

"Was soll ich sagen, Süße, du weißt doch, wie er in solchen Dingen ist. Denk dran, wie stur er war, als er dich nach Hause bringen wollte." Sky starrte ihn zwar immer noch wütend an, sagte aber nichts mehr.

"Er ist in zwei Minuten da, wir müssen vor."

"Nina, bleib doch noch. Während Ty seiner Arbeit nachgeht, kannst du doch kurz mit mir reden", sagte Gregor vom anderen Ende des Tisches aus.

"Nein, sie muss mit", antwortete Ty für sie.

"Warum?", fragte Gregor mit eindeutiger Schärfe in der Stimme.

"Weil ich nicht für sie entscheide, wen sie um sich haben möchte und wen nicht." Er ließ jetzt deutlich heraus, wie genervt er von Gregor und seinen ständigen Einmischungen war.

"Querida?"

Sie nahm seine Hand und folgte ihm.

"Bald bringt er sie auf geschäftliche Meetings mit", hörte Ty Jason noch sagen. Bevor er aber auch nur ein Wort sagen konnte, hatte Logan ihm bereits einen Klaps auf den Hinterkopf verpasst und gesagt: "Du lernst es wohl nie, Trottel!"

NINA

So schön ein Abendessen auf Tys Schoß auch war, so nervenaufreibend war die Gesellschaft. Nina wünschte sich nichts sehnlicher, als zurück in Tys Wohnung zu sein. Die klare Linie und das absolute Fehlen sämtlichen Schnick-Schnacks hatten ihr mehr als nur gefallen.

Alles war so klar, so sauber, so einfach. Und vor allem anderen, so sicher! Niemand konnte diese Festung durchdringen. Hatte sie sich mit Ty an ihrer Seite schon sicher gefühlt, so war sie überzeugt, dass sie in dieser Wohnung völlig loslassen konnte. Nur ein kleines Büro und eine Dunkelkammer würden ihr fehlen.

Der Mann, der in dem Raum stand, den sie gerade betraten, bewegte sich keinen Millimeter.

"Guten Abend, Benson. Das ist Nina. Der Auftrag um den es geht ..."

Nina blendete die knappen Worte aus, mit denen Ty dem Mann beschrieb, um was es ihm ging.

"Miss", wandte sich der kühle Riese nun an sie. Nina sah ihn fragend an.

"Ob Sie mit mir zurechtkommen, Miss." Nina zuckte mit den Schultern.

"Sie werden ihr einfach ihren Willen lassen und versuchen, zu verstehen, was sie von Ihnen möchte, auch ohne, dass sie es Ihnen sagt. Sie werden alle von ihr fernhalten, vor allem Thomas. Wenn es jemand von unseren Gästen ist, werden Sie sie einfach fragen. Solange es nicht um Sicherheitsfragen geht, werden keine Entscheidungen über ihren Kopf hinweg getroffen. Verstanden?"

"Jawohl, Sir."

Wie ein richtiger Mensch kam Benson Nina nicht vor. Er musterte sie nicht. Eigentlich sah er sie nicht mal wirklich an. Seine Augen schienen die ganze Zeit über den Raum zu scannen, sogar während des Gesprächs mit Ty.

"Okay, Nina?"

Ihr Blick wanderte noch ein letztes Mal über die steife Person in dem schwarzen Anzug, ehe sie nickte.

"Alles Weitere sprechen Sie bitte mit Thomas und Brain ab. Mason wird ebenfalls mitfahren."

"Bis Morgen, Miss. Mr. Moreno." Ty nickte knapp und Benson verschwand aus dem Raum.

"Nach oben?"

Nina lächelte zustimmend.

Ty ließ sich auf das Sofa fallen und zog Nina mit sich, sodass sie auf ihm zum Liegen kam.

"Endlich!", murmelte er an ihren Lippen und küsste sie sanft. Eine Hand hatte er zwischen ihren Schulterblättern, die andere auf ihren Po gelegt.

Ihre Zunge stupste gegen seine Lippen und Ty öffnete seine sofort für sie. Um das Pochen, das seit Stunden zwischen ihren Beinen tobte, zu lindern, drückte sie ihre Mitte fester gegen ihn.

Er stöhnte und entlockte ihr damit ein Lächeln. Sie liebte es, dass er so verrückt nach ihr war. Sie fühlte sich stark und unheimlich sexy, wenn sie wusste, dass sie so einen großen, starken Mann verführen konnte und dabei immer die Kontrolle behielt.

Ein Klopfen an der Tür unterbrach abermals ihr Tun. Frustriert stöhnte Ty auf.

"Genau deshalb wollte ich zu mir. Irgendwann werde ich wegen versuchten Mordes verhaftet. Weil ich einem dieser Schwachköpfe den Schädel eingeschlagen habe."

Nina kicherte. Als Ty das hörte, entspannte sich seine Miene merklich.

"Mach auf, Honey", sagte er und Nina runzelte die Stirn. Warum sollte sie die Türe öffnen? Es wäre ihr lieber, wenn er öffnen würde, während sie sich hier versteckte.

"Erstens, wird es sowieso Gregor sein. Zweitens, kann es gar niemand sein, der dir in irgendeiner Art und Weise gefährlich werden könnte. Das Hotel unterliegt sehr strengen Sicherheitsmaßnahmen und ich bin quasi direkt hinter dir. Ich möchte nur nicht mit einer Latte durch die Gegend spazieren."

"Hat dich heute früh auch nicht gestört."

Gespielt ernst sah er sie an.

"Es ist besser für mich, wenn du weniger redest!" Dann versetzte er ihr noch einen Klaps auf den Po, der, so heiß wie sie im Moment auf ihn war, direkt in ihre Klit zu fahren schien. Das Stöhnen konnte sie beim besten Willen nicht unterdrücken.

"Mein Gott, Querida, mach die Tür auf, bevor ich dich jetzt und hier nehme!"

Sie schauten sich einen Moment in die Augen und Nina sah in seinen die gleiche Gier, die sie selbst verspürte.

Sie war schon dabei, den Störenfried zu vergessen, als es erneut klopfte. Widerstrebend stand sie auf und öffnete. Ty hatte recht. Gregor. Fragend zog sie eine Augenbraue nach oben.

"Hey Schätzchen, können wir jetzt endlich reden?"

Eigentlich hatte Nina wenig Lust, mit ihm zu reden, aber er würde ja doch keine Ruhe geben. Daher nickte sie und bedeutete ihm, einzutreten. Sie hörte Ty genervtes Stöhnen, ignorierte es aber, denn es war schließlich nur zu seinem Besten, wenn dieses Thema endgültig abgehakt wäre.

Gregor fixierte Ty, der sich mittlerweile aufgerichtet hatte. Demonstrativ ließ Nina sich auf Tys Schoß fallen. Sie bemerkte, wie er ein Stöhnen an ihrem Hoody dämpfte und erinnerte sich daran, wie erregt er gewesen war.

"Sorry", sagte sie leise und entlockte ihm ein Lächeln.

"Nicht dafür, Kleines."

"Du sprichst mit ihm!", sagte Gregor empört. Sie nickte nur ruhig.

"Können wir bitte unter vier Augen reden, Nina?"

Sie schüttelte ihren Kopf. Sie wollte nicht, dass er auf sie einredete. Er schnappte empört nach Luft.

"Was ist dein Problem, Gregor? Wir sind zusammen,

sie verbringt ihre Zeit mit mir und schläft bei mir. Alles völlig normal und du machst hier eine Welle, als wäre Nina 16 und würde sich mit einem 30 Jahre alten Typen einlassen."

"Sie ist erst 23!"

"Na und?"

"Sie ist meine kleine Schwester!"

"Daran wird sich auch nichts ändern."

"DU BIST NICHT GUT GENUG FÜR SIE!!!", brüllte Gregor nun.

Nina erstarrte, doch Ty erwiderte nur ganz ruhig: "Ich weiß."

Das brachte Gregor wohl aus seinem Konzept. Verwirrt blinzelte er und sah zwischen Ty und Nina hin und her.

"Ich werde sie trotzdem nicht aufgeben, Gregor. Ich bin viel zu egoistisch, um sie loszulassen."

"Er tut dir nicht gut, Nina!", versuchte Gregor jetzt wieder direkt auf sie einzuwirken, nachdem Ty ihm so den Wind aus den Segeln genommen hatte.

"Doch, tut er. Sehr sogar. Lass es, Gregor!", antwortete sie mit leiser, aber entschlossener Stimme.

Völlig entsetzt starrte Gregor sie an. Nach einiger Zeit schüttelte er den Kopf und erhob sich. Auf dem Weg zur Tür murmelte er so leise, dass nur Nina es hören konnte:

"Gut, dass das noch maximal acht Tage geht, bis wir zurück fliegen."

Er hatte Recht und es jagte ihr eine Heidenangst ein. Ohne ein weiteres Wort, ohne eine versöhnende Geste, schloss Sie die Tür hinter ihm.

Nina atmete einmal tief durch, bevor sie sich zu Ty umdrehte. Sie hatte noch acht ganze Tage mit dem tollsten Mann, der ihr jemals begegnet war. Sie würde jede einzelne Minute davon genießen, um viele Erinnerungen zu haben, für die Zeit, in der sie wieder allein sein würde.

Der Versuch eines Lächelns lag auf ihrem Gesicht, als

sie sich rittlings auf Tys Schoß niederließ. Stürmisch küsste sie ihn und bemerkte Tys Zögern erst, als er sie sanft an den Schultern zurück schob. Sein Blick war forschend und wanderte immer wieder über ihr Gesicht.

"Was ist los, Nina?"

Sie schüttelte ihren Kopf und lächelte. Sie wollte die kostbare Zeit nicht mit Reden verbringen. Erneut versuchte sie, ihn zu küssen, doch er hielt sie einfach weiter auf Abstand.

"Nina! Was ist los?"

Er klang ein wenig ungeduldig. Langsam wurde sie wütend. Er stahl ihr Zeit! Ein wenig energischer versuchte sie, ihn an sich zu drücken.

"Nein! Wir werden gar nichts tun, ehe du mir nicht gesagt hast, was gerade los ist!"

Das zerriss ihren Geduldsfaden endgültig.

TY

Die kleinen Fäuste flogen immer und immer wieder gegen seinen Brustkorb. Ty verstand absolut nicht, was gerade in ihr vorging.

Nach ein oder zwei weiteren Minuten, packte er ihre Fäuste und sagte eindringlich: "Nina! Was ist los?"

Sie riss an ihren Händen, um sie seinem Griff zu entziehen, und kreischte dabei hoch und wütend. Bevor sie sich noch ernsthaft verletzte, zwang Ty ihre Arme auf den Rücken. Beide Handgelenke in einer Hand, zog er sie fest an sich.

Kurz wehrte sie sich noch, doch dann ging das Kreischen in ein Schluchzen über. Ty ließ ihre Handgelenke los und umschlang ihren Körper mit seinen starken Armen.

Nach und nach wurde aus dem Schluchzen ein leises Wimmern, bis sich ihr Atmen soweit beruhigt hatte, dass Ty sicher war, dass sie schlief.

Vorsichtig stand er mit ihr in seinen Armen auf und trug sie zum Bett. Nachdem er die Decke über sie gelegt hatte, zog er sich aus und legte sich auf die andere Seite.

8 GESCHENKE

TY

Der Anblick, der sich ihm bot, als er erwachte, war einfach nur göttlich. Nina kniete am Fußende des Bettes und angelte nach etwas, das sich auf dem Boden befinden musste. Ihr kleiner Po wurde durch nichts als einen kleinen schwarzen String bedeckt, oder viel mehr, nicht bedeckt.

Tys mittlerweile fast dauersteifer Schwanz zuckte. Langsam richtete er seinen Oberkörper auf und legte dann ganz leicht eine Hand auf ihren Po. Sie zuckte kurz zusammen, sah ihn aber dann lächelnd über ihre Schulter an. Kurz lächelte Ty zurück, ehe er sich ebenfalls auf seine Knie aufrichtete und Nina an ihren Hüften weiter zurück zur Bettmitte zog.

Jetzt sah er auch, wonach sie so angestrengt gefischt hatte. Ihre Kamera, was sonst. Vorsichtig nahm er sie ihr aus der Hand und legte sie auf den Nachttisch.

Ehe sie sich umdrehen konnte, sagte er: "Bleib so Querida. Du siehst unendlich heiß aus!"

Seine Hände fuhren ihre Seiten entlang nach oben und schoben dabei das T-Shirt über ihren Kopf. Langsam küsste er sich einen Weg ihre Wirbelsäule entlang, bis zum

Verschluss ihres BHs. Er öffnete ihn und schob ihn ihr über die Schultern. Seine Hände glitten über ihre Seiten, bis er ihre Brüste in den Händen hielt. Beide atmeten bereits schwer, als Ty ihren großen Busen massierte und die Spitzen neckte, bis sie steil abstanden.

Dann fuhren seine Hände ihren Bauch hinab zu ihrem Slip, während sich sein Mund den Weg zurück entlang ihrer Wirbelsäule küsste. In Zeitlupe zog er den String über ihren kleinen Po, wobei Nina sich schon ungeduldig zu winden begann.

"Schsch", murmelte er, die Lippen an ihrer rechten Pobacke. Als er sie endlich von ihrem letzten Kleidungsstück befreit hatte, beugte er sich hinab zu ihrer Spalte und atmete tief ein. Sie wollte sich ihm entziehen, doch Ty hielt sie an ihrer Hüfte fest und sagte: "Bleib! Du riechst himmlisch, Querida!"

Dann leckte er einmal der Länge nach über ihre Spalte, was Nina erzittern ließ.

"Du schmeckst sogar noch besser, Baby." Genüsslich leckte er noch ein paar Mal über sie, ehe er sie mit seiner Zunge teilte. Er stupste ein paar Mal gegen ihre geschwollene Perle, was ihr ein unterdrücktes Stöhnen entlockte. Langsam schob er einen Finger in ihre Enge. Nachdem er ihn ein wenig hin und her bewegt hatte, führte er einen weiteren ein. Versuchte, sie ein wenig zu dehnen, ehe er ihre kleine Pussy seinem Schwanz auslieferte.

Immer wieder beugte er sich vor und leckte die austretende Flüssigkeit auf. Als sie schon kurz vor ihrem Orgasmus stand, leckte er an seinen Fingern vorbei, über ihren Damm hin zu ihrem Anus. Ein Wimmern entrang sich ihr und ihre Feuchtigkeit lief seine Hand hinunter.

"Ich glaube, du bist soweit, Querida", raunte er und biss ihr leicht in den Po. Wieder versuchte sie, sich umzudrehen, doch Ty ließ sie nicht gewähren. Er hielt sie an ihren Hüften fest und presste seinen Schwanz von hinten an sie. Wieder stöhnte sie leise.

"Ja Liebes, heute werde ich dich von hinten nehmen. Die Vorstellung, mich so tief in deiner süßen Pussy zu versenken, verfolgt mich schon seit Tagen!" Er stöhnte rau auf, während er seinen Schwanz an ihrer heißen Mitte kreisen ließ. Dann zog er sich ein kleines Stückchen zurück, um sich ein Kondom überzustreifen und seinen steinharten Schwanz an ihrer nassen Öffnung zu positionieren.

Ein wenig neckte er sie noch, indem er seine Eichel an ihrem Eingang kreisen ließ, ehe er mit ihrer Feuchtigkeit nach vorne fuhr und ihre Klit anstupste.

Als sie begann, sich nach hinten und damit auf ihn zu schieben, konnte er sich nicht mehr beherrschen. Er führte seine Eichel in sie, legte dann auch seine Rechte an ihre Hüften und schob sich Stück für Stück in sie hinein.

Sie war so verdammt eng um ihn herum. Er musste sich gewaltig beherrschen, nicht einfach in sie zu stoßen. Das Letzte, was er wollte, war ihr weh zu tun. Diesem herrlichen Geschöpf, das sich ihm so völlig hin gab.

Beide zitterten am ganzen Leib vor Erregung und Anspannung. Als er schließlich bis zur Wurzel in ihr steckte, stöhnten sie beide gleichermaßen auf.

"Fuck, Honey", brummte Ty, kippte ihr Becken ein bisschen mit seinen Händen und ruckte noch zwei Mal mit seinen Lenden, um auch bis zum letzten Millimeter in ihr zu sein. Nina wimmerte und Ty meinte, das andere Ende ihrer Gebärmutter zu spüren, so tief war er in sie vorgedrungen. Er hatte sie fest an sich gepresst, sodass sie sich keinen Millimeter bewegen konnte.

"Bereit?", raunte er ihr zu und ließ sein Becken verführerisch kreisen. Als Antwort zuckten ihre inneren Muskeln um ihn herum. Langsam zog er sich aus ihr zurück, nur um sofort wieder tief in sie zu stoßen. Wieder korrigierte er die Stellung ihres Beckens und ruckte dann noch einmal bis zum Anschlag in sie. Nina stöhnte und ihre Arme knickten ein, sodass sie jetzt auf die Ellenbogen gestützt da lag, ihren Po weit in die Höhe gestreckt.

"Gott, Baby! Du siehst so geil aus!" Wieder zuckte sie und auch Ty konnte sich nicht mehr beherrschen. Fest packte er ihre Hüften und stieß wie von Sinnen in sie.

Er spürte und hörte ihren ersten Orgasmus nur am Rande seines Bewusstseins. Die Enge, die Hitze und die Nässe, all das machte ihn rasend vor Erregung. Um sie bei ihm und ihrer Lust zu halten, und ihr so einen weiteren Orgasmus zu ermöglichen, schob er seine rechte Hand zu ihrer Klit. Er spielte mit ihr, bis sie sich ihm wieder laut stöhnen entgegen presste.

Seine mittlerweile ebenfalls nasse Hand zog er zurück und ließ seinen Daumen immer wieder mit leichtem Druck über ihren Anus wandern. Die Art, wie sich ihre Muskel um ihn herum verkrampften, seine langen, harten und weitausholenden Stöße und das Bild seines Daumens, der an ihrem Eingang spielte, waren zu viel für ihn. Er griff mit seiner Rechten nach ihrer Schulter, um sie so zu fixieren, dass er bis auf den letzten Millimeter in ihr steckte, während er sich in ihr ergoss. Er schrie seinen Orgasmus laut heraus und auch Nina kam lautstark unter ihm.

Erschöpft und verschwitzt brachen sie zusammen. Sofort rollte Ty sie beide zur Seite, um seinem Mädchen nicht wehzutun. Schwer atmend küsste er ihren Nacken und murmelte: "Jesus, Kleines, du machst mich so heiß, dass ich zum Tier werde."

Schon wieder stöhnte sie auf und begann, sich an ihm zu winden. Da sein bestes Stück noch in ihr war, zog er sie fest an sich, um ihre Bewegungen zu unterdrücken. Seine Hand führte er zwischen ihre Schenkel, an die Stelle, an der sein immer noch halb erigierter Schwanz in ihr steckte. "Lass dass, Querida. Sonst gibt es noch eine Runde und ich glaube, nach dem Fick eben, wirst du gehörig wund sein."

Anstatt zu antworten, stöhnte sie laut und bewegte ihr Becken so, dass ihre Klit über seinen Handballen rieb. Er ließ sie auf seiner Hand reiten und spürte, wie bei jeder ihrer Bewegungen, sein Schwanz weiter wuchs. Als sie schließlich laut stöhnend kam, war er bereits wieder völlig einsatzbereit. Da er sich sicher war, dass sie sowieso schon wund war, wollte er sie nicht noch einmal nehmen. Fragend sah sie ihn über die Schulter an.

"Wie gesagt, Süße, du bist bereits wund. Ich möchte dir nicht wehtun." Ein kleines Lächeln huschte über ihr Gesicht. Dann drehte sie sich in seinen Armen und schmiegte ihren Prachtkörper an ihn. Eine ihrer kleinen Hände wanderte zwischen ihre Körper und begann, ihn zu erkunden. Die Berührung lenkte seinen Blick von ihren schönen Augen weg, tiefer, wobei er bereits bei ihren Brüsten hängenblieb.

Diese herrlichen großen Brüste, die wie geschaffen waren für einen Tittenfick. Konnte er das von ihr verlangen? Nun, er hatte ihr ja bereits auf den Rücken gespritzt, warum sollte es sie auf dem Bauch stören?

"Nina...", begann er, bereits heiß von diesem Gedanken.

Ihre rehbraunen Augen waren noch verhangen.

"Ich würde gern etwas ausprobieren, Süße. Sag einfach, wenn es dir nicht gefällt."

Ty drehte sie auf den Rücken und zog sie dann an den Rand des Bettes. Er beugte sich über sie, gab ihr einen federleichten Kuss auf die Lippen und ließ dann seine Lippen über ihre Brüste gleiten. Seine Zunge umkreiste ihre immer noch steifen Brustwarzen, bevor er seine Lippen um ihre Nippel schloss und abwechselnd daran saugte.

Es sollte auch für Nina eine schöne Erfahrung sein. Vor allem sollte sie sich nicht benutzt fühlen.

Er gab etwas von ihrer Bodylotion auf die Innenseiten ihrer Brüste und massierte sie damit noch einmal ein bisschen, ehe er sich breitbeinig über sie stellte. Er legte seinen harten Schaft zwischen ihre Brüste und drückte diese dann von außen zusammen.

Der Druck, die Wärme und die Feuchtigkeit der Lotion

ließen ihn aufstöhnen.

"Alles okay, Querida?"

Ihre Hände, die sich von außen auf seine legten und den Druck noch erhöhten, waren Antwort genug.

Langsam begann er, seinen Schwanz zwischen ihren großen Brüsten zu bewegen. Stoß um Stoß erhöhte er Tempo und Härte der Schübe. An seinem Oberschenkel bemerkte er Ninas beschleunigte Atmung und konnte ein Stöhnen nicht mehr unterdrücken. Ihre linke Hand wanderte langsam weiter nach oben und spielte vorsichtig mit ihrer Brustwarze.

"Ja, berühr dich, Honey. Das sieht so verdammt heiß aus!", stöhnte Ty abgehackt.

Ermutigt durch seine Worte, wurden ihre Berührungen kräftiger. Als ihre Rechte sich langsam auf ihren Venushügel schob, spritzte Ty mit einem letzten festen Stoß seinen Samen auf Ninas Bauch.

Schwer atmend ließ Ty ihre Brüste los und fiel neben ihr auf das Bett. Er hauchte ihr einen Kuss auf die Hüfte, neben die sein Kopf gefallen war, und sagte: "Warte einen Moment, Süße. Ich hole dir gleich etwas zum Abwischen."

Nina richtete sich auf die Ellenbogen auf und betrachtete seinen Samen auf ihrem Bauch. Dann fuhr sie mit einem Finger hindurch und zeichnete kleine Muster auf ihrem Bauch.

Ty hatte sich wieder ein wenig erholt und setzte sich auf. Er nahm ihr Kinn zwischen Daumen und Zeigefinger und suchte ihren Blick.

"Du siehst verdammt sexy aus, Querida", murmelte er, seine Lippen dicht vor ihren. Der Kuss, den er ihr gab, war sehr zärtlich und er versuchte, all seine Bewunderung und Liebe für dieses göttliche Geschöpf in ihn hineinzulegen.

Er reinigte sie mit einem feuchten Waschlappen und ging dann selbst unter die Dusche.

Den schwarzen Zweiteiler, das weiße Hemd und die schwarze Krawatte, die er jeden Tag zur Arbeit trug, hatte er sich bereits von seiner Sekretärin bringen lassen.

Fertig angezogen, wurde aus Ty, dem tätowierten Feuerspucker, Mr. Moreno, Sicherheitschef bei JB-Industrials.

Er strich sich noch ein letztes Mal über die Haare, zog seine Manschetten gerade und verließ das Ankleidezimmer.

Nina war gerade dabei, sich anzuziehen. Zu der dunkelblauen Baggy trug sie ein schwarzes Tanktop, das gerade unter einem ebenfalls schwarzen Hoody verschwand. Die nassen Haare hatte sie wieder hochgebunden und auch ihre Chucks standen schon bereit.

Als sie ihn bemerkte, lächelte sie kurz, stockte dann aber, als sie sah, was er trug. Ihr Mund öffnete sich ein wenig und sie starrte ihn mit großen Augen an. Er konnte es ihr nicht verübeln. Er wusste, dass er in diesem Outfit wie eine andere Person wirkte.

Sanft lächelnd schritt er auf sie zu, küsste sie zart auf die Wange und sagte: "Wollen wir noch zusammen frühstücken, Querida?"

Sie nickte und zog sich nach einem weiteren ungläubigen Blick ihre Schuhe an.

Den Arm um ihre Schultern gelegt, schlenderten sie in den Restaurantbereich. Dass sie als solch ungleiches Paar noch mehr Aufmerksamkeit erregen würden als sonst, hätte Ty klar sein sollen.

Wirklich bewusst wurde es ihm aber erst, als Nina sich die Kapuze ihres Hoodys tief in ihr schönes Gesicht zog. Ty zog sie etwas fester an sich und drückte ihr einen leichten Kuss auf den nun verhüllten Scheitel.

Einige ihrer Freunde hatten sich bereits im Frühstückssaal eingefunden.

"Guten Morgen!", rief Ryan ihnen entgegen.

Ty nickte der Runde zu und platzierte Nina in Skys Nähe. Die Blicke, die ihm von allen Setarips entgegengebracht wurden, entgingen ihm nicht, aber er ignorierte sie.

"Was willst du essen, Süße?", fragte er leise.

Sie schüttelte den Kopf.

"Du kannst nicht ohne Frühstück gehen."

Ihr Blick wurde trotzig und Ty hatte keine Lust, mit ihr zu streiten, nur weil sie wegen all der Blicke genervt war. Er selbst war nicht in bester Stimmung. Die Aussicht, einen ganzen Vormittag in einer Besprechung zu sitzen, während Nina allein ... na gut, allein mit ihrer Gruppe und vier Personenschützern, durch Boston fuhr, gefiel ihm ganz und gar nicht.

Also ging er zum Buffet, tat sich selbst Frühstück auf und hoffte, dass sie bei ihm mitessen würde.

Sie tat es. Wenn auch zögerlich und in Mengen, die einen Vogel satt bekommen würden, aber bestimmt keinen Menschen. Er würde Benson auftragen, dafür zu sorgen, dass die Gruppe irgendwo einen Imbiss zu sich nahm.

Die restlichen Setarips unterhielten sich aufgeregt über den bevorstehenden Ausflug. Ryan und Shane redeten über das Meeting, das in ungefähr einer Stunde beginnen würde. Er hörte ihnen zu und gab dann und wann seinen Kommentar zu einem Thema dazu. Seine Hauptaufmerksamkeit lag aber auf Nina. Sie war so in sich gekehrt, dass er sich langsam, aber sicher Sorgen um sie machte.

Für ihn war der Morgen wundervoll gewesen. Es gab einfach kein besseres Aufwachen als Sex, in welcher Form auch immer, mit Nina zu haben. Wenn er es nicht besser wüsste, würde er an einem handfesten Streit zwischen ihnen nicht zweifeln, so unterkühlt wie ihre Stimmung gerade war.

Eine Hand kraulte ihren Nacken, während er seinen Kaffee austrank. Dann beugte er sich zu ihr und flüsterte ihr ins Ohr: "Was ist los, Querida?"

Wieder bekam er nur ein Kopfschütteln zur Antwort.

"Lüg mich nicht an, Süße!"

Ihr Körper bewegte sich kurz in seine Richtung, als würde sie sich an ihn schmiegen wollen, sank dann aber sogleich wieder in sich zusammen. *So wird das nichts!*

Kurzerhand stand Ty auf und hob Nina in seine Arme. Ehe sie oder einer der anderen protestieren konnte, trug er sie schnellen Schrittes in einen der angrenzenden Räume, die leer standen. Mit ihr zusammen ließ er sich auf einen Stuhl fallen und atmete einmal tief durch.

"Jetzt sag schon, was ist los, Baby?"

Nina begann, in seinen Armen zu zappeln. Als er sie nicht los ließ, sagte sie leise: "Dein Anzug."

"Was soll damit sein?"

"Er wird knittern", sagte sie ungeduldig und strampelte wieder.

"Na und? Ich habe denselben Anzug noch ungefähr 30 Mal. Worst Case ziehe ich mir einen anderen an, solange das heißt, dass du nicht von mir weggehst."

Unsicher schmiegte sie ihr Gesicht an seinen Hals.

"Und was ist los mit dir? Deine Laune kann ja wohl nicht einzig und allein von einem Kleidungsstück so beeinflusst worden sein."

"Der Ausflug", flüsterte sie nach kurzem Zögern.

"Dann bleib hier."

Sie schüttelte abermals ihren Kopf. "Gregor."

"Okay. Dann nimm dir einfach einen IPod mit und hör Musik. Niemand kann dich nerven und Benson passt gut auf dich auf. Versprochen!"

"Mhm", brummte sie an seinem Hals, aber Ty hatte nicht das Gefühl, dass sie ihm noch sonderlich gut zuhörte.

"Ich beeile mich und stoße dann unterwegs zu euch."

Mit ihr in seinen Armen ging er zurück in den Frühstückssaal.

Ryan und Shane sahen aufbruchbereit aus und auch die Setarips entwarfen bereits letzte Schlachtpläne.

Benson wartete bereits im Durchgang zum Foyer. Die eisige Aura, die er ausstrahlte, bewahrte ihn davor, mit irgendjemandem höflich Konversation betreiben zu müssen. Sogar Ryan und Shane mieden den Hünen.

Ty setzte Nina ungefähr einen Meter vor ihm ab, behielt sie jedoch weiter im Arm.

"Mr. Moreno", grüßte Benson ihn knapp, was Ty mit einem Nicken beantwortete.

"Sie werden alles wie besprochen handhaben, Benson. Wenn Sie etwas mit Nina zu besprechen haben, werden Sie lauter sprechen müssen, da sie die Fahrt über Musik hören wird." Nina zupfte an seinem Ärmel.

Als er sich zu ihr beugte, flüsterte sie: "Ich hab keinen."

Ty runzelte die Stirn. Wer hatte denn bitte keinen MP3 Player oder ähnliches?

"Handy?" Wieder ein Kopfschütteln.

Ungeduldig winkte Ty Brain heran.

"Guten Morgen, Mr. Moreno!", rief dieser fröhlich wie immer.

"In der Mittelkonsole meines Wagens liegt ein IPod. Bringen sie ihn mir bitte", sagte Ty und fuhr dann fort, Benson zu unterrichten.

"Ty, wir sollten jetzt wirklich los!", rief Shane nach wenigen Minuten.

"Okay, Querida. Wenn du irgendwelche Probleme hast, wendest du dich einfach an Benson. Du kannst ihm vertrauen. Ich gebe dir mein Handy mit, damit kannst du mich jederzeit erreichen. Code ist 2656. Ruf bei Ryan oder Shane an, ich sitze die nächsten Stunden mit ihnen zusammen."

"Gott, Ty. Wir sind nur in einem Meeting und nicht auf Weltreise!"

Ryans Kommentar übergehend, drückte er Nina sein Blackberry in die Hand und einen Kuss auf ihre schönen, vollen Lippen.

Nina steckte sich das Handy in die Hosentasche, die Stöpsel seines IPods in die Ohren und schob sich ihre große Sonnenbrille auf die Nase. Sie zurückzulassen, gefiel ihm nicht, aber er hatte einen Job und die Verhandlungen an diesem Vormittag waren enorm wichtig.

Auf dem Weg in das Bürogebäude, in dem sich der Hauptsitz von JB-Industrials befand, besprachen sie die letzten Details. Es fiel Ty schwer, seine Konzentration auf die bevorstehenden Verhandlungen zu lenken. Immer wieder schweiften seine Gedanken zu seiner Freundin ab.

"Okay. Ich hoffe, dass du dich während des Meetings ein wenig mehr zusammenreißen kannst, Ty."

Er blinzelte kurz und zog dann unwillig die Augenbrauen zusammen. "Als hätte ich mich jemals nicht darauf konzentriert."

"Ja, du warst aber auch noch nie so verschossen in eine Frau", antwortete Shane.

Er brummte unwillig. Müßig, einem Mann zu erklären, was der Unterschied zwischen verschossen und verliebt ist, wenn dieser Letzteres noch nicht kennengelernt hatte. Und das hatte er nicht, denn sonst würde Shane nicht immer noch so in der Gegend herumvögeln.

Ty war klar, dass es für ihn keine andere Frau mehr geben würde. Niemand würde ihr je das Wasser reichen können. Die Sorge um sie köchelte schon wieder in seinem Inneren hoch.

"Du tust es schon wieder!", riss Shane ihn aus seinen Gedanken. Er hatte Recht. Er würde das Meeting einfach so schnell wie möglich hinter sich bringen, dann konnte er sofort zurück zu ihr.

NINA

Sie hatte sich im Bus ganz nach hinten gesetzt. Benson war ihr nie mehr als einen Schritt von der Seite gewichen, seit Ty gegangen war.

Auch jetzt saß er mit einem Sitz Abstand neben ihr und scannte unaufhörlich die Umgebung. Nina wusste nicht, wie sie diesen Mann einschätzen sollte, aber alles in allem war er ihr nicht unangenehm. Er sprach nicht. Er sah sie nicht an. Eigentlich würde Nina denken, er hätte sie schon längst vergessen, wenn er nicht immer wieder eine

Bestätigung von ihr einfordern würde, wenn einer der Setarips mit ihr sprechen wollte.

Er sagte dabei nichts. Studierte nur kurz ihre Körpersprache, wenn sich jemand ihr näherte und entschied daran, ob er aufstand und denjenigen neben ihr Platz nehmen ließ oder einfach stoisch sitzen blieb.

Nicht einmal Zoey hatte sich getraut, ihn zum Aufstehen aufzufordern, obwohl Nina genau gesehen hatte, wie ihr die Neugier unter den Nägeln brannte.

Thomas setzte sich neben Benson, woraufhin Nina sich sofort verspannte. Die beiden kannten sich ja bereits beruflich, also würde Thomas sich durch das Verhalten seines Kollegen nicht abschrecken lassen.

"Ich würde mich gerne kurz mit Nina unterhalten", hörte Nina Thomas sagen.

"Nein."

"Was soll das, Benson? Du weißt, dass ich ihr nichts tun würde. Ich möchte mich nur entschuldigen."

"Das kannst du auch von hier aus. Mr. Moreno hat klare Anweisungen bezüglich deiner Person gegeben."

Der Schmerz, der über Thomas Gesicht huschte, ließ Mitleid in Nina aufsteigen. Sie würde sich seine Entschuldigung anhören, aber nicht hier und vor allem nicht, wenn Ty nicht bei ihr war. Benson hatte ein weiteres Mal gutes Urteilsvermögen bewiesen, sodass Nina sich ein Stück weit mehr entspannen konnte.

Irgendwann würde diese bescheuerte Fahrt hoffentlich ein Ende nehmen. Eine Stadt aus einem Bus heraus kennenzulernen, kam Nina vor, wie Menschen auf Fotos anzusehen. Man bekam einen Eindruck vom Aussehen, aber man konnte deswegen noch lange keine Rückschlüsse auf die Person ziehen.

TY

Endlich hatten sie den Vertrag unter Dach und Fach gebracht. So schnell es die Höflichkeit zuließ, verabschiedete sich Ty von den anderen und ging in sein Büro.

Vom Festnetz aus wählte er Bensons Nummer.

"Sir, alles in Ordnung", meldete sich dieser am anderen Ende der Leitung.

"Danke, Benson. Standort?"

"Boston Harbor, Sir. Wir begeben uns von dort aus auf den Rückweg."

"Danke. Geben Sie mir Nina."

"Ty?", flüsterte sie ins Telefon. Wie sehr er diese Stimme liebte! Nina redete zwar mittlerweile recht viel mit ihm, aber er konnte einfach nicht genug von ihr bekommen. Vielleicht würde er sie in Zukunft einfach öfter anrufen, da musste sie ihm schließlich verbal antworten.

"Hi Querida. Ich bin jetzt fertig. Ich könnte in ca. 15 Minuten bei dir sein, ihr werdet aber sowieso in 40 Minuten im Hotel sein. Sollen wir uns gleich dort treffen?"

Zögerlich antwortete sie ganz leise: "Ja."

"Sehr gut. Ich freue mich auf dich! Bye."

Sofort im Anschluss wählte er die Nummer seiner Sekretärin.

"Mr. Moreno. Wie kann ich Ihnen helfen?" Tracy war eindeutig ein Goldstück. Genau wie er erfüllte sie die Aufgaben so zielgerichtet wie möglich und erwartete nicht, dass er sich mit ihr unterhielt.

"Ich benötige einen pinken IPod. Übertragen Sie meine Playlist und ergänzen Sie sie um die Top 100. Ein pinkes IPhone und einen pinken Stuhl."

"Einen Stuhl, Sir?"

"Ja, einen, der bequem ist und an einen Esstisch passt."

"Sonst noch etwas?"

"Das wäre es vorläufig, Tracy. Verschieben Sie alle Termine in den kommenden acht Tagen, sofern möglich. Auf Wiederhören."

Erst nachdem er das Telefonat beendet hatte, fiel ihm auf, was er gerade zu Tracy gesagt hatte. Für die kommenden acht Tage.

Und dann? Er konnte Nina auf keinen Fall gehen lassen! Er musste umgehend an einer Lösung arbeiten. Schnell wählte er erneut Tracys Nummer.

Nachdem sie sich gewohnt effizient gemeldet hatte, sprach Ty ohne Umwege los: "Finden Sie heraus, was nötig ist für einen dauerhaften Aufenthalt in den USA. Sowohl hier im Land, als auch in Deutschland. Bereiten Sie alles soweit wie möglich für Nina ...", erst in diesem Moment fiel ihm auf, dass er noch nicht einmal ihren Nachnamen kannte. Nun, alles in allem war das nicht allzu schlimm, wo sie doch sowieso bald Moreno heißen sollte. Aber für die Behörden würde der Name zukünftige Mrs. Nina Moreno wohl nicht genügen.

"Bereiten Sie erst einmal alles vor. Bezüglich ihres Namens melde ich mich noch einmal. Danke!"

Er erledigte noch einige Telefonate und dringliche Angelegenheiten, ehe er sich auf den Weg zurück ins Hotel machte.

Ungeduldig lief er in der Lobby auf und ab.

"Auch du bekommst keinen Freundschaftsrabatt auf den Schaden, wenn du mir eine Furche in den Boden läufst, Ty", hörte er Cats sanfte Stimme hinter sich.

"Hey Cat, was machst du hier?"

"Ich habe ein Paket für dich, aber meine Angestellten haben sich nicht getraut, dich aufzuhalten, so grimmig wie du dreinschaust. Du wartest wohl auf Nina."

"Ja, genau. Sie hätten schon vor 5 Minuten zurück sein sollen."

"Du weißt ganz genau, wie das mit dem Stadtverkehr so ist. Da lässt sich nicht immer alles planen."

"Ja, ja", antwortete Ty unwillig und hörte im gleichen Moment den Bus vorfahren.

Bevor er losstürmen konnte, drückte Cat ihm noch das Paket in die Hand.

Ty wartete ungeduldig, während alle Setarips

ausstiegen. Der Bus war so gut wie leer, als Benson endlich die Treppe hinab stieg. Vor dem Ausgang blieb er stehen und verschaffte sich erst einmal einen Überblick.

Wollte er zumindest, denn er wurde grob zur Seite gestoßen und Nina schlüpfte hinter ihm hervor und lief eilig auf Ty zu. Er breitete seine Arme aus und Nina schmiegte sich augenblicklich hinein.

Unendlich erleichtert, sie endlich wieder in seinen Armen zu haben, wollte Ty nur noch so schnell wie möglich auf sein Zimmer, um Nina für sich zu haben.

Gregor trat neben sie und ließ seine Träume platzen.

"Wir gehen alle zusammen Mittagessen. Der Tisch ist schon reserviert. Leistest du uns Gesellschaft, Ty?"

Nur allzu gern hätte er auf das Essen verzichtet. Da er seine Arme aber gerade um ihre schmale Taille gelegt hatte, spürte er an seinen Händen, dass Nina dringend mehr essen musste.

Also brummte er nur etwas, das vage als Zustimmung deutbar war, und schob Nina in Richtung Speisesaal. Ty wählte extra kalorienhaltige Speisen für sie beide aus. Aus dem zu urteilen, wie sie aß, schmeckte es ihr gut.

"Was ist in dem Paket, Ty?", fragte Jack über den Tisch hinweg.

"Ein Geschenk für Nina", antwortete Ty unbedarft. Plötzlich fiel Ninas Gabel klappernd auf ihren Teller und sie sah ihn mit großen strahlenden Augen an.

"Ins Schwarze getroffen, Ty. Nina liebt jede Art von Geschenken. Und wenn es nur Schokolade ist", sagte Gregor, klang aber nicht allzu begeistert über Tys Treffer.

Ty übergab die Schachtel Nina, die sie sofort aufriss. Das Quieken, das sie ausstieß, als sie den pinken IPod entdeckte, ließ alle erschrocken zusammenfahren. Sie warf sich so schwungvoll an seinen Hals, dass er beinahe mit ihr umgekippt wäre.

"Danke!", sagte sie rau, aber für ihre Verhältnisse relativ laut in sein Ohr.

"Gerne, Querida", antwortete er und setzte Nina quer

auf seinen Schoß. Er griff nach der Schachtel und stellte sie vor ihr hin. Doch Ninas Aufmerksamkeit galt einzig und allein dem IPod

"Technik", beantwortete Gregor die unausgesprochene Frage in Tys Augen.

Also wartete er. Als sie ihren Blick noch einmal hob und ihn mit funkelnden Augen anstrahlte, sagte Ty: "Da ist noch eins drin, Querida."

Ninas Augen wurden noch ein Stück größer und sie wandte sich wieder dem Karton zu. Sie sog scharf die Luft ein, ehe sie ihn noch einmal fest umarmte.

Zu seiner Überraschung küsste sie ihn vor aller Augen auf den Mund. Nach einem weiteren "Danke!", beschäftigte sie sich eingehend mit der Einrichtung ihres Handys.

Das sanfte Lächeln, das er auf Gregors Gesicht entdeckte, konnte er gut verstehen. Auch für ihn war es unglaublich schön, zu sehen, wie sehr Nina sich freute. So sehr, dass ihr noch nicht einmal auffiel, wie viel Aufmerksamkeit sie im Moment hatte.

Einige Minuten später begannen die anderen wieder damit, ihre Gespräche aufzunehmen. Ty folgte ihnen nur am Rande, da Ninas Entdeckungstour durch ihr IPhone für ihn wesentlich interessanter war.

Eine Stunde später verabschiedete man sich und traf die Entscheidung, sich gegen sieben Uhr am Abend im hoteleigenen Restaurant wieder zu treffen. Da Nina immer noch mit ihren Geschenken beschäftigt war, stand er einfach mit ihr auf den Armen auf. Sie sah kurz auf und zog fragend die Augenbrauen zusammen.

"Alle sind fertig mit Essen, Querida. Wir gehen jetzt hoch und treffen uns zum Abendessen wieder."

Sie lächelte kurz und wandte sich sogleich wieder der Technik zu.

Er trug sie direkt ins Schlafzimmer und setzte sich mit ihr aufs Bett. Als sie immer noch nicht von dem Handy abließ, zog er sein eigenes aus der Tasche und wählte ihre Nummer. Als das Telefon klingelte, zuckte sie zusammen und sah ihn dann mit großen Augen an.

"Ich dachte, so bekomme ich deine Aufmerksamkeit zurück", antwortete er lächelnd. Auch Nina lächelte und nahm dann ab.

"Hi", sagte sie ins Telefon und entlockte Ty damit ein breites Grinsen.

"Hey Querida, wenn du Zeit hast, würde ich mich gerne mit dir im Bett treffen. Du hast noch mehr als genug Zeit, dich mit deinem Handy zu beschäftigen."

Aus unerklärlichen Gründen verrutschte ihr Lächeln ein klein wenig, aber sie nickte und legte sowohl Handy als auch IPod auf das Nachtkästchen.

Ty streifte ihr die Schuhe ab und legte sie dann vorsichtig aufs Bett. Er selbst entledigte sich seines Sakkos und der Krawatte. Als er auf das Bett zu ging, richtete Nina sich auf ihre Knie auf und winkte ihn zu sich. Ihre Hände fuhren seine Arme hinauf, bis sie am Kragen seines Hemdes angekommen waren. Drei Knöpfe ließ er sie öffnen, ehe er ihre Hände aufhielt.

"Wie heißt du, Querida?" Sie sah ihn verständnislos an, antwortete aber: "Nina." Das brachte Ty zum Lächeln. Er ließ sich auf dem Bett nieder und zog Nina in eine liegende Position.

"Deinen vollen Namen, Süße!"

"Nina Zadow." Wieder musste er lächeln, aus Ninas Mund klang einfach alles wunderschön. Zur Belohnung gab er ihr einen kleinen Kuss.

"Wann hast du Geburtstag?"

"15. November." Es wurde ihr wohl langsam zu viel, denn ihre Augen irrten schon wieder durch den Raum. Um sie nicht noch weiter zu quälen, beschloss er ihr nur noch eine letzte zu stellen.

"1989?"

Sie nickte und als er sie küsste, entspannte sie sich sichtlich. Die Küsse waren zärtlich und sanft. Sie lagen eng an einander geschmiegt und streichelten sich liebevoll. Irgendwann setzte Nina sich auf seinen Schoß und knöpfte sein Hemd auf. Als sie fertig war, begann sie, die Tribals auf seiner tätowierten Brust nachzuzeichnen. Ihr Gesichtsausdruck war nachdenklich, während sie ihn konzentriert musterte.

"Gefallen sie dir nicht, Querida?"

Wenn es sein müsste, würde er sie ihr zuliebe entfernen. Scharf war er nicht darauf, da schon das kleine Stück an seinem Unterarm unangenehmer als jede seiner Tätowierungen gewesen war. Ihre weit aufgerissenen Augen und das Kopfschütteln ließen ihn diesen Gedanken verwerfen.

"Sondern?"

"Ich möchte auch eins", antwortete sie leise.

"Wo?" Sie griff nach dem Saum ihres Hoodys und zog ihn aus. Ebenso das schwarze Tanktop. Allein das Küssen und ihr Gewicht auf seinen Lenden hatten ihn stark erregt. Aber der Anblick einer auf ihm sitzenden Nina, die lediglich einen pinken BH aus Spitze trug, ließ sein Glied zu voller Größe heranwachsen.

Diese wunderschönen Brüste, die er vor wenigen Stunden noch gefickt hatte. Unwillkürlich schob er seine Hände von ihren Hüften zu den Brüsten.

Lachend schob Nina seine Hände beiseite. Er erinnerte sich wieder an den Grund, weshalb Nina sich entblößte. Dass sie das so selbstverständlich und ohne jede Angst oder Scham tat, freute ihn sehr.

In diesem Moment deutete Nina eine geschwungene Linie von ihrem hinteren rechten Rippenbogen über ihre rechte Taille, zum rechten Hüftknochen an.

"Ein Tribal?" Sie schüttelte den Kopf.

"Eine Rosenranke. Mit Dornen. Schwarz weiß und nur hier eine Blüte, in Pink", antwortete Nina, deutete auf ihren Hüftknochen und zog ihre Hose ein Stück nach unten.

Ja, genau da würde ich meine Zunge jetzt gern haben, dachte

Ty und antwortete abwesend: "Wir können zu meinem Tätowierer fahren."

Das gleiche Quietschen wie beim Öffnen ihres Geschenkes ertönte und ehe Ty sich versah, war Nina von seinem Schoß gesprungen und hatte ihr Top übergestreift. Den Hoody in der Hand blieb sie ungeduldig an der Tür stehen.

"Wie? Jetzt?", fragte Ty fassungslos. Eifrig nickte sie. Stöhnend richtete er sich auf, knöpfte sein Hemd bis auf die oberen drei Knöpfe zu und steckte es zurück in seine Hose. Nina wartete bereits an der Eingangstür zur Suite, als Ty die Nummer von Timeless, seinem Stammtattoostudio, wählte.

"Hey Joey, kann ich kurz vorbei kommen?"

"Klar Mann. Hab noch ne viertel Stunde, dann bin ich frei."

"Super, bis gleich." Schnell eilte er Nina hinterher.

"Wo willst du denn hin, Querida?" Sie machte eine für Ty nicht zu deutende Geste und lief schnell weiter. Plötzlich hielt sie vor einer der Türen und klopfte kräftig.

"Was hast du vor, Süße?" Genau in diesem Moment öffnete Gregor die Tür. Er sah mindestens genauso verwirrt aus, wie Ty sich fühlte.

"Schnell, Geld!", sagte Nina eindringlich.

"Was?", fragten die Männer unisono.

"Ich brauche Geld!", sagte Nina ungeduldig und rüttelte ungeduldig an Gregors Arm. Dieser starrte sie mit offenem Mund an.

"Querida, wir schauen doch erst mal und du brauchst natürlich kein Geld!", sagte Ty, der jetzt endlich verstand, was sie vorhatte.

Nina, der im Moment nichts schnell genug zu gehen schien, drückte sich an ihrem Bruder vorbei ins Zimmer.

"Nina!", rief Ty ihr noch nach, aber sie reagierte nicht.

"Für was braucht sie so dringend Geld?", fragte Gregor, der sich wohl endlich wieder gefangen hatte.

"Sie wollte zu meinem Tätowierer, aber doch nur, um

sich mal beraten zu lassen. Er sticht das doch nicht sofort und ..." Weiter kam er nicht, denn Gregor hatte ihn mit voller Wucht vor die Brust gestoßen.

"Sag mal, spinnst du? Ich streite mich seit neun Jahren mit ihr darüber und der einzige Grund, warum sie noch keines hat, ist, dass ich mich weigere, mitzugehen!"

Ty benötigte seine gesamte Selbstbeherrschung, um Gregor nicht an die nächste Wand zu nageln. Er atmete schwer und seine Arme zitterten vor lauter Anspannung.

"Fass mich nie wieder an!", sagte er gefährlich leise. "Ich habe keine Angst vor dir! Nina bleibt hier! Mein Gott, bin ich froh, wenn wir endlich zurück sind!"

Ty wollte gerade auf ihn losgehen, als er eine Bewegung neben sich bemerkte.

"Wenn du das tust, Ty, hast du es bei Nina ziemlich verbockt!", mahnte Shane und näherte sich langsam. Heftig atmend huschte sein Blick zwischen Shane und Gregor hin und her, bevor er sich abwandte und seine Faust gegen die Wand krachen ließ. Der Rigips gab nach, sodass seine Faust ein Loch in der Wand hinterließ.

Der Schmerz der wieder aufgeplatzten Haut und der noch frische Prellung brachten ihn wieder zur Besinnung.

"Und damit hast du es dir bei Cat verbockt", sagte Shane leise, wohl um ihn ein wenig aufzuheitern. Immer noch schwer atmend, wandte sich Ty wieder um. Gregor starrte ihn mit offenem Mund an und sah deutlich verängstigt aus.

Er betrachtete noch einmal die Wand und verzog das Gesicht. Nina würde auch das ganz und gar nicht gefallen. Ohne weiter darüber nachzudenken, ging er ein Stück den Flur entlang, hängte eines der Bilder ab und zog den Nagel aus der Wand. Mit seinem Handballen drückte er den Nagel über dem Loch wieder hinein und hängte das Bild darüber.

Sehr gut! Ein wenig tiefer als alle anderen, aber es fällt bei den großen Abständen kaum auf.

"Ich muss mal dein Bad benutzen", brummte er

Gregor zu und schob den immer noch schockiert dreinschauenden Gregor kurzerhand beiseite. Als er sich das Blut abgewaschen hatte und eines der kleinen Handtücher um seine Hand gewickelt hatte, trat er zurück in den Flur, in dem Nina gerade eintraf.

Sie sah ihn fragend an. Ty antwortete ruhig: "Meine Wunde am Knöchel ist wieder aufgegangen. Wir müssen noch eine Mullbinde mitnehmen." Nina sah ihn skeptisch an, so ganz glaubte sie ihm wohl nicht. Schließlich zuckte sie die Schultern und wollte eilig aufbrechen.

"Das tust du nicht, Nina! Wir haben oft genug darüber gesprochen! Lass es, du wirst es irgendwann bereuen!", schrie Gregor sie an. Ty wurde schon wieder ziemlich wütend. Gregor hatte kein Recht, über sie zu bestimmen. Was Nina haben wollte, sollte sie haben!

"Um was geht es hier überhaupt?"

"Wir fahren zu Joey", antwortete Ty knapp.

"Ah, guter Mann! Richte ihm Grüße aus", antwortete Shane lächelnd.

"Es ist ihr Körper, Gregor. Lass sie in Ruhe!", sagte Ty scharf, legte Nina einen Arm um die Schultern und ging zu den Aufzügen.

"Gott, Nina, bitte!", rief Gregor ihnen noch nach, aber Nina hatte bereits wieder auf selektives Hören geschaltet und betrat gut gelaunt den Aufzug.

"Hey Cat, gut, dass ich dich treffe", sagte Ty, als sie ihnen im Foyer über den Weg lief.

"Hi ihr, wie geht's?", fragte Cat lächelnd.

"Gut, danke. Hör mal, hast du eine Mullbinde für mich?"

"Klar, kommt kurz mit", antwortete Cat und führte sie zu ihrem Büro.

Ty schmiss das Handtuch in ihren Mülleimer und wickelte bereits im Hinausgehen die Binde um seine Hand.

"Danke!"

"Alles okay?"

"Ja, aber die Wand im fünften Stock hat irgendwie ein Loch", sagte er zwinkernd und schob Nina schnell zur Tür hinaus, ehe Cat die Bedeutung seiner Worte verstand.

Die Tür war noch nicht ganz ins Schloss gefallen, sodass er sie noch schreien hören konnte: "LOCH?"

Nina sah ihn verwirrt an.

"Lange Geschichte, Süße! Zum Tattoostudio?"

Jup! Das perfekte Ablenkungsmanöver!, dachte Ty, als Ninas Gesicht zu strahlen begann.

Den Arm um sein Mädchen gelegt, ging Ty ins Timeless. Aus der freudigen Erwartung in Ninas Miene wurde zunehmend Unsicherheit, bemerkte er und sagte deshalb: "Wir können auch wieder gehen, Kleines."

"Nein!" Selten hatte er sie so bestimmt erlebt. Nun gut, wenn sie wollte, würde er sie begleiten.

"Hallo Joey!"

"Hi Ty, mein Bester. Wen hast du mir mitgebracht?", fragte Joey, während er ihm freundschaftlich die Schulter klopfte.

"Joey, das ist Nina, meine Freundin. Nina, Joey, mein Tätowierer."

Nina winkte ihm kurz zu, während sie ihn musterte.

"Deine Freundin? Wow. Also dann, hallo Nina!"

"Sie würde sich gern mal beraten lassen. Eine Tätowierung. Eine Rosenranke, um genau zu sein. Zeig ihm, wo, Querida", forderte er sie auf.

Unsicher schaute sie zwischen den beiden hin und her, fasste sich schließlich doch ein Herz und zog das Hoody über ihren Kopf. Während sie die Linie mit ihren Fingern nachzeichnete, erklärte Ty genau, wie es aussehen sollte.

"Ich kann es dir aufzeichnen. Dann kannst du es dir nochmal gut ansehen und ob es auch wirklich so ist, wie du es möchtest. Ich habe noch eine halbe Stunde bis zum nächsten Kunden", bot Joey an.

Auf ihr Nicken hin wies er nach hinten. Ty schob Nina an Joey vorbei. Als er mit ihm auf einer Höhe war, packte er ihn im Nacken und zischte: "Starr sie verdammt nochmal nicht so an! Ich sagte bereits, sie ist MEINE Freundin!"

"Alles klar, Ty! Es ist aber auch ein Schock, wenn so ein Hammer-Körper unter diesen Zelten hervorkommt. Also, sieh es mir nach!", sagte Joey ein wenig angespannt, aber trotzdem noch mit funkelnden Augen.

"Dann bereite dich schon mal auf das Kommende vor. Ein falsches Wort oder eine unnötige Berührung und du hast einen kaputten Kiefer mehr und einen guten Kunden weniger!"

Es war sein voller Ernst. Auch Joey schien zu verstehen, dass es hier nichts zu spaßen gibt.

Ty hätte Nina am liebsten hinter sich versteckt. Wenn Joey ihr aber eine Skizze zeichnen sollte, musste er sie dazu wohl oder übel auch ansehen. Sie stand etwas unsicher vor dem Stuhl, auf dem Joey für gewöhnlich tätowierte.

Um ihr ein wenig Sicherheit zu geben, trat Ty hinter sie und legte ihr die Hände auf die Hüften. In ihr Ohr flüsterte er: "Ich bin bei dir, Honey!"

Sie nickte und ließ sich das Tanktop über den Kopf ziehen. Joey trat um sie herum und Ty sah, wie er die Worte mit Mühe herunterschluckte. Das Knurren, das ihm auf Joeys Musterung hin entschlüpfte, konnte er nicht unterdrücken.

"Okay, bleib für den ersten Entwurf am besten stehen", sagte Joey schnell, setzte sich auf seinen Hocker und rollte zu ihnen.

Als er die Hand nach Nina ausstreckte, zuckte diese leicht zurück. Doch Joey mit seinem Feingefühl eines Elefanten bekam diese Reaktion nicht mit, sondern packte Nina einfach und drehte sie so, wie er sie brauchte.

"Soll ich die Heizung hoch drehen? Wenn du zitterst, wird es schwierig, eine ordentliche Skizze zu zeichnen."

Ty trat einen Schritt näher, zog Ninas Kopf an seine Brust und kraulte ihren Nacken.

"Mach einfach, es geht ja erstmal nur um den Eindruck. Dass deine Arbeit technisch einwandfrei ist, weiß ich, sonst würde ich dich nicht immer wieder empfehlen."

Unter Tys Händen wurde Nina ein wenig ruhiger. Joey arbeitete schnell und routiniert.

Als er die Hose nach unten schob, dachte Ty kurz, Nina würde schreiend aus dem Raum laufen, stattdessen schien sie zu Eis zu erstarren. Ihr Puls raste unter seinen Fingern und ihre Knöchel traten weiß hervor, so kräftig klammerte sie sich an sein Hemd.

"Ich würde in demselben Pink ein paar Schattierungen an den Dornen machen. Ich zeichne es einfach mal und du kannst es dir dann überlegen." Wenige Minuten später rollte er zurück, um sein Gesamtwerk zu betrachten.

"Schön! Hier drüben kannst du es sehen."

NINA

Ganz langsam löste sie sich von Ty und trat auf den Spiegel zu.

"Wow!", hauchte sie und drehte sich langsam. Ty trat hinter sie und legte ihr die Arme um die Hüften.

"Allerdings, Querida, allerdings!", sagte er. Nina sah und spürte, wie ihr die Hitze ins Gesicht schoss. Sie konnte nie gut mit Komplimenten umgehen, doch wenn Ty ihr eines machte, wurde sie verlegen und freute sich darüber. Bei anderen bekam sie Angst. Angst davor, dass aus dem Aufgefallen sein mehr werden konnte.

Da stand also dieser atemberaubend schöne Mann hinter ihr und machte ihr ein Kompliment. Es war einfach unglaublich. Manchmal war sie froh, dass niemand eine Antwort von ihr erwartete. In Momenten wie diesen wäre sie so oder so sprachlos gewesen.

Seine Hände, die sich knapp über ihrem Hosenbund bewegten, lenkten ihre Aufmerksamkeit zurück auf das Spiegelbild.

Das Paar im Spiegel war schön. Der Mann, groß,

muskulös, mit einem wunderschönen Gesicht. Sogar die Frau wirkte an seiner Seite hübsch. Eine schöne Figur, so wie sie oft in Hollywood gesehen wurde, nur das bei ihr sogar alles Original war. Der pinke BH passte genau zu der aufgemalten Tätowierung, die unter der fast schon obszön tief sitzenden Baggy hervorschaute. Tys schöne, braune Hände bewegten sich ganz leicht über ihre Haut und ließen ihr Schauer über den Rücken laufen.

"Ja, ja, ihr zwei seht wirklich bezaubernd aus, aber ich hab in fünf Minuten meinen nächsten Kunden. Also, husch, husch, raus mit euch!"

Eilig streifte sie ihre Kleidung über und ging dann zur Tür. Sie zupfte ungeduldig an Tys Arm, aber der schien sie nicht zu verstehen oder verstehen zu wollen ... *Mistkerl!*

"Wann?", fragte Nina schließlich ungeduldig an Joey gewandt und deutete auf die Zeichnung.

"Wow, Ty, Mann! Deine Freundin ist sogar noch gesprächiger als du!", antwortete er lachend und fügte hinzu: "Meine nächsten Termine habe ich in eineinhalb Jahren frei. Da du die Freundin von meinem Lieblingskunden bist, würde ich dich anrufen, wenn zwischendrin mal was frei wird."

Brennende Enttäuschung stieg in Nina auf. Eineinhalb Jahre! Selbst eineinhalb Wochen wären zu lang!

Sie spürte, wie ihre Augen zu brennen begannen und die Tränen der Enttäuschung in ihnen aufstiegen. Niemals war sie ihrem Traum näher gewesen! Wenn sie erst einmal zurück in Deutschland war, hätte sie keine Möglichkeit mehr. Alleine würde sie es sich niemals trauen und Gregor zu überreden, hatte sich schon in den letzten neun Jahren als utopisch erwiesen.

Sie schüttelte ihren Kopf und zog ihn leicht zwischen die Schultern, ehe sie sich zu Tür wandte.

"Melde dich einfach, wenn du was frei hast oder ein bisschen was extra verdienen willst", sagte Ty, als Nina schon durch die Tür ging.

"Mach ich, Mann! Und Grüße an die Crew."

"Danke. Und danke für heute!"
"Kein Thema! Bye."

Zurück im Hotel, trafen sie bereits in der Lobby auf Gregor, der wie ein Tiger im Käfig auf und ab lief. Zoey und Sky versuchten, ihn zu beruhigen.

Als er sah, wie traurig Nina war, stellte er seine Standpauke hintenan und nahm sie fest in den Arm.

"Was hat er getan, Kleines?", murmelte er in ihre Haare, während er sie fest an sich drückte.

"Ich habe ihr gar nichts getan. Sie ist nur enttäuscht, dass das alles nicht so schnell geht, wie sie es sich vorgestellt hat."

Als Nina spürte, wie Gregor sich entspannte, verspannte sie sich ein wenig. Er freute sich darüber, dass es mit der Tätowierung nicht klappen würde. Sie löste sich von ihm, lief in Richtung Aufzüge und hörte Ty noch zu Gregor sagen: "Die Skizze ist wirklich schön geworden. Du müsstest dem Ganzen nur mal eine Chance geben, anstatt sie immer nur bevormunden zu wollen."

Gerade als der Aufzug das Bling von sich gab, schloss Ty zu ihr auf und küsste ihren Scheitel.

"Wir bekommen das irgendwie hin, Babe. Das wird schon. Sei nicht so traurig!"

Ein kleines Lächeln schlich sich auf ihr Gesicht. Nie wieder würde sie jemanden wie Ty finden. Das hier war die beste Zeit ihres Lebens und sie wollte jede Sekunde genießen!

9 DER BALL

NINA

In den kommenden vier Tagen gewöhnten sich die meisten Mitglieder ihrer Gruppen an den Anblick der beiden. Zwar verbrachten sie so wenig Zeit wie möglich mit allen anderen und nutzten die kostbare Zeit lieber für traute Zweisamkeit, aber zumindest zu den Mahlzeiten und den geplanten Gruppenaktivitäten, trafen sie sich.

Ty ging mit ihr in die Stadt, zu den Sehenswürdigkeiten und zum Hudson River, wobei sie so viele Fotos schoss, dass sie unterwegs sogar eine neue Speicherkarte kaufen musste.

Boston war herrlich! Wenn sie sich eine Stadt zum Leben aussuchen könnte, wäre Boston ganz oben auf ihrer Prioritätenliste.

Manchmal musste Ty für einige Stunden in sein Büro. Gelegentlich begleitete Nina ihn dabei. Sie war fasziniert von den drei Persönlichkeiten, die in Ty ruhten. Da war zum einen der aggressive Ty, den sie am wenigsten mochte. Ty, der Businessmann, den sie absolut faszinierend fand. Und zu guter Letzt, ihr Ty, der liebevoll, zuvorkommend, weich und anschmiegsam war. *Nun ja, nicht immer weich* ..., kicherte Nina vor sich hin.

"Was ist so lustig, Querida?", fragte Ty, der von seinen Unterlagen aufsah. Es war erst neun Uhr am Morgen und Ty musste noch einige Verträge unterzeichnen,

Mit einen leicht anzüglichen Grinsen schüttelte sie den Kopf. Sie sprach mittlerweile relativ viel, wenn sie mit Ty alleine war, verschwenderisch musste sie trotzdem nicht werden.

Sie hatte jeden Winkel seines Büros, seiner Wohnung und seiner Selbst fotografiert und trotzdem bekam sie nicht genug von ihm.

"Miss Zadow! Zum Diktat, bitte!", sagte Ty mit anzüglichem Grinsen und seiner Boss-Stimme, wie Nina sie insgeheim nannte. Dass seine Sekretärin nicht permanent feucht war, war ihr ein Rätsel.

Nina sprang augenblicklich auf und lief zu seinem Schreibtisch. Ty rollte ein Stückchen zurück, sodass sie zwischen ihn und den Schreibtisch passte.

"Sie sollten sich untenrum fei machen, vielleicht brauche ich ein wenig Inspiration", sagte Ty rau und leckte sich über die Lippen. Gerade als Nina ihre Hände zu ihrer Hose führte, klopfte es kurz und Logan trat ins Büro.

"Oh, entschuldige bitte, Ty. Ich wusste nicht, dass du Besuch hast. Aber das trifft sich ganz gut. Ihr seid in der Zeitung."

Logan warf die Boston Society auf den Schreibtisch. Die Schlagzeile auf Seite drei sprang ihr sofort ins Auge.

Sicherheitschef von JB-Industrials mit neuer Flamme. Wer ist die Frau in Tyler Morenos Armen?

"Scheiße!", rief Ty, stellte aber sofort wieder auf Geschäftsmann um und sagte: "Du musst das unterbinden, Logan. Sofort!"

"Das ist nicht so einfach, wie du dir das vorstellst! In Amerika gibt es immerhin so etwas wie Pressefreiheit!"

"Ja, ja, mach, was du sonst auch immer tust. Und schick mir Benson, wenn du bei Tracy vorbei kommst."

Logan nickte knapp. Als die Tür scheppernd hinter ihm

ins Schloss fiel, war Nina sehr verunsichert. Warum wollte er nicht, dass jemand sie zusammen sah? War sie ihm etwa peinlich?

"Was auch immer du gerade denkst, Querida, so ist es nicht, also lass es und hör mir lieber zu. Gott, wo soll ich nur anfangen?" Er fuhr sich angespannt durch die Haare, ehe er sie auf seinen Schoß zog.

"Also gut. Bevor ich Ryan kennenlernte, sagen wir's mal so, habe ich es mit Schwarz und Weiß nicht immer allzu genau genommen. Ich war gerade 18 und habe mein Geld mit illegalen Straßenkämpfen verdient. Ryan hat mich da raus gekauft und ich wurde sein Buddy. Soweit so gut, nur diese Typen sind immer mal wieder der Meinung, ich wäre ihnen noch etwas schuldig. Da sie an mich nicht ran kommen, könnten sie es über dich versuchen. Und das muss ich auf jeden Fall vermeiden."

Langsam nickte Nina. Das war ziemlich viel für sie, doch es erklärte zumindest sein extremes Sicherheitsbedürfnis. Die ganzen Vorkehrungen an seinem Haus, das viele Training, die Waffen, der Job. Nina hatte sich schon mehr als einmal gefragt, wie sich all das wohl entwickelt hatte.

Dass er ihr von diesem Teil seiner Vergangenheit erzählt hatte, bedeutete ihr viel. Eines musste sie jedoch loswerden.

"Ich hasse Gewalt", sagte Nina leise.

"Das ist meine Vergangenheit, Querida. Ich würde sie nicht einmal ändern, wenn ich könnte, denn sie führte mich schlussendlich zu dir."

Zu einer Antwort nicht fähig, küsste sie ihn innig.

"Ich gebe sie dir nur ungern mit, Cat."

"Das ist mir klar, Ty, aber zu einem hübschen Kleid gehören eben auch Haare und Make-up!"

"Sieh sie dir an, Nina braucht kein Make-up, und sie soll um Himmelswillen das Haar hochstecken!"

"Warum?", warf Nina in die Unterhaltung ein. Ty

beugte sich zu ihr und flüsterte: "Weil du deine Haare immer nur im Bett auf hast und ich bei Gott nicht will, dass andere diesen Anblick genießen dürfen!"

Nina errötete und nickte kurz.

"Ja, warum?", wiederholte Cat die Frage, da sie Antwort nicht mitbekommen hatte.

"Darum!" Nina kannte diesen Ton und Cat wohl auch, denn beide verdrehten die Augen und grinsten sich dann kurz an.

Nina hatte Cat in den letzten Tagen ins Herz geschlossen. Die taffe Frau ließ sich von niemandem auf der Nase herumtanzen und war trotzdem niemals aufdringlich. Sie wusste mittlerweile ziemlich genau, was Nina wollte und brauchte, und gab es ihr, ohne großen Wirbel darum zu machen.

"Ja, okay. Komm Nina, wir lassen uns jetzt verwöhnen!" Damit drehte Cat sich um und ging zum Ausgang, vor dem bereits eine schwarze Audi A6 Limousine wartete.

"Ruf mich an, wenn du was brauchst, Süße! Benson bleibt in deiner Nähe, geh nirgends ohne ihn hin, verstanden? Sei vorsichtig und lauf..."

"Ty!", unterbrach sie ihn schroff. "Ich weiß!", schob sie dann sanfter hinterher.

"Ich mach mir nur Sorgen um dich, Querida!"

"Mhm", murmelte sie an seinen Lippen, küsste ihn noch einmal und stieg dann lächelnd in den Wagen.

Das erste Mal in einem Leben einen Friseursalon zu betreten, war ein echter Schock für Nina. Sie hatte ihre Haare immer lang getragen. Waren sie einmal zu lang geworden oder die Spitzen zu kaputt, hatte sie sie einfach gepackt und gerade abgeschnitten.

"Hi Lisa, das ist Nina. Mach einfach, was du denkst. Ty hatte nur zwei Bedingungen. Kein Kurzhaarschnitt und eine Hochsteckfrisur. Ansonsten das komplette Programm. Bis später, Nina!"

Nach dem Haare waschen hatte Nina bereits genug von dem Gequatsche der Friseurinnen. Während sie auf die nächste Anwendung wartete, schob sie sich so schnell wie möglich ihren neuen IPod in die Ohren. Selten hatte sie so ein schönes Geschenk bekommen. Nur die Kamera von Gregor konnte da mithalten.

Das Ziehen an ihren Haaren war äußerst unangenehm. Die Frau, die ihr Make-up machte, war ihr eindeutig zu nahe. Die Maniküre war furchtbar und als die Dame ihr eine Pediküre verpassen wollte, flüchtete Nina auf die Toilette.

"Nina? Was ist passiert?"

"Ich mache keine Pediküre!", zischte sie im Flüsterton in ihr Handy.

"Warum auch? Du hast tolle Füße, wenn du jetzt hier wärst, würde ich dir beweisen, wie toll ich sie finde", antwortete Ty mit einem Lächeln in der Stimme. Auf Ninas äußerst unwilliges Brummen hin lachte er und sagte: "Gib mir Cat, Querida."

Vorsichtig und darauf bedacht, der Pedikürenfrau nicht in die Fänge zu geraten, schlich Nina zu Cat. Nach zwei Minuten Telefonat steckte Cat ihr neues pinkes IPhone ein und starrte sie finster an.

"Du bist eine Verräterin, Nina. Ty anzurufen war ganz fieses Kino! Dein Telefon ist bis auf Weiteres konfisziert als Strafe für ungepflegte Zehen!"

Nun ja, das war es wert.

Sie war mittlerweile seit vier vollen Stunden hier. Eindeutig zu viel Zeit! Die giftigen Dämpfe der Lacke und Sprays mussten ihr Hirn vernebelt haben, denn sie hatte zugestimmt, riesigen silbernen Schmuck zu tragen.

Am Abend wurde sie angezogen und behangen wie ein Weihnachtsbaum. Alle waren restlos entzückt von ihrem Aussehen, Nina hingegen war einfach nur schlecht. Bei der Vorstellung, in diesem Kleid in die Öffentlichkeit zu gehen, drehte sich ihr der Magen um.

Sie versuchte, möglichst flach und durch den Mund zu

atmen, aber die Übelkeit ließ sich kaum zurückdrängen.

Zittrig lächelnd, entschuldigte sie sich bei den Damen und zog sich auf die Toilette zurück. Sie musste Ty erreichen und diesen Wahnsinn absagen!

Sie fühlte sich ein klein wenig besser, nachdem sie sich kaltes Wasser über die Handgelenke hatte laufen lassen. Leider fiel ihr auch jetzt auf, dass sie Ty nicht anrufen konnte, da Cat ihr Telefon konfisziert hatte.

Benson! Er schien im Moment der einzige Verbündete in diesem Haufen. Er sah den Nachmittag über genauso gequält aus, wie Nina sich fühlte.

Leise schlich sie zur Hintertür, an der er sich immer mal wieder auf eine Zigarette zurückzog. Und Gott sei Dank war er auch im Moment dort. Er drehte sich zu ihr um und sein Blick, der sonst immer eiskalt und professionell war, glitt anerkennend über sie. Nur mühsam konnte Nina den Würgreiz hinunter schlucken.

Sie raffte ihr Kleid am Ausschnitt zusammen, woraufhin Benson sofort seinen Blick abwandte und in üblichem Ton sagte: "Bitte entschuldigen Sie, Miss. Sie haben mich überrascht. Kann ich Ihnen behilflich sein?"

"Ty", antwortete Nina leise, aber eindringlich. Bensons Blick schweifte zu ihr zurück, als würde er versuchen, die drohende Gefahr einzuschätzen. Dann griff er nach seinem Telefon und wählte.

"Mr. Moreno, Nina möchte Sie sprechen." Er nickte und reichte ihr das Telefon.

"Ty", flüsterte Nina.

"Was ist los, Honey?"

"Ich kann nicht!"

"Was kannst du nicht?"

"Der Ball."

"Wir hatten das doch alles schon, Süße. Du kommst jetzt einfach zu mir und ich lasse dich den Rest des Abends nicht mehr aus den Augen. Dir wird überhaupt nichts passieren. Versprochen!"

Am liebsten hätte Nina laut aufgeschrieen. Er verstand

nicht, wie auch, wenn er doch nicht wusste, wie dieses Kleid aussah. Ohne ein weiteres Wort und mit hängendem Kopf gab sie das Telefon an Benson zurück.

"Nein, im Gegenteil, Sir. Ich werde mich bemühen, Sir. Auf Wiederhören." Dann steckte er das Gerät zurück in seine Tasche.

"Kann ich Ihnen irgendwie helfen, Miss?"

"Fahren Sie mich zum Flughafen?", fragte Nina flüsternd und war selber überrascht, wozu sie in der Lage war, wenn sie wirklich verzweifelte.

Benson lachte. Tatsächlich. Der Mann aus Eis, bei dem sie noch nie auch nur einen Mundwinkel hatte zucken sehen, lachte.

Nachdem er sich wieder eingekriegt hatte, sagte er mit noch immer funkelnden Augen: "Das war das erste Mal, dass Sie etwas zu mir gesagt haben. Und dann gleich so. Nein, leider nicht, das würde mich nicht nur meinen Job kosten, sondern voraussichtlich auch mein Leben. Ich kann Ihnen aber mein Sakko anbieten, bis wir beim Hotel angekommen sind." Eifrig nickte Nina. Sie war sich sicher, dass Cat ihr keine Jacke gönnen würde.

Elegant schlüpfte er aus seinem Jackett und hielt es ihr hin. Über dem weißen Hemd trug er einen Schulterholster, in dem auf beiden Seiten eine Waffe steckte. Nina mochte zwar keine Waffen, sah aber ein, dass es nun mal Teil seines Jobs war.

"Sie müssten mich vor Cat beschützen", flüsterte Nina, nachdem sie die Knöpfe über dem viel zu tiefen Ausschnitt geschlossen hatte. Benson nickte ernst.

"Nina, da bist du ja! Wir müssen los. Was hast du da an? Los, los. Runter damit!"

"Tut mir leid, Miss Black, ich kann leider nicht verantworten, dass Nina ohne Mr. Morenos Gegenwart in diesem Kleid herumläuft. Es handelt sich um ein Sicherheitsrisiko. Sie wird das Jackett beim Zusammentreffen mit den Herren ablegen."

Cat stand der Mund offen und Nina war nie glücklicher über Bensons Anwesenheit gewesen. Benson hielt den beiden die Türe auf und Nina schlüpfte, so schnell diese furchtbaren Schuhe es zuließen, in den Wagen.

"Meine Rache wird furchtbar sein!", zischte Cat. "Wie kannst du mir das nur antun? Den Iceman vorzuschicken ist sowas von feige, Nina! Als würde es nicht reichen, dass du dauernd Ty zur Hilfe rufst. Ich weiß ganz genau, dass das nicht auf Bensons Mist gewachsen ist!"

Cat redete sich immer mehr in Rage und Nina war mehr als dankbar, dass Benson wieder in den Wagen stieg. Die Fahrt dauerte nicht allzu lang, doch sie wurde von Meter zu Meter unruhiger. Als Cat ihr eine Hand auf den Unterarm legte, zuckte sie zusammen.

"Hey Nina, das wird wirklich Spaß machen. Und es ist für einen guten Zweck. Und glaub mir, Ty wird wirklich begeistert sein, wenn er dich sieht. Du siehst echt super aus!"

Zu Ninas Glück hielt der Wagen endlich, sodass Cats Tirade des Grauens nicht weiter auf Nina einprasseln konnte. Benson stieg aus und öffnete die Tür des Fonds.

Okay, tief durchatmen. Du schaffst das!

Cat stieg aus und als Nina nicht folgte, steckte Benson einen Kopf in den Fond.

"Nina?"

"Einen Joint?" Wieder lachte er, laut und volltönend. "Gott, Ryan, hast du das gehört? Iceman hat gelacht!", hörte sie Cat rufen.

"Kommen sie, Miss, wir stehen am Hintereingang." Nina fasste all ihren Mut zusammen, rutschte über den Sitz und ließ sich sogar von Benson aus dem Wagen helfen, da sie befürchtete, mit diesen Schuhe zu stürzen. Suchend blickte sie sich nach Ty um, er trat gerade aus dem Gebäude. Leider erblickte Nina bei dieser Gelegenheit auch beinahe die komplette Fire&Ice Crew.

"Verpatz nicht deinen Auftritt, Süße. Gib Benson sein Sakko zurück!", sagte Cat laut genug, dass wirklich jeder es mitbekommen haben musste.

"Ich bin dicht hinter Ihnen, Nina, und Mr. Moreno kommt bereits zu uns", sagte Benson leise hinter ihr. Nina atmete noch einmal tief durch, öffnete die zwei Knöpfe des Sakkos und ließ es von ihren Schultern gleiten.

Raunen und Pfeifen ging durch die Menge, als die Männer den Ausschnitt ihres Kleides sahen. Nina wäre am liebsten im Boden versunken.

TY

"Heilige Scheiße!", stieß Ty hervor und wäre bei Ninas Anblick beinahe ins Straucheln geraten.

Als er die Stimmen seiner Freunde hörte, die allesamt auf den perfekten Körper seiner Freundin gafften, wäre er am liebsten mit einer Decke zu ihr gerannt und hätte sie darin eingehüllt.

Kein Wunder, dass sie sich so gegen dieses Kleid gewehrt hatte. Schnell lief er in ihre Richtung und zischte unterwegs: "Cathrin Black! Glaub nicht, dass das ohne Folgen bleibt!"

Er sah sie zusammenzucken, ehe sie sich nah an Ryan schmiegte.

Mit finsterer Miene lief er auf Nina zu, bis er sah, wie sie versuchte, rückwärts auszuweichen. Sie taumelte gegen Bensons Brust, der immer noch hinter ihr stand und sie auffing. Benson packte sie an den Armen und drehte sich mit ihr zusammen um. Schirmte sie ab, nicht nur vor den anderen, dämmerte es Ty, sondern sogar vor ihm. Als würde er ihr jemals etwas tun!

Ty verlangsamte seine Schritte und hörte gerade, als er bei den beiden ankam, wie Benson ins sanftem Ton sagte: "Wir könnten doch zum Flughafen fahren, natürlich nicht, ohne Ihnen unterwegs noch einen Joint zu holen."

Ty sah, wie Nina sich ein wenig entspannte. Langsam trat er um sie herum, ehe er mit einem Meter Abstand vor ihr stehen blieb.

"Ich habe falsch angefangen ... also nochmal. Du siehst absolut atemberaubend aus, Querida. So schön, dass ich vermutlich den ganzen Abend eng vor dir stehen werde, damit niemand sieht, was mir gehört", raunte er ihr zu.

Zögerlich hob sie ihren Blick. Ty legte ihr eine Hand an die Wange und wollte sie auf die andere küssen, um ihren zart roten Lippenstift nicht zu ruinieren. Doch Benson störte ihn, der immer noch nah an ihrem Rücken stand. Als er aufblickte, sah er direkt in seine Augen.

Wo er sonst nur eisige Distanziertheit fand, stand jetzt eindeutig Wut. Einige Sekunden starrten sich die beiden in die Augen, ehe Benson eine Entscheidung zu treffen schien. Er wandte seinen Blick ab und richtete seine Aufmerksamkeit auf Nina.

"Möchten Sie hierbleiben oder zum Flughafen, Nina?", fragte er in einem so sanften Ton, wie Ty ihn noch nie von diesem Mann gehört hatte.

Überrascht sah Nina auf. Ein kleines Lächeln erhellte ihre Züge. Ein Lächeln, das sonst immer nur ihm galt. Ty knurrte, doch die beiden ignorierten ihn einfach.

"Danke", sagte sie zu ihm. Ty musste sich schwer zusammenreißen. Benson nickte noch einmal, trat einen Schritt zurück und drehte sich mit dem Rücken zu ihr.

Ganz leicht streifte Ty mit seinen Lippen ihre Wange. "Du bist so unglaublich schön, Honey", flüsterte er in ihr Ohr. "Würdest du mir die Ehre erweisen, heute Abend meine Begleitung zu sein?"

Auf ihr zaghaftes Nicken hin schob Ty ihre Hand auf seinen Unterarm und legte seine Hand darüber. Als er sich wieder aufrichtete, sah er, dass die anderen sie beobachteten, und beschloss, Nina wirklich keine Minute aus den Augen zu lassen.

Sie gingen hinein, dicht gefolgt von Benson, der schräg hinter Nina lief. Es war zwar von Vorteil, wenn Nina ihren Buddy nicht rundweg ablehnte, aber so gut, dass sie gleich mit ihm sprach, sollten sie sich nun auch nicht verstehen.

Er führte Nina an den Rand des Saals, weit weg von der Tanzfläche, sodass nicht irgendein Schwachkopf auf die Idee kam und sie zum Tanzen aufforderte. Um es ihr so angenehm wie möglich zu machen, platzierte er sie mit dem Rücken zur Wand. Er und Benson schirmten ihren Körper vor den Blicken der anderen ab.

"Gregor ist auf dem Weg hierher, Sir", meldete Benson.

Ty bestätigte mit einem kurzen Nicken.

"Hallo Nina! Ty, Benson", grüßte Gregor. Die beiden Männer nickten ihm zu. Nina versuchte, sich noch weiter zu verstecken. Konnte es wirklich sein, dass sie sich für diesen Wahnsinns-Körper schämte?

An der Aufmerksamkeit konnte es bei Gregor doch wohl nicht liegen. Seine Antwort bekam er ziemlich schnell.

"Meine Güte, Nina, wie siehst du denn aus? Du bist doch kein Callgirl! Hättest du dir kein vernünftiges Kleid aussuchen können, wenn es schon sein muss?"

Weiter kam Gregor nicht. Ty hätte ihn gerne an die nächste Wand genagelt, dafür, was er der ohnehin schon so unsicheren Nina damit antat. Aber ehe er reagieren konnte, hatte Benson ihn am Kragen gepackt und an die nächste Wand gedrückt.

Seinen Mund nahe an Gregors Ohr, zischte er: "Halt deine verdammte Fresse! Es hat sie verdammt viel Mut gekostet, überhaupt hier aufzutauchen. Wichser wie du werden ihr das nicht kaputtmachen."

Die Worte waren so leise, dass sie für Ty kaum zu hören waren und er glaubte nicht, dass Nina sie hörte. Benson hatte Gregor wieder losgelassen und sich lässig wie eh und je zwischen ihm und Nina platziert.

Gregor räusperte sich. "Ähm ... es tut mir leid, Nina, war nicht so gemeint. Ich geh ein wenig an die frische Luft, bis später."

Nina nickte, doch man merkte ihr an, wie sehr die Szene sie getroffen hatte.

"Könnten Sie uns einen Champagner organisieren,

Benson?" Vielleicht würde das Nina helfen, sich ein wenig zu entspannen. Ty selbst konnte dringend einen gebrauchen. Er hasste diese Bälle!

Einige der anderen Setarips kamen, um sie zu begrüßen. Alle machten ihr Komplimente und dem ein oder anderen hätte Ty liebend gerne beigebracht, wo sie ihre Augen haben sollten. Das Abendessen verging zäher, als Ty es für möglich gehalten hätte. Nina aß kaum, stocherte nur auf ihren Tellern herum.

Benson stand während des gesamten Essens einen knappen Meter hinter Ninas Stuhl.

Es wurden ein paar Reden gehalten und immer wieder gab es kleinere Einlagen und Versteigerungen, bei denen um Spenden gebeten wurde.

Sie waren seit mittlerweile drei Stunden hier und hatten damit ungefähr die Hälfte des Abends hinter sich. Mit zittrigen Händen legte Nina ihre Dessertgabel auf die Seite und sah Ty mit feuchten Augen an.

"Ich kann nicht mehr", würgte sie leise hervor und stand von ihrem Stuhl auf. Ehe Ty sich bewegen konnte, war Benson bereits an ihrer Seite. Ty entschuldigte sich noch kurz bei ihren Tischnachbarn und eilte den beiden hinterher zum Ausgang.

Wieder einmal stellte Ty fest, wie gut Benson wirklich war. Obwohl Nina gerade erst aufgestanden war, stand die Limousine bereits abfahrtbereit vor dem Eingang.

Nina lehnte ihren Kopf erschöpft gegen das Fenster und atmete viel zu schnell.

"Was ist los, Süße?", fragte Ty, bekam jedoch keine Antwort. Zumindest nicht von der völlig lethargisch dreinblickenden Nina. Benson antwortete sehr wohl und das in einem Ton, in dem keiner seiner Angestellten jemals mit ihm sprechen durfte.

"Was wird schon los sein? Sie war den ganzen Nachmittag mit wirklich schrecklichen Frauen zusammen. Die permanent an ihr rum gezupft haben. Und als wäre das nicht genug, muss sie sich von einer Horde notgeiler Männer begaffen lassen, wie ein Stück Vieh, das nach dem Essen versteigert wird. Ihr eigener Bruder bezeichnet sie quasi als Hure und ihr Freund stellt sie über drei Stunden lang zur Schau!"

"Sie vergreifen sich gerade ziemlich im Ton, Benson!", blaffte Ty.

"Ja, weil ich einfach nicht glauben möchte, dass ich mich so in Ihnen getäuscht habe!", blaffte Benson mindestens genauso scharf zurück. Er bremste abrupt ab und fügte scharf hinzu: "Wir sind da."

Bevor Ty ganz ausgestiegen war, hörte er, wie Bensons Stimme auf einmal ganz weich wurde. "Flughafen, Nina? Oder irgendwo anders hin?"

Ty riss Ninas Tür auf, sodass sie beinahe aus dem Wagen gefallen wäre. Blind vor Wut und Eifersucht auf das, was sich da zwischen den beiden entwickelte, hob er Nina hoch und warf die Tür des Wagens zu. Sie war starr wie ein Brett in seinen Armen. Schuld daran hatte in seinen Augen ganz eindeutig Benson. Schnell öffnete er seine Haustür und verriegelte sie sofort wieder. Genauso verfuhr er mit der Tür, die in den ersten Stock führte. Erst im Wohnzimmer stellte er Nina wieder auf ihre Füße.

"Was zum Teufel läuft da zwischen euch?"

Mit riesigen, ungläubig dreinschauenden Rehaugen, starrte Nina ihn an. Ihre Atmung war flach und schnell und Ty sah, dass sie immer wieder kräftig schluckte. Plötzlich wandte sie sich ab und lief ins Badezimmer.

"Bleib verdammt nochmal stehen und rede mit mir! Du kannst nicht den ganzen Abend Insider mit Benson austauschen und erwarten, dass mir das egal ist. Du bist verdammt nochmal meine Freundin und du wirst nicht mit einem anderen flirten."

Ty war außer sich. Die Vorstellung von Nina und Benson machte ihn krank. Im Badezimmer angekommen, wollte Nina die Tür hinter sich zu werfen, aber Ty fing sie ab.

"Oh, nein! Du wirst jetzt mit mir reden!", fauchte er, doch sie schien ihn gar nicht zu hören. Sie ließ sich vor der Toilette auf die Knie fallen und übergab sich.

Zu mehr als fassungslosem Starren war Ty in den ersten Sekunden nicht fähig. Dann lief er schleunigst zu ihr. Er wollte ihr helfen, irgendwie. Sie stützen oder was auch immer man in einer solchen Situation tat.

Als er nach ihr griff, zuckte sie zurück. Diese Reaktion schmerzte ihn unglaublich. Kraftlos ließ er sich auf die Knie sinken, sah in ihre vor Angst weit aufgerissenen Augen und flüsterte, aufs äußerste schockiert, ihren Namen.

Wieder begann sie zu würgen, obwohl bereits nur noch Galle kam. Wie sollte es auch anders sein, wo sie doch bestimmt seit dem Frühstück nichts mehr gegessen hatte. Zitternd kauerte sie neben der Toilette und Ty beschloss, ihr so gut wie möglich zu helfen, ohne ihr dabei zu nahe zu kommen.

Aus der Küche holte er ein Wasser und einen Multivitaminsaft, eilte dann ins Schlafzimmer, um eine Decke und ein extra großes Hoody für sie zu holen. Das Bild, das sie bot, zerriss ihm das Herz. Zusammengekauert und zitternd weinte sie stumme Tränen. Er verlangsamte seine Schritte und legte alles in ihrer Reichweite ab.

"Mein Gott, Nina, es tut mir so furchtbar leid! Mir war nicht klar, wie stark dir das alles zusetzt." Mit zusammengepressten Lippen beobachtete er, wie sie vorsichtig nach dem Hoody griff. Nachdem sie es angezogen hatte, begann sie, den Schmuck, den sie trug, abzulegen.

Ihre Bewegungen spielten sich in Zeitlupe ab und Ty sah die Unsicherheit in jeder ihrer Bewegungen. Er wollte sie so gern im Arm halten, sie wiegen und küssen und ihr versichern, dass alles wieder gut werden würde. Dass er es wieder gut machen würde. Als er jedoch seine Hand ausstreckte, drückte sie sich noch weiter an die Wand neben der Toilette.

Mutlos ließ er seine Hand sinken und überlegte krampfhaft, was er tun könnte, damit es ihr besser ging.

Schließlich lief er zur Tür, drehte die Fußbodenheizung auf Maximum und ließ sich dann wieder in Ninas Nähe nieder. Irgendwann war sie eingeschlafen. Ty wartete noch eine Weile, um ganz sicher zu sein, ehe er sie in die Decke gewickelt hoch hob und in sein Schlafzimmer trug.

Er legte seinen kleinen Engel in die Mitte des Bettes und deckte sie fest zu. Dann lief er zurück in seine Küche, um den Stuhl zu holen. Er würde sich ganz bestimmt nicht zu ihr ins Bett legen, wenn sie noch nicht einmal wollte, dass er sie berührte.

Zum zweiten Mal lag sie in seinem Bett und wieder stellte er fest, wie perfekt sie darin aussah. Er wollte sie nicht verlieren. Er wollte sie nie wieder gehen lassen. Für immer behalten.

Über Stunden hinweg überlegte er, was er tun könnte, damit sie ihm verzieh und bei ihm blieb. Zuallererst musste er sich um ihren Stuhl kümmern. Er musste Joey anrufen ... seine gedankliche Liste wurde immer länger.

Als es schließlich sieben Uhr morgens war, entschied Ty, dass Tracy bereits wach sein musste. Nun, ganz so wach klang sie nicht, als sie an ihr Blackberry ging.

"Wo ist der Stuhl, Tracy?", drängelte er ohne Begrüßung. Ungeduldig wartete er auf ihre Antwort.

"In Ihrer Garage, Mr. Moreno", antwortet sie schließlich, deutlich schlaftrunken. Schnell lief er hinunter und tatsächlich stand er da. Er war perfekt! Groß und weich gepolstert, sodass sie auch ihre Füße anziehen konnte. Den Stuhl unter den Arm geklemmt, eilte er in seine Küche. Er bereitete ihr Frühstück vor, mit allem, was er für ein Frühstück für nötig hielt.

Um sieben Uhr dreißig entschied er, dass auch Joey lang genug geschlafen hatte.

"Wer stört?", meldete sich Joey brummend.

"Joey? Ty hier! Ich brauche heute einen Termin für

meine Freundin."

"Keine Chance! Ich arbeite heute nicht."

"Ich zahle dir, was du möchtest, Joey. Du musst sie heute tätowieren."

"Ich kann heute nicht, Ty!"

"Ich werde den Scheißladen gleich kaufen, dann musst du kommen!"

"Mach mal halb lang, Großer! Ich habe heute einen nicht verschiebbaren Termin. Ich stehe morgen früher auf und ihr beiden könnt um acht bei mir sein. Okay?"

"Danke, Mann!"

"Das wird teuer und du bist mir zusätzlich noch einen Gefallen schuldig!"

"Was auch immer du möchtest, Joey, was auch immer!"

Als er das Gespräch beendet hatte und sich umdrehte, sah er Nina im Türrahmen stehen. Klein, verschlafen, unsicher und anbetungswürdig.

"Guten Morgen, Querida", sagte er leise und sanft. Kein Lächeln, nichts. Nur Misstrauen und Enttäuschung.

"Ich hab dir einen Stuhl besorgt", sagte er und zeigte auf den Stuhl. Ninas Blick fiel darauf und ihr Ausdruck wurde ein klein wenig weicher. Sie lief darauf zu, darauf bedacht, ihm nicht zu nahe zu kommen. Sie setzte sich, zog sofort ihre nackten Füße an und rieb sie zwischen ihren Händen. Daraufhin drehte Ty auch in der Küche die Fußbodenheizung höher und holte ihr ein Paar dicke Socken.

Für diese Geste erntete er sogar den Hauch eines Lächelns. Sie aß ein wenig von dem Frühstück, das er für sie gemacht hatte und beobachtete ihn dabei ganz genau.

Als sie ihre Gabel weggelegt hatte, ging Ty zu ihr und kniete sich vor ihr hin.

"Es tut mir leid, Nina. Dieser ganze verdammte Abend. Dass ich dich mit Cat losgeschickt habe. Zweimal. Dass ich nicht auf dich gehört habe, als du mir gesagt hast, dass du das nicht kannst und nicht willst. Es tut mir so leid, Querida. Dass du so leiden musstest. Ich hätte bemerken müssen, wie schlecht es dir dabei geht." Ty verstummte. Er wusste nicht was er noch sagen sollte. Er wünschte sich nichts sehnlicher, als sie berühren zu dürfen. Sie in den Arm zu nehmen. Er stützte seine Hände auf den Oberschenkeln ab und ließ den Kopf hängen.

Er hatte immer gewusst, was Nina wollte und brauchte. Veranstaltungen wie die gestern Abend gingen ihm selber so auf die Nerven, dass er Ninas Leid einfach ausgeblendet hatte. Ihre kühlen Finger an seiner Schläfe ließen ihn kurz aufsehen, ehe er seine Augen schloss und sich in ihre Hand schmiegt.

"Mein Gott, Querida, lo siento muchísimo! Bitte verzeih mir!" Dann drehte er seinen Kopf und küsste ihre Handfläche. Ninas zweite Hand legte sich an seine Wange, streichelte einmal darüber, dann stand sie auf. Ty ließ seinen Kopf wieder hängen.

Glücklich darüber, es wohl doch nicht ganz versaut zu haben und unglaublich traurig, dass sie ihm ihre Berührung schon wieder entzogen hatte.

"Komm", hörte er sie flüstern und als er sich zu Tür umwandte, stand sie im Rahmen und hatte ihm eine Hand entgegengestreckt. Schnell sprang er auf und nahm die ihm dargebotene Hand. Sie führte ihn ins Schlafzimmer.

"Hose?", fragte sie ihn. Widerstrebend löste er seine Hand aus ihrer und lief zum Schrank, um ihr eine viel zu große Jogginghose zu suchen.

Ihr Kleid zog sie unter dem Pullover aus und schlüpfte dann schnell in die Hose. Wieder unter die Decke gekuschelt, sah sie ihn auffordernd an. Er wollte sich gerade zu ihr legen, als er bemerkte, dass er immer noch seine Abendgarderobe trug. Er zog sich bis auf die Unterhose aus und schlüpfte dann in eine Jogginghose, um Nina ja nicht zu bedrängen.

Dann legte er sich neben sie. Ein Meter lag zwischen ihnen. Die Gesichter einander zugewandt und die Blicke ineinander verschränkt.

"Du bist mir unglaublich wichtig, Querida. ich möchte

dich auf keinen Fall verlieren." Ty erzählte ihr seine Perspektive des Abends. Den Eindruck, den Benson auf ihn gemacht hatte. Über ihren Rückzug vor ihm.

"Das war einer der schlimmsten Abende meines Lebens. Ich würde alles dafür tun, dass du mir verzeihst, Nina!"

"Auch ein Tattoostudio kaufen", sagte sie leise mit Tränen in den Augen. Vor Erleichterung, ihre Engelsstimme zu hören, wäre Ty beinahe selbst in Tränen ausgebrochen.

"Ich lege dir meine Welt zu Füßen, Honey!" Ein kleines Lächeln erhellte ihre Züge.

"Wann?"

"Morgen um acht, wenn du möchtest."

"Ja!" Er legte seine Hand mit der Handfläche nach oben zwischen sie, damit sie sie greifen konnte, wenn ihr danach war. Genauso, wie er es schon vor ein paar Tagen auf dem Musikfestival getan hatte.

War das wirklich erst neun Tage her? Es kam ihm vor, als würde er Nina schon ewig kennen.

"Nachdem ich dich angerufen hab, von seinem Handy, hat Benson gefragt, ob er mir irgendwie helfen kann und ich sagte, er soll mich zum Flughafen fahren", flüsterte Nina nach einer Weile. "Er gab mir sein Jackett und versprach, auf mich aufzupassen."

"Das hat er getan, sogar vor mir." Nina nickte leicht.

"Und vor Cat."

"Ich hätte sie niemals auf dich loslassen dürfen, wo ich doch weiß, dass du dich nicht gegen sie wehren kannst. Sie ist einer der wenigen Menschen, die mir in meinem Leben etwas bedeuten und ich habe mir gewünscht, dass ihr euch verstehen könntet."

"Ich mag sie." Ty lächelte sanft. Dass Nina sie nicht ablehnte, freute ihn. Er würde Cat einfach nie wieder allein auf Nina loslassen.

"Worüber hat Benson gelacht, als er dir aus dem Wagen geholfen hat? Es war das erste Mal, dass ich ihn habe lachen hören." Nina hob zwei Finger, um ihm zu bedeuten, dass sie ihn schon zwei Mal gehört hatte.

"Ich habe ihn um einen Joint gebeten", gestand sie kleinlaut. Er lächelte.

"Und das erste Mal?"

"Der Flughafen", lächelte Nina. Lange sahen sie sich wieder schweigend an, bis Nina plötzlich aufstand und zur Tür tappte. Panisch sprang Ty auf.

"Was ist los, wo willst du hin?" Nina zog eine Augenbraue nach oben. Sie sah so niedlich aus, wie sie da stand in seinem viel zu großem Jogginganzug. Nicht einmal die Fingerspitzen schauten aus den Ärmeln und ihre kleinen Füße waren in den langen Beinen verschwunden.

"Etwas trinken", antwortete sie leise. Erleichtert ging er zu ihr.

"Und was?" Sie zuckte die Schultern, daher nahm Ty sie auf die Arme und trug sie zum Kühlschrank. Sie schlang ihre Arme um seinen Hals und Ty wollte schwören, dass sich nichts jemals so gut angefühlt hatte. Er öffnete die Tür. Nina nahm sich ein Wasser und einen Saft und sah dann fragend zu Ty auf.

"Das Gleiche, bitte." Sie hielt die vier Flaschen auf ihrem Bauch fest und schubste mit dem Fuß die Türe zu. Er setzte Nina auf dem Rand des Bettes ab, um ihr die Flaschen abzunehmen und lehnte sich dann ans Kopfende.

"Was arbeitest du, Querida?", fragte er nach einiger Zeit. "Ich mache Fotokalender", antwortete sie leise. "Wie funktioniert das, mit den Models, den Verlegern und all den anderen?"

Sie zögerte ein wenig, bevor sie antwortete: "Es sind Tiere, Landschaften, Gegenstände oder Alltagssituationen. Gesamtbilder oder Detailaufnahmen. Also keine sprechenden Models. Fast alles geht übers Internet und im Notfall hilft mir Gregor." Ty verstand und nickte.

"Dein Büro hast du daheim?" Sie nickte und erzählte ihm zögernd ein wenig davon. Als sie geendet hatte, stand sie auf, bedeutete Ty aber, sitzen zu bleiben. Langsam kam sie auf ihn zu, legte ihre Hände auf seine breiten Schultern und ließ sich auf seinem Schoß nieder.

"Ich hab deine Zahnbürste benutzt."

"Oh, stimmt, da ist noch keine für dich. Ich kümmere mich darum." Ninas Miene wurde ein wenig traurig. So sah es zumindest für Ty aus. Warum, wusste er nicht. Er hatte aber auch keine Zeit, darüber nachzudenken, da sie ihn im nächsten Moment zärtlich küsste. Federleicht strichen ihre vollen Lippen über seine.

Ihre Hände fuhren von seinen Schultern in seinen Nacken und streichelten das kurze Haar. Nun verlor er die Kontrolle über seine eigenen Hände. Sie fuhren von ihren Knien über ihre Oberschenkel zu ihren Hüften.

Seine Traumfrau in den Armen zu halten, sie küssen zu dürfen, fühlte sich wie der siebte Himmel an.

Als sie ihre Lippen ein kleines Stück von seinen löste, flüsterte Ty: "Ich liebe dich, Querida."

Wieder drückte sie ihre Lippen auf seine. Fester diesmal, drängender und auch seine Arme drückten ihren Körper fester an sich. Als könnte er, wenn er sie nur fest genug an sich drückte, ihren Körper an sich binden. Als sie sich wieder von ihm löste, sah sie ihn mit einem kleinen Lächeln an.

"Ich liebe dich, Ty." Tränen sammelten sich in seinen Augen. Diese Worte aus ihrem wunderschönen Mund zu hören, war eindeutig der 6er im Lotto. Noch während vereinzelte Tränen aus seinen Augen entkamen, küsste er sie stürmisch. Besitzergreifend und gierig, als würde er nie wieder genug von ihr bekommen. So würde es auch sein, da war er sich sicher!

Seine Zunge teilte ihre Lippen und sie öffnete ihren Mund für ihn. Ihre Hände fuhren über seinen muskulösen Oberkörper, ertasteten jeden Zentimeter. Ty musste sie Haut an Haut spüren, der Hoody zwischen ihnen durfte nicht sein. Er griff nach dem Saum und zog ungeduldig daran.

Lächelnd entblößte sie ihren Oberkörper. Stöhnend hob Ty beinahe augenblicklich seine Hände an ihre Brüste.

"Sie sind perfekt. Du bist perfekt", sagte er ernst und streichelte ihren schweren Busen, bis sich die Spitzen ihm auffordernd entgegen reckten. Er leckte darüber, ehe er sie zwischen seine Lippen zog und fest daran saugte. Den anderen Nippel drehte er vorsichtig zwischen Daumen und Zeigefinger, bis sie laut aufstöhnte, dann wechselte er die Seiten.

Kurze Zeit später drückte sie ihn energisch von sich weg und sprang rasch von seinem Schoß. In einer fließenden Bewegung streifte sie Slip und Hose ab und stand in ihrer ganzen wunderbaren Pracht vor ihm.

Während er sich selbst die Hose abstreifte, krächzte er: "Kondome sind in meinem Geldbeutel, Querida."

Tys Schwanz zuckte, als sie ihm ihre traumhafte Rückseite zuwandte und sich mit durchgestreckten Knien zu seiner Hose bückte. Lächelnd richtete sie sich auf und kam mit wiegenden Hüften auf ihn zu. Sie kniete sich breitbeinig über ihn und gab ihm das Kondom, welches er sofort überstreifte. Er ließ seine Hände über ihre Oberschenkel zu ihrer Mitte fahren. Sanft streichelte er über das geschwollene, nasse Fleisch.

"Du bist immer so herrlich bereit für mich, Baby."

"Ja", hauchte sie, griff zwischen ihre Körper und ließ sich langsam auf ihn gleiten. Tys Atem ging schwer und Schweiß bildete sich auf seiner Stirn.

"Fuck, Nina, das fühlt sich so verdammt gut an, Baby!" Er griff nach ihren Hüften, und drückte sie tiefer auf sich, was sie beide aufstöhnen ließ. Als sie sich dem Druck entzog, bettelte er: "Hör nicht auf, Querida, bitte, ich muss mich jetzt ganz in dir versenken!" Sie sah ihm fest in die Augen.

"Nie!", antwortete sie eindringlich und ließ sich auf ihn fallen.

"FUCK!" Ty hielt sie tief auf sich und atmete hechelnd. Er hatte das Gefühl, dass eine einzige Bewegung von ihr ausreichen würde, um ihn kommen zu lassen.

Er zog ihren Oberkörper näher zu sich und begann wieder, an ihren vollen Brüsten zu saugen. Eine Hand ließ er zwischen ihre Körper gleiten und rieb vorsichtig über ihre Klit. Ihr Stöhnen wurde lauter und sie begann, sich unruhig zu bewegen.

Also ließ er sie frei und raunte ihr zu: "Reite mich, Baby!"

Er packte ihre Hüften und kippte sie so, dass er bei jedem Stoß an ihrer Klit reiben würde. Dann trieb er sie in einem schnellen Tempo auf und ab. Jeden Stoß kam er ihr entgegen. Lang würde er das nicht mehr aushalten, da war er sich sicher. Sein Schwanz pulsierte und er wünschte sich nichts sehnlicher, als endlich in ihr zu kommen. Also presse er seinen Handballen auf ihre Klit und Nina explodierte bereits nach zwei weiteren Stößen.

Ty spürte die Kontraktionen ihrer Muskeln um seinen Schwanz und wollte nur noch tiefer in sie. Er legte eine Hand zwischen ihre Brüste und die andere auf ihr Steißbein und bog so ihren Oberkörper in einem Hohlkreuz nach hinten. Nina stützte sich mit den Händen auf seinen Oberschenkeln ab und präsentierte ihm so ihre herrlichen Brüste. Er stieß noch zwei Mal seine Härte in sie, ehe er in ihr verweilte und laut stöhnend kam.

Tys Kopf fiel nach hinten gegen die Wand und Ninas Oberkörper kam an seinem zum Liegen. Heftig atmend und verschwitzt saßen sie da und genossen die Nachbeben ihrer Orgasmen.

NINA

Nach einer gemeinsamen Dusche lagen sie eng umschlungen in Tys Bett. Ninas Kopf ruhte auf seiner Brust und sie streichelte ihn in klitzekleinen Bewegungen.

"Te amo, Nina", flüsterte Ty in ihre Haare. Sie drehte ihren Kopf und küsste ihn auf die Brust. Dann legte sie ihre flache Hand auf die Stelle, an der sein Herz schlug.

Schon eine Weile liefen ihr stumme Tränen über die Wangen. Nina war froh, das Ty sie für das Wasser aus ihren nassen Haaren halten musste.

Innerlich versuchte sie, sich anzuspornen. Sie hatte noch genug Zeit zu trauern, wenn sie allein in Deutschland war. Das hier war die beste Zeit ihres Lebens und sie hatte nur noch verdammte drei Tage! Alles in allem hatte sie doch sowieso schon sooo viel mehr bekommen, als sie jemals zu träumen gewagt hatte.

Wie hätte eine Frau, die nicht spricht und Berührungsängste hat, auch einen Mann finden sollen. Noch dazu so ein Bild von einem Mann?

Noch im Juli hatte sie seine Tattoo's von Weitem fotografiert und davon geträumt, einmal den Unterschied zwischen schwarzer Farbe und weißer Haut spüren zu können. Dass sie einem Mann so nahe kommen könnte ... undenkbar!

Vorsichtig löste sie sich von ihm, wollte seinen Körper noch einmal intensiv betrachten. "Komm sofort wieder her, Cara!", brummte Ty verschlafen.

Nina kicherte. Er war einfach süß, wenn er so brummig war. Jemand, der ihn nicht so gut kannte, nahm ihm das vielleicht ab, aber Nina wusste es besser. Nun, da er aber schon mal halb wach war, konnte sie ihn auch vollends wecken, um die Zeit mit ihm auch wirklich auszunutzen. Vielleicht sollte sie darauf achten, dass sie beide die nächsten drei Tage so wenig wie möglich schliefen!

Ja, das ist eine hervorragende Idee!! Also beugte sie sich nach unten und begann, an seinem Fußballen zu knabbern. Ty quiekte und riss seinen Fuß weg. Mit offenem Mund und großen Augen starrte er sie an.

Unverzüglich begann Nina zu lachen. Der große, allzeit schlecht gelaunte Sicherheitschef war an seinen Füßen kitzlig! Nina lachte so laut und heftig, dass sie schlussendlich vom Bett fiel.

"Das hast du davon, du Hexe! Wenn du das irgendjemand erzählst, hast du ein ziemlich großes

Problem, Chica!", rief er, lehnte sich über die Bettkante und gab ihr einen Klaps auf den Po. Quietschend krabbelte Nina aus dem Zimmer.

TY

"Komm zurück, du Hexe!", brüllte Ty ihr nach und versuchte, sie einzuholen. Im Flur angekommen, hörten sie die Klingel und Stimmen von draußen.

"Lass sie ihn Ruhe, du Psychopath! Wenn du ihr nur ein Haar krümmst, bring ich dich um!" Gregor.

"Mach sofort auf, Ty, ehe die beiden deine Tür eintreten!" Ryan.

"Letzte Warnung, Mr. Moreno, oder ich schieße das Schloss kaputt!" Benson.

Ty hatte Nina gerade am Fußgelenk gepackt. Ihr Oberkörper lag noch am Boden, ihr Fuß war auf Höhe von Tys Bauch und der zweite baumelte in der Luft.

Ein zerschossenes Türschloss war das Letzte, was Ty gebrauchen konnte, also öffnete er, so wie sie eben waren, die Tür mit dem Summer. Er nackt bis auf seine Boxershort, unter der sich eine deutliche Erektion abbildete, und Nina nur in String und T-Shirt, welches ziemlich weit nach oben gerutscht war, in ihrer etwas unvorteilhaften Position.

"Nicht mein Schloss!", rief Ty, der besonderen Gefallen an der Kombination aus Zahlenschloss und Fingerabdruckleser gefunden hatte.

Die drei Männer sahen ihn verdutzt an. Benson richtete seine Waffe auf Ty und blaffte: "Lassen Sie sie sofort los!"

Da man mit Waffen nicht scherzte, löste er seinen Griff und trat einen Schritt zurück.

"Aua!", jaulte Nina, die etwas unsanft auf dem Boden gelandet war.

"Schnell, Nina! Komm zu uns!", rief Gregor.

Langsam richtete Nina sich auf und schien das volle Ausmaß der Situation erst jetzt zu begreifen.

"Sag mal spinnst du? Runter mit der Waffe!", schrie sie. Alle vier Männer zuckten zusammen. Sie atmete tief durch und dann fuhr sie fort: "Er hat mir überhaupt nichts getan!"

"Mein Gott, sie kann ja tatsächlich sprechen!", sagte Ryan, für den alles andere ja sowieso klar war. Die beiden anderen Männer sahen ihn für diesen Kommentar allerdings an, als wäre er nicht mehr ganz dicht.

"Kommt rein!", sagte Nina. Ty dachte, sein Herz bliebe stehen. Mit einer Waffe bedroht zu werden, war nicht annähernd so schlimm, wie jemanden in seine Wohnung zu lassen.

"Nina!", sagte er daher klagend, verstummt aber, als er ihren Blick sah.

Mit hängendem Kopf trottete er in die Küche, denn bei Gott, sie würden nicht in sein Schlafzimmer gehen.

Beinahe ehrfürchtig betraten Ryan und Shane, der sich bislang im Hintergrund gehalten hatte, seine Wohnung.

"Alles hier ist weiß!", sagte Gregor, der als letztes die Wohnung betrat.

"Nein", sagte Benson, der gerade die Küche betrat und den pinken Stuhl erblickte.

"Du hast einen pinken Stuhl?", rief Shane und sah dabei sichtlich schockiert aus.

Ty stöhnte und fragte sich, wie zum Teufel er in diese Situation geraten konnte. Ninas kleine Hand, die sich in seine schob, holte ihn zurück in die Wirklichkeit. Sie zog ihn auf ihren Stuhl und Ryan rief: "Er sitzt sogar darauf!"

Dass Nina sich sofort auf ihn setzte, hinderte ihn daran, alle vier aus seiner Wohnung zu schmeißen.

Stöhnend schloss er die Augen und zog Nina fest in seine Arme.

"Mein Gott, Nina, kannst du dir nicht mal etwas anziehen?"

"Noch ein Wort von dir und ich jage dir eine von Bensons Kugeln durch den Kopf!", sagte Ty mit noch geschlossenen Augen und hörte zeitgleich, wie Benson die

Waffe entsicherte.

"Benson!", rief Nina entsetzt. Dieser murmelte ein kleines "'Tschuldigung."

"Können wir nicht ins Wohnzimmer gehen, dann können wir uns alle setzen und in Ruhe reden", versuchte Ryan, die Situation in den Griff zu bekommen.

"Hab keins", sagte Ty mit noch immer geschlossenen Augen.

"Was soll das heißen?", fragte Shane.

"Was wohl? Für was brauche ich ein Wohnzimmer? Niemand darf in meine Wohnung. Deshalb gibt es auch nur einen Stuhl in meiner Küche!"

"Zwei", präzisierte Gregor.

"Nein. Einen und seit heute Ninas Thron!", stellte er klar.

Als auf seine Ansage hin absolute Ruhe herrschte, öffnete er doch die Augen. Vier Männer starrten ihn fassungslos an und Nina schaukelte vergnügt grinsend auf seinem Schoß.

"Du kaufst ihr extra einen Stuhl?", fragte Shane sichtlich schockiert.

"Ich hätte ihr heute schon beinahe ein Tattoostudio gekauft. Glaube, dagegen ist ein Stuhl nichts!"

Wieder sekundenlanges fassungsloses Schweigen. Dann sprachen alle gleichzeitig.

"Nina bekommt kein Tattoo!" Gregor.

"Du hast es wohl ganz schön verbockt gestern!" Ryan.

"Bist du nicht mehr ganz sauber, Alter? Es ist nur ein Mädchen!" Shane.

"Ist ja wohl das mindeste!" Benson.

Dessen Aussage brachte ihn auch wieder darauf, dass er zwar stocksauer auf seine rechte Hand war, ihm aber auch ein wenig zu Dank verpflichtet sein sollte.

"Danke für gestern, Benson!", sagte Ty ernst. Bensons Nicken sagte ihm, dass dieses Thema auch von seiner Seite aus abgeschlossen war.

"Gut. Wir sind uns also einig, dass Nina hier nichts

angetan wurde?", fragte Ryan vorsichtig. Benson nickte, Gregor starrte die beiden grimmig an und Shane feixte: "Definiere: angetan."

"Und was war das dann bitte für eine Szene im Flur?", blaffte Gregor.

Nina räusperte sich. "Ich warne dich!", blaffte Ty, woraufhin Benson sich sofort wieder verspannte.

"Raus damit, Nina, die Herrschaften werden sowieso nicht vorher gehen!", sagte Ryan.

"Ty ist kitzlig am Fuß", sagte Nina leise.

Ryan und Shane bekamen sich vor Lachen gar nicht mehr ein. Sogar Bensons Mundwinkel zuckten. Nur Gregor starrte ihn mit offenem Mund an.

"Okay, wir haben uns also versichert, dass es Nina gut geht. Wohnung warm, Kühlschrank voll und sie hat sogar ihren eignen pinken Thron. Ist irgendjemand nicht der Meinung, dass Ty den Boden küsst, auf dem sie geht?", fragte Ryan in die Runde.

Mehr oder weniger zufriedenes Kopfschütteln.

"Dann gehen wir jetzt mal wieder. Kommt ihr zum Abendessen?"

Nina schüttelte heftig den Kopf.

"Uff. Na dann viel Spaß, Amigo!", sagte Shane und lief schnell aus der Küche, ehe Ty ihn erwischen konnte. Die anderen folgen ihm schmunzelnd und Ty hatte endlich wieder seine Ruhe.

10 GRÖSSTE TRÄUME

TY

"Wach auf, Querida!"

Nina vergrub ihren Kopf noch tiefer unter seinem Arm.

"Komm schon, Honey. Du musst jetzt aufstehen!"

"Ich will nicht!"

"Hey, du antwortest jetzt schon im Halbschlaf in Sätzen, Cara!"

"Hmpf", machte Ty, als Nina ihn in die Innenseite seines Oberarms biss.

"Warum?", fragte sie quengelig.

"Du musst nicht, wenn du keine Tätowierung willst."

Nach einigen Sekunden Verzögerung setzte Nina sich abrupt auf. Nie sah sie hübscher aus als in der Früh, direkt nach dem Aufwachen. Doch, okay, direkt nach einem Orgasmus sah sie sogar noch atemberaubender aus, aber dieser Anblick hier toppte alles Weitere definitiv!

Sie schlüpfte so schnell aus dem Bett, dass er keine Chance hatte, sie noch für einen Quickie an sich zu ziehen und gerade deswegen hatte er sie doch so früh geweckt.

Ty hörte, wie sie die Dusche anstellte und lief ihr schnell hinterher. Leise öffnete er die Tür und da stand sie, nackt wie Gott sie schuf und einfach nur anbetungswürdig.

Er streifte sich seine Boxershort ab und stieg hinter ihr in die Dusche.

"So eilig haben wir es nicht, Honey", sagte er und schob ihr seine Hände auf den Bauch.

"Dann hättest du mich schlafen lassen sollen", antwortete sie beleidigt. Ty küsste zur Entschädigung ihren Nacken und leckte dann die Wirbelsäule entlang nach unten. Er kniete sich hinter sie und küsste dann den Übergang zwischen Rücken und Pospalte.

"Stütz die Hände ab, Querida, dass ich besser dahin komme, wohin ich so dringend muss."

Nina stöhnte leise, legte ihre Hände an die Duschwand und stellte ihre Beine ein kleines Stück weiter auseinander. Ty schleckte einmal der Länge nach über ihre Spalte, ehe er ihre Lippen mit seiner Zunge teilte.

"Du schmeckst so süß, Cara", murmelte er und saugte an ihren kleinen Schamlippen. Dann drang er mit zwei Fingern in sie ein und bewegte sie langsam hin und her.

Als sie begann, seinen Stößen entgegen zu kommen, entzog er ihr seine Finger. So tief es ging, drang er mit seiner Zunge in sie ein und leckte dann über ihren Damm zu ihrem Anus. Sofort spannte sie ihn an, doch Ty ließ sich dadurch nicht beirren. Er leckte noch einige Male darüber, ehe er sich aufrichtete und sich von hinten an sie schmiegte.

"Eines Tages werde ich dich dort nehmen, Querida. Ich freue mich bereits drauf. Aber heute, Cara, heute möchte ich einfach nur in dir sein. Roh, pur. Ich verspreche dir, dass ich nicht in dir komme, okay?"

Nina nickte, den Kopf auf seine Schulter gelegt. Sie vertraute ihm. Egal, was er tat, sie vertraute ihm vollkommen.

Vorsichtig strich er mit seinen Händen zurück zu ihrer Mitte und positionierte seinen zum Bersten gefüllten

Schwanz an ihrer nassen Öffnung.

Langsam, Zentimeter um Zentimeter, drang er in die geschundene Pussy ein.

Mit beiden Händen strich er ehrfurchtsvoll über ihre Pobacken. Das klare Wasser, das über ihre ebenmäßige Haut floss, bot ihm ein herrliches Schauspiel. Das Gefühl ihrer puren, weichen, heißen Haut um ihn hätte ihn beinahe um seinen Verstand gebracht. Ganz langsam schob er sich tiefer in sie und dehnte sie immer weiter, bis sein hartes Glied in sie passte.

Er spürte ihre flache Atmung und wusste, dass nicht mehr viel fehlte, um sie über die Klippe zu bringen. Vorsichtig begann er, sich in ihr zu bewegen und ahmte den Rhythmus seiner langsamen, tiefen Stöße an seiner Hand nach.

Ninas Wimmern schoss ohne Umwege in seinen Schwanz und Ty war sich sicher, dass er es nicht mehr allzu lange aushalten würde. Er beschleunigte sein Tempo, sodass seine Lenden bei jedem Stoß an ihren Hintern klatschten. Dann beugte er sich über sie und biss sie in den Nacken. Ninas Reaktion kam beinahe sofort. Ihre Pussy zuckte so hart um ihn, dass Ty sich kaum noch beherrschen konnte. Sie schrie ihren Orgasmus laut hinaus und wurde schlaff in seinen Armen.

Ein letztes Mal stieß Ty tief in sie, ehe er seinen explodierenden Schwanz aus ihr zog und auf ihren Rücken ejakulierte.

Völlig ausgepowert lehnten die beiden an der Duschwand. Als sich Puls und Atmung wieder ein wenig stabilisiert hatten, wusch Ty sanft ihren Rücken.

NINA

"Guten Morgen, Joey", grüßte Ty seinen Tätowierer.

"Hmpf", war dessen Antwort.

Ja, Joey war kein Morgenmensch.

"Joey sticht dir heute erst einmal die Konturen. Dann

sehen wir, wie weit er kommt und wie lang du es aushältst."

Nina nickte, war sich aber sicher, dass sie es so lange aushalten würde, wie Joey Zeit für sie hätte. Das hier war ihre letzte Chance für eine Tätowierung und sie würde so viel wie möglich davon mitnehmen.

So schnell sie konnte, streifte sie sich Hoody und Top ab und stellte sich dicht vor Joeys Stuhl.

"Huh, dass ging aber fix", murmelte dieser, fing aber ohne weitere Reden mit der Skizze an.

"Du bist sehr entschlossen heute, Honey", sagte Ty mit einem kleinen Lächeln im Gesicht.

Sie mochte diese Stimmung an ihm. Kurz nach dem Sex war Ty immer wie eine gesättigte, träge Raubkatze, die sich den nächsten warmen Stein in der Sonne suchte. Wäre er der Panther, dem seine lässige Eleganz so ähnelte, würde er in diesem Moment zufrieden schnurren.

Vielleicht war es ganz gut so, dass er sie in der Dusche noch so überfallen hatte, so war er wenigstens nicht ganz so eifersüchtig und würde ihr vielleicht die Chance geben, Joey von der Änderung der Tätowierung zu erzählen.

20 Minuten später war die Skizze so gut wie fertig.

"Du musst mir noch nen Kaffee besorgen, bevor ich anfangen kann, Ty. Sonst wird's zum Schluss noch schief!", sagte Joey und verschaffte Nina die perfekte Gelegenheit. Tys Gesichtsausdruck wurde wachsam.

Nina sah ihm fest in die Augen und hauchte: "Geh!"

Er schien sehr überrascht zu sein, gab ihr dann aber nur einen kleinen Kuss auf die Stirn und trollte sich.

Nachdem sie sich sicher war, die Ladentüre gehört zu haben, flüsterte Nina an Joey gewandt: "Schreib hier bitte 'Ty' rein, ja?" Joey sah sie verdutzt an, ehe er Tys Namen auf dem größten Blütenblatt verewigte.

"Ich gehe davon aus, es soll eine Überraschung sein?" Bestätigend nickte sie.

"Ich mache oben erst mal nur die Konturen und die Rose komplett fertig, falls er sie vor Fertigstellung des

Tattoos sieht, soll sie ja nach was aussehen. Dann machen wir ein dickes Pflaster drauf, das da mindestens vier Tage bleiben muss", sagte Joey mit einem Zwinkern.

Nina lächelte ihn dankbar an. Die Farben und Geräte waren bereit, als Ty mit dem Kaffee zurück kam.

Es tat weh. An manchen Stellen tat es sogar verdammt weh! Und an dem ein oder anderen Fleckchen hätte Nina gern lauthals geschrieen. Aber sie biss die Zähne zusammen, schüttelte immer den Kopf, wenn Joey ihr eine Pause anbot und versuchte, seinen Anweisungen so schnell wie möglich nachzukommen. Alles, nur um so viel wie möglich von der Tätowierung mitzunehmen.

"Besorg Nina mal einen Saft, bevor ihr Kreislauf noch schlapp macht", sagte Joey zu dem sehr kritisch dreinblickendem Ty.

"Vielleicht sollten wir dann besser aufhören", antwortete dieser.

"NEIN!"

"Nicht bewegen, Süße, sonst stech ich noch daneben!"

"TY!", jammerte Nina.

"Okay, Querida, aber du kannst es doch ein anderes Mal fertig machen lassen. Das muss man sowieso noch nachstechen." Nina nickte. Er wusste es ja nicht besser.

In zwei Tagen war sie fort und bei Ty würde alles wieder so sein, wie vor ihrer gemeinsamen Zeit.

Für Nina hatte sich alles geändert. Sie wusste jetzt, wie das Leben auf der anderen Seite der Linse war und sie war sich sicher, dass sie es schmerzlich vermissen würde.

"So, fertig. Wie geht es dir?" Nina nickte.

"Hör mal, ich habe noch eine halbe Stunde. Wenn du willst, können wir die Schattierungen noch stechen." Ein Strahlen bildete sich auf ihrem Gesicht und Joey schien sie sofort zu verstehen. Er desinfizierte die Rose und legte das Pflaster darüber, ehe er fortfuhr.

"Du bist ganz blass, Cara. Wir hätten viel früher wieder aufhören sollen!"

"Lass sie, Ty, sie ist ein großes Mädchen und selbst,

wenn sie nicht spricht, sagt sie doch sehr deutlich, was sie will und was nicht." Vorsichtig umarmte Nina ihn und nahm sich vor, ihm einen ihrer Kalender zu senden, als Dankeschön für seine Hilfe. Tys Knurren überhörte sie dabei absichtlich.

Der Streit mit Gregor war grauenhaft, aber das war es Nina wert gewesen. Gegen Abend schmerzte ihre Seite stark und sie war froh, als sie sich endlich hinlegen konnte.

"Dieses Tattoo ist scheiße! Ich kann dich ja noch nicht einmal in den Arm nehmen, vom Sex ganz zu schweigen! Hätte ich bloß auf Gregor gehört und dich niemals zu Joey gebracht!", maulte Ty am Abend, doch sie konnte nur darüber lächeln. Er hörte sich an wie ein kleiner Junge, dem seine Mami kein Eis gab.

Den gesamten darauffolgenden Tag verbrachten die beiden unter sich. Nur zum Abendessen, hatten sie sich einmal blicken lassen. Sie hatten viel gekuschelt und Ty hatte immer wieder davon angefangen, was sie noch alles zusammen unternehmen würden. Da Nina dieses Thema zu sehr schmerzte, hatte sie ihn immer wieder mit Küssen und Liebkosungen abgelenkt. Spät am Abend hatten sie sich noch einmal sehr langsam und zärtlich geliebt. Die Schmerzen von ihrer Tätowierung hatten nichts anderes zugelassen und doch war es eines der schönsten Ereignisse ihres Lebens gewesen.

Mit Tys geflüstertem: "Te amo, Querida", war sie schließlich eingeschlafen.

11 LEB WOHL

NINA

"Wie gesagt, kann ich diesen Termin leider nicht verschieben, Süße, aber ich bin auf jeden Fall wieder da, bevor ihr zum Flughafen fahrt, okay?"

Nina nickte wehmütig. Im Gegensatz zu Ty wusste sie, dass Gregor und sie früher fliegen würden als alle anderen, da nicht alle einen Platz im gleichen Flug bekommen hatten.

Nina nickte tapfer und sah zu, wie er sich seine Schlüssel einsteckte.

"Bis später, Honey!", sagte er und küsste sie zart. Als er sich schon wegdrehen wollte, rief Nina ihn zurück: "Ty!"

Er sah sie mit einer hochgezogenen Augenbraue an.

"Te amo, Ty", flüsterte Nina. Sein Gesichtsausdruck wurde unglaublich weich und Ninas Herz zerfloss noch ein Stückchen mehr.

"Te amo, Nina."

"So unglaublich fest!", flüsterte sie, küsste ihn noch ein letztes Mal und legte all ihre Emotionen in diesen Kuss. All ihre Liebe, ihre Leidenschaft, ihre Angst und die Trauer, ihn jetzt gehen lassen zu müssen.

Als er sich schließlich leise lächelnd von ihr löste, senkte sie den Blick schnell, sodass er die Tränen, die jeden Moment aus ihren Augen kullern würden, nicht sehen konnte.

"Bis gleich, Süße", flüsterte er in ihre Haare und drückte ihr einen Kuss auf den Scheitel.

Nachdem sie die Tür hatte hinter ihm ins Schloss fallen hören, wich schlagartig alle Kraft aus ihrem Körper. Sie hatte absolut keine Ahnung, wie sie diesen Verlust jemals verkraften sollte. Der Gedanke, in ihr vorheriges Leben zurückzukehren, verursachte die verschiedensten Emotionen, von Schmerz über Angst bis hin zu einer beinahe überwältigenden Übelkeit. Einige Minuten saß sie einfach nur zitternd am Boden der Hotelsuite und weinte stumme Tränen um all das, was sie in diesem Moment verlor.

Dann raffte sie sich auf. *Erster Schritt, Koffer packen,* dachte sie und machte sich ans Werk.

TY

Dieses Meeting dauerte einfach unglaublich lang. Dabei wollte er doch nichts sehnlicher, als den letzten Tag mit der Frau seiner Träume zu verbringen! Sie mussten noch so viel klären, noch so viel planen!

Ty hatte es gestern mehr als einmal versucht, aber sein Mädchen war unersättlich gewesen.

Gott, wie er diese Frau liebte! Sie war alles für ihn! Heute Abend, wenn er Nina für die hoffentlich letzte Trennung ihres Lebens zum Flughafen gebracht hatte, hatte er einen Termin mit den Handwerkern. Er hatte Alex von seinen Plänen erzählt und dieser hatte ihm bereits die Pläne für seinen Umbau gezeichnet. Seine Ideen waren atemberaubend! Ty konnte wirklich verstehen, warum Ryan den Architekten und Freund aus Deutschland so gerne in seiner Firma haben wollte.

Die Handwerker sollten den Ausbau seiner Wohnung übernehmen, damit auch ja alles fertig war, wenn seine Traumfrau zu ihm zog.

Wieder sah Ty auf die Uhr. Dieses beschissene Meeting dauerte jetzt schon zwei Stunden! In diesem Moment verabschiedete sich ihr Geschäftspartner und wurde von Kelly, Ryans nerviger Sekretärin, zum Ausgang begleitet.

"Sind wir dann fertig?", fragte Ty ungeduldig.

"Warum bist du eigentlich so nervös? Hast du noch irgendwelche Termine heute?", fragte Logan, der neben ihm saß.

"Warum wohl? Der will die letzten Stunden mit seinem Mädchen verbringen!", frotzelte Shane.

"Warum? Gregor und Nina sind doch schon vor einer halben Stunde abgeflogen", antwortete Logan mit zusammengezogenen Augenbrauen.

Im Raum wurde es so still, dass man eine Stecknadel hätte fallen hören können.

"Was?", fragte Ty sehr leise, sodass Logan einige Schritte zurückwich.

"Na, Gregor hat es mir gestern beim Essen erzählt. Er sagte, dass nicht alle einen Platz im gleichen Flugzeug bekommen hatten und er und Nina deshalb heute früh fliegen."

In seinem Innerem breitete sich eine Eiseskälte aus. Hatte sie ihn tatsächlich einfach so verlassen? Ohne ein Wort des Abschieds? Das konnte nicht sein! Sie würde ihm das nicht antun. Sie würde nicht einfach gehen, ohne zurückzuschauen. Sie war keine von den Schlampen, die den Wert dessen, was sie beide hatten, nicht kannte.

Betont ruhig zog er sich seine Manschetten zurecht und wandte sich zur Tür.

"Ihr entschuldigt mich sicher", sagte er beherrscht.

"Ty", rief Ryan ihm nach. Er und Shane waren sogar mutig genug, ihm bis in den Flur zu folgen.

"Es wäre besser, wenn ihr mir nicht folgt", sagte Ty mühsam ruhig und stieg in den Aufzug. Als er sich umdrehte, schaute er in die geschockten Gesichter seiner Freunde, aber er hatte im Moment keine einzige Zelle übrig, die sich mit ihnen hätte beschäftigen können. Sein Gehirn arbeitete auf Hochtouren, um eine Erklärung für das zu finden, was gerade mit ihm geschah. Und alle anderen Zellen waren damit beschäftigt, ihn zusammenzuhalten, sodass er an dem Schmerz, der sich in ihn schleichen wollte, nicht zerbrach.

NINA

Ist es möglich, auszutrocknen vor lauter Weinen? Diese Frage stellte sich Nina selbst. Sie waren jetzt seit vier Stunden in der Luft und ihre Tränen schienen nicht zu versiegen.

Gregor hatte versucht, mit ihr zu reden, sie zu trösten. Er hatte gescherzt und war über Ty hergezogen. Er hatte sie geschüttelt und sie angeschrieen, aber nichts durchdrang den eisernen Schmerz, den die Trennung in ihr hinterlassen hatte. Nina war sich sicher, dass diese Wunde nicht mehr heilen würde. Selbst wenn sie jemals wieder einen Mann kennenlernen würde, so wie Gregor es gesagt hatte, kein Mensch auf der Welt könnte je an Ty hinreichen. Er war perfekt.

Es war gut, dass sie ihn nicht mehr gesehen hatte. Er hätte nur schöne Worte für ihren Abschied gehabt. Ihr vielleicht Dinge erzählt, bei denen sie doch noch an ein Happy End hätte glauben können.

So wie es jetzt war, war es besser. Auch den Brief, den sie ihm hatte schreiben wollen, hatte sie nicht fertiggebracht. Im Nachhinein dachte sie, dass er es wahrscheinlich sowieso nicht hätte hören wollen. Warum auch? Er würde jetzt vielleicht einige Tage traurig sein, ehe die nächste Frau seinen Weg kreuzen würde. Und dieses Mal wäre es vielleicht eine, die nicht ganz so abgefuckt war wie Nina selbst.

Irgendwann weinte sie sich schließlich in den Schlaf und hoffte einfach, nie wieder aufwachen zu müssen.

TY

Weg! Einfach weg. Sie hatte alles mitgenommen. Das IPhone hatte sie dagelassen. Wie hätte sie noch deutlicher machen sollen, dass sie an einer weiteren Beziehung kein Interesse hatte?

Kein Brief, keine Nachricht, kein einziges verdammtes Wort des Abschieds! Nur ein verficktes IPhone und verfickte 600$, als wäre er eine billige Hure, die sie für die letzten Nächte bezahlte!

Er hatte endlich die Frau seines Lebens getroffen und sie servierte ihn eiskalt ab!

Ty hatte das komplette Hotelzimmer auseinander genommen. Jeden Zentimeter dieser verfluchten Suite hatte er nach einer Botschaft von ihr abgesucht. NICHTS!

In blinder Wut hatte er alles zerstört, was ihm zwischen die Hände geraten war. Wie verdammt nochmal konnte sie ihm das antun? Er hatte ihr seine Liebe gestanden. Er hatte ihre gemeinsame Zukunft geplant. Und sie?

Nachdem er über drei Stunden gewütet hatte, hatte er sich schließlich auf den Boden gesetzt und zu weinen begonnen. Wie eine so kleine Frau sein Leben so gründlich zerstören konnte, war ihm ein absolutes Rätsel!

Er musste vor lauter emotionaler Erschöpfung eingeschlafen sein, denn als er erwachte, war es fünf Uhr früh am Morgen und er saß mitten in einer verwüsteten Suite.

Langsam ging er zur Minibar. Ohne nachzusehen schnappte er sich die erste der kleinen Schnapsflaschen und schütte sie in sich hinein. Das wohlige Brennen hieß er willkommen und nahm sich blind eine zweite.

Nachdem er auch diese getrunken hatte und sein Denken schon leicht benebelt wurde, begann er, seine Habseligkeiten in dem Chaos, das er veranstaltet hatte, zusammen zu suchen.

Ungefähr bei der Hälfte angekommen, gönnte er sich einen dritten Drink und fühlte sich ein klein wenig besser. Nun, eigentlich nicht besser, aber immerhin fühlte er weniger.

Bei der vierten und letzten Flasche handelte es sich um irgendeinen Kräuterschnaps. Unter normalen Umständen hätte Ty ihn niemals angerührt, aber heute fiel auch dieser ihm zum Opfer.

Seinen Koffer hinter sich herziehend, machte Ty sich auf den Weg in die Hotelbar. Er wollte den Schmerz betäuben, Cat ihr Zimmer bezahlen und nach Hause gehen.

"Mr. Moreno!", grüßte ihn der Barmann. Ty nickte kurz und bestellte sich eine Flasche Smirnoff Ice. Der Mann sah etwas unsicher aus, stellte sie ihm aber schließlich hin.

Er hatte sein erstes Glas noch nicht zur Hälfte gelehrt, als Ryan bereits neben ihm Platz nahm.

"Hat der kleine Wichser also seine Fresse nicht halten können?", fragte Ty gedehnt und nahm noch einen Schluck von seinem Wodka.

"Was ist los, Ty?"

"Ich liebe sie, Ryan. Ich liebe sie so sehr, wie ich noch nie eine Frau in meinem Leben geliebt habe."

"Und was ist dein Problem?"

Ty lachte hart auf und warf sein Glas gegen die Wand.

"Lass das, Ty. Ich mag mein Hotel!", sagte Cat sanft hinter ihm.

"Was? Hat der fucking Barmann die ganze Familie Black angerufen?", schrie er und nahm noch einen Schluck, diesmal mangels Glas aus der Flasche.

"Nachdem er mit B durch war, hat er mit C wie Carter weitergemacht", drang Shanes leise Stimme von der Tür aus zu ihm.

"Oh, der große Shane beehrt mich auch! Los, mach schon, du Arschloch! Sag mir, was ich alles falsch gemacht habe. Sag mir, dass sie doch nur eine weitere fucking Pussy ist und ich einfach zur nächsten gehen sollte!", brüllte Ty seinen zweitbesten Freund an.

"Du weißt, dass sie das nicht ist, Ty. Warum sollte Shane es dir sagen?", fragte Cat sanft. Zu sanft. Mit voller Kraft schlug Ty seine Faust auf den Tresen und trank dann noch einmal von seinem Wodka, um den Schmerz seiner erneut aufgeplatzten Hand zu betäuben.

"Sie liebt dich wirklich, Ty." Mit diesen Worten betrat nun auch Sky den Raum.

"Oh, die zukünftige Mrs. Black persönlich. Ja, du musst es wissen, du hast ja so viele positive Erfahrungen mit der Liebe gemacht!"

"Das war unter der Gürtellinie, Ty!", blaffte Ryan ihn an.

Skys verletztes Gesicht versetzte ihm einen Stich. Das war er nicht. So war er nicht. Ty trank erneut zwei lange Züge aus der Flasche.

"Ich geh nach Hause", sagte er, mittlerweile ein wenig lallend.

"Vielleicht möchtest du noch ein wenig hier bleiben?", bot Cat an.

"Ich habe dir einen Flur und eine Suite ruiniert, reicht das nicht?"

Cat zuckte zusammen.

"Ich zahle dir alles, Cat. Keine Sorge, ich hab jetzt Geld ohne Ende. Hier, 600$ Anzahlung in bar. Hat meine Zuhälterin für mich hinterlassen."

Sich selbst so zynisch zu hören, war seltsam. Er setzte die Flasche erneut an und war erstaunt, dass sie bereits zur Hälfte geleert war. Dann stand er auf und ging ohne ein weiteres Wort zum Ausgang.

"Ich werde sie fahren, Mr. Moreno."

Benson.

"Ja, ja, Benson. Weil der Alte zu betrunken ist, um selbst zu fahren. Das machen Frauen aus einem, Benson!"

"Sie haben Recht, Mr. Moreno."

Nachdem er sich auf den Beifahrersitz hatte gleiten lassen, trank er erneut einen großen Schluck.

"Alkohol steht Ihnen nicht, Mr. Moreno."

"Wem tut das schon? Nennen sie mich Ty, Benson. Sie sind ein treuer Gefährte. Außer natürlich, dass sie sich an meine Freundin ran machen, die ja gar nicht meine Freundin ist, weil sie mich sitzen gelassen hat." Einige Sekunden hielt Ty inne.

"Ist sie jetzt etwa ihre Freundin????", schrie er und packte Benson hart am Arm.

Dieser bremste abrupt und lenkte den Wagen an den Straßenrand.

"NEIN! Mr. Moreno, ich würde mich nie an Ihre Frau ran machen!"

Benson klang ehrlich schockiert.

"Nina ist heiß und schlau und sie quatsch nicht wie all die anderen Weiber!", versuchte Ty ihn aus der Reserve zu locken.

"Ja, aber sie ist viel zu weich für mich. Ich brauch eine Frau mit starkem Charakter. Nina würde unter mir kaputtgehen!", antwortete Benson.

Ty nahm noch einen tiefen Zug aus seiner Flasche.

"Wie heißen Sie, Benson?"

"Dario, Sir."

"Wir können uns nicht beim Vornamen nennen, wenn du Sir zu mir sagst!"

"Okay", stimmte Benson zu.

"Fahr mich zur Brooklyn Street, Dario", wies Ty seinen Kumpanen an.

"Warum?", fragte Dario.

"Ich muss kämpfen!"

"Illegal?"

"Wie sonst?" Zumindest Ty kannte keine legale Möglichkeit, so kurzfristig und betrunken kämpfen zu können.

"Wie wär's mit einem Sparring?"

"Mit dir, Dario?"

"Ich bin nicht so schwach!", antwortete Benson trocken.

"Also los, zu mir!", antworte Ty und trank noch einen tiefen Zug.

NINA

Gregor ging ihr auf die Nerven. Sie wollte alleine sein und ihren Schmerz ausleben. Aber er schlich dauernd um sie herum.

Als er schließlich auf dem Sofa einschlief, schlich Nina sich hinaus, um sich an der Brücke mit ihrem Dealer zu treffen.

"Hey Querida!", rief Pedro ihr entgegen. Der Kosename versetzte Nina einen Stich. Sie erinnerte sich noch an das erste Mal, als Ty ihn gesagt hatte. Sie hatte lächeln müssen, weil sie ihn so gut von Pedro kannte.

Ty dachte wohl, er gefiele ihr besonders gut, also hatte er ihn behalten. Nicht, dass Nina etwas dagegen gehabt hatte. Aus Tys Mund klang er wie eine Liebkosung.

"Das Übliche?"

Auf ihr Nicken hielt er ihr das Päckchen hin und sie bezahlte den Standardpreis.

"Du siehst schlecht aus, Querida. Brauchst du was Härteres?"

Kurz überlegte Nina. Nur allzu gern würde sie den kurzen Trip ins Vergessen annehmen. Aber sie hatte das bereits hinter sich. Von den harten Drogen runter zu kommen, war eine ziemlich harte Sache und sie hatte nicht vor, noch einmal in diesen Teufelskreis zu geraten.

Also schüttelte sie ihren Kopf und ging mit einem großen Päckchen Gras zurück nach Hause.

12 SO VIEL SCHMERZ

TY

Als er erwachte, war es hell in seinem Schlafzimmer. Moment, nicht Schlafzimmer, Trainingsraum. Wie war er hier her gekommen?

"Guten Morgen, Dornröschen!"

Benson!

Benson, Dario, Brooklynstreet, Sparring, Nina.

Ty schloss seine Augen und ließ den Kopf auf die Matratze fallen.

"Sie ist weg!", sagte er mit kratziger Stimme.

"Sie können sie immer noch zurückholen!"

"Dann hätte sie ihr Handy nicht dagelassen."

"Was soll das heißen?"

"Wenn sie wollte, dass ich sie erreiche, hätte sie ihr Handy nicht bei mir gelassen."

"Vielleicht hat sie es vergessen?"

"Es lagen 600$ darunter, Dario. Das vergisst man nicht einfach so!"

"Denken Sie einfach mal darüber nach, Ty. Nina hat Sie vergöttert. Ihrer Meinung nach können Sie über Wasser gehen, auch wenn ich absolut nicht verstehe, was eine so hinreißende Frau wie Nina an ihnen finden mag!"

Er knurrte und Dario trollte sich dann in Richtung Treppe.

"Danke, Dario!"

"Immer gern. Ich komme morgen früh um 9 Uhr zum Joggen?"

"Warum?"

"Damit Sie nicht ganz dem Alkohol verfallen!"

Ty ging zum Duschen. Kalt. In dem Maße, in dem sich sein Verstand klärte, kam der Schmerz zurück. Ein Stahlband legte sich um seine Brust und es schien ihm beinahe unerträglich, auch nur einen Atemzug zu tun.

Er holte eine Flasche Tequila aus dem Kühlschrank und legte sich damit in sein Bett. Nie zuvor hatte er sich mehr nach einem Wohnzimmer gesehnt, einer Couch, auf der er liegen konnte. Sein ganzes verdammtes Bett roch nach ihr!

Einen Schluck nach dem anderen goss er in sich hinein und mit jedem Tropfen steckte er seine Nase tiefer in die Kissen, um noch ein wenig von ihr zu erhaschen.

"Ty! Ty!"

"Nina?"

"Ty!"

"Te amo, Nina. Bleib bei mir, Querida!"

"Ty, verdammt nochmal, wach auf!"

Nein, das war nicht Nina, das war eindeutig Shanes Stimme. Langsam schlug er die Augen auf. Das Licht fuhr als brennender Schmerz in seinen Kopf.

"Shane?"

"Na endlich, Großer! Dachte schon, du hast dich ins Koma gesoffen!"

"Was machst du hier?"

"Sehen wie es dir geht und dir was zu essen bringen."
"Nein, ich meine, hier drin!"

"Ach so, Benson hat dir den Code entlockt, als du

betrunken warst." Ty stöhnte. Dieser verdammte Dario!

"Komm jetzt, zieh dir zumindest eine Hose an und dann iss was!"

Die Küche zu betreten und ihren Stuhl zu sehen, versetzte ihm einen weiteren Stich. Shane setzte sich auf Tys Stuhl und stellte die kleinen Kartons vom Chinesen auf den Tisch.

"Setz dich, Großer. Du musst etwas essen."

"Ich esse im Stehen", würgte er neben dem Kloß in seinem Hals hervor. Shane schien zu verstehen, denn er reichte ihm kommentarlos eine Schachtel.

"Warum rufst du sie nicht einfach an?"

"Ich scheine ihr nicht mal wichtig genug für eine kleine Nachricht zu sein. Warum sollte sie mit mir telefonieren wollen?"

Shane stöhnte und sagte nichts mehr. Beim Gehen ermahnte er ihn noch, nicht zu viel zu trinken und Nina anzurufen.

Mit dem Rest seines Tequilas legte er sich zurück in sein Bett, um noch ein wenig Nina zu atmen.

"Ty!"

"Du bringst mich um, Querida!"

"Ty! Ich bin es Dario. Wach auf! Wir gehen Joggen!"

"Spinnst du?"

"Nein, wir hatten eine Verabredung. Vergessen?"

Ty brummte unwillig und drehte seinen Kopf in die Kissen. Kissen, die herrlich nach Nina dufteten.

Nein, Alkohol brachte ihm kein Vergessen. Vielleicht sollte er es mit Sport versuchen. Mühsam quälte er seinen tauben Körper aus dem Bett und schlüpfte in seine Laufschuhe.

"Willst du dir keinen Pullover anziehen?"

"Warum?"

"Wir haben Mitte Oktober, Ty!" Ach ja, stimmt. Nina kam Anfang Oktober zu ihm, wie lang war das jetzt her? 16 Tage? Ganz genau konnte er es nicht mehr sagen. Er angelte sich einen Hoody vom Boden und streifte ihn über.

Genauso schnell hatte er ihn wieder ausgezogen. Er roch nach Nina. Den konnte er auf keinen Fall verschwitzen, er würde ihn später als Kissen benutzen. Sorgfältig legte er ihn auf das Bett und holte sich einen frisch gewaschenen aus dem Schrank.

"Das ist krank, Mann!" Ty reagierte nicht, sondern ging zur Haustür.

"Bis morgen früh um 9", rief Dario noch, ehe er ging.

Nach einer Dusche ging Ty durch die Tür, die Alex als Ninas Reich geplant hatte. Es wäre perfekt geworden. Langsam rechnete er sich aus, was er für den Umbau alles benötigen würde und bestellte schließlich, ohne darüber nachzudenken, sämtliche Materialien. Wenn er das Haus verkaufen wollte, so würde es sowieso keiner ohne Wohnzimmer und ein weiteres Schlafzimmer nehmen. Lange würde er es hier nicht mehr aushalten, da war er sich sicher. Nina hatte jeden Winkel seines Seins infiziert.

"Was machst du da?" Ryans Frage ließ ihn hochschrecken.

"Ich suche ein Haus."

"Du willst umziehen?"

"Ja."

"Wohin?"

"Peterhead."

"Wo ist das denn?"

"Schottland."

"TY!"

"Ich sage dir rechtzeitig Bescheid, wenn du einen neuen Sicherheitschef brauchst. Ich empfehle dir Dario. Er ist ein guter Mann."

"Ich brauche keinen neuen. Ich habe den perfekten! Und wer zur Hölle ist Dario?"

"Benson."

"Er macht mir Angst!"

"Hör auf, nicht mal Nina hat Angst vor ihm." Bei seinen Worten zuckte er zusammen. Ja, Nina hatte Dario gemocht. Ihn auch, nur nicht genug, um den Rest ihres Lebens mit ihm zu verbringen.

"Ruf sie verdammt nochmal an, ehe ich es tue! Hier ist Gregors Nummer, Nina hat wohl keine eigene."

"Doch, aber sie hat ihr Telefon da gelassen. Was wohl bedeutet, dass sie nicht mit mir sprechen möchte."

"Sei doch nicht so verdammt stur!"

Lange nachdem Ryan gegangen war, starrte Ty auf die Nummer. Er konnte es nicht.

Das Klingeln seiner Türglocke riss ihn aus seinen Überlegungen.

"Ja", meldete er sich an der Gegensprechanlage.

"Ihre Materiallieferung, Sir."

"Danke, stellten Sie alles in die Garage."

Stück für Stück trug Ty alles nach oben und begann mit dem Umbau.

"Wow, was hast du denn vor?" Shane. Dass mittlerweile jeder in seinem Haus kommen und gehen konnte, wie er wollte, störte Ty ungemein. Ein weiterer Grund, sich endlich ein neues Haus zu kaufen.

"Würdest du in einem Haus ohne Wohnzimmer wohnen wollen?"

"Nein", gab Shane zu.

"Also!"

"Aber es hat dich ja bislang auch nicht gestört."

"Ja, mich, aber niemand wird ein Haus ohne Wohnzimmer kaufen."

"Wohin willst du denn dann ziehen?"

"Galipoli."

"Wo ist denn das?"

"Italien." Shane stöhnte laut auf, knallte die Fastfood-Tüte auf den Boden und ging.

"Bereit zum Joggen?"
"Ja."
"Ty, du stinkst. Gehst du nicht duschen?"
"Später vielleicht."
"Rasier dich dann bitte auch, du siehst grauenhaft aus."

"Hey mein Großer, wie geht es dir?"
"Hi Cat. Haben sie dich jetzt auch schon ins Ty-Betreuungsprogramm eingespannt?"
"Ich hab was vom Mexikaner für dich", überging Cat ganz einfach seine Frage und stellte das Essen auf seine Werkbank.
"Ich hab gehört, du ziehst weg."
"Jup."
"Nur die Zielorte haben nicht überein gestimmt. Wohin willst du denn jetzt ziehen?"
"Adra."
"Oh, und wo ist das?"
"Spanien."
"Und warum sagst du jedem von uns etwas anderes?"
"Weil ich immer anderer Meinung bin."
"Das geht so nicht weiter, Ty. Das ist jetzt schon der dritte Tag, an dem du so völlig durchdrehst. Du rufst sie jetzt an!"
"Nein."
"Doch." Cat wählte bereits und drückte auf Lautsprecher. "Zadow", meldete sich Gregor. Cat nickte ihm auffordernd zu.
"Gregor, hier ist Ty", sagte er langsam und war sich absolut nicht sicher, ob er dieses Gespräch wirklich führen wollte. Sollte sie ihm einen Korb verpassen, hatte er das letzte kleine Fünkchen Hoffnung, das er heimlich ganz tief in seinem Inneren hegte, für immer verloren. Sein Herz wäre endgültig gebrochen.
"Was willst du?" Ty zögerte.
"Kann ich Nina sprechen?"
"Nein."

"Was soll das heißen?", fragte er scharf.

"Sie will nicht mit dir reden. Sie hat eingesehen, wie schlecht du für sie bist!"

"Das ist nicht wahr!"

"Doch, sonst hätte sie wohl kaum dein scheiß Handy da gelassen!" Mit diesem Stoß in die sowieso schon weit aufklaffende Wunde bestätigte Gregor seine schlimmsten Befürchtungen.

"Danke", sagte er knapp und beendete das Gespräch. Mit aller Kraft schmetterte er das Telefon gegen die Wand, wo es in tausend Stücke zerbarst.

"Das war meins", sagte Cat leise, doch er sah, dass es nur ein müder Versuch war, ihn von seinem schlimmsten Schmerz abzulenken. Er holte 2000$ aus seiner Geldbörse und schmiss sie auf den Tisch.

"Sorry. Du verstehst sicher, dass ich jetzt gern ein wenig allein wäre."

Cat nickte langsam und verließ seine Werkstatt. Er dachte nach. In seinem Gepäck befand sich noch Ninas Grasvorrat, da war er sich sicher.

Nach kurzem Suchen fand er auch alles, was er für einen Joint benötigte. Tabak, Gras, Papers. Schnell drehte er ihn, wie er es auch vor all den Jahren immer getan hatte. Der erste Zug schmeckte schlecht, doch schon nach dem zweiten fühlte er sich deutlich benebelt. Ja, Nina wusste, welchen Stoff man kaufen musste.

Brennender Schmerz an seiner Wange. "… auf, Mann!" Noch eine Ohrfeige.

"Hm?"

"Was ist nur los mit dir? Du siehst aus wie auf Drogen!", fauchte Ryan ihn an. Ty war immer noch ziemlich breit und lächelte daher nur träge.

"Scheiße!", fluchte Ryan und zog sein Handy hervor.

"Shane? Komm bitte und hilf mir. Ich glaube, Ty ist high."

"Da glaubst du richtig, mein Freund, da glaubst du

richtig!"

"Fuck!"

"Woher hast du den Stoff, Ty?"

"Nina, el amor de mi vida. Sie hat mein Herz gestohlen, Ryan. Jede Frau sollte prinzipiell einen Warnhinweis tragen müssen."

"Da bin ich ausnahmsweise mal deiner Meinung, Kumpel. Sky wohnt immer noch nicht bei mir! Oktober hat sie mir versprochen, aber der ist doch so gut wie vorbei!"

"Alles böse Hexen. Geboren, um uns zu quälen!"

"Oje, Ty, Nina hat dir gehörig den Kopf verdreht."

"Sie hätte ihn abreißen sollen, das hätte weniger weh getan."

"Shane und ich bringen dich jetzt erst mal in die Dusche, du stinkst grauenhaft."

"Könnt ihr mich nicht einfach mal ein paar Tage in Ruhe lassen?"

"Das ist bereits der sechste Tag, Ty!"

"Kann nicht sein, wir waren erst zwei oder drei Mal Joggen."

"Wir bekommen dich nicht immer wach, Großer", antwortete Shane mit einem Lächeln voller Mitleid. Shane, wo kam der denn her?

"Ich kann alleine duschen."

"Und wann warst du das letzte Mal?"

"Letztens", antwortete Ty zögerlich und entschied, dass eine Dusche vielleicht gar nicht so schlecht wäre.

Der Mann, der ihm aus dem Spiegel entgegen schaute, war ihm völlig unbekannt. Tiefe Augenringe, Vollbart, eingefallene Wangen. Ty zuckte die Schulter. Er brauchte nicht mehr gut auszusehen. Seine Frau war weg, eine Neue wollte er nicht und seinen Job sollte auch besser Dario machen. Also duschte er nur, ein Mindestmaß an Reinlichkeit musste sein, und ging zurück in die Küche.

"Runter von dem Stuhl!", blaffte er Ryan an, der auf Ninas Stuhl saß.

"Mach mal langsam, Kumpel. Er geht nicht davon kaputt, dass jemand draufsitzt." Unwillig schob er Ryan beiseite und trug den Stuhl ans andere Ende des Raumes, damit sich niemand mehr darauf setzen konnte.

"Dir ist aber schon klar, dass das, was du hier betreibst, ein bisschen krank ist?", fragte Ryan.

"Ja, und es wäre mir auch lieber, wenn ihr mich in Ruhe lassen würdet, aber man bekommt nicht immer, was man will. Stimmt's Jungs? Sonst würde Sky bei dir wohnen und deinen Ring am Finger tragen und Shane hätte Maya, nach der er bereits seit Monaten hechelt."

"Gott, Ty, du musst von diesem Trip runter kommen."

"Dieser Trip heißt, auch wenn ich mich ungern wiederhole, Nina, die Liebe meines Lebens. Und wie der Wortlaut so schön vermuten lässt, kann da auch nichts mehr nachkommen. Wenn ihr mich jetzt bitte entschuldigen würdet."

Er ließ die beiden stehen und ging in seinen Trainingsraum. Eine Runde auf dem Laufband würde ihm gut tun.

"Hey Joey, hier ist Ty."

"Ty, Mann, lang nichts mehr gehört!"

"Jup. Hast du Zeit für mich?"

"Ich hab deine Freundin nicht vergessen, wenn es das ist, um was es geht."

"Nein, um mich, eine kleine Tätowierung. In dem Loch, wo du mir schon einmal eines entfernt hast."

"Ah ja, erinnere mich. Wenn es nichts zu aufwändig ist, kannst du gleich kommen."

"Bin sofort da."

"Na, wie hat dir die Tätowierung von deinem Mädchen gefallen?", fragte Joey grinsend.

"Sie ist weg. Themawechsel!"

"Wie, sie ist weg. Ihr wart doch so verknallt in einander! Sie hat doch sogar ..."

"Thema beendet, Joey. Sag nie wieder ein Wort über sie, wenn ich je wieder kommen soll!" Joey nickte kurz.

"Was willst du haben?"

"Schreib mir ihren Namen hier rein. In Rot."

"Aber du hast sie doch alle schwarz."

"Dieses nicht. Mach es schön, in geschwungenen Linien. Mach es so schön, wie sie ist."

Joey nickte ernst und die Tätowierung wurde die beste, die Ty am ganzen Körper trug. Rot, mit schwarz schattiert.

"Komm in einer Woche um 10 Uhr zum Nachstechen, okay?"

Die ganze Woche lang war mehr oder weniger rund um die Uhr jemand bei ihm. Ryan, Shane, Cat, Dario, Sky und die Jungs von Fire&Ice.

Es war Ty egal, er machte den ganzen Tag über, was er tun wollte und ließ die Reden und guten Ratschläge, die als Dauerberieselung auf ihn ein schallten, einfach zu einem Ohr rein und zum anderen wieder heraus.

Lediglich Chris hatte leiden müssen. Nachdem der Penner vorgeschlagen hatte, er solle sich einfach eine andere Pussy suchen, konnte Ty sich nicht mehr beherrschen und hatte ihm die Nase gebrochen.

Den Rest der Tage verbrachte er damit, seine Wohnung auszubauen, sich ein neues Zuhause zu suchen, um Nina zu trauern, sie zu verfluchen, zu lieben, zu hassen, zu vermissen ... bis er es schließlich nicht mehr aushielt, sich einen Joint baute oder irgendeinen Schnaps trank.

Morgen würde er die Tätowierung bei Joey fertig machen lassen und dann ... mal sehen, womit er seinem Leben wieder einen Sinn geben konnte.

"Morgen Joey!"

"Morgen Ty, Mann, mach dir mal den Teppich vom Gesicht, du siehst aus wie ein Talibankämpfer!"

Ty zuckte nur die Schultern und setzte sich auf den

Stuhl. Nach einer halben Stunde hatte Joey seine Arbeit vollendet.

"Ich weiß, ich soll meine Klappe halten, aber ich wollte nur sagen, dass der Kalender echt toll geworden ist."

"Was für ein Kalender?"

"Na, der von dir und dem Mädchen, dessen Namen ich nicht benutzen darf."

Nina hatte einen Kalender von ihnen beiden gemacht? Wie konnte sie seine Liebe so billig verkaufen?

"Zeig ihn mir!"

"Sie hat einen kleinen Brief dazu geschrieben, dass sie ihn für mich gemacht hat, weil sie meine Arbeit so schätzt. Es gibt ihn auch nicht auf ihrer Internetseite zu kaufen."

Nina hatte eine Internetseite? Natürlich hatte sie das, wenn sie damit ihr Geld verdiente. Joey brachte ihm den Kalender.

Auf der Titelseite war sein Oberarm zu sehen und darunter stand: "Amazing Tattoos 2014".

Januar war seine Schulter.

Februar Ninas mittlerer Rücken, sodass man den Anfang ihrer Tätowierung sah.

März: seine Schulter und die Tribal, die so gekonnt darum geschlungen waren.

April: Ninas Taille im Profil.

Mai: seine Brust.

Juni: Ninas Hüfte oberhalb ihres Hüftknochens. Die kleinen Dornen waren dieses Mal im Detail zu sehen.

Juli: eine Aufnahme seines kompletten Arms während einer Aufführung beim Feuerspucken mit Fire&Ice in Talin. Sie hatte ihn damals schon fotografiert. Auf dem Bild war es bereits Nacht und das Feuer, das seinen Arm erhellte, stellte die Tätowierungen hervorragend zur Schau.

August: eine komplett Ansicht von Ninas Rückseite. Nackt, wie Gott sie schuf, sodass man alles bis zum Ansatz ihres Pos sehen konnte. Sie war so atemberaubend schön, dass Ty am liebsten den Kalender gepackt hätte und damit auf eine einsame Insel gefahren wäre. Sodass er sich dann immer und immer wieder ansehen konnte, was er da verloren hatte.

September: sein Rippenboden, an dem die Tribals ausliefen.

Oktober: eine Nahaufnahme von dem Übergang der Ranke zur Blüte. Mit dieser Tätowierung, dem Detailgrad und der Perfektion der Linienführung, hatte Joey sich wirklich selbst übertroffen.

November: das Loch in Tys Unterarm, das ihm jahrelang als Mahnmal diente und ihn stets daran erinnerte, sich nie wieder in illegale Geschäfte verwickeln zu lassen. Ihn daran erinnerte, woraus Ryan und Fire&Ice ihn gezogen hatten. Hätte er damals mit den illegalen Kämpfen für die Clique weiter gemacht, wäre er heute im Gefängnis, bestenfalls. Im schlimmsten Fall wäre er bereits tot. Tot, wie einige seiner Freunde von damals. Jetzt prangte Ninas Name darin und würde ihn täglich daran erinnern, was er verloren hatte.

Als er den Dezember aufschlug, nahm es Ty den Atem. Eine Großaufnahme von Ninas Hüftknochen bis zu den Anfängen ihres glatten Venushügels. Im Zentrum des Bildes sah man die Rose, auf deren größtem Blatt sein Name prangte.

"Warum?"

"Ich weiß es nicht, Ty. Aber ich sagte bereits, ich glaube, sie liebt dich wirklich. Geh zu ihr, rede mit ihr!"

Seine Augen begannen zu brennen, als er das Bild der perfekten Frau sah, die seine große Liebe war. Ty drückte Joey fest an sich und fuhr dann auf schnellstem Weg in seine Wohnung. Er musste packen!

13 EINE ZWEITE CHANCE

TY

Seine Freunde waren allesamt begeistert von der Idee. Sky schrieb ihm Ninas Adresse auf und buchte ihm ein gutes Hotel in der Nähe.

Nur vier Stunden später saß er bereits im Flieger und konnte es kaum erwarten, endlich bei der Frau seiner Träume zu sein. Sky hatte ihn dazu gezwungen, sich vorher zu rasieren. Er hatte sich nur darauf eingelassen, weil er sowieso keinen früheren Flug bekommen hatte.

Als er schließlich ankam, war es bereits 8 Uhr früh, Ortszeit. Er würde noch schnell sein Gepäck im Hotel abladen und eine kurze Dusche nehmen, ehe er auf die Suche nach Ninas Adresse ging. Laut Skys Beschreibung musste er nur einen Park durchqueren und ein wenig die Straße hinunter gehen.

Es wären maximal 15 Minuten, hatte Sky gesagt. Kurz vor 9 Uhr verließ er also sein Hotelzimmer. Es würde ein schöner Tag werden. Die Sonne strahlte kräftig und die Bäume im Park hatten alle bereits ihr Herbstkleid angelegt.

Ty zog sich die Kapuze hoch und steckte die Hände in die Taschen seines Hoodys. Er lief den Weg immer weiter entlang und schaute erst auf, als er eine Stimme rufen hörte: "Hey, Querida."

Er näherte sich weiter der Stimme. "Du bist heute aber schon früh unterwegs. Das Übliche?"

Niemand antwortete.

"Mann, Kleine, du siehst aber scheiße aus. Was hast du gemacht in der letzten Zeit?"

"Danke! Bis bald!"

In diesem Moment bog er um die Ecke und sah die kleine Frau in seinem riesigen Hoody auf einer Brücke stehen. Vor ihr stand irgendein Latino, lässig an das Brückengeländer gelehnt. Ty blieb wie angewurzelt stehen.

"Nina!", flüsterte er und sah über die vier Meter Entfernung, wie sie zusammen zuckte. Sie hob den Kopf und aus der Kapuze des Hoodys schauten ihn zwei müde, rotgeäderte Augen an. Tiefe Augenringe lagen unter ihren sonst so strahlenden Rehaugen.

"Ty?", flüsterte sie und schüttelte dann den Kopf, als versuche sie, eine Halluzination zu vertreiben.

"Nina!", rief er noch einmal und ging langsam auf sie zu.

"Diesmal bist du es wirklich, stimmt's?", hauchte sie ihm entgegen. Für Ty gab es kein Halten mehr. Er rannte das letzte Stück und schloss sie fest in seine Arme.

"Nina! Endlich!", rief er und hob sie vom Boden, um sie so fest wie möglich in seine Arme zu schließen. Ihre Arme und Beine schlangen sich fest um ihn. Plötzlich begann sie zu schluchzen und Ty fühlte ihre Tränen an seiner Wange. Er löste sich ein Stückchen von ihr und sah ihr ins Gesicht.

"Wein nicht, Querida! Mein Gott, ich habe dich so vermisst!"

"Ich dich auch!", flüsterte sie und beugte sich nach vorn, um ihn sanft auf die Lippen zu küssen. Ihr Kuss war so zart, so vorsichtig und fragend, dass es Ty in der Seele wehtat.

"Zu mir oder zu dir?", flüsterte er an ihren Lippen.

"Mir", gab sie zurück und leckte über seine Unterlippe. Sofort begann sich sein bestes Stück zu regen. Er trug sie in seinen Armen und blieb spätestens jeden dritten Schritt stehen, um sie ausgiebig zu küssen. Sie war so unglaublich leicht. Leichter noch als zu ihrer gemeinsamen Zeit, da war Ty sich sicher!

Sie kamen vor einem grauen Hochhaus an. Nicht sonderlich einladend, aber wenn es nach Ty ging, würde Nina hier nicht mehr lange leben. Sie öffnete die Tür und dirigierte ihn in einen Aufzug.

"Am liebsten wäre ich jetzt sofort in dir, Querida!"

Kichernd schüttelte sie den Kopf. Gott, ihr Lachen war immer noch genauso atemberaubend, wie er es in Erinnerung hatte. Nina öffnete die Wohnungstür, ohne von ihm abzulassen.

"Nina? Bist du schon wieder zurück?"

Ty erstarrte. Alles in ihm drängte ihn dazu, Nina zu nehmen und so schnell wie möglich zum nächsten Flughafen zu laufen. Die Stimme, die ihnen gerade zugerufen hatte, würde ihm alles verderben!

"Schsch", machte Nina und begann, seinen Nacken zu kraulen. Ein Blick in ihre Augen, eine Berührung ihrer Hände und Ty hatte das Gefühl, zu allem fähig zu sein.

"Nina?", rief Gregor noch einmal, ehe er in den Flur trat.

"Ty? Was zum Teufel machst du hier?"

"Mit meinem Mädchen sprechen, wenn sie schon nicht mit mir telefonieren will."

Nina sah ihn verständnislos an, doch Ty hielt Gregor mit seinem Blick fest und wartete auf dessen Antwort. Wartete, um zu erfahren, warum er ihnen beiden das angetan hatte. Denn auch Nina hatte gelitten, dass hatte er auf den ersten Blick gesehen.

"Warum, Gregor? Warum hast du uns das angetan?"

"Was?", fragte Nina und sah verwirrt zwischen ihnen hin und her.

"Sag es ihr!"

"Warum sollte ich. Es ist allein deine Schuld, dass es ihr so dreckig geht. Ich habe von Anfang an gesagt, du sollst sie in Ruhe lassen!", schrie Gregor. Nina wurde unruhig in seinen Armen.

"Sag es ihr, Gregor!"

"Er hat einmal angerufen, Nina. Nur ein einziges Mal. Er wird dir nur noch mehr weh tun, wenn er dann geht!"

Mittlerweile zappelte sie so stark in seinem Griff, dass Ty sie loslassen musste. Wie eine Furie ging sie auf Gregor los und schlug ihn so lange mit ihren kleinen Fäusten, bis dieser mit dem Rücken zur Wand stand. Eine letzte schallende Ohrfeige, ehe Nina sich abrupt umdrehte, Ty bei der Hand nahm und ihn aus der Wohnung zerrte. Er ging nur unwillig mit, zu gerne hätte er diesem Drecksack auch noch seine Meinung gesagt.

"Wohin?", riss Nina ihn aus seinen Gedanken. Wenn er joggte, wären es bis zum Hotel keine fünf Minuten. Er wusste nicht, wie lange es mit dem Auto dauern würde.

"Spring auf!", forderte Ty und ging leicht in die Knie, damit sie auf seinen Rücken springen konnte. Sie sah ihn skeptisch an, aber er sah das Funkeln in ihren Augen. Sie sprang auf seinen Rücken, schlang ihm die Arme um den Hals und flüsterte: "Los!"

Ty joggte zügig. Ihr Federgewicht auf dem Rücken spürte er kaum, aber er genoss es, sie so nah bei sich zu haben. Ihren Atem in seinem Nacken zu spüren und ihr Lachen zu hören. Sie war ein Engel! Er würde sie jetzt in seine Höhle schleppen und nicht mehr gehen lassen!

Sie lachten immer noch beide, als Ty sich atemlos mit ihr zusammen aufs Bett fallen ließ. Dann drehte er sich zu ihr herum, nahm ihr wunderschönes Gesicht zwischen seine Hände und küsste sie innig. Erst begierig, ausgehungert und schließlich immer zarter, liebevoller, jede Sekunde auskostend.

"Ich habe dich so unendlich vermisst!", murmelte er direkt an ihren Lippen, da er nicht gewillt war, sie gehen zu lassen. Ihre Berührung auch nur für eine lächerliche Sekunde zu verlieren.

"Ich dich auch!", gab sie leise zurück und presste ihre Lippen sofort wieder auf seine. Ungeduldig zog sie an seinem Hoody. Ty verstand sofort, was sie wollte, denn ihm ging es genauso. Er wollte ihre Haut spüren, jeden verdammten Zentimeter.

Schnell zog er sich das Hoody über den Kopf und verfuhr genauso mit Ninas.

Schockiert ließ er sich auf die Fersen zurück sinken. "Mein Gott, Nina!", rief er aus, als er jede einzelne Rippe sehen konnte. Ihr Bauch war richtiggehend eingefallen.

Sie wand sich unter seinen Blicken und versuchte, sich wegzudrehen.

"Nicht, Querida", sagte Ty sanft und zog sie zurück in seine Arme. Brust an Brust lagen sie da und sahen sich tief in die Augen.

"Ich werde höchstpersönlich dafür sorgen, dass du drei Mal am Tag isst!" Ihre Augen trübten sich ein wenig.

"Was denkst du, Baby?" Doch Nina schüttelte nur ihren Kopf und küsste ihn. Wie immer funktionierte ihre Ablenkung für den Moment, aber später würden sie reden!

Von ihren Lippen küsste er sich zu ihrem Hals und öffnete ihren BH, um endlich wieder an ihren Brüsten saugen zu können. Ihr Stöhnen war Musik in seinen Ohren. Ihr Geschmack schoss in seinen Schwanz, als hätte er Viagra genommen.

An ihrer Schulter drückte er sie auf den Rücken und küsste sich zwischen ihren Brüsten einen Weg zu ihrem Bauch. Beinahe ehrfürchtig streichelten seine Hände über ihre samtige Haut, ehe er den Knopf ihrer Baggy öffnete. Langsam zog er sie samt Höschen nach unten und legte die Tätowierung mit seinem Namen frei. Andächtig küsste er die Stelle und saugte den Geruch ihrer Haut tief in sich auf.

Die Hose ganz abgestreift, spreizte er ihre Beine und besah sich ihre blanke Mitte. Dann beugte er sich hinab und strich einmal mit seiner Zunge über ihre Schamlippen.

"Oh, Nina!", murmelte er, die Lippen an ihrer Haut und ganz benebelt von ihrem Duft. Er teilte ihre Spalte mit seiner Zunge und legte sie dann mit sanftem Druck auf ihre Klit. Ninas Wimmern zeigte ihm, dass sie nicht mehr allzu lange brauchen würde. Während er zart über ihr Klit leckte, begann er, ihre nasse Spalte mit den Fingern zu streicheln. Als sein Finger bereits ganz nass war, führte er ihn in ihre enge Öffnung.

Nina stöhnte laut auf und drückte ihm ihr Becken entgegen. Er lächelte. *Gieriges kleines Biest!*

Doch er gab ihr, was sie wollte, steckte einen zweiten Finger in sie und begann, sie vorsichtig zu bewegen. Gleichzeitig saugte er an ihrer Klit und katapultierte sie so innerhalb von Sekunden über die Schwelle.

Ihre Zuckungen um seine Finger zu fühlen, aber nicht in ihr sein zu können, brachten ihn beinahe um. Als sie die großen Wellen ihres Orgasmus geritten hatte, zog Ty sich schnell seine Hose aus und legte sich zwischen ihre Beine. Den Körper auf einem Ellenbogen neben ihrem Kopf abgestützt, positionierte er mit seiner anderen Hand seinen zum Bersten gefüllten Schwanz an ihrer Öffnung.

"Nein", sagte sie, als Ty gerade in sie eindringen wollte und erst dann bemerkte er die kleinen Krallen, die in seine Brust drückten und die großen, weit aufgerissenen Augen.

"Fuck!", rief Ty und ließ sich stöhnend neben sie fallen. Den Unterarm über seine Augen gelegt, lag er da und versuchte, seinen schmerzhaft steifen Schwanz unter Kontrolle zu bekommen.

Erst spürte er ihre Hände auf seinen Oberschenkeln und wollte schon protestieren, dass sie ihn nicht quälen sollte, als er ihre heiße Mitte an seinem Schwanz spürte. Aus seinem Protest wurde ein Stöhnen und als er spürte, wie sie seinen Schwanz packte und ihn sich einführte, konnte er nicht mehr ruhig bleiben.

Er ließ seinen Arm fallen und sein Atem stockte, bei dem Bild das sich ihm bot.

Nina kniete über ihm, den Rücken ihm zugewandt. Ty konnte sehen, wie sein Schwanz Zentimeter für Zentimeter in ihrer engen Öffnung verschwand. Seine Atmung wurde noch kürzer und sein Hoden war zum Zerreisen gespannt. Als sie ihn schließlich völlig aufgenommen hatte, drückte sie ihren schönen, schmalen Rücken zu einem Hohlkreuz und verstärkte so den Druck auf seinen Schwanz enorm.

Ty stöhnte laut auf und ließ seine Hände auf ihrem Po nieder. Er drückte sie noch ein kleines Stück nach unten und sagte dann mit vor Verlangen rauer Stimme: "Beweg deinen Arsch, Honey!"

Aufreizend langsam bewegte sie ihr Becken nach oben und zurück, was Ty fast in den Wahnsinn trieb. Laut stöhnend wand er sich unter ihr, doch statt Mitleid zu haben, hörte er sie kichern.

Er ließ eine Hände mit Schwung auf ihre Arschbacken klatschen und sagte barsch: "Schneller!"

Ihr Kichern ging in ein Stöhnen über und Ty bekam, was er wollte. Sie ritt ihn hart und Ty kam jedem Stoß entgegen.

Noch einmal ließ er eine Hand auf ihren Po klatschen und befahl: "Komm für mich, Querida!"

Sie kam gewaltig und riss ihn mit über die Schwelle zu seinem Orgasmus.

Er schlang seine Arme um sie und zog ihren Oberkörper nach hinten. Nun lag sie mit ihren Rücken auf seiner Brust und sie versuchten gemeinsam, wieder zu Atem zu kommen. Sanft streichelte er sie durch die Nachbeben ihres Orgasmus und küsste sie dabei immer wieder auf ihr Haar.

Ihre Hand fuhr zwischen ihre Beine und Ty spürte ihre Finger, die an ihrer Spalte und seinem Schwanz entlangfuhren.

"Wir haben ...", flüsterte sie und nur ganz langsam verstand er, was gerade passiert war.

Er war in ihr gekommen. Ohne Kondom.

"Fuck!", murmelte er, ohne genügend Kraft aufzubringen, sich wirklich darüber zu ärgern.

Er wollte ja sowieso eine Familie mit Nina. Natürlich, eigentlich erst später, aber jetzt hatten sie es nun mal bereits verbockt.

"Es wird eher nichts passieren", sagte sie leise.

"Gut."

Nach einer kleinen Weile drehte Ty sich zusammen mit ihr auf die Seite. Er küsste Nacken und Ohr und murmelte: "Te amo, Nina."

"Ich liebe dich", antwortete sie schlicht und sie schliefen Arm in Arm ein.

NINA

Im Schneidersitz saß Nina neben Ty auf dem Bett seines Hotelzimmers. Sie konnte immer noch nicht glauben, dass all das passiert war. Mehr als einmal hatte sie davon geträumt, dass er vor ihrer Tür stehen würde, nur um jedes Mal der Verzweiflung nahe festzustellen, dass das nie passieren würde.

Sie hatte die komplette Heimreise hindurch geweint. Zwei Tage lang war sie zu nichts anderem fähig gewesen. Sie hatte versucht, sich abzulenken. Sie hatte den geplanten Kalender für Joey angefertigt, doch als hätte dieser Kalender ihr jegliche Kraft entrissen, war sie danach vollends zusammengebrochen.

Sie konnte nichts essen, denn kaum hatte sie es auf Gregors Drängen hin hinuntergewürgt, musste sie sich bereits übergeben.

Sie wollte sich nicht bewegen, doch Gregor zerrte sie immer wieder nach draußen, meinte, sie solle sich ablenken und sich neue Inspiration holen.

Nina ging nach draußen, allerdings nur, um sich neues Gras zu besorgen. Zunächst war Pedro noch verwundert, dass sie jeden zweiten Tag auftauchte, aber Nina brauchte das Vergessen. Und auch Gregors ewige Vorträge gingen so schneller vorüber.

Du musst dich bewegen! Du musst etwas essen! Sprich mit mir Nina! Ich weiß, dass du es kannst, also sag mir, wie ich dir helfen kann! Mit dem Arsch hast du doch auch gesprochen! Er ist deine Tränen nicht Wert, Nina! Lass dich nicht so hängen! Du darfst dich nicht dauernd so zu dröhnen! Alkohol ist nicht gut für dich, Nina! Die vielen Drogen machen dich kaputt! Bla bla bla.

Gregor verstand einfach nicht, dass sie längst vollends zerstört war! Für Nina war ihr Leben bereits beendet. Der Höhepunkt der Geschichte war geschrieben und sie würde kein Happy End bekommen. Wozu also noch leben?

Böse war sie Gregor nie. Wie sollte er auch verstehen? Er selbst hatte nie geliebt. Er hatte sein Leben immer nur ihr gewidmet und so, wie sich nun herausstellte, nicht nur sein eigenes, sondern beinahe auch Ninas Leben ruiniert. Denn als nichts anderes könnte sie ein Leben ohne Ty bezeichnen.

Jetzt, wo sie ihn wiederhatte, lag es allein in Tys Hand, wie lange es ihr noch gegönnt war. Er war zu ihr gekommen und hatte ihr gesagt, dass er sie liebte. Nina glaubte ihm bedingungslos, denn er verschwendete seine Worte nicht auf Dinge, die er nicht so meinte.

Aber Nina zweifelte auch keine Sekunde daran, dass das hier nicht für immer sein konnte. Ty war zu gut für sie und auch er würde es irgendwann sehen. Würde irgendwann eine Freundin haben wollen, die nicht so kaputt war und so viele Macken hatte wie sie.

Aber ganz egal, was die Zukunft brachte, sie würde jede einzelne Sekunde mit diesem hinreißenden Mann genießen.

Langsam begann sich das Wunder unter ihren Händen zu regen.

"Was machst du da, Babe?", murmelte Ty verschlafen.

"Ich kann es noch nicht richtig glauben", flüsterte sie.

"Ich weiß, was du meinst. Aber ich bin so froh, dich endlich wiederzuhaben. Also komm endlich in meine

Arme!"
Das ließ sie sich nicht zweimal sagen. Sie kuschelte sich eng an ihn und bettete ihren Kopf auf seiner Schulter.

14 NEUANFANG

TY

So fühlt sich der Himmel an, da war Ty sich sicher. Nach einer Weile bemerkte er, dass es schon spät am Morgen war und seine viel zu dünne Traumfrau immer noch nichts gegessen hatte.

"Anziehen!", sagte er und schwang bereits seine Beine aus dem Bett. Auf ihre hochgezogene Augenbraue hin erläuterte er: "Essen!"

Als er sah, wie sich ihr Gesicht verfinsterte, wandte er den Blick ab, rollte heimlich mit den Augen und fügte gespielt fröhlich hinzu: "Ich habe Hunger!"

Ty hörte, wie sie sich anzog und machte drei Kreuzzeichen, dass er aus dieser Nummer wieder rausgekommen war.

"Wo sollen wir frühstücken?", fragte Ty, als sie auf die Straße traten.

Nina zuckte die Schultern. "Ich gehe nie Frühstücken."

Wer zum Teufel geht nie Frühstücken?

"Wen können wir fragen?"

"Gregor."

Natürlich ... wen auch sonst.

"Ähm ... und sonst?"

"Maya?"

"Okay, also sag mir ihre Nummer."

Nina schüttelte nur den Kopf und zog ihn an der Hand die Straße entlang.

Nach ungefähr fünf Minuten Fußweg deutete sie auf ein Haus, in dem mehrere Wohnungen zu sein schienen. Die Gegend sah wesentlich teurer aus als die, in der Nina lebte. Gepflegter und irgendwie fröhlicher.

Maya Santana stand auf einem der Klingelschilder. Ty läutete.

"Ja?", dröhnte Mayas Stimme aus der Gegensprechanlage.

"Hallo Maya, hier ist Ty. Können wir kurz sprechen?"

"Ty wer?"

"Tyler Moreno, von Fire&Ice, ich habe Nina dabei."

"Ty? Was zum Teufel machst du hier?"

"Wie wär's, wenn du die Tür öffnest?"

"Oh, ja, sicher, kommt hoch!"

Maya sah ein bisschen so aus, als wären Aliens direkt auf ihrer Schwelle gelandet. Nun ja, für jemanden, der nicht mit auf dem Musikfestival in Boston war, war es wahrscheinlich auch schwer zu verstehen ...

"Hey Maya", grüßte Ty und drückte sie kurz an sich. Maya war eine der wenigen Personen, die er gleich auf Anhieb gemocht hatte. Warum, konnte er nicht sagen, aber bei Sky war es genauso und Ty hatte gelernt, seinem Instinkt einfach zu vertrauen.

"Hi Ty! Was machst du hier?"

"Es wundert mich, dass Sky dich noch nicht angerufen hat."

"Doch, hat sie. Sie war völlig außer sich, weil sie doch Ryan versprochen hatte, bis Oktober zu ihm zu ziehen und er sie jetzt jeden Morgen mit dem Satz weckt: 'Ziehst du heute zu mir?'"

Ty lachte. Die Psychoschiene sah Ryan mehr als ähnlich. Wobei er sagen musste, selbst schuld, denn Ryan hatte sie eigens für Sky entwickelt.

"Okay, ähm ... also dann, Nina und ich sind zusammen."

Hätte er Maya erzählt, dass Nina jetzt Nachrichtensprecherin werden würde, hätte sie bestimmt nicht verblüffter dreingeschaut.

"Äh ... Glückwunsch?", antwortete sie in fragendem Ton.

"Ja, genau!", sagte Ty breit grinsend und zog Nina in seine Arme.

"Wir würden gern irgendwo Frühstücken gehen, aber Nina weiß nicht wo und ich bin erst den ersten Tag da ..."

"Und ich gehe richtig in der Annahme, dass Gregor euch nicht allzu gern weiterhilft?"

Tys grimmiges Nicken sprach wohl Bände.

"Wartet einen Moment, ich hab noch zwei Stunden, ehe ich zur Arbeit muss. Ich zeig euch ein tolles Café und ihr erzählt mir alles!"

"Wow! Da war ja ganz schön was los!"

"Jup. Und vergiss bitte nicht, dass ich dir ausdrücklich von Shane vorgeschwärmt habe, sonst reißt er mir den Kopf ab!"

Maya lachte. "Ja, genau so macht Sky es auch immer. Aber irgendwie ist es schon süß, dass er sich so lange Mühe gibt!"

Ty grinste. Vielleicht war ja doch nicht alles sooo verloren, wie Ryan immer sagte. Er hoffte es, denn irgendwie hatte er bei den beiden ein gutes Gefühl.

Als Nina auf die Toilette ging, veränderte sich Mayas Gesichtsausdruck.

"Und ist es dir wirklich ernst?"

"Ich werde sie heiraten!"

Ty hätte fast seine Hände ausgestreckt, um Mayas Augen aufzufangen, falls sie ganz aus ihren Augenhöhlen treten sollten.

"Hör mal, Maya, Nina weiß noch nichts davon, aber

mir ist es verdammt ernst. Erst einmal muss ich sie überreden, mit mir nach Boston zu ziehen. Für mich alleine würden meine Ersparnisse zwar reichen, aber ich will, dass Nina lebt wie eine Prinzessin. Was sie möchte, soll sie haben und das kann ich ihr einfach am besten ermöglichen, wenn sie mit nach Boston kommt."

Ohhh, jetzt benötigte er wirklich bald einen Auffangbehälter!

"Okay. Also dann. Ähm ... gut", stotterte sie.

"Es ist alles okay, Maya."

"Jup, ich frage mich nur, warum verdammt nochmal jeder, der überhaupt nicht sucht, seinen scheiß Traummann findet, NUR ICH NICHT!" Mayas letzte Worte klangen ein wenig hysterisch und Ty zuckte zusammen.

"Du wirst ihn bestimmt finden, Maya. An jeder Ecke steht doch ein toller Mann!", versuchte er sie zu beschwichtigen, weil der Ausdruck in ihren Augen ihn ein wenig ängstigte.

"Ja, ja, den kenn ich schon!"

"Wen?"

"Als Gott die Frau schuf, versprach er, dass an jeder Ecke ideale Männer zu finden sein werden ... und dann machte er die Erde rund!"

Ty musste lachen.

"Mann, Maya, du bist gerade nicht sonderlich optimistisch, oder?"

"Stimmt, wäre eigentlich dein Job! Naja, was soll ich sagen ... es läuft gerade nicht sonderlich. Arbeit, Privat ... ich melde mich einfach, wenn es wieder besser geht, dann bin ich auch bessere Gesellschaft", antwortete Maya traurig.

"Hey Maya, hör mal, ich bin nicht sonderlich gut in sowas, aber wenn du Hilfe brauchst, melde dich einfach. Ich kann dir was leihen, einen anderen Job besorgen oder eine andere Bleibe. Du musst nicht alleine auskommen, du hast Freunde, weißt du."

"Wow, Ty, das war verdammt nochmal mehr, als du jemals zu mir gesagt hast!"

"Tja, keine Ahnung, rosa Brille oder so", grinste er schief.

Sie lachten beide und als Ty die Augen wieder öffnete, sah er eine argwöhnisch drein blickende Nina.

"Hey Querida", sagte er sanft, schnappte sie um die Taille und zog sie auf seinen Schoß.

"Teilst du dir einen Kuchen mit mir? Ich würde so gern einmal diesen da mit der Sahne und den Kirschen probieren, aber ich schaff es nicht allein."

Nina verzog gequält das Gesicht. Es war mittlerweile der vierte Kuchen, den er sie zu probieren nötigte, doch er achtete streng darauf, dass Nina so viel wie möglich davon aß. Er würde zusätzliche Fitnesseinheiten einlegen müssen, dass die Nina-Auffütterungsaktion sich nicht auf seinen Bauch niederschlug. Nina mochte seinen Six-Pack, also musste er bleiben.

"Schwarzwälder Kirsch", stand Maya hilfsbereit zur Seite.

"Es hat mich gefreut, euch zu sehen!", sagte Maya, drückt erst ihn und dann Nina fest an sich.

"Das war seltsam!", sagte Ty, der sich immer noch gedrückt fühlte. Nina nickte zustimmend. Maya war wirklich in sehr komischer Stimmung gewesen.

Hand in Hand liefen sie zurück in sein Hotel.

"Kommst du zurück mit mir nach Boston?" Ty war sich absolut im Klaren darüber, dass die Frage aus heiterem Himmel kam. Sie waren gerade erst fünf Minuten zurück und lagen nun, einander zugewandt auf dem Bett, die Finger ineinander verschränkt, wie sie es oft schon getan hatten.

"Ich...", fing Nina stotternd an und versuchte, seinem Blick auszuweichen. Mit seiner freien Hand packte er ihr Kinn. Sie sollte sich ihm jetzt nicht entziehen. Das war eine verdammt wichtige Frage und Nina sollte ihm ehrlich antworten.

"Und?"

"Wie?"

"Für immer, Nina! Zieh zu mir! Lebe mit mir!" Ty konnte all die Zweifel in ihrem Blick sehen, entschied aber, dass es keine andere Möglichkeit gab, als ihr zu beweisen, dass er es ernst meinte.

"Gregor?", fragte Nina leise.

"Ich kann alles für dich tun, was er für dich tut, Süße, ich kann nur nicht er sein. Aber er kann dich jederzeit besuchen, oder er zieht einfach mit uns um."

Ninas Augen füllten sich mit Tränen.

"Was ist los, Querida? Wie kann ich es dir leichter machen?"

Doch Nina schüttelte nur stumm ihren Kopf.

NINA

"Nein Ty, ich werde alleine nach Hause gehen!"

"Er wird dich in Grund und Boden reden!"

Nina schüttelte nur ihren Kopf. Ty machte sich völlig grundlos Sorgen. Immerhin lebte Nina bereits seit fast 20 Jahren mit Gregor zusammen.

Er schüttelte frustriert schnaubend den Kopf, ging ihr aber schließlich doch aus dem Weg. Zum Dank stellte Nina sich auf ihre Zehenspitzen und hauchte ihm einen Kuss auf die Lippen.

"Nina?", rief Gregor fast schon aufgeregt, bevor er im Flur erschien. Als er ihren grimmigen Gesichtsausdruck sah, blieb er abrupt sehen.

"Gott, ich will dich doch nur beschützen!", rief er ihr sichtlich frustriert entgegen.

Ohne ein Wort zu sagen, ging sie in die gemeinsame Küche und deutete dann auf seinen Stuhl, sodass er sich setzte. Sie wollte ihm ihre Position ein für alle Mal klar machen und dafür musste sie Überlegenheit demonstrieren, und sei sie nur betrogen, wie in diesem gestellten körperlichen Machtverhältnis.

Gregor gehorchte und setzte sich auf den Platz.

"Ich werde mit ihm gehen."

"Das kannst du nicht machen! Er wird dir das Herz brechen! Er wird ..."

"Ich weiß!", unterbrach sie seine Tirade scharf.

Sichtlich verwirrt und mit offenem Mund ließ er sich auf seinen Platz zurückfallen.

Nina holte einmal tief Luft und fuhr fort: "All das wird passieren, aber ich habe es erlebt. Das ist meine einzige Chance. Ty ist meine einzige Chance. Er ist für mich gemacht, verstehst du? Es wird niemanden mehr geben, nach ihm. Gönn mir die kurze Zeit, die mir bleibt, Gregor."

Deutlich erkannte Nina den Schmerz, den sie mit ihren Worten in Gregor auslöste. Sie kannte ihn, denn sie fühlte ihn selbst bei dem Gedanken, bald am anderen Ende des Spannungsbogens zu stehen.

"Was willst du mitnehmen?", fragte er schließlich, mit vor Schmerz verzogener Miene.

"Kamera, Laptop, ein paar Klamotten", antworte sie und zählte damit auf, was sie am dringendsten zum Leben brauchte. Alles andere würde sie bei Gregor lassen, das machte es einfacher, wenn sie zurückkam.

Wenn ... nicht falls. Dieser Gedanke schmerzte, doch Nina wusste tief in ihrem Inneren, dass es stimmte.

Nachdem sie zwei Reisetaschen und ihre Laptoptasche gepackt hatte, wandte sie sich zum Telefon.

"Du erklärst ihnen den Rest?", fragte Nina, ehe sie zu wählen begann. Gregor nickte.

"Hi Mum", sagte Nina leise in das Telefon.

"Nina?", fragte ihre Adoptivmutter ungläubig. Nina hatte nie viel mit den beiden gesprochen. Sie war ihnen dankbar und sie liebte sie, aber sie konnte sich einfach nicht dazu durchringen.

"Ja." Nach einer kurzen Pause fuhr sie fort: "Ich gehe für einige Zeit nach Amerika. Gregor erklärt euch alles. Ich ... ich wollte mich bedanken und sagen, dass ich euch lieb hab."

Nina hörte das Schluchzen ihrer Mum am anderen Ende der Leitung.

"Wir haben dich auch so unglaublich lieb, Nina! Melde dich, wenn du was brauchst, hörst du? Auch wenn du ein bisschen Geld brauchst, grad am Anfang, Kleines. Ruf uns an oder sag Gregor Bescheid, dann kann er zu uns kommen. Gott, es ist so unglaublich schön, deine Stimme zu hören, Süße!"

Nina standen selbst mittlerweile die Tränen in den Augen. Und als sie ihren Adoptivvater im Hintergrund rufen hörte: "Ich will sie auch hören! Nur ein Wort!", liefen ihr die Tränen stumm über die Wange.

"Nina? Nina?"

Ein Schluchzen entrang sich Ninas Kehle, als sie die Sehnsucht und die Vorfreude in der Stimme hörte.

Also sagte sie so sanft sie konnte: "Hey Daddy."

Ihn ebenfalls aufschluchzen zu hören, war zu viel für Nina. Sie flüsterte noch ein 'Bye', drückte Gregor den Hörer in die Hand und flüchtete ins Bad.

"Du weißt, was für ein großes Geschenk du den beiden damit gemacht hast?", fragte Gregor mit vor Tränen feuchten Augen.

Nina nickte und nahm ihn fest in den Arm.

"Mein Gott, Kleines, ich weiß gar nicht mehr, wie ich ohne dich leben soll."

"Das ist ja das Problem", murmelte Nina an seiner Brust. Diese begann leicht zu rumpeln, als er lachte.

"Sprechen steht dir, Süße", sagte er sanft und fügte dann wehmütig hinzu: "Gib es nicht wieder auf!"

"Ich versuche es!", versprach Nina, drückte ihn noch einmal fest an sich und flüsterte dicht an seinem Ohr: "Ich liebe dich!"

TY

Über Stunden hinweg war Ty in seinem Hotelzimmer auf und ab gelaufen. Zu wissen, dass Nina allein auf Gregor traf, machte ihn krank. Weiß der Teufel, was dieser Kerl ihr alles einredet!

Als es endlich an seiner Zimmertür klopfte, wäre er beinahe aus der Haut gefahren. Schwungvoll riss er die Türe auf.

"Nina!", rief er und schlang seine Arme um sie. Als könnte jemand sie ihm wieder wegnehmen, wenn er nicht schnell genug war, zog er erst sie und dann ihr Gepäck ins Zimmer, schlug die Tür zu und drehte den Schlüssel im Schloss.

"Gott sei Dank!", sagte er und zog sie in seine Arme, um sie zu küssen.

"Du kommst also mit mir?", fragte er mit Blick auf ihr Gepäck. Nina nickte, doch er sah die Unsicherheit in ihrem Blick.

"Schickt Gregor dir den Rest zu?"

"Wenn ich noch was brauche, bestimmt", antwortete sie leise.

"Deine Sachen zum Arbeiten? Erinnerungen?"

"Ich hab alles!"

Nun gut, sie musste es wissen, und er würde ihr einfach alles neu kaufen, was ihr noch fehlte.

15 EIN NEUES LEBEN

TY

Äußerst gut gelaunt betrat Ty die Ankunftshalle des Boston Logan Airport. Wie sollte seine Laune auch anders sein? Schließlich hatte er die Frau seiner Träume für sich gewonnen!

"Benson!", flüsterte Nina und als Ty ihrem Blick folgte, sah er Dario in üblicher Eismanier am Ausgang stehen. Als er Nina erblickte, huschte ein kleines Lächeln über sein Gesicht. Schließlich breitete der Mann seine Arme aus und Nina schlüpfte zögerlich hinein.

"Es ist schön, dass Sie wieder da sind, Nina", sagte Benson leise, nachdem sich die beiden wieder von einander gelöst hatten.

Ninas Nicken war irgendwie zögerlich, aber Ty konnte seinen Finger nicht darauf legen.

"Danke fürs Abholen, Dario."

"Was?", begann Nina, brach aber schnell wieder ab und starrte nur mit großen Augen auf die vielen Handwerker.

"Nina!", rief Cat und zog sie einfach in ihre Arme. Sichtlich überrumpelt ließ Nina es mit sich geschehen.

"Da wir nicht allzu viel Zeit hatten, sind sie noch nicht ganz fertig. Aber in zwei bis drei Stunden dürfte alles erledigt sein. Wollen wir nicht solange etwas Essen gehen? Du bist ja total abgemagert! Hör mal, die meisten Männer mögen Frauen und keine tapezierten Knochen! Wir müssen dir dringend ein bisschen was anfüttern!"

Obwohl Ty durchaus Cats Meinung war, sah er, dass es für Nina im Moment ein wenig zu viel war. Daher unterbrach er Cat kurzerhand, indem er sagte: "Das ist lieb von dir, Cat, und wir werden die nächste Zeit bestimmt mal zusammen gehen, aber lass uns doch erst mal ankommen, okay?"

"Er hat nur Angst, dass du sie wieder vertreibst, wenn er dich mit ihr alleine lässt!", warf Shane lächelnd ein, der gerade das Zimmer betrat.

"Geht schon, ich maile dir, wenn hier wieder Ruhe eingekehrt ist."

"Danke Kumpel! Ich hab sogar ein gutes Wort bei Maya für dich eingelegt." Shanes Augen begannen zu strahlen und in diesem Moment erinnerte er Ty irgendwie an einen Hund, der darauf wartet, dass man ihm den Ball wirft.

"Sie meinte, du seiest irgendwie süß."

"Ist das gut?", fragte Shane zweifelnd.

"Weiß nicht, frag Sky!"

Dann legte er einen Arm um Ninas Schultern und lief mit ihr zum Auto.

Es war zwar nicht die richtige Jahreszeit zum Picknicken, aber Fastfood im Auto mit Standheizung hatte seinen ganz eigenen Charme. Vor allem keine lästigen Tierchen, mit denen man sein Essen teilen musste.

"Was passiert gerade in deiner Wohnung?", fragte Nina nach einer Weile.

"Es ist jetzt auch deine Wohnung, Querida, du ziehst doch jetzt zu mir!" Ihr Schulterzucken gefiel ihm nicht, aber er konnte nichts daran ändern.

"Ich baue um für dich. Alex hat mir einen Plan gezeichnet. Du sollst alles haben, was du brauchst. Ein Büro, ein Schlafzimmer, falls du mich mal nicht sehen möchtest, ein Bad mit einer großen Badewanne und ein Wohnzimmer, wenn du mal Freunde zu Besuch haben willst." Der Ausdruck in ihren riesigen Rehaugen sprach Bände.

"Du glaubst nicht, dass ich dich wirklich bei mir haben möchte?", fragte er schließlich leise.

Nach einem weiterem Schulterzucken antwortete sie: "Jetzt vielleicht."

"Nein, Querida! Verstehst du denn nicht? Te amo, Nina! Von ganzem Herzen. Du bist meine große Liebe!"

Ihr Lächeln war zaghaft. Ty war sich nur zu bewusst, wie lange es dauern würde, bis sie ihm voll und ganz glaubte. Er nahm ihr Gesicht zwischen seine Hände und küsste sie zärtlich.

"Hast du Lust, bei Joey vorbeizuschauen?", fragte er sanft, als sie sich von einander gelöst hatten. Nina nickte stürmisch.

NINA

Die nächsten zehn Tage verliefen relativ ruhig. Seine Freunde schlichen um Ty herum, als wäre er aus Glas und man müsste äußerst vorsichtig sein, damit er nicht zerbrach. Auch Nina wurde von allen bemuttert, als wäre sie die Prinzessin auf der Erbse. Jeder versuchte, ihr wirklich jeden Wunsch von den Augen abzulesen.

Als Nina sich nach über einer Woche dazu durchringen konnte, Cat zu fragen, was denn hier los sei, antwortete diese ein wenig zerknirscht: "Du musst unbedingt bleiben. Wenn er nochmal so durchdreht wie das letzte Mal, halten wir alle das nicht durch. Unser geheimer Plan war also: 1. Nina glücklich halten führt automatisch zu 2. Nina ist gerne in Boston, was uns unweigerlich zu 3. Nina bleibt in Boston führt. Punkt drei steht in direkter Verbindung mit

Punkt 4, Ty ist glücklich, was wiederum enorme Auswirkungen auf unser aller Seelenfrieden hat."

Als Nina sie daraufhin nur mit großen Augen ansah, seufzte Cat und sagte: "Du musst noch einiges über die Macht der Frauen lernen, Süße, aber in mir und Sky hast du die optimalen Lehrerinnen."

"Du hast keinen Freund."

"Autsch! Wenn du sprichst, dann immer gleich mit dem Finger in die Wunde, oder?"

Auf Ninas entschuldigendes Lächeln hin grinste auch Cat schief. "Oh ja, wir drei werden soooo viel Spaß haben!"

Ihr Tattoo hatte Joey bereits fertig. Drei weitere Male hatte sie kommen müssen, aber es hatte sich gelohnt, es war einfach perfekt! Sie hatte Joey versprochen, Fotos von seinen besten Tätowierungen zu machen, für eine Homepage und einen Flyer, den er nächstes Jahr für Werbezwecke einsetzen würde.

Ty musste sein Tattoo ebenfalls nachstechen lassen. Als Nina es zum ersten Mal gesehen hatte, war sie mehr als nur gerührt gewesen.

Manchmal konnte sie gar nicht glauben, dass ein Bad-Boy, wie Ty es zumindest äußerlich war, solch süße Sachen machen konnte. Nina musste sich selbst ermahnen, nicht zu viel hinein zu interpretieren. Selbst ein Tattoo war nicht für immer. Aber bei allem was er für sie tat, war es manchmal verdammt schwer, auf dem Boden der Tatsachen zu bleiben.

Das Peinlichste, was sie in ihrem Leben über sich ergehen lassen musste, war ein Frauenarzttermin, mit Ty an ihrer Seite. Nie wieder!

Das nächste Mal würde sie alleine gehen, wenn sie schon musste. Leider hatte die Höhlenforscherin, wie Nina sie heimlich nannte, darauf bestanden, dass Nina einmal jährlich zu ihr kam, sonst würde sie keine Pillenrezepte mehr von ihr bekommen. Nun gut, aber ohne Ty!

Ihr Reich, zumindest nach Tys Definition, gefiel ihr sehr gut. Alex hatte wirklich genau ihren Geschmack getroffen. Es war auch sehr angenehm, nicht im selben Raum arbeiten und schlafen zu müssen. Natürlich hätte sie sich in Deutschland längst eine eigene Wohnung suchen können. Aber bei ihr siegte im Allgemeinen gern die Macht der Gewohnheit.

"Hörst du heute noch auf zu arbeiten?"

Mhmm ... Nina liebte Tys Stimmte. Gerade wenn sie so klang wie jetzt. Warm, rau und sexy.

"Woran denkst du, dass du so einen Gesichtsausdruck bekommst?"

"An dich", antwortete sie mit einem kleinen Lächeln. Mit Ty zu reden, kostete sie immer weniger Überwindung. Im Gegenteil, manchmal mochte sie es sogar. Immer dann, wenn Ty zum Spielen aufgelegt war.

"Das höre ich gern. Komm jetzt, Weib, gib mir was zum Essen!" Auch das war mittlerweile zu einer Art Running-Gag geworden, wo sie doch beide haargenau wussten, dass Nina noch nicht einmal Eier machen konnte.

Ty hatte etwas zu Essen mitgebracht und jetzt, wo Nina ihn etwas genauer betrachtete, fiel ihr auch auf, wie abgekämpft er heute aussah. Also ging Nina zu ihm, anstatt noch das letzte Foto fertig zu bearbeiten. Sie küsste ihn sanft auf die Lippen und nahm ihm die Tüte aus der Hand.

"Was ist los mit dir? Kein 'Noch fünf Minuten?'"

Über seinen Gesichtsausdruck lächelnd, ging sie in die Küche.

"Wer bist du? Und wo ist meine Nina?"

"Setz dich. Du siehst fertig aus."

"Oh, vielen Dank, da fühle ich mich doch gleich besser!", frotzelte Ty und zog sie auf seinen Schoß, ehe sie sich auf ihren eigenen Platz setzten konnte ... wie meistens.

In Momenten wie diesem wäre es beinahe einfach zu glauben, dass es für immer sein könnte.

Sanft küsste er ihren Nacken und sie begannen beide zu essen.

"Ich muss ein bisschen raus", begann Nina das Thema, um das sie schon seit einigen Tagen einen Bogen machte.

"Jetzt?"

"Nein, unter Tags, zwischendurch, Ideen sammeln, Bilder machen."

"Mach doch."

"Ohne Benson."

"Nein." Tja, so einfach war es für Ty, wenn er etwas nicht wollte. Nein und fertig. Alles in allem war es Nina aber egal. *Selektives Hören an, ich mache was ich will, hat schließlich bei Gregor auch immer geklappt.*

Also lächelte Nina, stand auf und räumte die Reste ihres Abendessens auf.

"Nina?"

Sie lächelte ihn flüchtig über die Schulter an.

"Du ignorierst mich jetzt einfach, stimmt's?"

Oh Mann, das ging aber fix! Nina lächelte wieder nur unbestimmt und ging zurück in ihr Büro, um das Foto zu beenden, an dem sie gerade gearbeitet hatte.

"Du wirst mich jetzt nicht ignorieren!"

Ach, nein? Na dann sieh mal her! Das hat Gregor schon ganz anders versucht.

"Nina, das geht nicht! Du kannst in Boston nicht einfach so allein durch die Straßen laufen! Nicht, wenn jedermann weiß, dass du meine Freundin bist!"

Klick, klick. Mehr Kontrast und hier noch ein wenig wegschneiden.

"Nina! Das ist gefährlich!"

Wieder ein unbestimmtes Lächeln.

"Könntest du nicht wenigstens mit dem Auto fahren? Du könntest doch auch von dort aus Bilder machen!"

Ja, klar!

"Ich muss das jetzt fertigmachen, Ty."

Frustriert stöhnend verließ er das Zimmer und Nina lächelte in sich hinein. Er konnte so süß sein.

16 GESTÄNDNISSE

TY

Am nächsten Tag war bereits der 15. November. Ninas 24. Geburtstag. Ty hatte noch so viel zu erledigen und war deshalb mehr als froh, dass seine Freunde ihm unter die Arme griffen.

Die Feier fand in Cats Hotel statt. Ryan holte Gregor und Ninas Eltern vom Flughafen ab und Shane brachte Ninas Geschenk zu Cat.

"Nina, vergiss nicht, dass wir morgen Mittag mit Cat, Sky, Ryan und Shane zum Essen verabredet sind."

Sie nickte zwar, doch Ty war sich sicher, dass sie nicht ein Wort davon mitbekommen hatte. Sie war wieder völlig in ihrem Bildbearbeitungsprogramm versunken.

Wenn sie nicht gerade neue Fotokalender kreierte, sortierte sie ihre Bilder und Momentaufnahmen in eines ihrer schwarzen Fotoalben.

In den zwei Wochen, die sie jetzt bei ihm lebte, hatte sie bereits vier Stück davon angefangen.

Mit Nina zusammen zu leben, war so unglaublich einfach. Viel leichter, als er es sich jemals erträumt hatte! Ty konnte sich nicht vorstellen, je wieder ohne sie zu sein.

Langsam trat er hinter sie und legte seine Hände links und rechts neben ihr auf den Schreibtisch. So war sie zwischen seinen Armen gefangen und er hoffte, so ihre volle Aufmerksamkeit zu bekommen.

Nina legte ihren Kopf in den Nacken und lächelte zu ihm auf.

"Hey Querida. Passt das alles so morgen?"

"Was morgen?"

Mhm, genau! Ty lächelte nachsichtig und küsste sie sanft auf die Lippen.

"Wir gehen essen", murmelte er an ihren Lippen.

"Ach ja! Klar, kein Problem!"

Und schon hatte sie ihre Aufmerksamkeit wieder ihren Bildern zugewandt. Ty küsste noch einmal ihren Nacken und ging dann nach unten in seine Werkstatt, um den Rest für ihren Geburtstag vorzubereiten.

"Kommst du jetzt endlich ins Bett?", fragte Nina mit rauer Stimme.

Das Handtuch, das er noch vom Duschen um die Hüften geschlungen hatte, ließ er zu Boden fallen, ehe er zu ihr an die Bettkante trat.

"Ich liebe deine Stimme, Honey", sagte er und strich ihr mit einer Hand durchs Haar.

Nina lächelte verschmitzt und streichelte seine nackten Hüften. "Das hat etwas mit Angebot und Nachfrage zu tun, weißt du?"

"Vielleicht ... denn momentan wüsste ich noch viel Schöneres mit deinem Mund anzufangen", murmelte Ty rau. Er legte seine Hände an ihre Wangen und drückte mit seinen Daumen ihren Unterkiefer nach unten, sodass er Zugang zu ihrem Mund hatte.

Ihre Zunge schnellte hervor und befeuchtete ihre vollen Lippen. Allein bei dem Gedanken daran, seinen Schwanz tief in ihrem Mund zu versenken, wuchs seine Erektion immer weiter an. Mittlerweile halb steif, dirigierte er ihn in ihren Mund.

"Saug!", befahl er und stöhnte, als Nina ihm seinen Willen ließ. Einige Minuten ließ er sich von ihr verwöhnen und stieß dabei immer wieder tief in ihre Mundhöhle, ehe er sich ihr entzog. Als sie versuchte, seinem Schwanz zu folgen, sagte er mit vor Verlangen heiserer Stimme: "Genug, Querida. Ich will jetzt nicht in deinem Mund kommen!"

Dann ließ er seine Hände zu ihren Schultern wandern und drückte sie sanft zurück auf das Bett. Er war noch nicht ganz von Sinnen und vom Sex heute Morgen unter der Dusche zumindest ein wenig gesättigt. Daher ließ er sich ganz langsam zwischen ihre Schenkel gleiten und fixierte dabei ihren Blick.

Nina versuchte augenblicklich, ihn zur Seite zu schieben, doch Ty würde ihr dieses Mal keinen Ausweg lassen. Es sollte keine Tabus zwischen ihnen geben. Er wollte alles geben und alles nehmen.

"Was ist los, Cara?" Nina drückte ein wenig fester gegen seine Brust, doch Ty rührte sich nicht. Er bedrängte sie, das war ihm durchaus bewusst, aber sie sollte ihm diesmal nicht ausweichen.

"Ich will nicht!"

"Sag mir, was dein Problem ist, Querida. Das hier ist Blümchensex erster Sahne, da haben wir beide doch schon ganz andere Dinge miteinander geteilt. Wo liegt dein Problem?"

Als sie ihm nicht antwortete, versuchte er es mit Ablenkung. Er küsste sich die Linie ihres Kinns entlang zur ihrem Hals. Als er eine Hand auf ihre Brust legte, wurde ihr Atmung deutlich schneller und sie stemmte sich mit aller Kraft gegen ihn.

Ty ließ sich neben sie fallen, ließ aber ein Bein und einen Arm über ihr liegen, sodass sie sich ihm nicht vollends entziehen konnte.

"Sprich mit mir, Querida!" Nina drehte sich in seinen Armen und begann, an seinem Hals zu knabbern. "Später", murmelte sie.

Oft genug hatte sie es geschafft, ihn auf genau diese Tour abzulenken. Aber heute hatte er noch genügend Blut im Gehirn, um sein Ziel weiter zu verfolgen. Er packte ihr Kinn und zwang ihr so seinen Blick auf.

"Nein!"

Angst flackerte in ihrem Blick auf, gepaart mit einer großen Menge an Unsicherheit. Als sie sich dann aufrichtete, hinderte er sie nicht dran.

"Nina", drängte er sie sanft.

"Ich ... es ..." Sie unterbrach sich und schüttelte heftig den Kopf.

"Bitte, Nina!", flüsterte Ty, denn er wollte nicht, dass irgendetwas zwischen ihnen stand.

Sie atmete noch einmal tief durch und fing noch einmal an zu sprechen, ohne ihm ihr Gesicht zuzuwenden.

"Ich war vierzehn, damals und ... und wir waren eine Clique." Nina unterbrach sich erneut und schöpfte tief Atem. "Wir waren an diesem Tag nur zu viert, die drei und ich ..."

"Oh Gott!", stieß Ty hervor.

"Nein, es war nicht, also nicht ... " Nach einem weiterem tiefen Durchatmen sprudelten die Worte so schnell aus ihr heraus, dass er Mühe hatte, ihr zu folgen.

"Einer von ihnen lag bereits auf mir, während die anderen mich festhielten. Sie wollten ... sie hätten ... sie hätten mich vergewaltigt, auf einem Skaterplatz unter der Quaterpipe, wenn Gregor nicht in diesem Moment gekommen wäre, um mich abzuholen."

"Oh, Nina!", sagte Ty sanft und voller Mitgefühl. Zart strich er ihr über den Rücken.

"Es ist dieses Begraben sein, weißt du? Du liegst auf mir, riesig und schwer. Wie ein überdimensionaler menschlicher Käfig und ich weiß, dass ich keine Chance habe, unter dir weg zu kommen ..."

Diesen wundervollen Menschen so gebrochen vor sich sitzen zu sehen, war grauenvoll für Ty. So gern würde er ihr allen Schmerz abnehmen, all ihre Wunden heilen. Aber alles, was er tun konnte, war für sie da zu sein und ihr jeden Tag aufs Neue zu beweisen, dass er sie liebte, genauso wie sie war.

"Du weißt, dass ich immer aufhöre, wenn du nicht möchtest, Nina."

Sie nickte leicht, aber irgendetwas bedrückte sie noch.

"Was ist, Querida? Was liegt dir noch auf dem Herzen?"

"Es ist nur, ich will dich nicht enttäuschen." So schnell er konnte sprang er wieder auf seine Beine und stellte sich vor sie an die Bettkante. Behutsam nahm er ihr Gesicht zwischen seine Hände und sah ihr eindringlich in die Augen.

"Du, Querida, könntest mich nie enttäuschen, hörst du? Du bist die Liebe meines Lebens. Ich will, was du willst. Und dabei ist nichts wichtiger, als dass du glücklich bist, verstehst du? Wenn du heute sagst, wir werden nie wieder Sex haben, dann wird das sehr, sehr schwer für mich, aber okay. Du bist mir wichtiger als alles andere, Süße."

Ninas Augen wurden riesig, ehe sie heftig den Kopf schüttelte.

"Also werden wir auch weiterhin Sex haben?", fragte er grinsend und war froh, dass sich das Gespräch wieder ein wenig lockerte.

"Ich bestehe darauf!", antwortete Nina ebenfalls grinsend. Ty beugte sich zu ihr und küsste sie sanft.

"Wie kannst du mich lieben?", fragte Nina und die ehrliche Verwirrung in ihrer Stimme schmerzte ihn.

"Du bist das Beste, das mir je passiert ist!"

"Ich habe so viele Ticks, so viele Macken", sagte sie leise und zweifelnd. Ty wollte sie nicht so sehen. So voller Selbstzweifel.

Also sagte er mit einem schelmischen Lächeln: "Das sind keine Macken, das sind deine special effects!"

Es funktionierte. Nina lächelte ein ehrliches Lächeln.

"Meinst du, wir könnten jetzt zu dem Teil mit dem 'wir

können auch weiterhin Sex haben' kommen?", fragte Ty. Ninas Lächeln wurde noch strahlender, woraufhin Ty sich neben ihr auf den Rücken fallen ließ. Er zog sie auf seine Brust und küsste sie dann sanft auf ihre schönen Lippen.

"Ich liebe dich, Nina", flüsterte er.

"Ich liebe dich auch."

Ihr Liebesspiel wurde sanft und weich. Es war kein harter animalischer Sex, wie sie ihn beide so gerne mochten, nein, sie drückten all ihre Gefühle für einander aus, sprachen kein Wort und sahen sich die ganze Zeit in die Augen.

Ty sah, wie sich ihre Augen trübten, kurz bevor ihr Orgasmus über sie hinweg rollte und ihn schließlich mit sich riss.

17 HAPPY BIRTHDAY!

TY

"Happy birthday to you, happy birthday to you, happy birthday, dear Nina, happy birthday to you", sang Ty seiner Liebsten ins Ohr und küsste sie dann leicht auf den Mund.

"Aufwachen, Baby! Wir haben noch so viel vor heute!"

Aber Nina drehte sich nur zur Seite und vergrub ihren Kopf in seiner Achselhöhle.

"Willst du nicht dein Geschenk haben?", flüsterte er in ihr Ohr, weil er wusste, wie sehr sie Geschenke liebte.

"Ich bleib lieber liegen. Besser kann es nicht mehr werden", murmelte sie an seiner Haut.

"Da hast du Recht", antwortete er sanft.

"Singst du nochmal für mich?"

"Hat dir gefallen, hm?", fragte er lächelnd und Nina nickte sofort.

NINA

Sie blieben noch eine halbe Stunde zusammen im Bett, ehe Ty ein Machtwort sprach und sie ins Bad trug.

Er verwöhnte sie, trug sie sprichwörtlich und im Wortsinn auf Händen.

"Bereit für dein Geburtstagsessen?", fragte Ty sie gegen Mittag.

"Mhm." Lieber wäre sie zwar mit ihm im Bett geblieben, aber sie hatten sich alle so viel Mühe gegeben und sich Zeit genommen, sodass sie sie nicht versetzen wollte. Den Kampf, zwischen Höflichkeit und Ty, hatte ihr Sinn für Benehmen aber nur ganz knapp gewonnen. Die Aussicht auf einen ganzen Tag, an dem sie Ty für sich alleine hatte ... *Halt! Stopp! Wir gehen jetzt essen!*

"Dann komm", sagte Ty in diesem Moment und hielt ihr die Tür des Wagens auf.

"HAPPY BIRTHDAY!", riefen ihr alle entgegen. Zunächst taumelte Nina zurück, so hatte sie sich erschreckt, denn sie hatte bei weitem nicht so viele Menschen erwartet.

Als sie Gregor und ihre Eltern unter den Partygästen entdeckte, kamen ihr die Tränen. Nina schlug sich eine Hand vor den Mund und schluchzte leise auf. Dass ihre Familie hier sein würde, hatte sie nicht mal zu träumen gewagt.

Gregor machte einen Schritt nach vorn und breitete seine Arme aus. Schnell lief Nina zu ihm und presste ihn fest an sich.

"Happy Birthday, Kleines!", flüsterte er in ihre Haare.

Nachdem sie sich einen kleinen Ruck gegeben hatte, umarmte sie auch ihre Eltern. Zehn Jahre hatte sie sich vor ihren Berührungen gedrückt, wann immer sie konnte, und bemerkte erst jetzt, dass sie auch ihr gefehlt hatten. Ihre Mutter schluchzte in ihren Armen und sogar ihr Vater hatte ein paar Tränen in den Augen.

Nina war froh, als Cat alle zum Essen drängte und erst recht, als Ty sie auf seinen Schoß zog. Sie brauchte ihn jetzt, musste sich anlehnen und genoss die Sicherheit seiner Arme.

"Danke", flüsterte sie.

Nach dem Essen wurde sie von Cat und Sky entführt, die ihr ein Geschenk überreichen wollten. Warum sie dazu den Raum verlassen mussten, war ihr zunächst schleierhaft, als sie aber sah, was da auf sie wartete, wurde es ihr klar.

Ein riesengroßer Hund stand vor ihr. Schwarz mit Braun und mindestens 80 cm hoch. Er war sehr elegant, mit langen Beinen und einem schlanken Körper. Ein toller Hund, vor dem die meisten Mensch bestimmt Angst haben würden.

Die überdimensionale rote Schleife an seinem Hals kennzeichneten ihn eindeutig als Geschenk. Nina musste grinsen. Sie wollte schon immer einen Hund. Zwar hatte sie eher an etwas kleines Flauschiges gedacht, aber dieser hier war wirklich genial.

"Ja finde ich auch!", sagte Sky. Auf Ninas fragenden Blick hin sagte sie: "So, wie du ihn angrinst, findest du ihn ziemlich cool!"

Sie nickte.

"Er heißt Arco und ist ein Dobermann. Er hat irgend so ein Zertifikat zum Personenschützen oder so. Sky und ich wollten dir eigentlich einen kleinen flauschigen Welpen schenken, was zum Kuscheln und rumtragen, aber Ty meinte, es sollte lieber was Nützliches sein für den Fall, dass du mal ohne ihn oder Benson unterwegs wärst."

Ihr Lächeln wurde noch breiter. 1:0 für Nina!

Sie kniete sich vor den geduldig wartenden Arco, der ihr, als sie ihm die Hand hinhielt, ganz vorsichtig darüber leckte und mit seinem überdimensionalen Schwanz zu wedeln begann.

Er war kühl und kontrolliert, kam ihr irgendwie militärisch vor ... vielleicht sollte sie ihn Benson nennen, die beiden hatten doch wirklich sehr viel gemeinsam.

"Und weißt du, was das Beste an ihm ist?" Auf ihr Kopfschütteln fuhr Cat fort: "Er hört auf Handzeichen. Schau mal!"

Cat deutete mit ihrer Handfläche zu Boden und Arco legte sich sofort hin. Dann hob sie ihren Zeigefinger und Arco setzte sich wieder.

Cat und Sky zeigten ihr noch einige Tricks, bevor Nina gut gelaunt und ihren neuen Partner an der Seite zurück auf die Party ging.

TY

"Danke, Ty", sagte Gregor leise, als er neben ihn trat.

Er nickte, er hatte es weiß Gott nicht für Gregor getan. Er war ihm dankbar für das, was er für Nina getan hatte. Und er würde ihn dulden, weil er Nina wichtig war, mehr aber auch nicht.

"Ich wollte mich auch noch bei dir entschuldigen. Ich dachte nur, es wäre besser für Nina. Also, es tut mir wirklich leid, Ty!"

Ty nickte noch einmal, um zu zeigen, dass er ihm zugehört hatte.

"Okay ... ähm ... also, vergeben und vergessen?"

"Ich bin weder Jesus noch habe ich Alzheimer, Gregor. Du bist hier, weil es Nina glücklich macht. Nicht mehr und nicht weniger. Wenn ich dich aus ihrem Leben streichen könnte, würde ich es hier und jetzt tun. Aber ich bin nicht so scheiße wie du und nehme ihr so eine Entscheidung ab. Wenn sie dir verzeiht, okay. Ich nicht."

Ty sah, dass Gregor seine Antwort nicht sonderlich gut bekam, aber es war ihm egal. Er suchte keine neuen Freunde. Das hatte er nie. Und Menschen, die es sich einmal bei ihm verscherzt hatten, bekamen selten eine zweite Chance.

Gregor nickte ernst und sagte dann: "Meine Eltern würden dich gerne kennenlernen."

"Ohne Nina?", fragte Ty, nicht sicher, ob er es gut heißen sollte.

"Ja, bitte Ty."

Er nickte und folgte Gregor zu dem Ehepaar in den Fünfzigern.

"Mum, Dad, das ist Tyler Moreno, Ty, Victoria und Jarek Zadow", stellte Gregor sie einander vor und ging dann davon. Etwas verwirrt sah Ty ihm noch einen Moment hinterher, ehe er sich den beiden Personen vor sich widmete.

"Mr. und Mrs. Zadow, es freut mich, Sie kennenzulernen."

Völlig unerwartet fiel Mrs. Zadow ihm um den Hals. Ty wurde sehr steif und tätschelte unbeholfen ihren Rücken.

"Meine Güte, Tyler, ich darf doch Tyler sagen?" Ohne auf eine Antwort zu warten, fuhr sie fort: "Oh Gott, Sie wissen gar nicht, wie glücklich Sie uns gemacht haben! Das Sie sie uns wieder gegeben haben. Ich kann Ihnen gar nicht genug danken."

"Ähm ... gerne", antwortete Ty, weil er keine Ahnung hatte, wie er mit der gesamten Situation umgehen sollte. Er hatte noch nie die Eltern von einer seiner Freundinnen kennengelernt ... mag daran gelegen haben, dass er noch nie eine Freundin hatte. Er war sich aber auch sicher, dass man normalerweise nicht mit ihnen allein gelassen wurde. Wobei, wie hätte Nina ihm schon helfen können?

"Lass den armen Jungen los, Vicky!", brummte Mr. Zadow, schenkte ihr aber einen liebevollen Blick.

Den armen Jungen, dachte Ty und schüttelte innerlich den Kopf. Er konnte sich bei Gott nicht daran erinnern, wann er das letzte Mal als Junge bezeichnet worden war.

Mr. Zadow streckte ihm seine große Hand entgegen und sagte: "Ich möchte mich ebenfalls bei Ihnen bedanken. Wissen Sie, Nina hat lang nicht mehr mit uns gesprochen, von einer Umarmung ganz zu schweigen. Wir sind sehr glücklich über ihre Entwicklung und sind uns bewusst, dass Sie es sind, der das bewirkt hat."

Ty nickte ernst und wünschte sich nichts sehnlicher, als von hier zu verschwinden.

"Ähm ... ich ..."

"Ty!" Ninas Schrei bewahrte ihn vor einer peinlichen Antwort. Er drehte sich um und suchte ihren Blick.

Freudestrahlend kam sie auf ihn zu gelaufen, den riesigen Hund neben sich her trabend. Er konnte grade noch seine Arme ausbreiten, da hing Nina auch schon an seinem Hals.

"Er ist so toll! Danke!"

"Er wird auf dich aufpassen, wenn du es mich nicht tun lässt", murmelte Ty an ihrem Hals. Der Hund saß ernst neben ihr, als hätte er bereits verstanden, auf wen er aufpassen musste. Ty hatte mit Absicht auf einen Dobermannrüden bestanden. *Dobermänner binden sich gern an eine Person,* hatte er gelesen, und Rüden waren die imposanteren Tiere. Ty hatte sich persönlich der Ausbildung des Tieres versichert.

"Erinnert er dich nicht auch an Benson?", fragte Nina und sah den Rüden gedankenverloren an.

"Hey! Das habe ich gehört!", rief Benson, der gerade zur Tür hinein kam.

Nina wurde knallrot und sah zu Boden.

"Happy Birthday, Nina", sagte Dario lächelnd und umarmte sie. Nach zumindest für Ty unendlich langen Minuten ließ er sie wieder los und starrte den Hund an. Der Rüde tat es ihm gleich. Es sah aus, als führten die beiden ein Blickduell.

Ty konnte immer noch nicht verstehen, warum zum Teufel die Frauen Nina einen Schoßhund kaufen wollten. Der konnte doch überhaupt nicht auf sie aufpassen!

Dieser hier war gut abgerichtet und würde sie beschützen. Er hatte bereits alles herrichten lassen. Einen großen Zwinger mit Auslauf hinter dem Haus. Einen Hundetrainer, der einmal die Woche mit Arco trainierte und Ninas Geschenk von ihm, was er ihr jetzt überreichen wollte. Er schlang einen Arm um sie, um sie näher an sich zu ziehen, weg von Dario.

"Möchtest du jetzt dein Geschenk, Querida?"

"Noch eins?", fragte sie mit großen Augen.

Er lächelte, küsste sie sanft auf die Lippen und zog dann ein Tuch hervor.

"Dreh dich um, damit ich dir die Augen verbinden kann."

Als er sich vergewissert hatte, dass sie absolut nichts sah, hob er sie auf seine Arme. Sofort schlang sie ihre um seinen Hals und Ty trug sie zum Hinterausgang des Hotels. Vor ihrem Geschenk angekommen, stellte er sie auf die Füße und drehte sie in die richtige Richtung.

"Bereit?", fragte Ty. Nina nickte aufgeregt.

Als er ihr die Augenbinde abnahm, starrte sie einige Augenblicke darauf, ehe sie sich zu ihm umdrehte und ihn verständnislos ansah.

"Happy Birthday, Querida", sagte er sanft und hoffte, dass da nur Unglauben in ihrem Blick lag und keine Abneigung.

"Das ... Auto ... für mich?", stotterte sie. Ty nickte.

Wieder schweifte ihr Blick zurück zu dem Wagen, den er für sie gekauft hatte. Er wollte ihr ohnehin ein Auto kaufen. Dass sie es bereits zu ihrem Geburtstag bekam, war ihrer Diskussion vor ein paar Tagen geschuldet. Also hatte Ty seine anderen Ideen hintenangestellt und die Operation Auto vorangetrieben.

"Ja, Cara, oder findest du pink steht mir?"

"Ein pinker Audi, für mich?"

Mann oh Mann, vielleicht war das mit den Überraschungen doch nicht so gut. Also hielt Ty ihr nur den Schlüssel vor die Nase und fragte: "Willst du ihn nicht?"

Schneller als er schauen konnte, hatte sie sich den Schlüssel geschnappt, war ihm um den Hals gefallen und hatte sich dann sofort wieder dem Wagen zu gewandt.

Sie gab ein wirklich seltsames quiekendes Geräusch

von sich und fiel ihm abermals um den Hals. Nach ungefähr 100 kleinen Küssen, quer über sein Gesicht verteilt, sagte sie: "Danke, danke, danke!", ließ von ihm ab und lief zur Fahrertür. Sie riss sie auf, doch statt selbst einzusteigen, sagte sie: "Arco, hopp!", und der Hund sprang über den Fahrersitz auf den Beifahrersitz.

Tys Herz schmerzte: "Nina! Das sind Ledersitze!"

Ihr verständnisloser Blick machte deutlich, wie wenig sie von Autos und deren Pflege verstand.

Nina fuhr etwas holprig mit dem Q3 an und drehte einige Runden auf dem Parkplatz.

"Der Hund sieht größer aus als sie", sagte Shane, der neben ihn getreten war.

Ty nickte und sein Magen zog sich jedes Mal schmerzhaft zusammen, wenn Nina zu stark bremste und dieser riesen Hund sich mit seinen riesigen Krallen am Armaturenbrett abstützte.

"Und so, wie Hund und Frau mit dem Auto umgehen, wird er auch nicht lange so schön aussehen ... sofern man ein pinkes Auto als schön bezeichnen kann."

Ty nickte wieder und beobachtete, wie Nina ziemlich knapp an einem parkenden BMW vorbei fuhr.

Langsam, aber sicher zweifelte er daran, ob sie nicht ohne Auto sicherer gewesen wäre.

Gegen Abend verabschiedeten sich Nina und Ty von den Gästen und fuhren nach Hause.

"Komm", sagte Nina. Der Rüde sprang sogleich über die Sitze.

Autsch!

"Warte, Nina! Ich habe ihm einen Zwinger hinter dem Haus bauen lassen."

Riesengroße Rehaugen starrten ihn vorwurfsvoll an. "Er kann nicht draußen schlafen!"

"Warum?"

"Er gehört doch zur Familie!"

"Er arbeitet quasi für dich, er kann draußen schlafen."

Diese Diskussion war völlig absurd!

"Benson müsste auch nicht im Garten schlafen, wenn er hier wäre!", behauptete Nina, aber Ty war sich da nicht so sicher. Als würde er Dario mit Nina unter einem Dach schlafen lassen. *Besser keinen Kommentar abgeben,* dachte er.

Sie schnaubte und sperrte das Haus auf.

"Er wird nicht in meiner Wohnung schlafen, Nina!", wetterte Ty.

"Sagtest du nicht, es sei unsere Wohnung?"

Er zuckte zusammen. *Treffer ...*

"Warte, noch besser. Habe ich in DEINEM Haus nicht mein eigenes Reich, wie du immer so schön sagst?"

Heieiei, es war wirklich leichter, als sie noch nicht so viel gesprochen hatte!

Als er nicht antwortete, ging sie ins Haus und der Rüde folgte ihr auf dem Fuß. Ty folgte ihr ebenfalls die Stufen hinauf und kam sich ein bisschen so vor wie Platz drei in diesem Rudel.

"Und wo soll er bitte schlafen? Draußen hätte er eine Hundehütte und einen Korb!"

Nina sah ihn verständnislos an und lief dann einfach weiter in ihr Schlafzimmer. Sie zog sich bis auf ihre Unterwäsche aus und schlüpfte sofort in eines der übergroßen T-Shirts. Gleich darauf verschwand sie, mit Hund, ohne Ty, im Badezimmer.

"Was soll das Querida?", rief er ihr nach, konnte aber nichts anders machen, als vor der Tür zu warten.

Wieder ging sie wortlos an ihm vorbei zurück in ihr Schlafzimmer.

"Was hast du vor, Süße?"

"Schlafen."

"Warum kommst du nicht zu mir ins Bett?"

"Er kann doch nicht am ersten Tag allein hier bleiben!", rief sie aus und klopfte gleich darauf auf ihr Bett, sodass der Rüde darauf sprang und es sich neben ihr gemütlich machte.

Nur allzu gern wäre Ty jetzt schreiend durchs Zimmer

gerannt. Genug ist genug. Wenn dieser Stinker schon in seinem Haus sein musste, würde er ganz bestimmt nicht seine Freundin mit ihm teilen. Kurzerhand stapfte er zum Bett, warf sich Nina über die Schulter und lief mit ihr zur Tür.

Nina quiekte und der Hund wollte gerade knurrend vom Bett springen, als Ty sich ruckartig zu ihm umdrehte.

"Denk gar nicht erst dran!", fauchte er den Rüden an, der mitten in der Bewegung stoppte und etwas unschlüssig drein sah. Ty trug Nina in sein Zimmer und schmiss sie kurzerhand aufs Bett.

"Bleib!", sagte er zu ihr und lief zurück, um dem Hund noch eine Schüssel Wasser zu bringen. Dann schloss er die Tür zum Schlafzimmer und baute sich drohend über Nina auf.

"Und wir zwei, Missy, haben ein großes Problem miteinander. Ich werde weder mein Schlafzimmer noch dich jemals mit diesem Hund teilen!"

Nina nickte, doch das kleine Lächeln, das um ihre Mundwinkel zuckte, versprach noch einige Diskussionen.

18 ... DER HUND

TY

Ninas Eltern und Gregor blieben noch eine Woche zu Besuch. Nina traf sich oft mit ihnen, aber meist untertags, wenn Ty beim Arbeiten war, sodass sie die Abende für sich hatten. Nun ja, für sich und diesen verflixten Hund. Hat ein Mann es jemals geschafft, gegen einen Hund zu konkurrieren und zu gewinnen? Wo besagter Hund doch darauf trainiert ist, jedes Wort zu befolgen und ständig zu gefallen?

Dementsprechend schlecht gelaunt war Ty nach einer Woche Ty vs. Arco.

"Ich bin eifersüchtig auf einen verdammten Hund!", fluchte er kurz vor Feierabend, als er mit Shane in seinem Büro saß.

"Mach ihr ein Baby, dann vergisst sie den Hund!"

"Wieso rede ich überhaupt mit dir? Ich sollte mit Ryan reden, der hat wenigstens eine Freundin."

"Eine Freundin, die dieses Wochenende zu ihm zieht!", verkündete Ryan freudestrahlend, als er in diesem Moment das Büro betrat.

"Soweit war ich schon", antwortete Ty mürrisch und

fügte hinzu: "Kauf ihr nur nie einen Hund!"

Ryan stutzte argwöhnisch. "Warum?"

"Ty wurde quasi ausgetauscht. Was ist los, Mann?", sagte Shane

"Ich hab ihr einen versprochen!", antwortete Ryan ein wenig ängstlich.

"Mein Beileid und willkommen im Club!", war Tys einziger Kommentar, bevor er nach Hause fuhr.

Mit noch immer schlechter Laune kam er zu Hause an. Gregor und Ninas Eltern waren an diesem Tag zurück geflogen, sodass Nina nun wieder völlig ihm gehören würde ... und dem Hund.

Brummelig öffnete er die Haustür und lief direkt ins Badezimmer, um zu duschen. Als er zurück ins Schlafzimmer kam, saß Nina auf dem Bett und sah ihn nachdenklich an.

"Hey", grüßte er sie und gab ihr im Vorbeigehen einen Kuss auf die Stirn.

"Was ist los?", fragte sie.

Er schüttelte den Kopf. Er hatte bei Gott keine Lust, seine lächerlichen Gedanken zu offenbaren.

"Ty?", fragte sie etwas nachdrücklicher.

"Ist einfach nicht mein Tag", antwortete er und lief in die Küche.

NINA

Ninas Leben war gerade einfach nur fabelhaft. Sie hatte die Zeit mit Gregor und ihren Eltern wirklich genossen. Sie hatten zusammen, inklusive Benson und Arco, die Stadt erkundet. Zu Fuß und nicht in diesem lächerlichen Bus! Nina hatte so viele Ideen, Eindrücke und Fotos sammeln können, dass es bestimmt für die nächsten drei Kalender reichen würde.

Arco war traumhaft. Er folgte wirklich auf jeden Fingerzeig, war äußerst sensibel und verfolgte sie wie ein

Schatten. Sie hatte ihm sogar ein paar Kunststückchen beigebracht, die sie ziemlich lustig fand. Am Besten gefiel ihr, wenn Arco ihr einen High Five gab. Es sah bei diesem immer ernsten Hund so lustig aus.

Nur Tys Laune drückte ihre Stimmung. Er war seit Tagen ein wenig seltsam. Dass er aber noch nicht einmal zu ihr kam, war sehr komisch. Langsam folgte sie ihm in die Küche, Arco dicht auf den Fersen.

Ohne sich umzudrehen, sagte Ty: "Entweder du wirfst diesen scheiß Hund sofort aus meiner Küche oder ich werfe ihn aus meinem Haus!"

Autsch! Nina zuckte automatisch zusammen und machte einen Schritt zurück. Puh, so trocken, wie er das gerade gesagt hatte, war er wirklich sauer. Und da war es auch wieder: MEINE Küche, MEIN Haus.

Ja, theoretisch schon, aber manchmal konnte sie eben glatt vergessen, dass sie hier nur auf Zeit geduldet war. Schnell lief sie in ihr Schlafzimmer und rollte sich mit Arco auf ihrem Bett zusammen.

Nach ungefähr einer Viertelstunde kam Ty in ihr Schlafzimmer und setzte sich auf den Schaukelstuhl, der in einer Ecke des Zimmers zum Verweilen einlud.

Er schaukelte einige Male vor und zurück, dann sagte er: "Genau das ist los, Nina."

Verständnislos sah sie ihn an.

"Ich sage die Töle soll verschwinden, und du verschwindest."

Ist das sein Ernst?

"Du solltest mit mir in der Küche sitzen, mir meinen wirklich beschissenen Tag versüßen. Aber du liegst hier mit dem scheiß Hund!"

Meine Fresse, es ist sein Ernst!

"Du bist eifersüchtig auf meinen Hund?"

So beschämt, wie er gerade drein sah, stimmte es wirklich. Nina stand auf und schickte Arco aus dem Zimmer. Die Türe fest geschlossen, ging sie zu ihm und setzte sich auf seinen Schoß.

"Besser?"

Ty nickte.

Sein Gesicht zwischen ihre Hände genommen, küsste sie ihn. Langsam entspannte er sich unter ihren Händen. Seine Zunge strich über ihre Lippen und forderte Einlass in ihren Mund.

Mit einer Hand in ihrem Nacken, fixierte er sie. Seine zweite drückte sie an ihrem unteren Rücken gegen seinen schon harten Schwanz.

"Ich muss in dir sein, Querida", sagte er drängend, als sie ihre Lippen kurz von einander lösten. Schnell stand Nina auf und schlüpfte aus ihrer Hose, während Ty seine nur über Knie nach unten zog.

Rittlings ließ sie sich auf der Spitze seines heißen, knallharten Schwanzes nieder. Nass war Nina bereits. Nun ja, das war sie eigentlich immer in Tys Gegenwart, und doch war es ein wenig schwieriger, ihn in sich aufzunehmen, wenn er sie nicht mit seinen langen Fingern vorbereitete. Nina krallte sich an seine Schultern und ließ ihn langsam immer tiefer in sich gleiten.

"Du bringst mich um, Babe", stöhnte er, den Kopf in den Nacken gelegt. Er sah unglaublich schön aus in diesem Moment. All seine Muskeln aufs Äußerste angespannt, die Sehnen an seinem Hals traten stark hervor und seine Augen waren geschlossen.

Plötzlich gab er dem Stuhl einen Schubs und er begann zu schaukeln. In einem stetigen Rhythmus rollte Ninas Becken wie von selbst auf Tys Schoß und mit jedem Schaukeln rieb ihre Klit sich an ihm. Das Gefühl war atemberaubend. Leicht, beinahe schwerelos. Stöhnend ließ sie ihren Kopf auf Tys Schulter sinken. Er verstärkte seinen Griff und presste sie immer wieder bis zur Wurzel auf seinen steinharten Schwanz.

Innerhalb weniger Minuten braute sich in ihr ein gewaltiger Orgasmus zusammen. Als ihr Blickfeld unscharf zu werden begann, schloss sie die Augen und ergab sich dem Gefühl.

Dass Ty ebenfalls kam, bekam sie nur am Rande mit. Die nicht endenwollende Bewegung des Stuhls ließ sie nicht zur Ruhe kommen, bis sie irgendwann einen Fuß auf den Boden stellte und ihn stoppte.

Auf Tys fragenden Blick hin antwortete sie: "Ich kann nicht mehr."

Ty lachte. "Du könntest, Baby, aber ich will dir mal deine Ruhe gönnen." Dann stand er mit ihr in seinen Armen auf und trat sich umständlich die Hose von den Füßen.

"Pass auf, wir fallen noch hin!"

"Niemals", antwortete er lächelnd und hatte es endlich geschafft.

Nach einer gemeinsamen Dusche fielen sie doch noch, aber nicht zu Boden, sondern in einen tiefen, traumlosen Schlaf.

19 ZU SCHÖN UM WAHR ZU SEIN

NINA

"Ich komme heute erst spät nach Hause, Querida", sagte Ty eine Woche später beim Frühstück.

"Okay."

"Bestell dir was zu Essen!"

Nina verdrehte die Augen. Manche Dinge hatte er sich eindeutig von Gregor abgeschaut.

"Nina!", sagte er warnend und sie hätte am liebsten noch einmal mit den Augen gerollt. Um ihn von sich abzulenken, gab sie Arco ein Zeichen, auf das hin er zu bellen begann.

"Du brauchst gar nicht zu bellen, wenn es nach mir ginge, würdest du in deinem Zwinger schlafen, wie es sich gehört! Nun hör endlich mit dieser blöden Kläfferei auf!"

Ty brummte weiter, als er seinen Teller in die Spülmaschine räumte: "Ich habe einen verdammten Köter in meinem Haus! Mein Haus ist doch kein Zoo!"

Ja, da war es wieder. Sie konnte es noch so oft vergessen, es blieb die bittere Wahrheit, dass das hier, so schön es auch war, nur auf Zeit sein konnte.

Mit einem wehmütigem Lächeln auf den Lippen trat sie

an Ty heran und umarmte ihn fest.

"Hey, hey, du weißt, dass es nicht so schlimm ist, oder? Eigentlich mag ich ihn gar nicht ungern. Es kommt mir nur manchmal so vor, als hättet ihr beide euch gegen mich verschworen."

Nina lächelte und küsste ihn sanft auf die Lippen.

"Bis heute Abend!", flüsterte sie und sah, dass Ty ein wenig unschlüssig war. Nach einem Blick auf seine Uhr atmete er genervt durch und küsste sie noch einmal auf den Mund.

"Bis heute Abend, Cara!"

Der Vormittag verging schnell. Nina hatte den Haushalt erledigt, war zwei Mal mit Arco vor die Tür gegangen und hatte eines ihrer Bilder fertig bearbeitet.

Sie war irgendwie unzufrieden und sogar Arco, der immer liebend gern in ihrer Nähe war, zog es heute vor, im Garten zu bleiben.

Gegen halb drei Uhr am Nachmittag, Nina lag gerade auf der Couch und versuchte, ein Buch zu lesen, rumpelte es plötzlich an der Haustür.

"Ty? Ty-y-y? Bist du nicht zu Hause?"

Nina kannte die kratzige Frauenstimme nicht. Leise stand sie auf und spähte in den Flur.

"Hätte mir klar sein müssen, dass er vergessen hat, dass ich heute zurück komme!", murmelte die Frau, die Nina jetzt im Gang sah.

Sie war atemberaubend schön. Groß, mindestens 1,75 Meter, schlank, mit scheinbar endlos langen Beinen, die in schwarzen Overknee-Stiefeln steckten. Die Röhrenjeans klebte wie eine zweite Haut an ihr und betonte ihren perfekten Po. Die rote Bluse war mindestens genauso eng und stand weit offen, sodass ihre großen Brüste zur Geltung kamen. Ihre schwarze Lockenpracht, die sie offen trug, reichte ihr bis zur Taille und rahmte ihr wunderschönes Gesicht ein.

Exotisch wäre das Wort, das Nina benutzen würde,

hätte sie nur eines zur Verfügung, um dieses Gesicht zu beschreiben. Schräg stehende, dunkelbraune Augen, die von schwarzen, dichten Wimpern umrahmt waren. Eine schöne gerade Nase und volle Lippen, die mit rotem Lippenstift geschminkt waren.

Alles an dieser Frau schrie nach Sex! Und sie kannte den Code für seine Wohnung.

Plötzlich erspähte die Frau sie und verzog angewidert ihr Gesicht.

"Gott, wer bist du denn? Ist er etwa da drin? Hat er tatsächlich eine seiner Schlampen da, wenn ich zurück komme? Tyler Paolo Moreno! Komm sofort hier raus und räum dein Mädchen weg, damit wir meine Rückkehr feiern können!"

Bei jedem Wort zuckte Nina mehr zusammen. Sie hatte immer gewusst, dass es nicht für immer sein konnte, dass sie aber nur Lückenfüller war, schmerzte doch gewaltig!

"Was jetzt? Kannst du nicht mal sprechen? Ja, das würde ihm gefallen, dann müsste er selbst seinen Mund auch nicht aufmachen, wenn er mit dir vögelt. Ist er da oder nicht?"

Nina schüttelte fassungslos ihren Kopf. Das Blut rauschte in ihren Ohren und ihr wurde unglaublich übel.

"Oh, dieser Kerl wird wirklich immer dreister! Jetzt muss ich mich schon um seine Weibergeschichten kümmern. Also gut. Hör zu, Kleine. Ty hat weder Zeit noch Lust, Mädchen wie dich länger zu behalten. Also zieh dich schön an und schwing deinen Arsch aus seiner Wohnung. Er wird nicht erfreut sein, wenn du noch da bist, wenn er zurückkommt." Jedes Wort war wie eine Ohrfeige. Langsam wich Nina vor der Frau zurück. Sie folgte ihr.

"Ohh, hat er doch endlich das Wohnzimmer fertig! Sehr schön!"

Nina wurde noch schlechter. Alles war eine Lüge, all das war für diese Frau ... die natürlich viel besser zu ihm passte. Schnell rannte Nina in ihr Zimmer, packte das

Nötigste zusammen, einschließlich Kamera und Laptop, und war schon wieder auf dem Weg zu Tür.

"Was nimmst du da alles mit, du Flittchen? Das wird wohl kaum alles dir gehören!"

Das alles und noch viel mehr!, dachte Nina, aber sie würde mit Cat oder Benson wiederkommen und den Rest holen.

Sie schnappte sich ihre Autoschlüssel und lief vors Haus. Sie hörte die Frau noch hinter ihr her rufen, blendete sie aber einfach aus. Ihre Tasche warf sie auf den Rücksitz, ehe sie nach Arco pfiff.

Dieser sprang mit einem einzigen großen Satz über den Gartenzaun und auf direkten Weg in ihr Auto.

Beim Verlassen der Einfahrt fuhr Nina noch gegen den Eckpfosten des Gartenzauns und riss diesen aus der Verankerung. Sie war so außer sich, dass sie noch nicht einmal anhielt, um den Schaden zu begutachten.

Nina fuhr auf direktem Weg in Cats Hotel. Zu Sky konnte sie nicht, diese arbeitete noch und das in dem gleichen Gebäude, wie Ty es tat. Unmöglich, ihm jetzt noch über den Weg zu laufen.

Der Mann an der Rezeption sagte ihr, dass Cat in einer Besprechung sei, also buchte Nina kurzerhand ein Zimmer. Sie musste allein sein. In Ruhe nachdenken und ihre nächsten Schritte planen. Gut, dass sie noch nicht all ihr Hab und Gut mitgenommen hatte, so würde der Umzug, wie schon auf dem Hinweg, relativ einfach von statten gehen.

In dem Zimmer angekommen, warf Nina sich auf das schmale Bett und weinte bitterlich. Arco hatte sich neben ihr nieder gelassen und leckte ihr immer wieder die Tränen vom Gesicht, bis sie irgendwann erschöpft einschlief.

TY

Es war mittlerweile acht Uhr am Abend und Ty war mehr als froh, endlich nach Hause zu kommen. Sein Handy hatte schon gegen drei Uhr den Geist aufgegeben, nachdem es eine Zeit lang ununterbrochen in seiner Tasche geklingelt hatte.

Schweren Schrittes ging er die Stufen zu seiner Wohnung hinauf. Der Fernseher dröhnte ungewöhnlich laut aus Ninas Wohnzimmer.

"Nina?", rief er, bekam jedoch keine Antwort. Also ging er ins Wohnzimmer und fragte nochmal: "Nina?"

"Hey Ty!", quiekte Titiana, seine Schwester, vom Sofa aus.

"Hey Tia, was zum Teufel machst du hier?"

"Ich habe dir doch gesagt, dass ich Ende November zurückkomme und dich dann besuche!"

"Tia, wir haben vor einem Jahr darüber gesprochen, das weiß ich doch jetzt nicht mehr."

"Tja, also hier bin ich!"

"Sehe ich. Wo ist Nina?"

"Wer ist Nina?"

Langsam wurde Ty nervös. "War sie denn nicht hier, als du ankamst?"

"Ach, dieses Mädchen meinst du? War ja mal wieder nett von dir, dass du mich hinter dir her räumen lässt."

"Wo ist sie, Tia?", fragte er und fühlte Panik aufsteigen..

"Ich weiß es nicht. Gegangen. Ich habe noch versucht, dich anzurufen, weil sie dir einen ganzen Haufen Sachen gestohlen hat, ehe ich sie aufhalten konnte."

Seine Knie gaben nach, er ließ sich in den Sessel fallen.

"Komisches Ding, dein Geschmack war auch schon mal deutlich besser, großer Bruder!"

Sein Magen rumorte und ihm wurde ganz eindeutig übel.

"Was hast du gesagt?", krächzte er an dem Kloß in

seinem Hals vorbei.

"Nicht viel, nur was sie hier noch will. Dass sie endlich gehen soll, weil du heute eh keine Zeit für sie haben wirst, weil ich ja heute da bin und ich mir sicher war, dass du mich zum Essen ausführst. Was ist denn dein Problem, Ty?"

Sein Puls raste und das Atmen fiel ihm schwerer als noch vor fünf Minuten. Er kramte sein Handy hervor, nur um festzustellen, dass sein Akku leer war. Schnell suchte er nach dem Festnetz-Telefon. Er wählte die Nummer, aber im gleichen Moment, in dem er erleichtert sein wollte, weil es nicht ausgeschalten war, hörte er das Klingeln aus Ninas Schlafzimmer.

"Was ist denn los mit dir, Ty? Du bist irgendwie blass."

Eine kurze Bestandsaufnahme machte seine schlimmsten Befürchtungen wahr. Handy, da. Papiere, weg. Notebook, weg. Kamera, weg. Fotoalben, weg. Bestimmt würden auch einige Klamotten fehlen, aber er machte sich nicht die Mühe, danach zu suchen.

"Ty!", hörte er seine Schwester jammern. Aber konnte sie nicht ansehen. Würde er sie jetzt beachten, würde er sie umbringen.

"Arco!", schrie er durch die Wohnung und als der Rüde nicht kam, öffnete er in einer letzten verzweifelten Hoffnung das Fenster.

"Arco!"

Auch im Garten kein Zeichen von dem Rüden.

"Wenn du diesen riesigen Köter suchst, den hat sie mitgenommen und einen Audi, aber da er pink war, wird er sowieso nicht dir gehören, oder?"

Einatmen, ausatmen, einatmen, ausatmen.

Wieder tastete Ty nach seinem Telefon.

"Dario?"

"Ty?"

"Sie ist weg. Ist sie bei dir? Hat sie sich bei dir gemeldet?"

"Nein, vielleicht ist sie nur mal raus."

Ty antwortete nicht. Er wusste es besser. Nächste Nummer.

"Cat, ist Nina bei dir?"

"Nein, warum..."

Nächste Nummer. Erst Sky, dann Ryan, dann Shane. Nichts, niemand wusste etwas!

"Ty! Wo bist du?"

"Wenn Sie den durchgedrehten Abklatsch von Tyler suchen, der sitzt hier in einem pinken Bett!", rief Tia zu Dario, der gerade den Flur entlang kam

"Wer sind Sie?", fragte Dario gewohnt scharf.

Tia musterte Dario von Kopf bis Fuß und hatte ihn wohl für gut befunden, denn sie stellte ihre Stimme auf Schnurren.

"Titiana Moreno, freut mich wirklich, dich kennenzulernen!"

"Schaff sie mir aus den Augen", brummte Ty, der noch immer versuchte, nicht auf seine Schwester loszugehen.

"Ty?" Shane.

"Hey Shane!", grüßte seine Schwester fröhlich.

"Oh Scheiße! Sag nicht, du bist auf Nina getroffen?", fragte Shane mit sorgenvoll verzogener Miene.

"Sag mal was habt ihr nur alle. Flittchen weg, alles gut. Wie immer, oder?"

"Shane!", knurrte Ty. Dieser begriff sofort und zog Tia zum Ausgang.

"Was soll das?", quiekte sie noch, doch Shane zog sie einfach mit sich.

"Hey, ich habe gerade Shane und Tia die Treppe hinunter gehen sehen. Da ich davon ausgehe, dass sie ausnahmsweise mal nicht zum Vögeln gehen, gehe ich recht in der Annahme, dass Tia schuld an Ninas Verschwinden ist?", fragte Ryan, als er das Zimmer betrat.

Er nickte grimmig.

Die Verzweiflung schnürte Ty die Kehle zu. Was sollte er nur tun? Ein Leben ohne Nina war nur noch sinnlos für ihn. Er liebte sie. Er brauchte sie wie die Luft zum Atmen.

Die Gespräche seiner Freunde bekam er nicht mit. Seine Gedanken rasten und er suchte nach einer Möglichkeit, sein Mädchen zurückzubekommen.

"Gregor hat auch nichts von ihr gehört, meldet sich aber, sollte es soweit sein!" Ty lachte hart auf.

"Von wegen! Sie ist bestimmt schon lange bei ihm und er lügt mich wieder an! Ich brauche ein Flugticket!" Schon suchte er nach der Nummer der Fluggesellschaft.

"Ty, Ty! Überleg doch mal! Sie ist erst ein paar Stunden weg. Sie kann noch gar nicht da sein!" Ryan hatte recht, aber es war zumindest eine Möglichkeit!

"Shane?", fragte Ryan in sein Handy.

"WAS? Ja ... ja, ich sag es ihm ... wir sind gleich da ... ja, kein Problem. Bye", beendete er sein Telefonat und wandte sich dann an Ty.

"Ninas Wagen steht vor dem Hotel. Shane fragt gerade an der Rezeption nach. Wir sollen kommen." Ryan hatte noch nicht ausgesprochen, da war Ty schon auf den Beinen.

"Deine Schwester versteckt sie vor mir, Ryan! Wie kann sie mir das antun?", brüllte er, während er die Treppe hinunter lief.

"Das kann ich mir nicht vorstellen, Ty. Sie wird es selber nicht gewusst haben. Cat weiß doch, wie sehr du Nina liebst und dass du sie nicht betrügen würdest!"

Doch er ignorierte ihn. Er wollte sie einfach nur zurückhaben! Und wenn er dafür den Rest seines Lebens auf Knien hinter ihr her robben würde.

Mit Vollgas legte er die normalerweise 15 Minuten Fahrtzeit in 8 Minuten zurück. Seinen Wagen ließ er direkt vor dem Eingang stehen und sprang, immer zwei Stufen auf einmal nehmend, die Eingangstreppe hinauf.

"Shane!", rief er von weitem.

"Wo ist sie?"

"Zimmer 306", rief Shane ihm zu. Seine Schwester, die immer noch an Shanes Arm hing, ignorierte er. Sie konnte froh sein, wenn er je wieder ein Wort mit ihr wechseln würde.

Mit schweißnassen Händen kam er schließlich vor Ninas Tür an. Er klopfte. Keine Reaktion. Noch einmal klopfte er.

"Nina?" Und noch einmal.

"Nina, Querida, bitte!" Nichts.

"Cara, mach auf! Komm schon, das ist alles ein großes Missverständnis! Komm schon, Süße!" Ty hörte den Rüden winseln.

"Bitte, Honey, du musst mich anhören! Tia ist meine Schwester. Mehr nicht! Mach auf, Baby, bitte!" Er hörte das leise Klicken des Schlosses. Er wartete noch einige Sekunden, dann öffnete er langsam die Tür.

"Nina?", fragte er vorsichtig in die Dunkelheit. Als er in die Richtung ging, in der sich das Bett erahnen ließ, hörte er ein leises Knurren.

"Okay. Ich setzt mich hier auf den Stuhl", sagte er leise.

"Hör mir zu, Honey. Tia ist meine Schwester, wirklich. Ich wusste nicht, dass sie kommt, ich hätte euch doch niemals allein aufeinandertreffen lassen. Ich kenne sie. Sie ist wie eine Dampflok und ich kann mir wirklich gut vorstellen, dass sie dir überhaupt keine Chance gelassen hat. Aber sie ist weg, okay? Wenn du nicht willst, musst du sie nie wieder sehen."

Immer noch absolut Stille. Wegen der Dunkelheit im Zimmer konnte er noch nicht einmal in ihren Augen lesen.

"Ich mach das kleine Licht am Schreibtisch an", warnte er sie vor und betätigte dann den Schalter.

Ihr Anblick brach ihm fast das Herz. Sie saß mit angewinkelten Knien auf dem Bett. Die Kapuze ihres Hoodys tief ins Gesicht gezogen, die Hände in den Ärmeln versteckt. Mit ihrem rechten Arm hielt sie ihre kleine Reisetasche fest an sich gepresst. Mit dem linken drückte sie den Rüden an sich. Als wären diese beiden Dinge ihr einziger Anker.

Ihr kleiner Körper bebte und ihre Augen waren rot und

verquollen von all den Tränen, die sie vergossen hatte.

"Nina", flüsterte er bestürzt und wollte sofort zu ihr gehen. Das Knurren des Hundes erinnerte ihn daran, dass das alles seine Schuld war und er noch nicht einmal wusste, ob sie überhaupt von ihm getröstet werden wollte. Er stand mitten im Raum und sah sie flehend an.

"Bitte Querida, so glaub mir doch! Gott, es tut mir alles so wahnsinnig leid! Ich liebe dich, Nina. Mehr als mein Leben!" Mit jedem Wort näherte er sich ihr ein kleines Stückchen mehr. Vor dem Bett angekommen, ließ er sich auf die Knie fallen.

"Was kann ich tun, dass du mir verzeihst, Honey?"

"Du hast nichts falsch gemacht, es gibt nichts zu verzeihen, Ty."

"Dann komm zu mir, lass dich von mir in den Arm nehmen. Lass mich dich nach Hause bringen und wir tun einfach so, als hätte es diesen furchtbaren Tag nicht gegeben!" Langsam streckte er seine Hand aus, bis er ihre Wade greifen konnte. Sie zuckte nicht zurück, aber sie kam auch nicht zu ihm. Sie saß immer noch völlig steif da und klammerte sich an Hund und Tasche.

"Nina", flüsterte Ty eindringlich.

"Tu mir das nicht an, Querida! Te amo, Cara. Bitte bleib bei mir!" Ihre Augen begannen zu tränen und Arco versuchte, sie abzuschlecken. Schnell schob er den Kopf des Rüden beiseite und wischte ihr selbst die Tränen von den Wangen.

"Mein Gott, Nina, bitte verlass mich nicht!", flüsterte er eindringlich. Minimal schüttelte sie den Kopf. Ihm kamen Tränen der Erleichterung. Dann strich er ganz vorsichtig mit seinen Lippen über ihre.

"Ich liebe dich, Nina. Ich brauche dich so sehr!" Zaghaft erwiderte sie seinen Kuss. Ihre Lippen schmeckten nach Salz und Ty nahm sich fest vor, dass sie nie wieder weinen sollte!

Als er seine Lippen wieder von ihren löste, stand in ihren Augen Angst. Wovor, hatte Ty keine Ahnung, aber der Anblick schmerzte ihn tief.

Noch immer klammerte sie sich an Hund und Tasche. So fest, dass die Knöchel weiß hervor traten.

"Willst du nach Hause, Querida?" Sie nickte, machte aber keine Anstalten aufzustehen.

"Wenn ich dich tragen soll, Süße, musst du zumindest den Hund loslassen", sagte er mit einem kleinen Lächeln auf dem Gesicht. Ihr Blick schweifte zu dem Rüden und sie löste langsam die Hand aus seinem Fell.

Ty nahm ihr die Tasche aus der anderen Hand und warf sie sich über die Schulter, bevor er sich bückte, um Nina hochzuheben. Am liebsten hätte Ty sich sofort wieder gesetzt. Sie in seinen Armen zu haben, fühlte sich so unglaublich gut an, dass seine Knie weich wurden.

Der Hund folgte ihnen auf dem Fuß und warf immer wieder wachsame Blicke zu seinem Frauchen.

Ty wäre beinahe zurück gestolpert, als er die Tür des Hotelzimmers öffnete. Shane, Dario, Ryan, Cat, Sky und Tia hatten sich davor versammelt. Tys Augen wurden schmal, als er seine Schwester sah. Sie hätte ihm beinahe alles verdorben und einen kleinen Teil hatte sie definitiv zerstört. Nina war in den letzten Wochen regelrecht aufgeblüht. Dass sie sich jetzt so in sich selbst zurückzog, war allein Tias Schuld.

Auch Nina spannte sich in seinen Armen an und vergrub ihr Gesicht an seiner Brust. Er drückte sie fester an sich und ging an ihnen vorbei.

"Dario", sagte er noch, um Ninas Buddy klar zu machen, dass er sie fahren sollte.

Zuhause stellte er die Reisetasche neben dem Bett ab und setzte sich dann, immer noch mit Nina im Arm, auf das Bett. Den Rücken an das Kopfteil gelehnt, saß er da und versuchte, sich selbst zu beruhigen. Sie war wieder da, alles würde gut werden. Alles andere konnte er wieder hinbekommen. Irgendwann schlief er ein.

20 HAPPY END?

NINA

Nina erwachte von dem Schmerz in ihrem Nacken. Als sie verstand, worauf sie geschlafen hatte, kamen die Erinnerungen vom Vortag zurück. Grauenvolle Erinnerungen.

Sie war erleichtert gewesen, dass sich alles nur als Missverständnis entpuppt hatte und sie sich also nicht so sehr in Ty getäuscht hatte. Aber Tia hatte ihr dadurch noch einmal ganz klar gezeigt, dass diese wundervolle Zeit mit Ty nicht für immer sein konnte. Dass sie nicht gut genug für ihn war.

Er war ein Jäger und nicht der Typ: 'Und sie lebten glücklich bis an ihr Lebensende'. Wie auch, wenn Nina alles andere als eine Märchenprinzessin war.

Der Tag würde kommen, an dem auch Ty sah, wie falsch sie für ihn war. Dass er etwas viel besseres bekommen konnte. Eine Frau wie Tia, die stark war und unabhängig. Schön und selbstbewusst, genau wie er selbst. Diese Gedanken trieben ihr schon wieder die Tränen in die Augen.

"Bist du wach, Querida?", flüsterte Ty in ihre Haare. Sie

wollte gerne nein sagen. Für den Rest ihres Lebens so tun, als würde sie schlafen, sodass sie diesen Platz niemals verlassen musste.

Da dieses Unterfangen aber mehr als unmöglich war, nickte sie zaghaft. Ty stand mit ihr im Arm auf und trug sie zur Haustür. Ach ja, Arco musste nach draußen. Dann trug er sie in die Küche, legte ihr etwas zu trinken auf den Bauch und ging zurück in sein Schlafzimmer. Genauso, wie sie es schon hunderte Male zuvor gemacht hatten. Als er wieder saß, begann er leise zu flüstern.

"Weißt du, Querida, ich dachte wirklich, dieses Mal hätte ich dich endgültig verloren. Ich dachte, sie hätte dich so weit von mit weggetrieben, dass ich dich nie wieder finden würde. Ich dachte wirklich, mein Leben wäre vorbei, Cara. Wie soll ich leben, ohne mein Herz? Dich jetzt in meinen Armen zu halten, ist wie ein Geschenk. Mir ist bewusst, dass irgendwas in dir zerbrochen ist, aber ich werde es wieder kleben, Süße, das verspreche ich dir. Und solange, bis du mir endlich glaubst, dass ich dich nie wieder gehen lasse, dass ich dich von ganzem Herzen und für immer liebe, solange bis du meinen Ring an deinem Finger trägst und mein Baby unter deinem Herzen wächst, solange werde ich dich einfach festhalten, Querida, damit du mir nicht entwischst."

Nina war sprachlos. Weil er sie mit der Heftigkeit seines Geständnisses so sehr überrascht hatte, dass ihr schlichtweg die Worte fehlten.

Langsam kullerten stumme Tränen aus ihren Augen. Tränen der Rührung dieses Mal und vielleicht auch ein paar Tränen der Erleichterung. Weil ein Teil in ihr ihm immer bedingungslos glaubte und vertraute und dieser Teil bei seinen Worten wieder ein kleines Stückchen größer geworden war.

Lange schaukelte Ty sie einfach nur ein wenig vor und zurück, ohne dass einer von ihnen auch nur einen Ton sagte.

TY

"Ty?"

Tia. Sie sollte gehen. Er wollte sie nicht hier haben. Sie sollte Nina nicht daran erinnern, was passiert war. Nina sollte nach vorne sehen, an ihn glauben und ihm vertrauen. Bei ihm bleiben, seine Frau und die Mutter seiner Kinder werden.

"Geh weg, Tia!", knurrte Ty.

"Aber Ty, ich muss mit dir reden!" Ihre Stimme kam immer näher und Nina rührte sich ebenfalls.

"Hau ab, Tia!", sagte er in noch bedrohlicherem Ton.

"Ich will mich dir doch nur erklären, Ty, und mich entschuldigen!"

Sie war beinahe an der Tür angekommen.

Der Rüde stand mittlerweile wachsam am Fußende des Bettes.

"Ich will dich nicht hören, ich will dich nicht sehen und ich will dich bestimmt nicht in unserer Wohnung haben!"

"Ich werde gehen, wenn wir uns unterhalten haben. Du bist mein Bruder, Ty, du kannst mich doch nicht wegen eines Missverständnisses aus deinem Leben schmeißen", sagte Tia, als sie durch den Türrahmen trat. Dann blieb sie unvermittelt stehen.

"Ihr seid ja noch nicht einmal umgezogen", sagte sie schockiert.

"Und wenn ich mich für den Rest meines Lebens nicht mehr umziehen kann, weil ich damit beschäftigt bin, meine Frau festzuhalten, würde mich das auch nicht stören!"

"Ihr seid nicht verheiratet."

"Das liegt nicht an mir!"

Tia sah sehr schockiert aus. Richtig so. Sie verstand es einfach nicht. Niemand verstand ihn, der nicht selber richtig geliebt hatte!

"Hör mal, Ty, können wir uns kurz unter vier Augen unterhalten?"

"Hast du mir nicht zugehört?"

Tia verdrehte ihre Augen.

"Du wirst sie doch wohl mal für fünf Minuten alleine lassen können. Sie ist doch kein Baby, Ty!"

"Letzte Warnung, Tia! Ich streiche dich problemlos aus meinem Leben, Tia, aber ich möchte keine einzige Minute mehr ohne Nina leben. Also pass verdammt nochmal auf, was du sagst!" Zum Ende hin war er immer lauter geworden, sodass Nina sich in seinen Armen zu winden begann.

"Schsch"', murmelte er in ihre Haare und schaukelte sie wieder vor und zurück.

"Das ist doch nicht dein ernst, Ty. Ich bin verdammt nochmal deine Schwester! Was ist aus Blut ist dicker als Wasser geworden?"

Auch Tia hatte deutlich an Lautstärke zugenommen, sodass Nina nun endgültig aufzuwachen schien. Er drückte sie fest an sich und zischte: "Zwing mich nicht zu wählen, Tia, du verlierst! Du kannst froh sein, wenn Nina dich noch dulden kann, sonst ist diese Diskussion sowieso müßig."

Sie sah aus, als hätte er sie geschlagen. Ty wusste nur zu gut warum. Sie hatte bei ihm immer Vorrang gehabt. Er hatte sie beschützt und jeden fertiggemacht, der sie nur schief von der Seite angesehen hatte. Aber sie hatte ihren eigenen Weg gewählt und Ty hatte Nina gewählt. Die Zeit, in der er seine kleine Schwester hatte beschützen müssen, war lange vorbei!

"Ty", flüsterte Nina.

"Schlaf weiter, Querida. Sie ist gleich weg."

"Nein! Sie wusste doch nichts von uns", flüsterte sie weiter.

"Es ist mir egal, Süße. Sie hat dir weh getan."

Ninas Kopfschütteln zeigte ihm, dass sie kein Verständnis dafür hatte. Dann versuchte sie aufzustehen.

"Was hast du vor?"

"Ich muss auf die Toilette und weder du noch der Hund werden mich dahin begleiten. Arco hat es auch eingesehen, also versuch es gar nicht erst!"

Als sie sich aufgerappelt hatte, fügte sie noch hinzu: "Und du redest mir ihr."

Und schon war sie im Bad verschwunden.

"Gott, du gaffst ihr genauso nach wie der Hund. Springst du auch so, wenn sie pfeift?"

"Tia!", knurrte er warnend.

"Schon gut. Hör mal, Ty, es tut mir wirklich leid. Woher hätte ich wissen sollen, dass sie nicht eine deiner Flittchen ist? Ja, ich hab's kapiert, du liebst sie wirklich und ich werde ganz bestimmt nicht einmal mehr böse in ihre Richtung schauen, okay?"

Zögerlich nickte er und fügte dann hinzu: "Ich möchte nicht, dass du jemals ohne mich in ihre Nähe kommst, verstanden? Sie ist mein Leben, Tia, mach mir das nicht kaputt!"

Sie sah ein wenig betreten aus, nickte aber schließlich. Dann ging er zu ihr und nahm sie kurz in den Arm.

"Ich hab dich lieb, Ty", flüsterte sie an seiner Schulter und er erwiderte: "Ich dich auch, Tia."

TY

Nina hatte sich recht schnell von diesem ganzen Drama erholt und Ty war mehr als froh darüber. Trotzdem war er noch nicht gewillt, sie alleine zu lassen.

Alle möglichen Aufgaben hatte er an Dario abgetreten, nur die absolut unumgänglichen Dinge erledigte er selbst. Bei solchen Anlässen nahm er Nina am liebsten mit ins Büro, da konnte er sie mit Arco und Dario zurücklassen und so die Wahrscheinlichkeit, dass ihr etwas zustieß oder sie jemand vertrieb, quasi gegen Null bringen.

Eine solche Arbeit hatte er heute Abend erledigen müssen und es war schon reichlich spät, als Nina und er nach Hause kamen.

Zu allererst musste er ihr etwas zu Essen besorgen. Irgendwann würde sie sonst einfach vor seinen Augen verschwinden!

"Ich bin satt!"

"Ich hab noch Nachspeise für dich, Querida!"

Nina schüttelte entschieden den Kopf. Sie konnte so stur sein!

Also stand er mit ihr auf seinen Armen auf und trug sie ins Badezimmer. Gemeinsam machten sie sich für die Nacht fertig.

Als sie sich bereits bis auf die Unterwäsche entkleidet hatte, konnte Ty seine Finger endgültig nicht mehr bei sich behalten.

"Du bist so heiß, Baby", raunte er in ihr Ohr, nachdem er hinter sie getreten war. Er ließ seine Hände über ihren Bauch nach oben zu ihren Brüsten wandern und knete diese durch die feine Spitze.

Stöhnend legte Nina ihren Kopf in den Nacken, als er ihre Nippel leicht zwischen Daumen und Zeigefinger drückte.

Langsam dirigierte er sie zum Bett und spielte währenddessen unaufhörlich mit ihren Brüsten. Eine Hand ließ er zwischen ihre Beine gleiten und streichelte sanft über ihre Spalte. Sie war bereits sehr erregt. So nass, dass sogar der String schon durchweicht war. Als er das spürte, drückte er seinen steinharten Schwanz in ihre Pospalte und stöhnte laut auf bei dem Gefühl, das ihre nackte Haut auslöste.

Ty biss sie in den Nacken. An die Stellte, an der sie es besonders gern mochte, und genoss, wie sie sich vor ihm wand. Ihren Rücken zu ein Hohlkreuz gebogen, rieb sie sich an seinem zum Bersten gefüllten Schwanz.

Ty wollte sie gerade über die Bettkante lehnen, als sie sich aus seinen Armen wand und aufs Bett setzte. Zuerst zog sie sich ihren BH aus und schlüpfte dann aus ihrem Höschen. Langsam rutschte sie nach hinten und zog ihre Beine an ihren Oberkörper.

Ihr Lächeln war verrucht, als sie ihren Oberkörper zurück auf das Bett sinken ließ. Aufreizend ließ sie ihre

Hände an den Oberschenkeln entlang zu ihren Knien wandern, um dann, während sie ihre Beine spreizte, an den Innenseiten wieder hinunter zu fahren, bis sie an ihrer Mitte ankam.

Schwer atmend betrachtete Ty ihre glänzende, entblößte Scham.

"Kommst du zu mir, wenn du fertig bist mit glotzen?", raunte sie ihm zu. Er musste sich schwer zusammenreißen, nicht einfach über sie herzufallen.

Langsam ließ er sich zwischen ihren Beinen nieder und war sich des Geschenks, das sie ihm machen wollte, durchaus bewusst.

Mit einer Hand stützte er sich auf dem ausgestreckten Arm neben ihrem Kopf ab. Die andere Hand streichelte ihre Mitte. Er versuchte, ihr so viel Platz wie möglich zu lassen, aber es fiel ihm schwer.

"Ich bin so scharf auf dich, Honey", raunte er, während er mit zwei Fingern in sie eindrang. Sie stöhnte und bog sich ihm entgegen. Dieser Anblick machte ihn verrückt und er wünschte sich nichts sehnlicher, als endlich in ihr zu sein.

Er nahm seinen Schwanz in die Hand und fuhr mit seiner Eichel durch ihre Spalte, ehe er sie an ihrer nassen Öffnung ansetzte.

"Fuck!", fluchte er, als er sich die ersten Zentimeter in ihre enge Pussy bahnte. Er ließ sich zurück auf seine Fersen fallen und stabilisierte Nina mit seinen Händen an ihrer Hüfte. Schweiß bildete sich auf seiner Stirn, als er Zentimeter für Zentimeter tiefer in sie eindrang.

"Du fühlst dich so unglaublich gut an, Cara", raunte er ihr zu, als er sich in ihr versenkt hatte. Dann ließ er sich wieder nach vorn auf einen Arm fallen. Den Zweiten, legte er unter ihren Po, um ihr Becken zu heben.

In langsamen, langen und tiefen Stößen begann er sie zu vögeln. Nina wand sich immer mehr unter ihm und kam ihm nach einiger Zeit sogar Stoß für Stoß entgegen. Es war unglaublich schwer für Ty, sie nicht einfach kräftig durchzuficken, aber er wollte unbedingt, dass es etwas Besonderes für sie sein würde. Er wollte die Dämonen vertreiben. Also sammelte er all seine Kraftreserven und behielt den Rhythmus bei.

Sie stöhnte und wand sich, bockte ihm entgegen und schlug ihm ihre Krallen in die Schultern. Immer heißer wurde sie und umschlang ihn schließlich sogar mit ihren Beinen, sodass er noch tiefer in sie stoßen konnte.

Als sie ihm die Arme um den Hals schlang, ihn zu sich zog und in sein Ohr flüsterte: "Fick mich endlich!", gab es für Ty kein Halten mehr.

Er vögelte sie nach allen Regeln der Kunst, bis sie beide schließlich völlig erschöpft zusammenbrachen.

Einige Minuten lag er auf ihr, ehe er sich zur Seite rollte und sie an sich zog. Der Schweiß ließ ihre Haut zusammenkleben und bei keinem von beiden hatte sich die Atmung beruhigt.

"Danke, Querida", flüsterte er mit den Lippen an ihrer Stirn.

"Ich danke dir, Ty, dafür, dass du bist, wie du bist!", gab sie zurück.

NINA

Ty war unglaublich süß. Er versuchte ständig, sie auf Händen zu tragen und ihr jeden Wunsch von den Augen abzulesen. Dabei erfüllte er ihren Herzenswusch jeden Tag aufs Neue. Zeit mit Ty. Zeit, die sie gemeinsam verbrachten.

Wenn er versuchte, in die Zukunft zu planen, sträubte Nina sich nicht mehr. Sie versuchte, zuzulassen, an ihn zu glauben. Versuchte, daran zu glauben, dass es wirklich sein kann.

Und jedes Mal, wenn er wieder mit dem Thema Zukunft begann, wuchs das zarte Pflänzchen der

Zuversicht immer weiter. Irgendwann würde dort ein Baum stehen, an dem es nichts mehr zu rütteln gab.

Tia hatte sich bei ihr entschuldigt. Nina war nicht der Meinung gewesen, dass es nötig gewesen wäre. Woher hätte sie denn auch wissen sollen, dass es mit ihr und Ty anders war? Aber gut.

Ty war immer in ihrer Nähe, wenn Tia mit ihr sprach, und es kam ihr beinahe so vor, als hätten die beiden sich abgesprochen.

Sie war in eine Wohnung ganz in der Nähe gezogen und kam recht häufig zu Besuch. Gott sei Dank mussten mittlerweile alle wieder klingeln, da Ty den Zahlencode für die Eingangstür geändert hatte.

Außerdem war Tia fest der Meinung, dass Nina kochen lernen musste. Jede anständige Frau müsse kochen können.

Warum? Diese Frage hatte sich Nina bis heute noch nicht erschlossen, vor allem, wo doch Ty so ein hervorragender Koch war.

Deshalb stand Nina nun einmal die Woche mit Ty und Tia in der Küche, um Kochen zu lernen. Eigentlich sah sie immer nur zu. Tia gab ihr irgendeine Aufgabe und entweder machte sie es nicht richtig, sodass einer von beiden die Aufgabe übernahm, oder Ty empfand die Aufgabe als zu gefährlich und machte es selber, sodass sie noch nicht einmal Gemüse schneiden durfte.

Meist endete die Kochstunde in einem Streit zwischen Ty und Tia, während Nina mit Arco ins Wohnzimmer verschwand.

Nina streichelte gerade gedankenverloren ihren Rüden, als Ty das Zimmer betrat.

"Alles klar, Querida?", fragte er und sah etwas besorgt drein.

Nina schenkte ihm ein unbeschwertes Lächeln.

"Es ging mir nie besser", antwortete sie leise, woraufhin er sich entspannte. Er setzte sich neben ihr aufs Sofa und zog sie in seine Arme.

"Te amo, Nina", flüsterte er und küsste sie sanft auf die Lippen.

"Ich liebe dich auch, Ty!", antwortete sie und gab den Kuss zurück.

--ENDE--

Für T.

Weil es nur wenige Menschen wie uns gibt, die ihre Zeit nicht in Minuten, sondern in der Anzahl der Seiten rechnen, die sie noch lesen können.

Rechtliches, oder was keiner lesen will und trotzdem drin stehen muss ...

Impressum: Herausgeberin Allie Kinsley, allie.kinsley@web.de. Ladungsfähige Adresse für Deutschland: Jennifer Beck, Rotkreuzstr. 8, 87488 Betzigau.

3283571R00197

Printed in Germany
by Amazon Distribution
GmbH, Leipzig